民國文化與文學 研究文叢

七 編

第 1 冊

中華民國文學史論
（1912～1949）

丁 帆 著

國家圖書館出版品預行編目資料

中華民國文學史論(1912～1949)／丁帆 著 -- 初版 -- 新北市：
花木蘭文化事業有限公司，2017〔民 106〕
目 2+276 面；19×26 公分
（民國文化與文學研究文叢 七編：第 1 冊）
ISBN 978-986-485-045-7（精裝）
1. 中國文學史 2. 文學評論
820.9   106013210

ISBN-978-986-485-045-7
9 789864 850457

民國文化與文學研究文叢
七 編 第 一 冊   ISBN：978-986-485-045-7

中華民國文學史論（1912～1949）

作　　者　丁帆
總 編 輯　杜潔祥
副總編輯　楊嘉樂
編　　輯　許郁翎、王 筑　美術編輯　陳逸婷
出　　版　花木蘭文化事業有限公司
社　　長　高小娟
聯絡地址　235 新北市中和區中安街七二號十三樓
　　　　　電話：02-2923-1455／傳眞：02-2923-1452
網　　址　http://www.huamulan.tw 信箱 hml810518@gmail.com
印　　刷　普羅文化出版廣告事業
初　　版　2017 年 9 月
全書字數　268910 字
定　　價　七編 31 冊（精裝）新台幣 58,000 元
版權所有・請勿翻印

中華民國文學史論
（1912～1949）

丁帆 著

作者簡介

　　丁帆，男，1952 年出生於蘇州，現爲南京大學中國新文學研究中心主任，博士生導師。南京大學校務委員會副主任、南京大學學位委員會委員。國家社科專案評議組成員、中國現代文學研究學會會長、中國當代文學研究學會副會長、中國作家協會理論委員會副主任、《中國現代文學叢刊》主編、江蘇省作家協會副主席、《揚子江評論》主編。

　　論著有《中國鄉土小說史》、《文學的玄覽》、《十七年文學：人與「自我」的失落》、《中國大陸與臺灣鄉土小說比較史論》、《重回五四起跑線》、《中國西部現代文學史》、《文化批判的審美價值座標》、《中國新文學史》、《文學史與知識分子的價值》、《中國新世紀鄉土小說轉型研究》、《尋覓知識分子的良知》、《「頌歌」與「戰歌」的時代》等著作十餘種。

　　自 1979 年至今在各種學術刊物上發表論文總計 400 多篇。散文隨筆集有《江南士子悲歌錄》、《夕陽帆影》、《枕石觀雲》等。共發表散文隨筆 70 萬字左右。

　　已經培養博士生、博士後 80 多人，碩士生 70 多名。1989 年以來獲得國家社科重大專案 1 項、一般專案 5 項，教育部基地重大專案 2 項。獲得省部級一等、二等獎項 7 項。

提　要

　　新文學，亦即中國現代文學，包含的是「民國文學」和「共和國文學」兩大板塊，即便這兩大板塊在大陸的文學史表述上會形成越來越大的時段落差，而在臺灣也會因爲種種政治原因而趨於更加複雜化，但是就目前形成的歷史格局情形來看，它們仍然是一個客觀的存在物。文學史斷代問題所涉及到的不僅僅是單純的文學史問題，它必然會牽涉到不同文化層面的許許多多問題，尤其是政治文化層面給它帶來的無可擺脫的羈絆。因此，當我們在考慮所謂文學史的自律性時，也不得不考慮它與政治文化的關聯性。按照傳統的中國文學史的切分方法來給中國清以後的現代文學進行斷代，最合適的切點就在 1912 年的民國元年，因爲它不僅標誌著一個舊的朝代的逝去和一個新的時代的到來，而且更重要的是它標誌著和以上延續了幾千年的各個朝代的封建文化和文學進行了本質上的告別，從此開始了一種新文學——內容上的人本主義主潮和形式上的白話文創新實踐——的審美跋涉。

　　廣義民國文學的概念的廣泛運用，正觸發文學史界一場嶄新的觀念變革。本書旨在以此理念重繪民國文學藍圖，細描民國文學風範及其淵源，探討以民國文學史爲脈絡的治史理論和斷代策略。

　　在此基礎上，對民國文學的實績進行文化剖析和文本細讀，還原歷史語境，探勘文學版圖，以期形成新文學治史的共和國與民國並舉的雙線結構，進而對新文學在不同文學體制下的文化生態和美學景觀形成深描。

中國現代文學史研究中的「民國文學」概念──《民國文化與文學研究文叢》第七編引言

李　怡

與政治意識形態淵源深厚的文學學科

　　大陸中國現代文學研究，最近 10 來年逐漸失去了 1980 年代的那種「眾聲喧嘩」、「萬眾矚目」的熱烈景象，進入到某種的沉靜發展的狀態，如果說，在這種沉靜之中，有什麼值得注意的現象的話，那就是「民國文學」概念的提出以及引發的某些討論。

　　對於海外中國文學研究者而言，現代中國很自然地分作「民國時期」與「人民共和國時期」，這是一種相當自然的歷史描述，作為文學史的概念，也完全有理由各取所需地採用不同的概念：現代中國文學、中國現代文學、中國文學（民國時期）、中國文學（中華人民共和國時期）等等，這裡有思想的差異或者說審美意識形態的分歧，但是卻基本不存在嚴重的政治較量和衝突。站在海外漢學的立場上，人們難免困惑：現代文學也好，民國文學也罷，不過就是一種文學史的稱謂而已，是不是有如此鄭重其事地加以闡發、討論的必要呢？

　　這裡就涉及到對大陸中國現當代文學學科存在格局的認識。其實，嚴格的學科意義上的「中國現當代文學」並不是在 1949 年以前的民國時期建立的，儘管那時已經出現了「中國現代文學」的大學教育，也誕生了為數可觀的「中國現代文學史」著作，但是主要還是講授者（如朱自清）、著作者的個人選擇，體系化的完整的知識格局和教育格局尚不完整。真正出現自覺的「學科建設」的意識是在 1949 年中華人民共和國成立以後，各學科教育大綱的編訂、樣板

式教材的編寫出版乃至「群策群力」的從思想到文字的檢討、審查，都意味著「中國現代文學」學科由此納入到了政治意識形態的一體化架構之中，因此，討論「中國現代文學」學科的任何問題——從內容、結構到語言、概念都是非同小可的「國家大事」，在此基礎上的任何一次新的概念的設計和調整，都不得不包含著如何面對政治意識形態以及如何回答一系列「思想統一」的結論的問題，這裡不僅需要學術思想創新的智慧，更需要政治突圍的勇氣和決心。

回頭看大陸新時期以來的每一次文學史概念的提出，都兼有如此的「智慧」和「勇氣」：例如最有影響的概念——二十世紀中國文學。提出這一概念，其意義主要不是重新劃分晚清——近代——現代——當代的文學史時間，不在於從過去的歷史分段中尋找歷史的共同性；而是為了從根本上跳脫政治化的「現代」概念對於文學的捆綁。

作為學科史意義的「中國現代文學」的「現代」概念，其實已經與它在五四文壇出現之初就有了巨大的差異，完全屬於一種政治意識形態的產物。眾所周知，最早的「現代」概念與「近代」概念一樣都來自日本，最早用「近代」更多，到 1930 年代以後「現代」的使用頻率則超過了「近代」——在那時，中國的「現代」基本上匯通著世界史學界的理解框架，將資本主義發展、傳統世界自我封閉格局得以打破的「現時代」當作「現代」；但是，1949 年以後作為學科史意義的「中國現代文學」的「現代」概念卻又不同，它更多地師法了前蘇聯的歷史觀念：由斯大林親自審查、聯共（布）中央審定、聯共（布）中央特設委員會編的《聯共（布）黨史簡明教程》和由蘇聯史學家集體編著的多卷本的《世界通史》重新認定了歷史的意義和分段方式，〔註1〕馬列主義的五種社會形態進化論成為劃分歷史的理論基礎，1640 年英國資產階級革命由於「階級局限性」屬於不徹底的「現代」，只能稱作是「近代」的開始，而「現代」演進關鍵點是十月社會主義革命的重大勝利，中國的歷史劃分是對蘇聯思維的仿傚：1840 年的鴉片戰爭被當作「近代」的開端，而標誌著「工人階級登上歷史舞臺」、「馬克思主義開始傳播」的「五四」運動則被當作了「現代」，後來考慮到「五四」之時，中國共產黨尚未成立，無法認定

〔註1〕《聯共（布）黨史簡明教程》於 1938 年在蘇聯出版，人民出版社 1975 年正式出版中譯本。《世界通史》於 1955～1979 年出版，全書共 13 卷。中譯本《世界通史》（1-13 卷）於 1978～1987 年分別由三聯書店、吉林人民出版社和東方出版社出版。

其十月革命式的政治勝利，所以又在「現代」之外另闢 1949 年以後爲「當代」，以彰顯社會主義與共產主義社會的到來，由此確定了中國文學近代／現代／當代的明確格局——這樣的劃分不僅時間分段上不再模糊，而且更具有明確的思想的內涵與歷史文化質地：資產階級文學（舊民主主義革命文學）、新民主主義革命文學與社會主義文學就是近代——現代——當代文學的歷史轉換。

　　「二十世紀中國文學」是中國文學研究界學術自覺，努力排除前蘇聯「革命」史觀影響、尋求文學自身規律的產物。正如論者當年意識到的那樣：「以前的文學史分期是從社會政治史直接類比過來的。拿『近代文學史』來說，從一八四〇年鴉片戰爭到一八九八年戊戌變法，半個多世紀裏頭，幾乎沒有什麼文學，或者說文學沒有什麼根本的變化。」「政治和文學的發展很不平衡。還是要從東西方文化的撞擊，從文學的現代化，從中國人『出而參與世界的文藝之業』，從文學本身的發展規律，從這樣的一些角度來看文學史，才比較準確。」「『二十世紀中國文學』這一概念首先意味著文學史從社會政治史的簡單比附中獨立出來，意味著把文學自身發生發展的階段完整性作爲研究的主要對象。」〔註2〕

　　自「二十世紀中國文學」開啓歷史性的「重寫文學史」以來，中國現代文學的研究一直是富有勇氣地走在這一條「學術創新——政治突圍」的道路上，力圖讓文學回歸文學，歷史還原給歷史。可以說，「民國文學」也屬於這樣的努力，是「重寫文學史」的一種方式。

可疑的「現代性」

　　當然，這種方式也體現出了對既往文學研究的一種反思。

　　「二十世紀中國文學」這一歷史架構顯然具有重大的學術價值，直到今天依然是影響最大的文學史理念。然而，在「民國文學」的視野之中，它也存在著需要克服的問題：「二十世紀中國文學」這一概念是否已經具備了學科的穩定性？例如，在「二十世紀」業已結束的今天，它是否能有效地參照當下文學的異質性？如果說，「二十世紀中國文學」曾經闡發過的諸多概念都依然適用於今天，如果「新世紀文學」的基本性質、使命、遭遇的問題等等幾

〔註2〕黃子平、陳平原、錢理群：《二十世紀中國文學三人談》36 頁、25 頁，北京：人民文學出版社 1988 年。

乎都與「舊世紀」無甚區別，那麼這一概念本身的內涵和外延至少也是不夠確定，需要我們重新推敲的了。對於「二十世紀中國文學」而言，其擺脫政治意識形態束縛的核心理念是文學的現代性（當時提出者稱之為「現代化」）追求。但是，隨著 1990 年代中期以來，「現代性」話語逐漸演變成了我們文學研究的基本語彙，它內在的一系列矛盾困擾也日顯突出了。

在新時期，「現代化」與「現代性」主要指代我們打破封閉、「走向世界」的強烈渴望，在那時，「現代」的道義光芒與情感力量要遠遠重於其知識性的合理與完整，或者說，呼喚文學的現代性就如同建設「四個現代化」一樣天經地義，我們根本無暇追問這一概念的來源及知識學上的意義和限度，所以才會出現如汪暉所述的「現代」之問。在 1980 年代，汪暉曾就何謂「現代」向唐弢先生質詢，而作為學科泰斗的唐先生也只是回答說，這是一個「很複雜」的問題。〔註3〕到了 1990 年代，中國學術界開始惡補「現代」課，從西方思想界直接輸入了系統而豐富的「現代性知識」，先是經過了短時間的「現代性終結」之論，接著便是在西方學術的鼓勵之下，迅速舉起「未完成的現代性」旗幟，對各種文化現象展開檢視分析，我曾經借用目前收錄最豐富、檢索也最方便的中國期刊網 CNKI 對 1979 年以後中國學術論文上的一些關鍵詞作數理統計，下面就是「現代性」一詞在各年的出現情況：

	79	80	81	82	83	84	85	86	87	88	89	90	91	92
按篇名統計	0	0	0	0	0	0	0	0	0	2	0	0	0	0
按關鍵詞統計	0	0	0	0	0	0	0	0	0	0	0	0	0	0

	93	94	95	96	97	98	99	00	01	02	03	04
按篇名統計	4	16	26	28	48	60	108	128	166	213	268	381
按關鍵詞統計	0	0	5	11	11	20	69	109	165	225	287	443

表格說明：

1. 統計單位為「篇」。

2. 檢索的學科涵蓋「文史哲」、「經濟政治與法律」、「教育與社會科學」。

3. 自動檢索中有極少數詞語誤植的情形，如「現代性愛小說」「現代性」統計，另外個別長文（如高遠東《未完成的現代性》分上中下發表，被統計為三篇，為了保證檢索統計的統一性，以上數據有意識忽略了

〔註3〕汪暉：《我們如何成為「現代」的？》，《中國現代文學研究叢刊》1996 年 1 期。

這些情形。

研究一下以上的表格我們就可以知道，從 1979 年到 1987 年整整九年中，中國人文社科的學術論文中沒有出現過一篇以「現代性」爲題目的文章，1988 年出現了兩篇，但很快又消失了，直到 1993 年以後才連續出現了「現代性」論題。這些論文的代表作包括張頤武的《對「現代性」的追問——90 年代文學的一個趨向》(《天津社會科學》1993 年 4 期)、《「現代性」終結——一個無法迴避的課題》(《戰略與管理》1994 年 3 期)、《重估「現代性」與漢語書面語論爭——一個 90 年代文學的新命題》(《文學評論》1994 年 4 期)，韓毓海的《「現代性」與「現代化」》(《學術月刊》1994 年 6 期)，韓毓海與李旭淵《第三世界的現代性痛苦與毛澤東思想的雙重含義——兼說中國當代文學》(《戰略與管理》1994 年 5 期)，汪暉的《傳統與現代性》(《學術月刊》1994 年 6 期)，彭定安《20 世紀中國文學：尋找和創造現代性》(《社會科學輯刊》1994 年 5 期)，文徵《後現代性與當代社會思潮》(《國外社會科學》1994 年 2 期)，趙敦華《前現代性、現代性與後現代性的循環關係》(《馬克思主義與現實》1 年 4 期) 等。

對概念的提煉和重視反映的是一種學術目標的自覺。當然，按照中國學術期刊的學術規範，由作者列舉「關鍵詞」的慣例是 1992 年以後才逐漸推行開來的，整個 20 世紀 80 年代的中國學術論文之前都不存在這樣的標誌性的「關鍵詞」，這也給我們通過統計來顯示中國學者概念的提煉製造了難度，不過即便如此，分析表格中作爲「篇名」的「現代性」話題的增長與作爲關鍵詞的現代性概念的增長，我們也依然可以十分清晰地看出：隨著 1993 年以後中國學者對「現代性」話題的越來越多的關注，「現代性」理念作爲重點闡述的對象或立論的主要依託才逐漸堂皇地進入學術文本，構成其中的關鍵詞語，大約在 1995 年以後開始「傲然挺立」起來。到新世紀第一個十年的中期，無論是作爲論題還是語彙的「現代性」都達到了空前的規模，對西方文化意義的「現代性」含義的追溯和「考古」業已成爲了我們的學術「習慣」。同時，在中國文化範圍之內（包括古代與現代）所進行的「現代性闡釋」更層出不窮，幾近成爲了現代中國文學與文化研究的基本語彙。到 2004 年，我們的統計已經可以見出歷史的重要轉變。可以說至此，「現代性批評話語」眞的正在實現著對於 20 世紀 80 年代一系列基本概念的置換。

這樣的置換當然首先還是得力於同一時期西方文學理論與文化理論的引

入，1990 年代中期以後，活躍在中國理論界的主流是後現代主義、解構主義、後殖民批判理論與西方馬克思主義，而「現代性」則是這些理論的核心概念之一，正是借助於這些西方理論的輸入，中國現代文學界可以說是獲得了完整的「現代性知識」。在這個知識體系中，人們對現代、現代性、現代化、現代主義的辨析達到了前所未有的深入和細緻，對文學的觀照似乎也獲得了令人激動不已的效果和不可估量的廣闊前程，中國現代文學史至此有望成為名副其實的「現代性」或「現代學」意義的文學敘述。

應當承認，1990 年代對「現代」知識的重新認定的確是為我們的文學史研究找到了一個更具有整合能力的闡釋平臺，借助福柯式的知識考古，我們固有的種種「現代」概念和思想得到了清理，現代、現代性、現代化，這些或零散或隨意或飄忽的認識都第一次被納入到了一個完整清晰的系統當中，並且尋找到了在人類精神發展流程裏的準確的位置。最近 10 年，「現代性」既是中國理論界所有譯文的中心語彙，也幾乎就是所有現當代文學史研究的話語支撐點。

但是，從另一方面來看，我們的「現代」史學之路卻難以掩飾其中的尷尬。追溯「現代性」理論進入中國的歷史，我們都會發現一個有趣的轉折：在 1990 年代初期，恰恰也是其中的一些論斷（後現代主義對社會現代性的批判）導致了我們對現代文學存在價值的懷疑和否定，而到了 1990 年代中後期，當外來的理論本身也發生分歧與衝突的時候（例如哈貝馬斯對現代性的肯定），我們竟又神奇地獲得了鼓勵，重新「追隨」西方理論挖掘中國文學的「現代性價值」——中國文學的意義竟然就是這樣的脆弱和動搖，只能依靠西方的「現代」理論加以確定？！這足以提醒我們，中國學者對「現代性」理論的理解和運用在多大的程度上是以自身的文學體驗為依據的？同樣，在「現代性」視野下的中國現代文學研究當中，中國現代文學的種種現象也一再被納入到全球資本主義時代的共同命題中，例如「兩種現代性」、「民族國家理論」、「公共空間理論」、「第三世界文化理論」等等……跨越了歷史境遇的巨大差異，東西方文學的需要是否就這麼殊途同歸了？他者的理論是否真讓我們的文學闡釋一勞永逸？中國文學的現代之路難道就沒有自成一格的更豐富的細節？

較之於直接連通西方「現代性」闡釋之路的言說，「民國文學」這一概念首先試圖表達的就是擺脫先驗的理論、返回歷史樸素現場的努力。

1997 年，陳福康借助史學界的概念，建議中國文學的現代／當代之名不妨「退休」，代之以中華民國文學／中華人民共和國文學之謂。後來，張福貴、湯溢澤、張中良、李怡等人都先後提出這一新的命名問題，〔註4〕我將這樣的命名方式稱之爲「還原」式，就是因爲它所指示的國家社會的概念不是外來思想的借用——包括時間的借用與意義的借用——而是中國自己的特定生存階段的眞實的稱謂，借助這樣具體的國家社會形態框架，我們的文學史敘述有可能展開爲過去所忽略的歷史細節，從而推動文學史研究的深入。

在多少年紛繁複雜的理論演繹之後，中國文學研究需要在一種相對樸素的歷史描述中豐富起來，自我呈現起來。

「民國文學」研究的幾種可能

當然，「民國文學」概念提出來以後，各方面也不無爭論和質疑，這些爭論和質疑的根本原因有二：長期以來「民國」概念的陰影不去，至今仍然以各種「成見」干擾著我們的思想，或者對我們的自由探索構成某種有形無形的壓力；新概念的倡導者較長時間徘徊在概念本身的辨析之中，文學史的細節研究相對不足，暫時未能更充分地展示新研究的獨特魅力，或者其他的同行業也未能從林林總總的研究中發現新思路的廣闊空間。

關於「民國文學」研究，有這樣幾個方面的問題可以澄清和深發。

一、「民國文學」是民國時期的現代文學，可以涵蓋絕大多數的現代文學現象。不僅可以對傳統的新文學傳統深入解釋，而且可以將舊體文學、通俗文學等等「新文學」之外的文學現象有效納入，在一個更高的精神性框架中理解古今中西的複雜對話關係；不僅可以包括從北洋政府到國民黨政府控制區域的文學現象，而且也能有效解釋紅色蘇區文學、抗戰解放區文學，因爲後兩者也發生在民國歷史的總體進程當中，民國文學的概念不僅可以解釋後

〔註4〕 參看張福貴《從意義概念返回到時間概念——關於中國現代文學的命名問題》（香港《文學世紀》2003 年 4 期）；湯溢澤、郭彥妮《論開展「民國文學史」研究的必要性與可行性》（《當代教育理論與實踐》2010 年 2 卷 3 期）；湯溢澤、廖廣莉：《論開展「民國文學史」研究的迫切性》（《衡陽師範學院學報》2010 年 2 期）；趙步陽、曹千里等：《「現代文學」，還是「民國文學」？》（《金陵科技學院學報》2008 年 1 期）；張維亞、趙步陽等：《民國文學遺產旅遊開發研究》（《商業經濟》2008 年 9 期）；楊丹丹《「現代文學史」命名的追問與反思》（《長春師範學院學報》2008 年 5 期）。

者，甚至是擴大了後者研究的新思路，解放區文化不是靠拒絕「人民之國」（民國）的理想而生存，它恰恰是以民國理想真正的捍衛者自居，最終通過批判了國民黨政權贏得了在「全民國」範圍內的聲譽；對於投降賣國的汪偽政權，它也不敢輕易放棄「民國」之號，在這裡，民國的「名與實」之間存在一個值得認真分析的張力，並影響到南京偽政府統治下的寫作方式；到華北、蒙疆特別是東北淪陷區，日本文化與偽滿洲國文化大行其道，但是，我們能不能斷定淪陷區文學就理所當然屬於滿洲國文學、蒙古文學或者日本文學呢？當然也不能，近幾年的淪陷區文學研究，相當敏銳地發掘出了存在於這些殖民地的「中華情結」，而民國文化作為現代中華文化的一種形態，依然對人們的精神發揮著根深蒂固的作用——雖然不是名正言順的「民國文學」，但是「民國文學」研究的諸多視角卻依然有效。

　　二、「民國文學」本身不是一個政治性的概念，就如同「民國」本身既有政權性含義，但同時也有政權政治所不能涵蓋的民族、社群等豐富的內涵一樣，而作為精神文化組成部分的「民國文學」更具有超越政治的豐富的意義空間。我同意張中良先生的分析：「民國作為一個國家，在政黨、政府之外，還有軍隊、司法機關、民間社團等社會組織，除了政治之外，還有新聞出版、學校教育、宗教信仰、民族傳統、地域文化、文學思潮、百姓生活等等，民國文學是在多種因素交織的社會文化背景下發生、發展起來的，因而其歷史化研究的空間無比廣闊。」〔註5〕事實在於，越是在一個現代的形態中，國家政權的強制力越有限，而作為社會文化本身的力量卻越大，包含文學藝術在內的社會精神文化，恰恰努力在民國時期呈現出了自己的獨立性和自主性。所以，「民國文學」並不等於就是國民黨的文學，自由主義文學與左翼文學都是民國文學的主體，而且由左翼文學所體現的反抗、批判精神也可以說是民國文學主要的價值取向，「民國批判」恰恰是「民國文學」的基本主題。曾經有大陸學者擔心「民國文學」研究會重新推動中國現代文學研究走入政治的死胡同，相反，也有臺灣學者對大陸「民國文學」研究刻意切割文學與政權制度的關係有所不滿，〔註6〕我覺得這兩方面的意見雖然有異，但都是出於對民國時期文學獨立性、自主性的認知不足。民國文學本身就是知識分子追求

〔註5〕張中良：《民國文學歷史化的必要與空間》，《文藝爭鳴》2016年6期。
〔註6〕王力堅：《「民國文學」抑或「現代文學」？——評析當前兩岸學界的觀點交鋒》，《二十一世紀》2015年第8期。

政治自由的體現，對政治自由的嚮往當然是將我們的精神帶離了專制政治的陷阱；而民國政權在文學政策上的某些讓步和妥協從根本上講並不來自統治者的恩賜，恰恰也是民國的社會力量、民間力量蓬勃發展、持續抗爭的結果，現代國家出現之後，其文化發展最可寶貴之處就是「明君」與「賢臣」文化的逐步消失（雖然政治家的開明和理性依然重要），同時社會性力量不斷加強、民間力量日益發展，後者才是最值得我們注意和總結的文化傳統，只有在後者被充分發掘的基礎上，政治制度的種種歷史特徵才有可能獲得真實的把握。

　　三、「民國文學」研究其實有別於隸屬於大眾文化、流行文化的「民國熱」。作為對長期以來「民國史」的粗暴化處理的背棄，「民國熱」已經在大陸中國流行有年，民國掌故、民國服飾、民國教育，還有所謂的「民國範兒」等等，這本身不難理解，而且我以為在「各領風騷三五年」的各種「熱」當中，「民國熱」依然保留了更多的自我反省的因素，因而相對的「健康性」是明顯的。儘管如此，我認為，當代中國社會出現的「民國熱」歸根結底屬於大眾文化潮流，而「民國文學研究」則是中國學術多年探索發展的結果，是文學研究「歷史化」趨向的表現，兩者具有根本的不同。其實，「民國文學」研究雖然與當今的「民國熱」差不多同時出現，但中國學界本著實事求是的精神，努力救正「以論代史」的惡劣現象、盡可能尊重民國史實的努力卻是由來已久了。在大陸中國，雖然因為政治原因，「民國」一詞一度包含了某種政治禁忌，需要謹慎使用，但總體來看，除了「文化大革命」這樣的極端的文化專制時期之外，對「民國史」的關注和研究一直有學人勉力進行。從新中國成立到1980年代初，「民國史」的考察、研究一直都得到來自國家層面的高度重視，並不斷被納入各種國家級的科研計劃與出版計劃。《中華民國史》的編修工作早於《劍橋中國史》的編寫計劃，「民國史」的研究也早在 1956 年就已經列為國家科學發展十二年規劃，民國史的出版也在 1971 年就進入了國家出版規劃。呼籲「民國史」研究的既包括董必武、吳玉章這樣的「民國老人」，又包括周恩來總理這樣的黨和國家領導人。「民國文學」的研究借概念之便，當更能夠順理成章地汲取「民國史」的研究成果，以大量豐富的歷史材料為基礎，對中國現代文學研究的「歷史化」進程作出堅實的貢獻。

　　當然，民國文學研究，一方面固然應當強調加強學術研究的自覺性，與大眾文化的趣味相區分，但是，也不是要刻意區隔和拒絕那些來自社會民間

的寶貴情懷，相反，有價值的研究總能從現實關懷中汲取力量，讓學術事業擁有的豐沛的社會情懷，本身也是在健康和積極的方向上爲中國的當代文化貢獻自己的智慧和力量。

四、「民國文學」研究可以形成與華文文學研究諸多問題的有益對話。當「民國文學」這一概念的使用跨出中國大陸，尤其是與海峽對岸學界形成對話之時，可能就會遇到嚴重的困擾：在我們大陸學界的立場來看，它理所當然就是一個歷史性的概念，「民國」在 1949 年已經結束，我們的「民國文學」研究如果不加特別說明，肯定是指 1912 民國建立到 1949 年中華人民共和國成立這一段歷史時期的文學，使用「民國文學」概念，存在著一個嚴肅的政治的界限；但是，繼續沿用著「民國」稱號的對岸，是否就是大張旗鼓地書寫著「民國文學史」呢？弔詭的現實恰恰是，當代臺灣學界似乎比我們離「民國」更遠！在經過了日本殖民文化——國民黨統治——解嚴後思想自由——政黨輪替、「去中國化」思潮這樣一系列複雜過程之後，在一個被稱作「後民國」的時代氛圍中，「民國」論述照樣承受了「政治不正確」的壓力，其矛盾曖昧之處，甚至也不是「一個民國，各自表述」就能夠概括得了的。也就是說，在海峽兩岸這最大的華人世界裏，「民國文學」都存在相當的糾纏矛盾之處。如何解決這樣的尷尬呢？如何在兩岸學術界，建立起彼此都能夠接受的論述呢？我覺得這裡有兩個可以展開的思路。

首先是集中研討那些沒有爭議的時段。例如民國成立到 1949 年中華人民共和國成立這一歷史時期，我稱之爲民國文學的典型時期，對臺灣而言，1945年光復之後，特別是國民政府遷臺之後，民國文化與文學當然也完成了移植與建構，不過解嚴以來，本土化傾向日益強化，與「典型時期」比較，情況已經大爲不同，固有的「民國文化」發生了變異、轉換與遮蔽，只有首先清理那些「典型」的民國文化，才最終有助於發掘現存的「民國性」。目前，對於研討「民國文學典型時期」的設想，在兩岸學界已經有了基本的共識。

其次是通過凸顯「民國文學」研究方法的獨特性與華文文學的其他學術動向形成有益的對話。所謂「民國文學」研究不過是一個籠統的稱謂，指一切運用「民國文學」概念創新解釋現代文學現象的嘗試，它至少包括兩個大的方向，一是對民國時期文學發展的種種問題進行新的梳理和闡述；二是通過對於「民國是中國的現代形態」這一思路的認定，生發出關於如何挖掘、描述中國知識分子「現代追求」的種種學術思路，進而對現代中國文化獨創

性問題作出令人信服的闡發，借助這一的闡發，「現代性」視野才不至於單純流於西方的邏輯，而成為中國現代精神生產的一種獨特形式，這些努力的背後，樹立著發現現代中國精神主體性與學術主體性的深遠目標，這可謂是「民國作為方法」的特殊價值。對於這種「文化主體性」的重視，我們同樣可以從作為臺灣學術主流的「臺灣文學」以及史書美、王德威等人倡導的「華語語系文學」那裡看到，彼此對話的空間值得開拓。

「臺灣文學」一度有意識與中華文學相區隔，尋求自己的獨立空間，然而身居「民國」卻是寫作者不能不面對的事實，「民國」與「臺灣」在現實中相互糾纏，在歷史中前後延續、滲透、轉化、變異，無論從哪一個方向來看，離開「民國文學」的歷史與現實，都無法清晰道出現代「臺灣文學」的脈絡與底蘊，這一理念，似乎已經為越來越多的臺灣學者所認可，臺灣文學研究者如陳芳明、黃美娥都多次出席兩岸舉辦的「民國文學研討會」，發表了梳理民國文學與臺灣文學關係的重要論文。

「華語語系文學」（Sinophone literature）是當今華文文學界的最有代表性的命題。儘管其倡導者史書美、王德威、石靜遠等人的具體觀念尚有不少的差異，但是突破華文文學的「中國中心」立場，在類似於英語語系、法語語系、西班牙語系的多樣化格局中建立各華人世界的文化獨立性和主體性，確實是他們的共同追求：「中國內地各種討論海外華文文學的組織、會議、出版，其實存在著一個不可摒除的最後界限，即要歸納在一個大中國的傳承之下，成為四海歸心的一個象徵。很多海外學者會覺得這種做法是過去的、老派的、傳統的帝國主義的延伸，於是提出華語語系文學，使之成為對立面的說法。」〔註7〕擺脫「西方中心主義」來談論「全球文學」，去「中心」、解「權力話語」，不再將華語文學當作某種「中國」本質的「離散」，而是始終在流動性、在地化、變異與重構中生成，這是「華語語系文學」的基本追求。應當說，「民國文學」的研究理念剛好可以與之構成有趣的對話：作為文化主體性與學術主體性的建構，兩者顯然有著共同的意願，

不過，在不斷表述擺脫西方理論模式束縛的同時，「華語語系文學」卻將主要的批判矛頭對準了「中國性」與「中國文化」，史書美甚至為了執著地對抗「中國」，將中國文學排除在「華語語系文學」之外。這裡就產生了一個需

〔註7〕 李鳳亮：《「華語語系文學」的概念及其操作——王德威教授訪談錄》，載《花城》2008 年第 5 期。

要認眞探討的問題：阻擾現代華語世界精神主體性建構的力量是否就主要來自「中國」，而非實力更爲強大的歐美？或者說，在普遍由歐美文化主導的「現代性」格局中，各種現代中華文化形態的經驗更缺少相互啓迪、相互借鑒與相互支撐的可能？如果考慮到「現代性」的言說模式迄今基本還是爲歐美強勢文化所壟斷，「大華文區域」依然共同承受著這些文化壓力之時。以「在地」華文世界各自的經驗獨特性構製各自的「主體性」固然重要，在華文世界與其他世界的比照中尋找我們共同的經驗、重建華文文學本身的認同和主體價值，同樣不可或缺。而「民國文學」的經驗梳理，也就是華文世界的「現代認同」的基礎，也是華文文學主體性的主要根據，「作爲方法的民國」需要在這樣共同的文化經驗的基礎上加以提煉。

這裡具有中華文化的共同傳統與民族記憶，又都在不同的條件下融入了全球現代化的過程。文學發展的背景同樣經歷了農業文明到工業文明、後工業文明的歷史過程，同樣遭遇了從威權專制到現代民主的轉變。

就文學本身而言，同樣具備了中國古典文學的修養和基礎的積澱，同樣進入到現代白話文學的時代，雖然因爲政治意識形態的介入，中國新文學傳統的理解和繼承方式有別，彼此有過對新文學傳統的不同的認識——大陸以左翼文學爲正統，臺灣等區域可能更認同以胡適爲代表的自由主義，但是作爲大的現代文學經驗依然具有相當的同一性。〔註8〕

對主體性的任何形式的尋找最終都不是爲了將自身的族群從周遭的世界中分裂出來，而是爲了更深刻地認識自我，發現自我的價值，最終也可以與「他者」更好地溝通與共存。大陸「中國中心」意識值得警惕和批判，但是與其徑直將大陸中國的華文文化視作對立的「他者」，毋寧將其當作既挑戰自我又激發自我的「他者」，而且這樣的「他者」也不能取代我們從歐美強勢文化的「他者」中承受的壓力，換句話說，大陸中國的華文世界並不是包括臺灣在內的華文世界的唯一的壓力，各區域華文文學的成長同時也不斷感受著來自其他文化力量的持續不斷的擠壓和挑戰。如果我們能夠面對這樣的事實，那麼，就會發現，華文文學世界的「共同經驗」的分享依然有效，依然重要，依然值得進一步挖掘和發揚，而在民國——這樣一個由華人所建立的現代意義的文化形態中，存在著值得我們共同珍惜的精神遺產。正如王德威

〔註8〕 參見李怡：《命運共同體的文學表述——兩岸華文文學視野中的「民國文學」》，《社會科學研究》2013 年 6 期。

所意識到的那樣：「在我看來，將海外與中國內地相對立，是另一種劃地自限的做法……如果只強調海外的聲音這一面，就跟大陸海外華文文學各種各樣的做法沒有什麼兩樣，只不過站在反面而已。」「對於分離主義者來說，我覺得華語語系文學這個概念也適用……如果你不知道中國是什麼樣子的話，你有什麼樣的能量和自信來聲明你自己的一個獨立自主的自為的狀態（不論是政治或是文學的狀態呢）？〔註9〕

〔註 9〕 李鳳亮：《「華語語系文學」的概念及其操作──王德威教授訪談錄》，載《花城》2008 年第 5 期。

目

次

第一章　民國文學史的藍圖

　　當代人不治當代史的時代已經過去，即便是後朝人撰寫前朝史，我們也有資格重新審視中國新文學史了。中國新文學史的起點、邊界、分期、命名等問題，及其所折射的巨大而深邃的學術內涵、文化判斷和政治傾向，已成爲本學科學者爭論近百年的難題。任何一種斷代，只要一刀切下去，總會留下或多或少的遺憾，關鍵就在於我們應該取利益的最大值。現在應該是到了重新定位的時候了。

第一節　新舊文學的分水嶺

　　中國現代文學史的邊界問題已經成爲中國現代文學史學界一直困擾了近百年的糾結，尤其是因爲《新民主主義革命論》對五四新文化運動的定性，60 餘年來，我們的教科書可謂獨尊「新文學起點爲五四」之說，雖然近年來在學術界有不同的觀點出現，但是鮮有進入教科書序列之例，直到最近嚴家炎先生在其主編的《20 世紀中國文學史》中，才正式在教科書中將中國現代文學史推至 19 世紀 80 年代末至 90 年代初，應該說是一個新的創舉。中國現代文學的時間段從三十年上溯推至五十年，其中可以發掘出的可資的文學史內容可謂難以計數。但是，我以爲，即便是如此的創新也不能改變我們持續近百年來對文學史斷代起點的一些偏見。

　　不可否認，對文學史邊界不同的劃分，其背後一定會隱藏著巨大而深邃的學術和學理內涵，一定有充分的理論支持。翻開一部中國文學史，從古到今，其文學史的斷代分期基本上是遵循一個內在的價值標準體系——以國體

和政體的更迭來切割其時段，亦即依照政治史和社會史的改朝換代作爲標尺來劃分歷史的邊界，而唯獨是在新舊文學的斷代分期上，卻產生了巨大的分歧意見，現在應該是到了重新定位的時候了。

董乃斌先生認爲：「有各種斷代法，或按王朝更替，或按公元整切，均曾有人嘗試，各有利弊。有的方法已約定俗成，形成慣性，如古代文學史中按王朝斷代（如唐、宋、明、清）或幾個王朝連寫（如秦漢、魏晉南北朝、宋元之類）的做法。這種方法用得久了，暴露出種種不足，受到許多非難，然而又有相當的合理性和方便之處，一時還難以全盤否定，至於徹底拋棄，恐怕更不可能。」「中國文學史的斷代，又有古代、近代、現代、當代的習慣分法，但爭議更大：最根本而經常發生的是各段與下一段的分界問題。古代到何時爲止？近代之首理應緊接古代之尾，倘古代止於何時不明，則近代的起點又如何確定？事實上，這裡正是觀點各異，或云止於清亡（1911），或云應止於鴉片戰爭爆發（清道光二十年，1840）亦有說應止於晚明至明中葉者，說法很多，各有理由，很難歸於統一，也很難說誰是誰非。」〔註1〕我同意董先生對中國文學史約定俗成的斷代方法，但是，卻不同意他和許多歷史學家和文學史家將「古代」和「現代」之間嵌入一個所謂的「近代」的楔子。楊聯芬先生也認爲：幾十年來「爲突出並促使『現代文學』作爲一門獨立學科存在，中國現代文學最終被固定爲以五四爲起點，而晚清則作爲古典文學的尾聲、現代文學的背景，長期以來以『近代文學』的身份，處於被古典文學和現代文學『懸空』的孤立研究狀態。」〔註2〕的確，應該給這段歷史一個說法了，但是我以爲晚清應該歸入古典文學的研究範疇，它的下限不應該止於五四，而是1911年辛亥革命之後的民國元年1912年。

我以爲，無論是中國的政治史上還是社會史，抑或是文學史上，只存在著「古代」與「現代」之分，其實這是一個常識性的問題，也就是說，中國幾千年的封建制度的終結（1911年10月10日的武昌起義），一個新的具有現代意義的民主共和國體與政體的誕生（1912年1月1日），成爲中國歷史上將「古代」與「現代」斷然切開的具有標誌性意義的大斷代——與長達幾千年

〔註1〕董乃斌：《文學史研究的貫通與分治（提綱）》，《中國文學史古今演變研究論集》上海古籍出版社2002年5月第1版，第104頁。

〔註2〕楊聯芬著：《晚清至五四：中國文學現代性的發生》，北京大學出版社2003年11月第1版，第13頁。

的封建制度的國體和政體告別。因而，從此斷開，既合乎中國歷史（包括文學史）切分法的慣例，同時，又照應了中國文學史的「現代性」演變的史實內涵。

迄今爲止，一部中國現代文學史的斷代分期就有著多種不同的切分法：「1919 說」是以五四新文化運動爲起點的正統切分法，此說已經哺育了幾代中國的人文知識分子，成爲延時最長，至今仍然在教科書中使用的斷代說；「1917 說」顯然是以「文學革命」爲發軔，雖然連許多五四時期的學者也都認同這種從形式主義開始的「文學革命」的說法，但是，隨著 30 年代以後「拉普」文學思潮進入中國文壇，它也就暗含了對蘇聯「十月革命」影響的接受，因爲「十月革命一聲炮響，給我們送來了馬克思主義」，此說似乎表面上是遵循了文學的內在規律，然而骨子裏卻更多的是暗合了左傾的文化和文學思潮，仔細考察 30 年代以來左傾文藝理論的接受史就可證明；「1915 說」是以《新青年》雜誌誕生來劃界的，它對一個雜誌作用的誇張與放大，從某種意義上來說，可能在那個獨尊五四新文學一說的治史時代來說，就很有些另類的想法了，但這畢竟不是一種歷史主義的劃分；「1900 說」是近年來的一種新切割法，這種世紀之交切分似乎有著勃蘭兌斯治史的影子，雖簡單明瞭，但終究不能解決歷史環鏈中尙還緊緊相連著的許多切割不掉，也切割不盡的一些東西；「1898 說」是強調「戊戌變法」的「現代性」，它力圖將改良主義的歷史作用提升到一個新的高度，將中國的「現代性」轉型提前到這個時間的節點上，看似有很充分的理論依據，但是此番歷史的掙扎縱有更多的細節去證明它的合理性，但是它卻並沒有在國體和政體上撼動封建體制的根基，因此，即使有再多的理由，它在巨大的歷史變遷的環節中只是一段前奏曲，以此作爲斷代，無疑顯得有些牽強；「1892 說」是以《海上花列傳》的發表爲界，范伯群先生在其《中國現代通俗文學史》中闡明，通俗文學此時已經具備了現代啓蒙意識，此說甚有道理，從文學的本體進行考察，不管它是什麼樣式和內涵的文學，其合理性是無可置疑的。但是從文學史、乃至文學史與文化史的關聯性上來考查，可能就缺乏更多的理論支持了。現在，嚴家炎先生也在純文學史的教材中沿此說法，並且找出了更多的論據，也是令人欣喜的；畢竟，他們把現代文學三十年的僵死格局打破了，還文學史研究一個多元的格局，因此，我才敢於做進一步的思考和推論。

　　當然，還有一些其他的切分法，比如乾脆一刀切至 1840 年的鴉片戰爭，所有這些較爲偏執的切分法，我就不再進行陳述論證了。

　　我要強調的問題是，在這些切分法當中，恰恰被遺忘的是「1912 說」這個不該被忘卻的歷史節點！尋找這個被中國現代文學史遺忘和遮蔽了的七年，是我近幾年來的一個學術心結，其實，這一文學史切分法的萌動肇始於 1984 年那場關於五四新文學領導權問題的討論。時至今日，嚴家炎先生提出了新文學起點不在五四的主張是有學術貢獻的：「像過去那樣，現代文學史就從五四文學革命寫起，如今的學者恐怕已多不贊成。相當多的學者認爲：中國現代文學史或 20 世紀文學史，應該從戊戌變法也就是 19 世紀末年寫起。但實際上，這些年陸續發現的一些史料證明，現代文學的源頭，似乎還應該從戊戌變法向前推進十年，即從 19 世紀 80 年代末、90 年代初算起。」〔註3〕其理由就是近年發現的三個方面的史實可以支撐這個理論推演：一是「五四倡導白話文所依據的『言文合一』（書面語和口頭語相一致）說，早在黃遵憲（1848～1905）1887 年定稿的《日本國志》中就已提出，它比胡適的〈文學改良芻議〉、〈建設的文學革命論〉等同類論述，足足早了三十年。」二是陳季同通過八本法文著作以及給他的學生、《孽海花》作者曾樸講課的若干中文材料，提出了「小說戲劇亦中國文學之正宗」、「世界文學用中國文學之參照」、「提倡大規模的雙向的翻譯」等主張，打破了千年來某些根深蒂固的陳腐保守、妄自尊大的觀念，對中國文學現代化起到了重要的推動作用。三是「繼陳季同 1890 年在法國出版第一部現代意義上的中長篇小說《黃衫客傳奇》之後，1892 年，韓邦慶的《海上花列傳》也在上海《申報》附出的刊物《海上奇書》上連載。」〔註4〕嚴家炎先生認爲，上述三項史實可成爲中國現代文學源頭考證的三個標誌性成果，以此而推出中國現代文學的發軔應該是從 19 世紀 80 年代末或 90 年代初的結論。顯然，這一論斷迎合了前些年一批學者，尤其是從事通俗文學研究者的文學史理論主張，這不能不說是文學史斷代的又一次突破。由此，我們可以看出的一個端倪是，文學史的斷代分期已經有了一個基本的共識——不能再沿用近百年來，尤其是近六十年來對「由無產階級領導的五四新文化運動」而產生的中國新文學，鐵定將 1919 年作爲它的

〔註3〕嚴家炎主編：《20 世紀中國文學史》，高等教育出版社 2010 年 4 月第 1 版，第 7～12 頁。

〔註4〕嚴家炎主編：《20 世紀中國文學史》，高等教育出版社 2010 年 4 月第 1 版，第 7～12 頁。

發軔期的說法了，這個說法應該提上甄別的日程了。提出中國現代文學斷代分期否定五四起源說的這一具有挑戰性的回答，得到了普遍的認同，應該是無可非議的學理性和學術性結論，是中國現代文學史學界的一件大事。

但是如何給中國現代文學史一個準確的斷代分期呢？這恐怕是一個更加艱難的命題。我個人是不同意將中國現代文學的斷代由 19 世紀末向前進行延伸的，尤其是將它無限延伸到鴉片戰爭時期。我不否認，所有這些斷代分期的節點，都是有其內在學理性的，但是，這些切分的理由似乎都是站在局部的視點上來考慮問題的，我以為，我們的學術視野應該站得更高更廣闊一些，其重要的因素就是我們要與整個已經約定俗成的中國文學史的斷代分期體例相一致，既定的統一標準是不宜破壞的；更要與其所倡導的人文理念的角度去進行分析和考察。既然否定了「1919 說」，那麼，就似乎更有理由在「1912」這個歷史的節點上找回那個更為合乎歷史邏輯的答案，因為作為上層建築的一個組成部分，它最具備歷史分水嶺的意義，不僅中國現代社會史、政治史和文化史應如此劃界，而且中國現代文學史亦理應如此切分，否則，它將會成為一個違反歷史劃界的常識性錯誤。

查閱五四以後二十年間的文學史資料，我發現這樣一個事實，即承認（尚不算隱含承認者）中國新文學（或曰中國現代文學）應該從 1912 年的民國算起的有：

趙祖抃《中國文學沿革一瞥》一書的第二十六章為「民國成立以來之文學」（上海光華書局，民國十七年一月版），其劃界的意識無論是在「有以後注意」還是「無以後注意」的心理層面，都是一個較早成書的論斷；

周群玉在其《白話文學史大綱》中專設了「中華民國文學」（上海群學社，民國十七年三月版）一章，顯然，作者是有意識地將民國文學作為新文學的起點，雖然書中的分析和舉證尚不夠清晰宏闊，但是畢竟成為一家之說；

錢基博在其《現代中國文學史長編》一書明確將「現代」劃至中華民國初年以後，他在「緒論」的第三節中曰：「民國肇造，國體更新；而文學亦言革命，與之俱新。」「吾書之所為題現代，詳於民國以來而略推跡往古者，此物此誌也，然不題民國而曰現代，何也？曰：維我民國，肇造日淺，而一時所推文學家者，皆早嶄然露頭角於讓清之末年；甚者遺老自居，不願奉民國之正朔；寧可以民國概之！而別張一軍，翹然特起於民國紀元之後，獨章士釗之邏輯文學，胡適之白話文學耳！然則生今之世，言文學而必限於民國，

斯亦厪矣！治國聞者，倘有取焉！」〔註5〕應該說，錢基博先生道出了民國與「現代」的微妙之關係，事實證明，時至今日這種微妙之關係已經不復存在，此乃中國文學史治史大家的金石之言，其學理性和學術性至今仍然有其頑強的生命力；

王羽在其《中國文學提要》（上海世界書局，民國十九年出版）中也設有「民國的文學」專章，雖為片言隻語之說，但是亦可見之一斑──以民國起點的文學似乎為理所當然的劃界；

陸侃如、馮沅君在其《中國文學史簡編》第二十講「文學與革命」中就有一段非常精妙的話，當為最早的「沒有民國，何來五四」的邏輯源頭：「一九一一年十月十日，武昌的革命軍爆發了。無論從那一點上來看，這總是件中國史上劃時代的大事。過了五年，便有白話文學運動。又過了十年，便有了無產文學運動。（著重號為筆者所加）前者革了文學形式之命，後者革了文學內容之命。到了這個時代，中國文學史方大大的變了色，而跨入了另一個新的時代。」〔註6〕其言是非常典型的民國文學為新文學起源之說；

胡雲翼在其《新著中國文學史》（上海北新書局，民國二十一年出版）一書第二十八章「最近十年的中國文學」中開章明義地直陳：「最近十年來中國新文學進展的歷史，雖為時甚暫，但在文學史上實是一個很重大的轉變。由這個轉變，簡直把舊的文學史截至清末民國初年為止，宣告了牠的死刑；從最近十年起，文學界的一切都呈變異之色，又是一部新時代文學史的開場了。」

〔註5〕錢基博：《現代中國文學史長編》，無錫協成公司，民國二十一年十二月出版。第5～6頁。此書另有傳道彬點校的《現代中國文學史》版本，其文為：「民國肇造，國體更新；而文學亦言革命與之具新。」「吾書之所為題『現代』，詳於民國以來而略推跡往古者，此物此誌也。然不題『民國』而曰『現代』何也，曰：維我民國肇造日淺，而一時所推文學家者，皆早嶄露頭角於讓清之末年；甚者遺老自居，不願奉民國之正朔；寧可以民國概之？而別張一軍，翹然特起民國紀元之後，獨章士釗之邏輯文學，胡適之白話文學耳。然則生今之世，言文學而必限於民國，斯亦厪矣。治國聞者，倘有取焉」中國人民大學出版社2004年10月第1版。我查閱和校勘了南京大學文學院圖書館的「30年代特藏書庫」其初版本中的文字表述基本相同，所不同的是書名，點校本少了「長編」二字。且文中的現代和民國之引號為傳道彬點校本所加，另，其中脫漏兩字和改變標點五處。特此說明。

〔註6〕陸侃如、馮沅君合著：《中國文學簡史》，上海大江書鋪一九三二年十月十五日初版。第227頁。南京大學文學院圖書館的「30年代特藏書庫」藏有此書的開明書店民國三十八年一月八版，第187頁。這段引文在兩個版本中的表述無異。

作者將民初作為「舊的時代是死了」為前提來闡釋新文學發端的，可謂旗幟鮮明地將新舊文學的分水嶺劃為兩截，頗有西方文學史以但丁的作品來劃分新舊文學時代的大氣象；

　　容肇祖在其《中國文學史大綱》（樸社出版社，民國二十四年九月版）一書的第四十七章「民國的文學及新文學運動」裏，明確將民國初年的文學作為新文學發軔的，似乎沒有任何商量的餘地；

　　王哲甫在其《中國新文學運動史》一書中有著非同一般的表述：「新文學的前前後後——新文學運動，雖然發動於民國五六年，但它已經有很久的來源，在上章已經說過了。在清末民國初年的中國文壇，文學已呈現著五光十色的花樣，一部分人正在那裏模仿桐城的古文，如林紓便是服膺桐城派的一人；也有一部分人，如王闓運，章太炎之流，從事古文的復興運動，極力做些周秦以上的古文，能懂得的讀者，自然是更少了。梁啓超在日本辦《新民叢報》《新小說》則極力解放文體，摻用白話文和日本名詞，他的文筆常帶感情，已趨向於白話文的途徑。民國成立以後，章士釗一派的謹嚴精密的政論文亦盛行一時，但不能普及通俗，所以對於民眾沒有很大的影響。」〔註7〕這樣的觀點在錢基博的《現代中國文學史長編》中也同樣呈現了，也就是說，如果我們將古文運動思潮、現象和作品在此時段的發展也納入中國現代文學研究的視野（近年來也有學者力主將現代文學時段中的古典文學創作和研究也納入中國現代文學史研究領域），那麼，上述民國初期的這些思潮與現象將成為中國現代文學史研究的重要領域，但是，這些現象不在本文中做論證，因為它不是本文闡釋的主旨內容。

　　我曾經也十分推崇文學的劃界要遵循自身的內在規律，還文學的自身的獨立性。但是，和西方文學史的發展規律不盡相同，就中國古今文學史的內在規律而言，它沒有、也不可能與它所處時代的政治和文化發展的歷史語境相剝離，如果強行剝離，那肯定是生硬的、牽強的，甚至是無視中國文學與歷朝歷代的社會政治有著水乳交融之關聯的鐵的事實存在，中國現代文學史亦更是如此。因此，我要強調的是：狹義的中國現代文學史（不含 1949 年以後的所謂「中國當代文學史」）不是「中國現代文學三十年」，而應該是「中

〔註7〕王哲甫《中國新文學運動史》有 1986 年版上海書店影印本，作為中國現代文學史參考資料之一種，1996 年上海書店影印本，作為民國叢書第 5 編文學類之一種，兩本所依版本均為北平傑成印書局，1933 年九月版，第 32 頁。

國現代文學三十七年」！我之所以考慮將1912年的民國元年作為中國現代文學的起點，其理由就在於：

1、如前所述，中國現代文學史的斷代標準應該與整個中國文學史的斷代分期的邏輯理念和體例相一致，既定的，也是約定俗成的統一標準不宜因某一自以為的主導性理論而遭到破壞。那麼，為什麼這個既定的中國文學史劃界標準就會輕而易舉地就被拋棄了呢？仔細考證，這一法則的運用是從五四以後的一些曾經「文學革命」的先驅者們的文章開始的。當然，我們可以清楚地看到，1917年開始的「文學革命」之口號，從形式到內容都為文學史的劃界提供了可靠的理論依據，那麼，如果談到這樣的「文學革命」，黃遵憲的「詩界革命」則更有理由作為「現代」和「古代」間的區分，這一論點似乎早已成為許多學者創新理論之共識。顯然，從文學的內在規律開始到後來這一理論的演化、蛻變，尤其是1949年後對它革命性內涵的闡定和強調，逐漸就演變成一種意識形態要求的必然結果。倘若我們打破這種思維定勢，回到歷史切分法的原點來考慮問題的話，那麼，1912年將成為一個封建社會終結的改朝換代節點，無疑，它也就同時成為新文學發端的起點所在。

誠然，它也會帶來一個同樣難以迴避的問題，即：既然新舊文學的分水嶺定在1912年，既然中國現代文學史和中國當代文學史必須打通，那麼，這樣的切分是否也有按照政治標準來切割的嫌疑呢？其中國現當代文學不是又得重新進行二次性分割而陷入一種邏輯的悖論了嗎？所以，我要下面要強調的恰恰是由此而帶來的對民國核心人文理念與價值內涵的重新闡釋，因為從今後長遠的歷史眼光來看，中國的所謂現當代文學終究是要合流的——它的「現代性」畢竟會最後將它們融為一體。

2、1912年中華民國成立時，以孫中山為代表的資產階級民主核心價值理念——「三民主義」——就開始滲透在其執政的國體和政體的綱領之中，其「自由、平等、博愛」已然成為這個新生的共和國國體，乃至於整個民族和每一個公民所支撐和依賴的精神支柱。顯然，這樣的價值觀念是引進西方啟蒙時代以後，尤其是法國大革命所倡導的具有世界性意義的普遍價值理念，它不僅是從國家政治的層面確定了它對公民與人權的承諾，同時它也是在民族精神的層面倡導了對大寫的人的尊重。所以，才有了後來的所謂五四「人的文學」的誕生；所以，才有了中國現代文學史上20年代和30年代文學的大繁榮。我們不老是說中國現代文學三十年的成就遠遠超過了後來的七十年

嗎（其實我並不完全同意這一觀點）？然而，我們卻沒有想到的問題是：正是由於「自由、平等、博愛」的價值理念統攝和籠罩著中國現代文學史，它才有可能產生五四前後的大作家和大作品，才會出現如雨後春筍一般的文學社團和流派。其實，這樣的理念也始終盤桓在包括 1949 年以後的 20 世紀中國文學史的上空，即使是在封建法西斯統治下的「文革」時期，這樣的人文理念也仍然存活在那些呼吸過民國和五四文化和文學新鮮空氣的知識分子作家腦際中。換言之，「自由、平等、博愛」的價值理念從來就沒有離開過中國作家作品，直到新世紀的今天亦是如此，儘管在 20 世紀後半葉，它往往是在或隱或現的狀態中閃現，但是，它畢竟成為中國作家頭頂上永遠揮之不去的那片燦爛星空。

　　3、1912 年為中華民國元年，它標誌著一個資產階級民主共和政體的誕生！帝制被推翻，也就斷然在形式上宣告與延續了幾千年的封建古代國體、政體與意識形態進行了形式上和法律上的切割（雖然，它在意識形態內容上還不能進行精神臍帶上的完全剝離）。這就在政策和法規的層面為新文學在形式（從文言向白話轉型）和內容（「人的文學」）上奠定了穩固的政治基礎，並提供了可靠的法律保障。經過資產階級武裝鬥爭的辛亥革命而成立的共和政府，創建了第一部具有民主意識的《臨時約法》：「首先是確定了中國的國體，確認以『國民革命』的手段推翻滿清王朝，代之以『自由、平等、博愛』的資產階級民主共和制度，從而肯定了資產階級民主共和的國家性質和主權在民的原則，從根本上否定了封建君主專制制度。」「最後，《臨時約法》不僅以根本大法的形式徹底否決了封建專制制度，確定了資產階級共和國的國體和政體，還規定中華民國人民一律平等，享有人身、財產、營業、言論、出版、集會、結社、通訊、居住、遷徙、信仰等自由，享有請願、陳訴、考試、選舉和被選舉等民主權利。」〔註8〕「南京臨時政府的建立，是近代中國人民艱苦奮鬥的偉大成果，它雖然存在時間短暫，但卻在中國近代史上做出了卓越的貢獻，具有重要的地位。它建構了中國現代國家的雛形，展示了未來的圖景，開闢了中國歷史的新紀元。它最大的特點，是歷史的首創性。」〔註9〕

〔註8〕王文泉、劉天路主編：《中國近代史：1840～1949》，高等教育出版社 2001 年 12 月第 1 版。第 200～201 頁。

〔註9〕張憲文等著：《中華民國史》第一卷，南京大學出版社 2006 年 1 月第 1 版。第 100 頁。

「《臨時約法》反映了革命黨人對民主共和國的基本構想，他們汲取了近代西方國家資產階級民主政治的基本原則，把這些原則在中國第一次以根本大法的形式肯定下來，具有劃時代的意義。」《中華民國開國法制史——辛亥革命法律制度研究》一書中指出《臨時約法》的歷史意義主要有以下幾點：

（1）在政治上，它不僅僅是宣判了清王朝封建專制統治的死刑，而且以根本法的形式廢除了在中國延續了兩千年的封建君主專制制度，確立起資產階級民主共和國的政治體制。

（2）在思想上，它改變了人們的是非觀念，使民主共和的觀念深入人心，樹立了帝制自爲非法，民主共和合法的觀念，

（3）在經濟上，確認資本主義生產關係爲合法，在當時的歷史條件下，符合中國社會經濟發展的趨勢，客觀上有利於中國民族資本主義經濟的發展和社會生產力水平的提高。

（4）在文化上，《臨時約法》頒佈後，資產階級、小資產階級知識分子便利用《臨時約法》規定的集會、結社、言論、出版自由，紛紛組織黨團和創辦報刊，大量介紹西方資本主義國家的政治、經濟、法律、文教情況，爲新文化運動創造了條件。

（5）在對外關係上，《臨時約法》強調中國是一個領土完整、主權獨立、統一的多民族國家，具有啓發人民愛國主義的民族感情，防止帝國主義侵略的意義。

（6）在世界歷史上，《臨時約法》在亞洲民主運動憲政史上也佔有重要的歷史地位，在 20 世紀初年的亞洲各國當中，是一部最民主、最有影響的民權憲章。〔註10〕

我們的歷史教科書都不否認其合理的存在——它是中國封建王朝在政體和國體上的最終解鈕，我們還有什麼理由不承認它對新文學的發生所產生的巨大的決定性影響和深遠的歷史作用呢？！還有什麼理由不承認其所涵蓋下的文學存在於特殊歷史時段的合理性呢？！雖然，孫中山的臨時政府遭遇了袁世凱的帝制復辟，充分暴露出了辛亥革命的不徹底性，被魯迅那樣的五四新文化運動的先驅者們所詬病，成爲新文學初期文學藝術作品中抨擊與揭露的靶子。然而，新文化運動不是一日興起、一蹴而就的，從發生學的角度來考察，沒有

〔註10〕邱遠猷、張希坡著：《中華民國開國法制史——辛亥革命法律制度研究》，首都師範大學出版社 1997 年 12 月第 1 版。第 373 頁。

辛亥革命的推動，沒有中華民國的政策與法律法規的保障，沒有引進西方民主自由的國體和政體的先進理念，沒有「自由、平等、博愛」的啓蒙精神理念作先導，其新文化運動是不可能發生的；沒有資產階級共和的政體與國體的保障（即便它是短命的；即便它有許許多多的不足），也不可能在哪怕是袁世凱復辟帝制統治時期還保有民主憲法的形式，以及出版、言論、結社的自由，其間的「二次革命」和「三次革命」都是遵循了對這種精神理念的追尋──這就是民國政府《臨時約法》所產生的巨大「現代性」的連鎖效應。

倘若我們進一步追問下去，其答案是顯而易見的：辛亥革命的不徹底性，五四新文化運動解決了嗎？五四新文化運動以後解決了嗎？魯迅死後解決了嗎？魯迅沒有看見的人民共和國又解決了嗎？！百年後的今天，當我們回眸這場資產階級共和理想給中國一個世紀的意識形態留下的諸多思考，我們在不得不扼腕歎息其短命之餘，恐怕更要看到它對歷史的深遠影響。於是，我不想把這樣的有著歷史缺憾的學術思考帶到它誕生的百年之後。因此，我的論證結果就是──我們既然承認 1949 年以後的人民共和國的文學史；難道我們就沒有氣量和膽識承認和容忍那個資產階級民主共和國的文學史的客觀存在嗎？！

如果眞正從「文學革命」的形式上來考察的話，顯然，「白話文運動」、通俗文學和「文明戲」的發生與發展應該是新舊文學劃界的一些重要元素，那我們就來看看這些文學元素在民國初年所呈現出來的具體狀態。

首先，倡白話、開報禁、言論出版自由的啓蒙意識被法律法規的形式所閾定和保護，民聲民言的暢達促進了新文化和新文學運動的萌動進入了一個自由發展之空間，爲提升新文學的數量與質量打下了基礎。民國初年，言論廣開，新聞通訊社有了發展，1912～1918 年間，新創辦的通訊社達 20 餘家，這就大大地保障了言論的自由。民國初年，從南方到北京，由於言論出版的自由，人們思想活躍，代表著各種文化和政治利益的組織也如雨後春筍般的成長起來。我以爲，正是因爲資產階級民主共和的思想被規約和融化爲一種法律法規的形式，這就爲中國新文學的發生和發展奠定了堅實的基礎。沒有這樣一個思想基礎和法律形式的保證和保護，中國現代文學，尤其是上世紀20 至 30 年代文學是不可能產生文學大家和傳世經典之作的，也不可能產生出像魯迅這樣的與舊世界和舊文化徹底決裂的叛臣逆子來的，更何談產生出那麼許多文學社團和流派來。

　　中華民國《臨時約法》中規定的言論出版自由等條款，為白話文的開展提供了便利，倘若沒有這一前提，「文學革命」的「白話文運動」是不可能發展得如此迅猛的，其實，白話文興起的源頭是在晚清，這已經成為學界之共識，黃修己先生認為：「早在 19 世紀後半期，提倡白話，要求改革文字、改良文學的呼聲就已經此起彼伏，形成了一定的聲勢。語言的變革也有自己的規律，但社會發展的需要更是巨大的推動力。」〔註 11〕沒有「推動力」的根本原因就在於：「新文學運動以前，國內文壇的趨勢，已傾向於白話文學，但是沒有一個人出來高舉義旗，提倡文學革命，這是什麼緣故呢？這是因為這十餘年來，雖然有提倡白話報的，有提倡白話書的，有提倡官話字母的，有提倡簡字字母的，他們雖說也是有意的主張，但他們可以說是『有意主張白話』，卻不可以說是『有意主張白話文學』。因為他們始終以為白話文不過是一般平民階級的便利，而在他們自己卻仍然保持著古文古詩為文學的正宗，這麼一來，把他們自己與平民階級分成兩個階段了。」〔註 12〕其實，夏志清先生也認為：「事實上，遠在胡適先生提倡白話文以前，中國已經有不少流行小說是用白話文寫成的了。像《老殘遊記》和《官場現形記》這種晚清小說，不但說明了一般人對白話文學的興趣愈來愈廣，而作者也越來越依靠白話文來諷刺和暴露當時的政治和社會的弱點了。另一方面，報業興起，積極提倡使用白話文，因此，白話文除了小說外，多了一個派用場的地方。」「在胡適以前，白話文、新文言體和漢字拉丁化的運用，主要是為了適應政治上和教育上的需要而已。」〔註 13〕無疑，這些論者都是說明一個道理，即：所謂「白話文運動」的起源並不在五四。

　　我尚未對民國至五四時期的白話文推廣的情形做一個細緻的調查和統計，不能得到其確切的進展狀況，這一工作尚留待今後考訂。但是，有一點是可以肯定的，那就是這一時期的白話文已經開始流行，其最重要的原因就在於由出版和言論自由法律規約下的報紙和刊物在民國初期的發展。尤其是

〔註11〕黃修己：《中國現代文學發展史》，中國青年出版社 2008 年 10 月第 3 版，「引言」第 2 頁。

〔註12〕黃修己：《中國現代文學發展史》，中國青年出版社 2008 年 10 月第 3 版，「引言」第 2 頁。其中引文中的引文為：郭箴一：《中國小說史》（下）長沙商務印書館，民國二十八年五月初版，第 589 頁。其中脫漏了兩個「的」字。特此說明。

〔註13〕夏志清：《中國現代小說史》，劉紹銘等譯，香港中文大學出版社 2001 年版。第 4 頁。

「在文化上，《臨時約法》頒佈後，資產階級、小資產階級知識分子便利用《臨時約法》規定的集會、結社、言論、出版自由，紛紛組織黨團和創辦報刊，大量介紹西方資本主義國家的政治、經濟、法律、文教情況，爲新文化運動創造了條件。」〔註14〕毋庸置疑，這些優越的政治條件爲文學的素材——社會新聞的廣泛流傳提供了舞臺，它不僅促進了通俗文學的發展，而且成爲中國報告文學與小說混成雜交的最早的「紀實文學」之雛形，換言之，它就是中國現代「紀實文學」文體的源頭所在，它與中國古代「筆記小說」的根本區別就在於它現代人文精神的批判性開始顯現，以及文體形式上的眞實與虛構的交融性大大擴展了它的受眾面，更重要的是它所釋放出來的巨大信息量爲現代性的文化發展提供了空間。

　　無疑，通俗文學在民國初期得到了長足的發展，這不僅是在法律形式上保障了白話通俗小說發表的自由，而且從創作和接受兩個層面，使陳舊的封建文學形式解體而走向平民化。從另一個維度爲新文學的啓蒙迅猛發展提供了可靠的場域。

　　民國初年，文壇上以鴛鴛蝴蝶派小說、黑幕小說及偵探、武打小說的發行量猛增，其「鴛蝴派」小說是創作之重鎮，民國初年成爲它的極盛時代。其陣地除報紙副刊外，還創辦了不少刊物，如《中華小說界》、《小說叢報》、《禮拜六》、《眉語》等，總共不下 20 餘種。如果我們把通俗文學也作爲中國新文學不可分割的重要一支，無條件地讓其入正史的話，那麼，有一個現象是需要注意的——民國初期的通俗小說已經開始從晚清的譴責與黑幕的體式向社會小說轉型〔註15〕。也就是說，民國開始的民眾對文學的接受在很大程度上是一種社會政治的參與，這就是梁啓超們之所以總結出「小說的群治關係」的緣由。也正是在這一點上，我們看到了五四以後的小說爲什麼會首先定位在「社會小說」和「問題小說」上，以至於到後來爲什麼會形成「爲人生」的寫實主義小說創作大潮，甚至找到了爲什麼會在以後近百年的各種文學潮流中而凸顯現實主義思潮的眞正緣由。

　　我非常同意范伯群先生關於純文學和通俗文學的「雙翼說」；也同意他認爲中國現代文學史由於沒有通俗文學的植入是一部「殘缺」的文學史的觀點；

〔註14〕邱遠猷、張希坡著：《中華民國開國法制史——辛亥革命法律制度研究》首都師範大學出版社 1997 年 12 月第 1 版。第 373 頁。

〔註15〕范伯群主編：《中國近現代通俗文學史》「第二章　從譴責、黑幕遺風透視通俗社會小說」。江蘇教育出版社 2000 年 4 月第 1 版，第 100 頁。

更同意他一再強調中國現代通俗文學對啓蒙運動的貢獻，他認爲：「中國現代通俗文學作家在 19 世紀末到『五四』之前是中國啓蒙主義的先行者。在中國，文學的現代化之路是與啓蒙主義有著內在聯繫的。將通俗文學與啓蒙主義聯繫起來，咋聽似乎是一種『癡人說夢』。但是我們認爲中國早期社會通俗小說——譴責小說就已經有了啓蒙的因素。」〔註 16〕同樣的觀點還來自於楊聯芬先生：「晚清新小說的『新民』理念，意味著用小說塑造讀者，敘述者遂成爲啓蒙者。」〔註 17〕當然，范先生和楊先生將啓蒙元素在通俗文學中的顯現推及之清末是有道理的，但是，我們卻不能忽略的是，民國的建立，對鞏固和保障這一元素的延展是起著至關重要作用的。之所以此時的「文以載道」能夠大行其道，民眾可以在小說中找到對社會政治的宣泄，無疑，通俗小說起到了表達民聲的橋梁作用。所以，我既不同意將通俗文學史向前推至 19 世紀八 90 年代，也更不同意有些學者在通俗文學史與純文學史的合併中，將前者開端置於 1919 年的框架體系中。

楊聯芬認爲：「晚清新小說運動大致可以 1900 年爲界分爲兩個階段：1900 年前（實是戊戌變法失敗前），維新知識分子對小說的倡導，基本上是屬於思想界發現和論述小說重要性的理論呼籲階段，小說只是作爲抽象概念被置於配合政治改革的思想啓蒙位置，也就是說處於維新運動『外圍』之意識形態方面，還沒有被視爲文學，所以關於小說創作和具體形式的探討，在那時幾乎沒有涉及。1900 年後，維新派知識分子參與政治改革的可能性喪失，伴隨著梁啓超身份和事業的轉移，這種情形也才發生了改變。」〔註 18〕這樣的情形到了民國初年又有所變化，也就是此時的文學創作鞏固了小說開發民智和啓蒙教化作用，並且也突出了小說的文學地位。我以爲，其實所謂的新文學並無雅俗之分，只有好壞之分，至於人爲地將兩者分爲雅和俗、純與雜，是不符合文學史研究的學術性和學理性的人爲切割行爲。民國的這些新小說的理念和手法不是都一一滲透在後來的中國現代文學史林林總總的作家作品之中了嗎？

〔註16〕 范伯群主編：《中國現代通俗文學史》（插圖本），北京大學出版社 2007 年 1月第 1 版，第 6 頁。
〔註17〕 楊聯芬著：《晚清至五四：中國文學現代性的發生》，北京大學出版社 2003 年11 月第 1 版，第 74 頁。
〔註18〕 楊聯芬著：《晚清至五四：中國文學現代性的發生》，北京大學出版社 2003 年11 月第 1 版，第 22 頁。

「我們發現一個非常重要的現象：圍繞著政治、文化、教育、女權等話題而展開的中國社會現代化的討論，而晚清一直持續到五四；而這些討論，在民初至五四主要是通過雜誌的社評、雜說、遊記、通訊、隨筆等報刊文章進行的，如《東方雜誌》、《婦女雜誌》、《新中國》、《新教育》、《新青年》等。」〔註19〕楊先生發現了民國初年至五四這些屬於「大散文」文類的文章對中國現代化的討論所起到的重要作用，這就從另一個側面反映了由於憲法的保證，才得以使啓蒙主義思想得到廣泛而良好的傳播。

更爲重要的是，「民國初年，在刊物上掀起了一股宮闈筆記、歷史演義和反映稱帝、復辟事件的小說熱。在辛亥革命前後，許多歷史性的政治事件頻頻爆發，而由於清廷傾覆，使眾多歷史內幕得以『解密』，人們可以無所顧忌地發表過去諱莫如深、只能在私下裏口口相傳的宮廷、官場秘聞，竊竊私語的時代已經過去，人們可以將眞相公之於眾，能『寫的』就將過去的積累和盤托出，喜『讀的』更是樂此不疲，於是激發人們再去向縱深開掘，形成了出版物中一道新的風景線、編輯與書商的一個『大賣點』。在清末民初的幾個大刊上，如《小說時報》、《小說月報》、《小說大觀》和《中華小說界》等刊均有筆記文學的一塊地盤。」〔註20〕由此可見，民國小說的發展不僅是繼承了晚清譴責小說的批判遺風，而且更是開創了小說的「寫實性」風格，爲五四小說現實主義批判主潮奠定了牢固的基礎。同時，它也是中國小說文體變革的源頭所在——將「紀實與虛構」的文學樣式推上了歷史的舞臺。這不能不說是民國初年小說的一大進步。這樣的風格一直延續到五四前夕，其中經過的「揭黑小說」風潮，還不能簡單地與晚清時期的「黑幕小說」相類比，因爲它所接受的西方文化與文明的理念是不可忽視的，而參照同時期的歐美文學創作元素也是不容小視的。〔註21〕所有這些，都有力地證明了民國文學的開放性是與其政治文化的制度保障背景分不開的。

毫無疑問，自民國初年開始的「文明戲」運動，也是我們考察中國現代文學史斷代的一個重要依據。雖然「文明戲」有著「文以載道」的理念，雖

〔註19〕楊聯芬著：《晚清至五四：中國文學現代性的發生》，北京大學出版社2003年11月第1版，第77頁。

〔註20〕范伯群主編：《中國現代通俗文學史》（插圖本），北京大學出版社2007年1月第1版，第184頁。

〔註21〕范伯群主編：《中國現代通俗文學史》，北京大學出版社2007年1月第1版，第8章，第4節，第230～235頁。

然其在藝術上也顯得較為粗糙。但是，它所持有的核心價值理念卻是全新的
——以弘揚啟蒙主義的「個性」特徵為旨歸；它所把握的形式也是與中國古
代戲曲截然不同的——以白話語的話劇舞臺形式傳播「自由、平等、博愛」
的文明理念。因為倡導中國「文明戲」的許多中堅人物後來都成為革命黨的
核心力量：「辛亥革命前後，原在日本的春柳社成員陸續回國。不少人投身於
革命，有人還做了官如陸鏡若做過都督府的秘書，馬絳士擔任過實業廳的科
長。」〔註22〕最典型的就是王鐘聲：「1911 年，王鐘聲因演革命戲被清政府拘
捕，押回原籍。辛亥革命爆發以後，充滿激情的王鐘聲捨棄粉墨生涯，投身
革命。」「於 1911 年 12 月 3 日被直隸總督殺害。在為中國革命事業流血犧牲
的話劇人中，王鐘聲應是最早的一位可歌可泣的代表人物了。」〔註 23〕尤其
值得注意的是「辛亥革命前後，全國湧現出眾多與進化團風格相似的文明戲
團體。」〔註 24〕他們「在思想內容上普遍具有強烈的時代感和鮮明的政治傾
向性，比較符合國情民心，在藝術上較多地吸收了傳統戲曲的特點，為一般
百姓所喜聞樂見。」〔註25〕更須得強調的是，在民國元年的 1912 年，陸鏡若
編劇的七幕話劇《家庭恩仇記》的上演，標誌著中國文明戲向現代話劇的轉
型；而「1913 年 8 月，沉寂一時的上海文明戲劇壇開始出現了活躍的?象，率
先打破這一沉寂的是被時人稱為『新劇中興功臣』的鄭正秋。」他所組織的
「新民社就成為我國第一個商業化的話劇團體。」〔註 26〕所以，我以為不管
人們對這些社團與個人的戲劇行為怎樣看待，但是，有兩點足以證明了從民
國開始的文明戲完成了它的「現代性」的轉型：一個是戲劇的內容觸及了現
實生活和社會政治的關係，而非古代戲曲只停留在「過去式」的內容敘述和
表現上；二是滲透和融入了商業化的元素，作為「現代性」的標誌，這是表
演藝術的必然結果。僅憑這兩點就可以說，民國初期的文明戲的轉型才是中

〔註22〕 丁羅男主編：《上海話劇百年史述》，廣西師範大學出版社 2008 年 10 月第 1
版，第 28 頁。

〔註23〕 丁羅男主編：《上海話劇百年史述》，廣西師範大學出版社 2008 年 10 月第 1
版，第 21 頁。

〔註24〕 丁羅男主編：《上海話劇百年史述》，廣西師範大學出版社 2008 年 10 月第 1
版，第 25 頁。

〔註25〕 丁羅男主編：《上海話劇百年史述》，廣西師範大學出版社 2008 年 10 月第 1
版，第 26 頁。

〔註26〕 丁羅男主編：《上海話劇百年史述》，廣西師範大學出版社 2008 年 10 月第 1
版，第 33 頁。

國現代戲劇史的眞正開端。

綜上所述，我想強調的是，中國現代文學史不是三十年，而是三十七年！我們不僅要找回這被遺忘和遮蔽的這七年，而且更重要的是，研究這七年文學的作家作品、文學現象和文學思潮，並且釐清它們與五四新文學直接和間接的內在關聯性，應該是一些不可迴避和刻不容緩的研究課題了。

第二節　新文學史重新斷代的理由

任何一種斷代，只要一刀切下去，總會留下或多或少的遺憾，關鍵就在於我們應該取利益的最大值。既然我們治的是中國文學史，那麼，按照傳統的中國文學史的切分方法來給中國清以後的現代文學進行斷代，最合適的切點就在 1912 年的民國元年，因爲它不僅標誌著一箇舊的朝代的逝去和一個新的時代的到來，而且更重要的是它標誌著和以上延續了幾千年的各個朝代的封建文化和文學進行了本質上的告別，從此開始了一種新文學——內容上的人本主義主潮和形式上的白話文創新實踐——的審美跋涉。

無疑，就上述問題的討論，在古代文學界已經有過多次的交鋒，過去（指 20 世紀 80 年代和 90 年代）其焦點集中在分期的依據究竟是在政治史，還是文學史的所謂自身規律上來劃分的討論上，其實，我一直以爲這個問題是一個僞命題——中國文學爲什麼從古至今都要按朝代劃分呢，其答案卻是一個常識性的問題——在中國，有哪個朝代的文學突破了政治文化所給定的範疇呢？有哪種所謂「創作主體、作品思想內容、文學體裁、文學語言、藝術表現、文學流派、文學思潮、文學傳媒、接受對象」〔註 27〕能夠脫離它所處時代政治文化的統制和影響呢。不必說幾千年封建統治下的中國文學了，即便是歐洲文學的發展進程也與同時代的政治文化有著血脈相連的關係，按時代更迭的順序進行文學史的切割，並非是中國文學史的獨創。我倒是局部同意周明初先生在〈文學史分期問題淺議〉裏所闡釋的第四條意見：「1949 年以後編寫的中國文學史，對於古代文學部分的處理，一般是依朝代進行分期的，唯獨到了清代文學部分，將它分成兩段，一段爲清前中期文學，屬於古代文學部分，另一段爲從鴉片戰爭開始的晚清文學，屬於近代文學部分。強行割裂文學史，造成了體例上的混亂，這在這在政治統率一切的年代原是不得不

〔註 27〕周明初：《文學史分期問題淺議》，《中國文學古今演變研究論集》，上海古籍出版社 2005 年 5 月第 1 版，第 98 頁、第 100 頁。

如此的，也由此可見基於政治史的分期劃分文學史的荒謬性。」〔註28〕

周先生說不應該把前中清和晚清割裂開來的觀點是對的，不錯，這種將清代文學一分為二的劃分的確是 1949 年後學術依附於政治需求的典型事例，但這恰恰就是破壞了按朝代劃分文學史的典型範例，與文學史與政治文化史關聯性的切分依據也是背道而馳的，所謂「近代文學史」的強行切割是政治主觀介入的結果；而政治史的劃分不能因為某些人的一種偏執的觀點就被否定，歷史已經證明這種切割是弊大於利的做法，因此，我們不能因噎廢食而混淆兩種不同意義與層面上的邏輯關係，將利用政治力量介入文學史的劃分和依據政治文化史來進行文學史的劃分混為一談，因為這完全是兩碼事。

就當下學界對新文學（中國現代文學）劃界問題的討論，爭議的焦點已經轉移，不再糾纏在五四前後幾年短距離的邊界劃分上，而是集中在「晚清」、「民國」和五四這三個節點上，我在上一篇論文裏主要解決的是「民國」和五四間的棘手問題，但是，「晚清」和新文學的切割問題仍然是橫亙在我們學術前沿的一個新的斷代史命題。

將「晚清」作為中國新文學的發端已經成為一些著名學者的共識，無疑，它會將新文學史向前推進 30～50 年。為新文學增添豐富的內容，本是一件值得慶幸的事情，但是其中所隱含著的許多問題尚須一一解決。

早在 80 年代，嚴家炎先生就提出了 20 世紀中國文學「現代化」的命題，其中就暗含著對新文學的新的斷代思考：「當初我關注它，只是看到中國現代文學在發展中確實存在這樣一條貫穿始終的線索；我以為這條客觀存在的線索，比長期以來我們運用的『反帝反封建』這一主觀的政治視角要恰當的多年，完全可以取代後者。我也贊成作為思潮──而不是僅僅作為因素──的『現代化』和『現代性』，應從甲午戰敗算起。」〔註29〕在最近出版的《20 世紀中國文學史》一書中，嚴家炎先生更是強調了他對文學史劃界的鮮明觀點：「像過去那樣，現代文學史就從五四文學革命寫起，如今的學者恐怕已多不贊成。相當多的學者認為：中國的現代文學史或 20 世紀文學史，應該從戊戌變法也就是 19 世紀末年寫起。但實際上，這些年陸續發現的一些史料證明，現代文學的源頭，似乎還應該從戊戌變法向前推進十年，即從 19 世紀 80 年

〔註28〕 周明初：《文學史分期問題淺議》，《中國文學古今演變研究論集》，上海古籍出版社 2005 年 5 月第 1 版。第 98 頁、第 100 頁。
〔註29〕 嚴家炎：《晚清至五四：中國文學現代性的發生‧序》北京大學出版社 2003 年 11 月第 1 版，第 6 頁。

代末、90 年代初算起。」〔註30〕

　　我以為，將「晚清」作為新文學發軔的背景來看，我是舉雙手贊成的，沒有任何異議，但是，將它作為新文學的起點而將其邊界切割於此，似乎就不太合適了。就中國社會何時進入「現代性」語境這個問題，前些年有些中國古代史專家學者還將其推算到明朝的萬曆年間呢，但是，無論從歷史的發展，還是學理的邏輯推演來說，都是很難立得住腳的。因此，我的觀點還是堅持以政體和國體的改變來劃界，觀點雖然老舊一些，但是實用，且弊端相對較小一些，擇其另徑，恐其弊端更多。我以為這個觀點倒是符合馬克思主義歷史學原理的，因為上層建築和經濟基礎之間的對應關係是我們文學史劃界的一個重要理論依據。

　　就目前學界對新文學邊界的劃分依據而言，似乎更注重史料發掘，其白話文的寫作時間似乎成為新文學發軔的重要判斷證據。這不僅是范伯群先生在治中國現代通俗文學史時的重要依據，而且也成為許多著名學者治中國現代文學通史的普遍新創。

　　范伯群先生在《論中國現代文學史起點的「向前移」問題》中說：「自從『20 世紀中國文學』和『沒有晚清，何來五四』等問題的提出，再加上改革開放與和諧寬容的大好形勢，中國現代文學史研究的情況就有了很大起色。晚清至『五四』這一時段的文學資料成了關注的新焦點。晚清民初的許多作品也得到了恰如其分的闡釋，隨著對這個文學現代化的進程的如實描繪，給人們總的印象是，中國現代文學史的起點『向前』位移是符合歷史的客觀實際的。」所以，他指出：「這個文學從古典轉軌為現代型的起點標誌是 1892年開始連載、1894 年正式出版的《海上花列傳》。」〔註31〕

　　嚴家炎先生也用三個方面的新發掘的史料來證明這個劃界的合理性，儘管許多觀點是很有說服力的，例如黃遵憲呼籲的語言文字變革、陳季同的文學主張和創作實踐、以及韓慶邦《海上花列傳》的發表，都標誌著新文學的萌動與突進的痕跡，但是，就我的淺見，這些創作仍然可以從明清話本小說中找到其白話的源頭。范伯群先生在其所著的《中國現代通俗文學史（插圖本）》中引用包天笑的觀點就是：「蓋文學進化之軌道，必由古語之文學變而

〔註30〕嚴家炎：《中國現代文學的發端及其標誌》，《20 世紀中國文學史》高等教育出版社 2010 年 4 月第 1 版，第 7 頁。

〔註31〕范伯群：《論中國現代文學史起點的「向前移」問題》，《中國近現代文學轉折點研究》，上海文藝出版社 2008 年 9 月第 1 版，第 76～77 頁。

為俗話之文學。中國先秦之文多用俗話，觀於楚辭、墨、莊，方言雜出，可為證也。自宋而後，文學界一大革命即俗話文學之崛然特起。」〔註32〕然而，我們能否就據此將新文學的起點向前推移這幾十年呢？如此一來，新文學的源頭豈不甚至可溯源至宋，甚至還可追溯至先秦嗎，「俗話」「白話」作為語言工具，它只有依附於內容，才有其生命力，沒有理念內容的更新，它只能是一種呆板凝滯的形式而已，這就是為什麼白話文在五四會成為新文學導火索的重要原因。所以，我主張須得慎重考慮「向前移」。

楊聯芬女士對「晚清」和五四的關係探討應該是學界此領域的集大成者，她的《晚清至五四：中國文學現代性的發生》一書給我們提供了觀察新文學發生的一個新的視角，她對這段史的發生和學科的建立的論述是有其學術意義和學理意義的：「1930 年，陳子展在《最近三十年中國文學史》中，從科舉廢除、模仿西洋、小說詞曲之登大雅之堂、語言的解放及文學的平民化等方面，將晚清文學視為中國現代文學的開端進行描述。這大概是五四之後最早，也差不多是惟一系統地將晚清與五四最為一段歷史進行梳理的文學史論著。在此前（1922 年），胡適應《申報》之約而作的《五十年來中國之文學》，基本上是編年史，並沒有將此前五十年作為中國文學現代化轉變的一個邏輯時間，也無意將晚清與五四連為整體進行論證，潛意識中是是不願將『新』的『革命』的五四與屬於『改良』的晚清放在一起。再後來，為突出並促使『現代文學』作為一門獨立的學科存在，中國現代文學最終被固定為以五四為起點，而晚清則作為古代文學的尾聲、現代文學的背景，長期以來以『近代文學』的身份，處於被古代文學和現代文學『懸空』的孤立研究狀態。」〔註33〕說的是！胡適先生作為五四文化的先驅者，他無論如何也不可能將晚清作為新文學和新文化的起點的，這一點是毫無疑義的。但是，從學科上來說，我以為這也是一個不是問題的問題，楊女士也意識到從古典文學和現代文學的邊界中國切割出來一個所謂的「近代文學」（亦即「晚清」）似乎是不合適的。那麼，我要說的是，從邏輯的種屬關係上來說，「近代文學」是歸屬於「古典文學」種概念之下的一個屬概念，它並沒有呈「懸空」狀態，而是被人為地切割出來了，其原因是多種的，其中有個不可忽略的因素就是不外乎有些人

〔註32〕包天笑：《小說畫報・短引》，《小說畫報》創刊號，第 1 頁，1917 年 1 月出版。

〔註33〕楊聯芬：《晚清至五四：中國文學現代性的發生》，北京大學出版社 2003 年 11 月第 1 版，第 13 頁。

希望擴大學術地盤，再造一門新的學科而已。實際上，它完全可以作為一個小斷代的課題進行專門性研究，這是沒有絲毫問題的，但是將它放大和誇張到建立一個學科體系的高度，就不合適了。從這裡，也使我們隱隱約約看到了周明初先生所擔心的政治元素干預的結果，儘管在它的歷史時段裏發生了許許多多令人忘懷的大事件，但這個時段的歷史（包括文學史）還不足以形成一個新的學科。因此，我堅持認為「晚清」也是「清」，它姓「古」而不姓「新」；「民國」就是「民國」，它姓「新」，而不姓「古」的觀點！

　　所謂的「民國文學」是否在 1949 年就中斷了呢？沒有！其回答應該是否定的。不錯，它在大陸突變成了「共和國文學」，但其在臺灣，則仍在延續。因為種種政治原因，臺灣地區在表述其文學史的時候也有兩種不同的表述形態。我的觀點是：「民國文學」的表述在大陸自 1949 年中斷後，在臺灣地區仍然在延用，承認這樣的表述這並非完全是從政治文化的角度來考慮問題，同時也是從文學自身的變化來考慮問題的，因為，在整個新文學的發展過程中，1949 年以前的臺灣文學只是一個地域性文化特徵很強的文學呈現，而 1949 年以後，雖然其在政治上仍然是區域性的存在，但是，其文化和文學卻十分嚴重地受著一種新的體制的制約——文學服務屈從於政治不僅成為大陸 1949 年的文學特徵，同時也是臺灣 1949 年以後幾十年的文學特徵。所以，新文學（也即中國現代文學）正確的表述應該是：1912 年～1949 年為「民國文學」第一階段（含大陸與臺港地區，以及海外華文文學），1949 年以後在臺灣的 60 多年又可分為若干階段；總體來看，1949 年後形成了三種不同的表述：大陸是「共和國文學」的表述（而非什麼「當代文學」）；臺灣仍是「民國文學」的表述（它延續到何時，也是一個需要討論的學術問題）；港澳就是「港澳文學」的表述（因為它的政治文化的特殊性，所以它的文學既有中華傳統文化的元素，同時又有殖民文化的色彩。因此，我們只能用地區名稱來表述）。此外，尚有一支海外華文文學，就一併歸入「港澳文學」。我之所以將臺灣地區的文學進行單獨的表述（這與大陸許多學者通常的劃分不一樣，他們往往就是用「臺港文學暨海外華文文學」加以籠統地表述），其目的也就在於此。

　　其實，當下大陸文學史的表述與臺灣文學史的表述是有悖離之處的。作為一種政治紀年的表述，臺灣仍然在延用「民國」歷史的表述，也就是說，他們的文學發展仍然還是「民國文學」的延續而已，雖然觀點有著黨派傾向，

不無反動之處，但是其表述內涵還是堅持「一中」的。

　　從文學史文本的檢索來看，像臺灣一些學者所著的《中華民國文藝史》〔註34〕就是開章明義，堅定以「民國文學」爲延續的編纂方法和體例的煌煌一千多頁之巨著。

　　周錦在《中國新文學史》〔註35〕中就很明確這樣表述的臺灣文學史分期階段的：

　　　　第八章　中國新文學第四期

　　　　民國三十八年——民國六十四年

　　　　1949年——一九七五年

　　　　這一時期的敘說，是自民國三十八年底開始，一直到現在（民國六十四年底），但不是終止，因爲往後的時間仍然包容在這一期當中。在政治上，可以稱作「反共復國時期」；在文學上，則是新文學的「淨化和復興時期」。〔註36〕

在論述「新文學第四期的政治情況」這一節中，以編年體排列重大政治事件，均仍以民國紀年，從「民國三十八年」論述到「民國六十四年」。〔註37〕

　　在論述「新文學第四期社會背景」時說：這就是民國三十八年下半年，到民國三十九年春天的情況，我們也可以想像到當時社會是怎樣的紊亂了。」〔註38〕

　　在論述「新文學第四期的臺北文壇」時說：「我們說中國新文學第四期，是「淨化和復興」的時期，那是因爲大陸淪陷後，過去喜歡興風作浪甚至思想偏激的文人作家多上了賊船，在臺灣這一塊乾淨樂土上，一切正可以從頭來起，重創新機。」「民國三十八年，整個文壇一片灰暗，在臺北文藝界是沉寂的，就連極少的活動也如孫陵所說「匪謀理論，公開發表；反共言論，反受壓抑」（見論文反共精神戰線五月版自序）。對於當時的文壇，到民國四十

〔註34〕中華民國文藝史編纂委員會編：《中華民國文藝史》，正中書局，1975年出版。
〔註35〕周錦：《中國新文學史》，臺灣長歌出版社1977年1月版。
〔註36〕周錦：《中國新文學史》，臺灣長歌出版社1977年1月版，第693頁、第695頁、第705頁、第709頁、第713頁。
〔註37〕周錦：《中國新文學史》，臺灣長歌出版社1977年1月版，第693頁、第695頁、第705頁、第709頁、第713頁。
〔註38〕周錦：《中國新文學史》，臺灣長歌出版社1977年1月版，第693頁、第695頁、第705頁、第709頁、第713頁。

年十一月《反攻》半月刊的二週年紀念號上，韓道誠的一篇《我和反攻》，其中一段回憶性的文字寫得非常清楚。」〔註39〕

在論述「新文學第四期的文學社團」時說：「中國青年寫作協會，是民國四十二年八月日，成立於臺北市。它的宗旨在會章的第二條中說得非常清楚，是以「團結青年作者，培養青年寫作興趣，提高寫作水準，建立三民主義文藝理論，加強反共抗俄宣傳」。〔註40〕

同樣，劉心皇在其《現代中國文學史話》中也是以民國紀年進行表述的。〔註41〕

劉心皇在其「第五卷 自由中國時代的文藝」中道：韓道誠說：「民國三十八年秋末，那時候大陸淪陷未久，臺灣的地位風雨飄搖……朋友們見了面都在談論『共產黨來了該怎麼辦？』的問題，去香港的輪船與飛機總是擠得滿滿的，而且購票後還要排定日期，日期排得遠了，只有挽人說項，總以先走為快，所以輪船公司與航空公司的職員，也都成了『顯要』人物了。」（《我與反攻》。──刊於四十年十一月五日反攻半月刊二週年紀念號上）〔註42〕

在論述「由『新副聯座會』到『副刊編者聯誼會』」時說：「他們聯誼的結果，是三十九年五月四日中國文藝協會的成立。而中華文藝獎金委員會，亦於這一年的四月上旬成立。」其附注特別注有：「本文作於四十八年，自三十八年算起，恰恰十年。」〔註43〕

儘管這些陳舊的黨派觀點不易被一些人接受，尤其是不被主張臺灣獨立的人認可，但是，它們對文學史的表述仍然是延用民國紀年卻是不變的事實，它的客觀存在就決定了它的本質特徵。換言之，如果我們不承認這個事實，也就意味著我們將臺灣文學不是放在一個整體的政治文化層面來表述的，不是將它作為一個地域性文學來看待的，而是用「國別史」的學術眼光來衡量它的。當然，有人會說，你這也是政治的表述，而非文學的表述，是的，我

〔註39〕 周錦：《中國新文學史》，臺灣長歌出版社1977年1月版，第693頁、第695頁、第705頁、第709頁、第713頁。
〔註40〕 周錦：《中國新文學史》，臺灣長歌出版社1977年1月版，第693頁、第695頁、第705頁、第709頁、第713頁。
〔註41〕 劉心皇：《現代中國文學史話》，正中書局，1971年初版，1979年第4版。
〔註42〕 劉心皇：《現代中國文學史話》，正中書局，1971年初版，1979年第4版，第812頁、第827頁。
〔註43〕 劉心皇：《現代中國文學史話》，正中書局，1971年初版，1979年第4版，第812頁、第827頁。

始終還是堅持我的觀點：文學的存在是永遠離不開政治文化背景的制約，所以，這既是文學的表述，也是政治的表述，兩者並不矛盾，就此而言，臺灣文學就是與大陸一脈相承的地域文學存在形態。它既保持了文學內在表述的獨立性，同時又與政治文化的表述有著密切的關聯性，它們之間的文學比較是一種地域性的比較，其「差序格局」是有限的，而非反差和落差很大的國別性的比較文學。

此外，尚需說明的是，「民國文學史」並非就是「黨國文學史」。雖然它在各個不同時期都強烈地受到了來自政治體制文化的侵擾，但是其文學思潮、文學現象和作家作品的歷史構成卻是凸顯出了其鮮明地人文批判性。從1912～1949 年的「民國文學」來看，我們可以看到一種發人深省的現象，那就是左翼文學是占統治地位的，它對國民黨的政治壓迫做出了最有力的抗爭，為新文學的批判現實主義主潮的建立做出了貢獻，這種人文精神的確立固然是和五四文學精神相連的，它無意間就形成了一種新文學的傳統精神，一直延續至今，就以它在 1949 年後在臺灣文學中的表現就可以看出其端倪，那種不屈不饒的和政治體制的抗爭精神一直堅持到政府的「解嚴」。這些都說明了政治與文學的關聯性往往是建立在相互牴牾和制約的矛盾運動中發展的普遍規律。

我們的許多學者往往將 20 世紀文學史斷為兩截：一曰「中國現代文學」；一曰「中國當代文學」，而通常使用的學科名稱卻統稱為「中國現代文學」，有時還有意無意地加上一個括號，其內注明「含當代」之字眼。為什麼會有這樣的表述呢？很顯然，我們是在強調和暗示一種觀念，即：1949 年的改朝換代刷新了文學，開始了一種全新的文學內容和形式，所以，胡風們才會從心底裏呼喚一種「時間開始了」的文學，雖然事與願違，但是，這種根深蒂固的、試圖區別於其他時段文學的情結成為人們治史的無意識。其實，這種有意無意的切割，既是對文學史的傷害，也是對政治史的傷害。

無疑，中國文學史新舊文學的切分究竟切在何處的學術討論是暫無止境的，退一萬步來說，就算籠統地切在 20 世紀，那在歷史的長河中也不過是一瞬間而已，倘若再在中間時段一分為二，是否太零碎、太瑣細了呢？固然，作為研究者，幾十年的斷代史，足以夠幾十個人（實際上搞中國現代文學的專家人數早已逾千）皓首窮經了，但是，從中國文學史的總體格局來考慮問題的話，20 世紀文學不宜再進行學科性的切割，也就是說，我

們可以在做學問時，將它們進行二次分解、三次分解，可以表述成若干個
地域與時段的文學史，甚至是所謂的「大陸十七年文學」、「大陸『文革』
十年文學」、「大陸『新時期』文學」等，臺灣也亦然。然而，在總體文學
史的框架下，我們必須強調它的整體性，因為，新文學一旦和舊文學進行
了本質的切割以後，它就形成了自身的新傳統，這種新文學的傳統在某種
程度上突破了政治體制的規約與規訓，例如，前文所說的批判現實主義思
潮的普遍價值理念貫穿在作為現代知識分子的作家和批評家的創作實踐之
中，就是很好的歷史證明。即使是在形式審美範疇中的層出不窮的變化，
也是在與舊文學完全不同的語境和格局之中變革的，也就是在「新」的框
架當中不斷更新，是在告別了「舊」文學內容與形式後不斷產生的新質，
與舊文學沒有太多的關聯性（我在這裡要說明的是，這不等於它和舊文學
的傳統沒有血脈上的自然基因的承傳）。

　　此外，所謂「現代」與「當代」之區分是有著鮮明的政治力量介入的痕
跡，這在其他國家和民族的文學史中是鮮見的，更為頭疼的問題是，這個「當
代」將是一個無限延長的文學史表述符號，最近就有 80 後的青年學者就將近
30 年來的文學作為「中國當代文學史」進行表述，儘管是對文學史的「誤讀」，
但是，它說明了一個潛在的表述危機問題——因為「現代」與「當代」不使
用統一的表述符號，隨著時間不斷地向前推移，人們就會看到一個非常尷尬
而滑稽的景觀——「蛇頭象身」的文學史現象。

　　因此，我以為，在學科分類與大文學史的切割上，不宜再分什麼「現代」
和「當代」，且這也抹殺了中國現代文學的地域性特徵，也還是限於大陸語境
下的文學史格局，絕無大中華文學史的眼光和世界性的文學史氣度。就史的
邏輯關係（我這裡表述的是種屬關係）來說，示為以下圖釋：

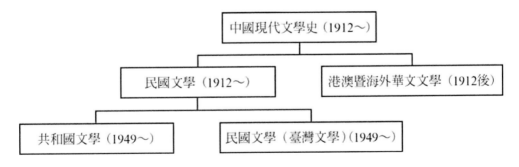

　　最後，我要重申的關鍵性結論就是：新文學，亦即中國現代文學，包含

的是「民國文學」和「共和國文學」兩大板塊，即便這兩大板塊在大陸的文學史表述上會形成越來越大的時段落差，而在臺灣也會因爲種種政治原因而趨於更加複雜化，但是就目前形成的歷史格局情形來看，它們仍然是一個客觀的存在物。所以，我們無論在文學史的表述中，還是在對於林林總總的文學思潮、文學現象和作家作品的梳理之中，不能忽略這個歷史的基本事實而隨心所欲。

文學史斷代問題所涉及到的不僅僅是單純的文學史問題，它必然會牽涉到不同文化層面的許許多多問題，尤其是政治文化層面給它帶來的無可擺脫的羈絆。因此，當我們在考慮所謂文學史的自律性時，也不得不考慮它與政治文化的關聯性。

第三節　「民國文學風範」在臺灣

眾所周知，以往大陸的現代文學史是以「中國現代文學史」的名頭只撰寫大陸部分，而其臺灣部分卻是一部分專攻臺灣文學的人撰寫「臺灣文學史」，反之，臺灣的學者也是以此來爭其對「中國現代文學史」的正統地位。這種政治壁壘從 90 年代逐漸被打破，陸續出版的中國現代文學史開始從拼貼臺灣文學入史到逐漸將臺灣文學自然有機地融入到整體的中國現代文學史的論述序列之中。應該說這是文學史的一種進步表現。作爲一部文學史，地域文學由於種種政治的原因，而所發生的文學現象，應該成爲文學史論述的一個組成部分，無非就是其在文學史中所佔的比重多少而已，而作爲一種研究，討論得越深入則越好。

那麼，所謂政治上的「民國」，在大陸的 1949 年 10 月 1 日那一天的下午三點，隨著毛澤東代表中央人民政府宣告「中華人民共和國成立了」就已經終止。但是，國民黨遷移臺灣後仍然沿用著「中華民國」的國號，仍以「民國政府」名稱，這是一個歷史事實。可以清楚地看到，他們雖然其政治上已經大勢已去，然而，在文化統治和文學管制上卻變本加厲地沿襲民國時期的壓迫方針，甚至是有過之而無不及。但是從另一個角度來說，文學藝術界對那種反五四文化傳統的統治和壓迫卻也是從來沒有中止過，這也是文學與政治搏戰的「民國遺風」，從中可以尋覓到一條清晰的文學與政治抗爭的線索。換言之，「民國政府」將統治文學的整套方針和經驗都帶到臺灣來了，而來臺

的大陸作家，以及臺灣的本土作家都在不同程度上保持著「民國文學風範」，為「人的文學」創作而努力奮鬥。從這個意義上來說，1912 年至 1949 年以前民國文學的許多文學運動、文學鬥爭和文學論爭仍然在延續，只不過是換了一個空間，從大陸轉移至臺灣而已。

如果說從 1912 年到 1949 年間的中國現代文學史，即「民國文學史」，是一個以五四新文學傳統為核心內容和主潮的文學流脈的話，那麼從這個意義上來說，「民國文學史」自 1949 年以後在臺灣仍然處於一個在不斷抗爭中發展的狀態，它只是一種隱性的呈現而已。我這裡需要進一步申明的是：作為一種文學的研究，它是和政治上承認「中華民國」是毫不相干的事情，我只是指出臺灣文學在 1949 年以後有著一條政府背離「民國文學」精神，而知識分子精英和民間文學力量在努力抗爭的「暗線」存在，恰恰是這條「暗線」與大陸文學發展呈大體一致的走向狀態。緣此，我才採取與大陸和臺灣學者不一樣的視角來看問題，或許從中能夠窺探到一些人們習焉不察的文學癥結問題所在。當然，也必須承認的事實是，「民國文學史」1949 年以後在臺灣是以苟延殘喘的發展趨勢延續的，正因為它的隱蔽性，就使人忽略了它的存在。

因為我在三篇文章中都提出了「民國文學」〔註 44〕的概念問題，也聽到了許多讚同和不能苟同的意見，不管如何，我想，能夠將此問題充分地展開討論，將會是推動文學史研究格局改變的好事情。只要是在學術和學理的層面展開論爭，肯定的大有裨益的。

這次我不從整個文化史和思想史的角度，以及學科格局的角度來談問題，而是從文學史的發展和延續的角度來考察「民國文學史」的客觀存在，雖然這條支脈是呈越來越細的狀態。

毋庸置疑，作為小斷代的文學史，「民國文學史」在 1949 年以前的歷史是容易被人所接受的，因為，它作為政治意識形態的認同，在國家、民族、黨派和文化層面上是絕無問題的。相對而言，1949 年以後的「臺灣文學」表述就很艱難了。因為國民黨政府潰敗而遷移進入該地區，不僅政治發生了巨大的變化，文學也發生了巨大的質和量的變化，以黨派和政府來控制文化和

〔註 44〕丁帆：《中國現當代文學史斷代談片》，《當代作家評論》2010 年第 3 期。《新舊文學的分水嶺——尋找被中國現代文學史遺忘和遮蔽的七年（1912～1919）》發表在《江蘇社會科學》2011 年第 2 期（《新華文摘》2011 年第 6 期）。《給新文學史重新斷代的理由——關於「民國文學」構想及其他的幾點補充意見》發表在《中國現代文學研究叢刊》2011 年第 3 期。

文學的思維和政策也就成爲試圖駕馭文學走向和思潮的必然。雖然，在很長一段時間裏，國民黨政府還是以「民國文學」自居，但是它在國家層面上的合法性實際已不復存在。然而，從文學自身的訴求來說，作爲對「民國文學風範」和精神層面的承傳和反傳承，還是一直有著連續性的。

作爲對「民國文學風範」的承續，我們可以看出，尤其明顯的是民初通俗文學對其武俠、言情文學的影響是一以貫之的，這裡需要說明的一個觀點是，我從來就不以爲言情小說就是反五四文化傳統的，相反，它在某種程度上是迎合五四新文化思潮的，張恨水等人的作品就爲明證。這也是五四新文學運動需要徹底反思的問題——將通俗文學一棍子打死，實際上是「窩裏鬥」，通俗文學本身就是現代傳媒的產兒，雖然在內容上還沒有完全擺脫封建主義的羈絆，但是它的現代性的合理存在是不容忽視的。而我們的文學史恰恰在這一點上，仍然堅持對由民國文學進一步高漲的通俗文學保持批判、鄙視與忽視的態度，絕對是一種「相煎太急」式的誤傷，其理念是不符合歷史唯物主義的，也是不符合歷史唯心主義的。從這個角度來觀察1949年以後的臺灣地區的文學流脈，我以爲從很大程度上來說，臺灣地區的作家更自覺地繼承了「民國文學風範」，不僅承續和繁榮了民初武俠與言情小說，而且也從內容與形式上深化了這個領域的創作。

而鄉土文學脈絡更是清晰可陳的，它甚至一度成爲臺灣文學的主潮。從這個意義上來說，我以爲雖然作爲國家意義上顯形的「民國文學」已經呈逐漸消亡的狀態，和大陸斷代後的「共和國文學」對舉的應該是「臺灣地區文學」；但是，作爲文學本體的「民國文學」仍然是以一種潛在隱形的發展脈絡前行的，它是在與政府的文化統治抗爭中得以延續和發展的，在一定程度上，也在一定的時段中，繼承了新文學的傳統，它是以暗線形式存在於臺灣文學之中的。

倘若「民國文學史」作爲中國現代文學史種概念中的一個屬概念而存在的話，那麼，我們就可以尋覓到一條自足而合理的類文學史和時段文學史邏輯發展的線索：從1912年肇始的「民國文學」一直延伸到1949年，進入臺灣後，開始從一個正統的地位逐步進入一個被邊緣化的過程，乃至於最後被林林總總的文學潮流和現象所遮蔽和覆蓋。但是，你又不能否認，即便是以暗線形式存在，它依然是有跡可循的。如前所述，我們更容易承認1949年以前顯性的「民國文學史」，而作爲1949年以後轉移到臺灣地區的文學，它以

國家名義命名的文學史的格局已經不復存在（儘管臺灣有些學者或隱或現地仍然沿用這樣一種稱謂），但是，在創作領域裏，許多作家的文學觀念和文學思維方式仍然沉浸在「民國文學」的寫作慣性之中，乃至於起碼在很長一段時期內在創作方法上仍然保持和延續著「民國文學風範」（我這裡要強調的是，我所指的「民國文學風範」就是五四新文學傳統，特指五四前後包括俗文學在內的「人的文學」內涵）。也就是說，在臺灣，「民國文學風範」在 50 年代被政治化和黨化阻隔以後，經過一段時間的掙扎後，又開始逐漸恢復五四新文學的傳統。

不可否認的是，自 1949 年至 70 年代末左右的很長一段時間裏，兩岸的文學格局都不約而同地進入了一個「為政治服務」的「黨治文學」的階段。雖然兩岸的意識形態是水火不相容的，但是其思維方式卻是驚人的相似。倘若我們將這一時段兩岸的文學做一個比較的話，那麼，不難看出其中許多文學思潮和文學創作都是「同多異少」的，「黨同伐異」成為兩岸文學創作思潮中的一個共同現象。但是，不容忽視的問題是，儘管政治意識形態相異，其民族認同性卻是任何黨派與政治力量都不可改變的事實，因為「書同文」的文學根性就決定了一個民族文學相同的基本走向。

1949 年無論對於臺灣還是大陸，都是一個標誌性年份，它意味著兩岸一個新時代的開始，無論是「共和國文學」，還是「臺灣文學」（抑或仍然是被國民黨政權稱之為「民國文學」），都面臨並試圖實施清理包括文學在內的意識形態問題。50 年代兩岸政黨都不約而同地開始了政治純化運動，文學自然也在其中。毫無疑問，1949 年以前承傳下來的新文學傳統，均在兩岸逐漸被扭曲和邊緣化，甚至被討伐而消逳。對五四新文學傳統的反叛，成為黨派統治文學藝術的自覺行為，尤其是國民黨政權，更是視五四新文學為「洪水猛獸」。兩岸創作的政治化傾向成為這一時段文學的書寫特徵，都分別烙上了深深的政治痕跡，很多作品淪為意識形態的「傳聲筒」，文學成為政治宣傳工具已經是不爭的事實。學者們普遍認為，在這方面，大陸比臺灣更甚：從 1949 年至「文革」結束，30 年的大陸文學在政治的深潭裏走向了「左」的極端；而臺灣 1950 年代的文學卻是在政治的泥淖中滑向了「右」的極端。

在 50 年代的臺灣文學中，意識形態化的政治小說，亦即「反共小說」，要求文學為特定的政治目的服務，以達到與政治的一體化。如果就以「民國文學史」中最重要的鄉土小說領域而言，其自 1949 年後在臺灣的變異就值得深刻

反思〔註45〕。1950 年 5 月，有著濃厚政治色彩的「全國文藝協會」成立，它提出，「反共救國」是臺灣作家的最高使命：「以能應用多方面文藝技巧發揚國家民族意識及著有反共抗俄之意義者爲原則。」〔註46〕臺灣官方亦不遺餘力鼓吹文學的政治功用，提倡所謂的「戰鬥文學」，如張道藩發表的〈論文藝作戰與反攻〉一文，就是開文藝配合政治先河的理論文章，無疑，這種文學思潮是由於國民黨兵敗退守臺灣後，反思自身從 30 年代以後文化失敗原因時總結出來的所謂「經驗教訓」——沒有抓好意識形態帶來的惡果。而這又恰恰正是違背「民國文學」民主自由的文化傳統的反動理論。拼命地將文學藝術工具化，消弭文學現實主義的批判功能，正是其目的所在。其實，在大陸，也面臨著同樣的問題，以階級鬥爭爲綱的「戰歌」情結覆蓋了作家的整個精神層面，成爲創作的一種自覺。說句實在的話，兩岸文學的意識形態化都是對五四新文學傳統的背叛，這種「配合式」的文學創作，最終毀滅的是文學本身。

　　50 年代臺灣地區文學在「民國政府」的干預下，或多或少都有帶有政治色彩，在甚囂塵上的「反共文學」大潮中，作家大致分兩類：隨國民黨去臺的政界作家和軍中作家。作爲官方作家，他們在當時處於壟斷性地位，他們沒有將「民國文學風範」帶進臺灣，而是把民國政府反動的文化統治制度融進了臺灣地區文學。批評家葉石濤對此評論道：「來臺的第一代作家包辦了作家、讀者及評論，在出版界樹立了清一色的需給體制，不容外人插進。」〔註47〕這顯然是對大陸來臺的國民黨統治約束臺灣文壇的不滿，然而，更爲重要的是，作爲政治宣傳化的文學，開始消解五四新文學的傳統：「大陸來臺的第一代作家也一樣面對了文學傳統中斷的尷尬局面。他們排斥 30 年代暴露黑暗統治的社會意識濃厚的文學，同時也幾乎拋棄了『五四』文學革命以來的民主和科學精神。30 年代的文學旗手，如老舍、巴金、沈從文、茅盾、田漢、曹禺等沒有一個來臺，他們的作品也全被查禁。這使得大陸來臺作家跟 30 年代、四十年代文學成了脫節的眞空狀態。」〔註48〕當然，隨著這種文化壓迫的加劇，

〔註45〕 以下關於臺灣鄉土文學的資料引述和部分觀點均出自筆者主編的《中國大陸與臺灣鄉土小說比較史論新稿》（修訂版即將由南京大學出版社重版）中王世誠撰寫的第三編《五十年代鄉土小說：主流話語與民間話語的互斥與互融》特此說明。

〔註46〕 萬賢寧、上官予：《五十年來的中國新詩》，轉引自公仲、汪義生《臺灣新文學史編》，第 73 頁，江西人民出版社 1989 年版。

〔註47〕 葉石濤：《臺灣文學史綱》，高雄：文學界雜誌社 1987 年 2 月出版。

〔註48〕 葉石濤：《臺灣文學史綱》，高雄：文學界雜誌社 1987 年 2 月出版。

帶來的必然是更多作家強烈的反彈。因為他們需要的不是國民黨政府對文學統治和壓迫，他們需要的是呼吸「民國文學」文化語境中的那份民主的創作空氣，需要繼承的是 20 至 30 年代民國時期文學自由的創作精神。

　　1950 年代的臺灣文學中的政治純化運動是逆「民國文學」潮流而行的行為，是注定要走向事物的反面的，那種一時的政治瘋狂終究是文學的歧路。這些猶如魯迅在給鄉土文學下定義時把這一類流動作家說成是「僑寓」的作家，他們那種對家鄉和土地的深刻眷戀本應該是鄉土題材的最佳突破口，然而，他們卻把它作為一種政治的宣泄，就大大降低了自身的文學品味。

　　陳紀瀅的《荻村傳》，是在當時「反共文學」中走紅的一部小說，還曾被譯成英、日、法等版本。作者試圖將小說主人公傻常順兒塑造成一個阿 Q 式的農民形象，但是由於政治宣傳的意味太濃，其主角簡直就是一個怪物式的鄉村二流子，顯然成為了一個蹩腳的政治象喻符號。然而辱罵和醜化並非藝術，過於直露的政治目的注定了這部小說不可能成為《阿 Q 正傳》，更不可能達到《阿 Q 正傳》的高度——在魯迅那裏，鄉土乃是一個國民劣根性批判的切入口，飽含著寫作主體對鄉土深厚的感情；而在陳紀瀅這裡，鄉土則成為政治發泄的道具，寫作主體對他的對象不再有同情或愛，而是充滿了厭惡和憎恨，鄉土不再是以「人」為本的文學世界了。

　　反共作家的這些鄉土政治化小說，當時就遭到了臺灣一些批評家的指責：「儘管好評如雲，姜貴先生的小說在臺灣始終是個冷門，這對『反共精神堡壘』的臺灣真是一個諷刺。」〔註49〕「現在的風氣卻是要求你這篇也『愛國』，那篇也『反攻』，非如此便不足以表示你確像一位愛國者，非如此便不為他們所歡迎，想起來真是肉麻之極，純文藝云云，純在哪裏？文藝在哪裏？嗚呼!」〔註50〕文學史終究還是把這類作品釘在了歷史的恥辱柱上：「一般反共文學是沒有力量的，不真實的。」〔註51〕就連軍中豪門出身的作家白先勇也曾詳細評論道：「跟隨國府遷臺的行列中，也有一些早已成名的作家……那時他們驚魂甫定，一時尚未能從大陸所受的沉痛打擊中清醒過來，另一方面卻沒有足夠的眼光和膽量來細看清楚錯綜複雜的新形勢，所以只好盲目接受政

〔註49〕劉紹銘：《十年來臺灣小說》，引自《臺灣作家小說選集（二）·前言》，中國社會科學出版社 1982 年版。

〔註50〕鍾理和：《致鍾肇政》，轉引自潘亞暾主編《臺港文學導論》，第 42 頁，高等教育出版社 1990 年版。

〔註51〕胡菊人：《小說技巧》，臺灣遠景出版社。

府所宣傳的反攻神話。」故而「這些作家筆下的人物大多與現實脫節，佈局情節老套公式化，故事中的主人公不管如何飽嘗流放的痛苦，總是會重臨故土，與大陸上的家人團圓結局。這些作品注滿思鄉情懷，但這種悲傷的感受老是陳腐俗套，了無新意」。〔註52〕這豈止是一個「了無新意」可以終結的事情，這簡直就是一場背叛「民國文學風範」的鬧劇。可以看出，無論是當時清醒的作家和批評家，還是後來的文學史家，對這一段文學鬥爭都有著客觀而符合歷史潮流的評價。問題是我們從中可以看到的是「民國文學風範」作為一股「暗流」的堅韌性，從它植根與臺灣地區文學的第一天起，就牢牢地紮根在每一個希望繼承新文學傳統的作家的內心世界之中了。

與政界作家同為官方主流話語的另一支——軍中作家，亦有類似的寫作傾向，常常將本應感人至深的鄉土情懷根植在政治的土壤之中，無疑是降低了文學的質量。不過，在他們那裏，反共的政治化主題只是一時之需求，隨著「民國文學風範」的恢復和作家自身的覺醒，他們中多數人自然就改弦易轍了。

所謂軍中作家，是指那些在軍隊中任職的寫作者，他們年紀較輕，勢力甚大。從事反共小說創作，對他們來說，既帶有服從意識形態，與之保持一致的軍人自覺因素，亦與他們對現實的盲視有關。這批作家有：司馬中原、朱西寧、段彩華等等。與政界作家相比，他們的小說更偏重藝術性，政治化傾向亦不那麼露骨。

由於受意識形態的影響和個人理解上的偏差，在司馬中原筆下，逝去的大陸鄉土被處理成「荒原」的意象：這一「荒原」，沒有艾略特筆下豐富深刻的文化象徵含義，而僅僅是特定的政治產物，被視為是敵人的荒蕪景觀隱喻，因而這個「荒原」中的英雄便必然喪失了應有的文化意義，而只能是一個這樣的夢囈者：「他要選取多年前他和妻共擁的月亮：那樣的月亮和那樣溫柔的情愛使他勇悍的和一切出自黑暗的野獸抗鬥，鬼子、八路，或是一隻侵迫安寧的狼」——這就是《荒原》中的反共鬥士胡癩兒臨死前的內心獨白。這塊雄渾壯闊的大陸北方大地，也就失去了應有的鄉土文化蘊味，僅僅成為政治宣泄的布景。不過，在反共小說之外，司馬中原還有一類比較成功的「鄉野傳說」小說。這其中頗有一些類似於大陸80年代中期的「尋根小說」，如《路客與刀客》、《紅絲鳳》、《天網》、《十八里旱湖》、《荒鄉異聞》、《遇邪記》等，

〔註52〕白先勇：《流浪的中國人——臺灣小說的放逐主題》，《明報月刊》1970年1月。

這些小說的背景，幾乎無一例外都是一片雄渾的、孕育了古老苦難的大草原，野火燒不盡的善惡對立故事和糾纏不休的愛恨傳奇，在這裡一幕幕上演，與此相應，小說的風格亦時而深沉，時而婉約，時而粗獷。可以這樣認為，司馬中原的「鄉野傳說」系列之所以能取得成功，恰恰與他擺脫了政治的羈絆，回歸到「民國文學風範」息息相關——只有當作家主體的觀照視角不再被政治視角同化、過濾和扭曲，只有當他以一個正常的「人」去認真地體驗歷史與生活的哀痛與歡笑時，他才能看見一個真正的鄉土世界，才能深刻地理解幾千年來鄉民們的生存狀態與情感追求，才能再現出感人至深的鄉土人性。這就是新文學精神內核所在，這才是真正的「民國文學風範」。

　　朱西寧也是一個前後矛盾的相似例子。前期順應意識形態的需要，他寫了許多赤裸裸的反共小說，但到後期，他則完全否定了自己的前期創作，承認那些作品「都很幼稚，很多是喊口號喊出來而非寫出來」的。〔註53〕其實，誰都清楚，1930 年代對左翼文學中的標語口號式的創作的批判早已是前車之鑒了，但是這些「大陸客」作家們仍然重蹈覆轍，則是有失「民國文學風範」之舉，所以有評論家亦曾這樣評論他：「來臺的最初六七年，他採信實用主義，以為寫作可以為國家社會盡許多責任，有些作品難免流於口號與形式化。」〔註54〕這些自述和評論一針見血地點出了政治化文學的致命要害，讓人想起大陸五六十年代的同類小說，在形式構成上是何等相似乃耳！無論是右傾還是左傾，標語口號式的政治化創作就從來不屬於文學範疇。

　　由於對虛假的政治化歷史的背棄，走向更為真實的個人鄉土記憶，司馬中原、朱西寧的後期小說便獲得了某種可貴的鄉土詩性，亦為他們帶來了一次藝術新生。這也可以視為「民國文學風範」創作的一次偉大勝利。

　　事實上，在「戰鬥文學」的衝擊下，50 年代臺灣鄉土文學一直受到壓制，一些本土作家，如鍾理和、鍾肇政、林海音等，都或明或暗受到排擠。然而，從 50 年代臺灣鄉土文學創作的整個格局來說，真正起著領銜作用的，卻正是這一批作家。正是他們堅守著「民國文學風範」和五四新文學的鄉土精神，拒不向膚淺庸俗的政治化創作大潮投降，才在他們筆下保留了鄉土民間風貌

〔註53〕轉引自《臺灣作家小說選集（2）》，第 130 頁，中國社會科學出版社 1982 年版。

〔註54〕張素貞：《細讀現代小說》第 82～83 頁。轉引自古繼堂：《臺灣小說發展史》，第 124 頁，春風文藝出版社、遼寧教育出版社 1989 年版。

的一份眞實。他們是 50 年代政治主流話語的對抗者，作爲本土作家，在眾多隨遷的「外來客」的政治喧囂面前，而對臺灣本土作家來說，他們不僅與超現實、反現實的政治宣傳之間有著天然的距離，而且與之格格不入。在民間與廟堂之間，在現實關懷與政治夢幻之間，在人性展現與歌功頌德之間，從藝術的本性和藝術家的良知出發，他們只能選擇前者，於是，民間化的鄉土便成爲對抗政治化鄉土的立足點，而這種民間立場也恰恰就是符合「民國文學風範」的價值判斷。他們默默耕耘的背後卻蘊含著巨大的力量，一旦與覺醒了的「外來客」共同回歸「民國文學風範」和五四新文學傳統，就會形成一股勢不可擋的文學潮流，從後來形成的「鄉土文學大潮」來看，這股暗流卻是自然改變臺灣文學格局的主流力量，這也不可不說是「民國文學風範」客觀存在的事實。

　　我之所以引證鄉土小說在 1950 年代種種遭際和它的發展軌跡，就是要證明「民國文學」的新文化傳統在臺灣地區即使是意識形態統治最嚴厲的時期，也還是堅守著自身的發展軌跡的。即便是民國不在，民國文學風韻猶存。

第二章　民國文學：問題與設想

　　按照傳統的中國文學史的切分方法來給中國清以後的現代文學進行斷代，最合適的切點就在 1912 年的民國元年，因爲它不僅標誌著一箇舊的朝代的逝去和一個新的時代的到來，而且更重要的是它標誌著和以上延續了幾千年的各個朝代的封建文化和文學進行了本質上的告別，從此開始了一種新文學——內容上的人本主義主潮和形式上的白話文創新實踐——的審美跋涉。

　　圍繞著這一論點，學界既有讚同亦有質疑，因此本章將著重回答相關問題，並對「民國文學」這一概念進一步提出新的設想。

第一節　我們應該怎樣書寫文學史？

　　我們應容忍不同詮釋路徑的文學史的存在，但「迷信可存，僞士當去」，應拒絕僞文學史。所謂僞文學史，產生於僵硬的意識形態性，表現爲無視或扭曲基本的歷史眞相和細節，現存的逾千部中國現當代文學史多半如此，將來的命運大概是皆會成爲歷史的塵埃。文學史研究歸根結底是歷史研究，文學史應當還原歷史場景，在文學與歷史的互動中把握事件的來龍去脈。之前老一輩的研究者多受單一思想的束縛，親歷了歷史卻歪曲了歷史，當下年輕一輩的研究者多受外來方法的束縛，過度地重評或再解讀，日追月逐充當了西方思潮的跑馬場，卻丟失了最基本的史學訓練，對民國以來的政治、經濟、文化隔膜太深。追求另一種批評與歷史，應當鑒往而知今，針對之前的研究史進行全面的整理，應當通而後專，在多學科背景上進行史的研究。

　　談民國文學史，我們應考慮它的構成、淵源以及時代背景等問題。民國

文學史是民國一代的文學史，主流是新文學，並存的是古典文學、通俗文學。但習見的文學史不是很少談及後者，便是徹底忽略。我們必須正視新與舊、雅與俗並存的問題，首先應該問一下，文學史是從什麼時候開始遮蔽了舊與俗的。這一遮蔽的工作是從新文學家就開始的，最集中的體現便是 1935 年《中國新文學大系》的製作。參與這一工作的人們包攬了當時新文壇的各個派系，主旨卻是一致的，追根溯源以展覽新文學的實績。其間，古典文學與通俗文學作為參照系提出，卻被冠以阻礙者的不光彩的性質。新文學家為鞏固新文學地位而採取這種敘述是可以理解的，但是進入 1949 年後，規範的文學史書寫繼承了新文學家排斥舊與俗的慣例，並服務於現行的意識形態，即便對新文學也是強分枝幹，壓抑了除左翼文學及延安文藝之外的其他面相。到了今天，我們應該並且可以打掃地基，給歷史上被遮蔽的、被扭曲的各種面相一個清楚的展示與定位。

新文學被凸顯的同時，也正是民國文學源頭被壓抑的開始，我們除考慮新舊雅俗之外，還應考慮民國文學的真正源頭，也就是清末民初的文學。新文學的產生不是一蹴而就的，確切地說，它是從清末民初的古典文學、通俗文學的內部孕育出來的，梁啓超、黃遵憲、嚴復、林紓乃至李伯元、吳趼人、包天笑、李涵秋等人的實踐均是新文學的前奏。僅就白話文這一工具而言，新文學家如胡適、周作人在《建設理論集導言》、《中國新文學的源流》等文中均將白話文視為新文化運動時期的產物，雖提及晚清白話文運動，卻都貶低了它的性質和意義。文學革命倚仗的是語言工具的變革，因此弄清白話文的淵源至關重要。現在我們大致都清楚了，清末白話文運動才是「五四」白話文學的先聲。語言變革的首倡者及響應者，我們可以舉出黃遵憲、吳汝綸、章炳麟、劉師培等古典文學家，此外，大量小說家繼承明清章回小說傳統製作了大量白話小說，可知所謂新舊雅俗在這一時期並沒有絕對的隔閡。白話文學的第一代作者和讀者，也正是清末白話文運動所培養的，如《競業旬報》與胡適、《安徽俗話報》與陳獨秀、《教育今語雜誌》與錢玄同，以及遍地開花的地方白話報與大量的新式學堂學生。一種歷史的進程是漸變的過程，文學史也是如此，尤其是文學語言、文體的變化依靠的是許多年許多人的努力，我們不否認新文學或魯迅等人的光輝成績，但不能為世人展示一種無源之水的歷史。

民國文學與民國政治、經濟、文化的關係更是當下文學史研究應著力探

討的方面。我們反對僵硬的政治經濟決定論，但不否認文學與社會其他活動處於相互作用的系統中。文學史研究者在指出文學是什麼之外，更應指出文學背後的為什麼，如缺乏基本的歷史、政治、經濟等常識，便不能回答北洋政府、國民政府的政體、執政方針，尤其是教育、新聞等體制與民國文學的發生、發展、分化的關係等問題。自清末新政、預備立憲到民國共和政治，是不間斷地趨向現代政治的過程，儘管民國的共和政治名實不符，在民國初期卻被廣為認同，尤其是文化教育領域。共和政治在中國的廣泛倡導與實施某種程度上訓練了人們的政治意識，如《甲寅雜誌》作為政論刊物，以反對專制倡導聯邦政治著稱，由此衍生的《新青年》從始至終便有對時下政治的討論，即便被視為有文化保守傾向的《學衡》雜誌也有多文探討共和政體，又如魯迅、周作人、老舍等人，他們都曾參與清末民初的地方自治事業。民國團體、個人對現代政治的熟悉，相當程度上保證了民國文學尤其是新文學革命的思想高度。共和政治精神也影響到高等教育系統，體現為教授、學生廣泛參與學校事務，這一寬鬆的創造性的制度環境，湧現出了眾多新文學家，影響所及，從基本刊物到文學團體，均是在共同趨向的基礎上以民主精神辦刊結社。我們還可以調查民國一代的新文學家的出身、教育背景、工作（含兼職）等基本信息，分時段分地區進行比較分析，或許可以得出更有意義的結論。

　　當下對 1949 年之後的文學史研究面臨的問題更多更大，最突出的問題是缺乏基本的價值立場與嚴肅的研究態度，其根源是對這一段歷史背景的陌生乃至無知。研究者已經探討了十七年文學體制形成的問題，文學組織、生產、傳播、接受的所有環節均受制於國家政策，最終的結果是人才凋零、經典全無。我們的文學史要向後人展現十七年至「文革」文學落入低谷的過程與原因，不應同過去文學史一樣勉強地樹立經典，也不應同當下新興理論吸毒者一樣依賴重讀肆意打扮歷史。我們應正視歷史，熟悉所謂的歷史禁區，如果不瞭解 1949 年之後歷次運動背後的政治背景，便不能理解民國一代人才至此凋零、藝術貧瘠的原因；不瞭解三年大饑荒的背景，便不能認識當時楊朔等人的散文名作的虛偽；不瞭解「文革」初期紅衛兵奪權與上山下鄉運動的背景，便不能瞭解地下文學與紅衛兵文學的根源；不瞭解「文革」的來龍去脈，更不能明確樣板戲的定位與新時期文學的複雜。

　　我們的文學史還應借助外在的座標，即「蘇聯」歷史時段的文學，它與

中國當代文學極其相似卻有不盡相同的各種呈現。當下學界對法國大革命、蘇聯等歷史的熱衷是又一種以史爲鑒，在文學史研究中，中蘇對比也不失爲一種有洞察力的視角。中蘇對比中，最發人深思的問題是同爲社會主義大國，文學體制極其相似，同樣承受國家暴力的文學家最終的成就卻大相徑庭。中國當代作家似乎延續了這一悲劇的命運，很少人有民國現代作家的才能學識，以及蘇聯作家的那種視爲生命的文學信仰，作品浮於生活與歷史的表面，很少有超越現實的識見與震撼心靈的傑作。追根溯源，中國當代作家缺乏獨立意識，學識和學養的先天不足和人文意識的淡漠，以及以無知爲榮的工農兵文學主體思想一直貫串在作家作品之中。以當下的「打工文學」爲例，草根階層最初的作品是帶著血和淚的，一旦成名進入體制，連帶著腥味的泥土都自動地洗刷掉了。是的，我們期待眞正穿透歷史深處的作品，所以苛求當下作家的才能學識與擔當感，我們也期待眞的文學史，所以研究者必須清楚自己的目標與任務，堅守獨立之精神與自由之思想。

第二節　民國作爲新文學的源頭是不爭的事實嗎？

對於這個本應該不是問題的問題，我以爲遠遠沒有抵達意見趨於基本一致的境地，認爲阻遏這個問題深入探討的並非外力，而是來自於學者們多年來深藏在自己潛意識之中的政治禁忌的恐懼心理。

我在〈新舊文學的分水嶺——尋找被中國現代文學史遺忘和遮蔽了的七年（1912～1919）〉〔註1〕中之所以將中國新文學提前至民國初年，就是因爲中華民國的創立，爲包括文化和文學在內的一切意識形態設定了一個可以依據的法律和制度的保障，唯此，才有可能萌發、孕育和產生出五四新文化運動，才有可能胎生出輝煌的「人的文學」，否則，沒有民國對幾千年封建帝制下的舊文學徹底切割，就無法分清中國古代文學與中國現代文學史的邊界，而最終模糊民國文學的歷史存在。

翻開一部中國文學史，從古到今，其文學史的斷代分期基本上是遵循一個內在的價值標準體系——以國體和政體的更迭來切割其時段，亦即依照政治史和社會史的改朝換代作爲標尺來劃分歷史的邊界，這已經成爲一個文學

〔註1〕此文原爲2010年中國現代文學研究學會年會上的發言，後經修改補充發表在《江蘇社會科學》第1期，並於《新華文摘》第6期上要目發表。

史斷代的基本規約（或曰「潛規則」），而唯獨是在新舊文學的斷代分期上，卻產生了巨大的分歧意見。歸納其特質，無非就是兩種類型：不是將新文學發生的開端提前，就是故意延後。無論是超前，或是延後，都是無視或貶抑辛亥革命歷史價值的判斷。

一則是將時間上限移至「晚清」：無論是 1840 說，還是 1892、1898、1900 說，都是模糊了最後一個封建王朝——大清帝國與中華民國的疆界。我一直以為，從古典文學和現代文學的邊界中切割出來一塊所謂的「近代文學」（亦即「晚清」）是不恰當的，從邏輯的種屬關係上來說，「近代文學」是歸屬於「古典文學」種概念之下的一個屬概念，它並沒有，也不可能呈「懸空」狀態，而被人為地切割出來，顯然是忽視了中華民國成立對文學史的意義所在。

一則是將時間下限延至五四新文化運動：無論是 1915 說，還是 1917 說，當然，更加深入人心的還是 1919 說，都是為了一個共同的目標——確立無產階級領導下的「五四新文化運動」和「五四新文學」學說，從根本上就否認了中華民國的建立對文學史至關重要的意義所在。中國現代文學的開端就成了「神龍見身不見首」的狀態，少了七年，就無法解釋新文化和新文學作為意識形態的一部分，其主旨的淵源從何而來的詰問。

這兩種觀點都是反歷史主義的產物，前者在某種程度上是迎合了中華民國的成立本不是一場轟轟烈烈的大革命，和清王朝沒有什麼本質區別的觀點，這似乎恰恰又與五四新文化運動的先驅們批判辛亥革命的不徹底性觀念暗合，形成了一個怪圈式的悖論。其實，這是有著本質區別的，但這不是本文所要闡釋的問題，俟後另做文章。後者卻是明確地否定和掠奪了這場資產階級民主革命，最終淡化和抹煞它在中國現代歷史上的地位。以上兩種斷代劃分的共性就在於有意無意地忽略了民國國體、政體與民國文化、文學的巨大歷史關聯作用，最終將民國文學的前七年淡化於晚清文學之下、遁遁在中國現代文學的版圖之中。這均不是歷史唯物主義的態度。

無疑，辛亥革命是資產階級的民主革命，中華民國核心價值理念一開始就試圖滲透在其執政的國體和政體的綱領之中，其「自由、民主、平等、博愛」已然成為這個新生的共和國國體，乃至於整個民族和每一個公民所寄希望皈依的「聖經」之中，至於這種價值觀的期望最終能夠實現幾何，那卻是另外的事情了，但是我們決不能否認它的先進性和歷史的巨大作用。

顯然，這種價值觀念是引進西方啟蒙時代以後普遍的民主價值理念，它

不僅是從國家政治的層面確定了它對公民與人權的承諾，同時它也是在民族精神的層面倡導了對大寫的人的尊重。所以，才有了後來的所謂五四「人的文學」的誕生；進而才有了中國現代文學史上 20 年代和 30 年代文學的大繁榮，才有了左翼文學成長的土壤。作爲五四新文化和新文學的源頭，中華民國誕生的《臨時約法》從法律和制度上保證了新文化與新文學運動沿著資產階級民主共和的理念向前發展：「首先是確定了中國的國體，確認以『國民革命』的手段推翻滿清王朝，代之以『自由、平等、博愛』的資產階級民主共和制度，從而肯定了資產階級民主共和的國家性質和主權在民的原則，從根本上否定了封建君主專制制度。」「最後，《臨時約法》不僅以根本大法的形式徹底否決了封建專制制度，確定了資產階級共和國的國體和政體，還規定中華民國人民一律平等，享有人身、財產、營業、言論、出版、集會、結社、通訊、居住、遷徙、信仰等自由，享有請願、陳訴、考試、選舉和被選舉等民主權利。」[註2]「南京臨時政府的建立，是近代中國人民艱苦奮鬥的偉大成果，它雖然存在時間短暫，但卻在中國近代史上做出了卓越的貢獻，具有重要的地位。它建構了中國現代國家的雛形，展示了未來的圖景，開闢了中國歷史的新紀元。它最大的特點，是歷史的首創性。」[註3]「《臨時約法》反映了革命黨人對民主共和國的基本構想，他們汲取了近代西方國家資產階級民主政治的基本原則，把這些原則在中國第一次以根本大法的形式肯定下來，具有劃時代的意義。」[註4] 在這裡，我要強調的是，中華民國的成立才是中國社會進入「現代」的開始，只有自民國文化始，中國文化才進入了真正的「現代性」語境當中，民國文學也才有了「現代文學」的自覺意識，否則，文學的新舊是難以區分的。

所有這些，一言以蔽之，新文化和新文學運動的興起，並非憑空而起，它的真正源頭不可能有第二條，只有資產階級民主革命才奠定了它人本主義的社會基礎和思想基礎，但是，多少年來，由於我們採取的標準說法卻是：「在『五四』以後，中國的新文化，卻是新民主主義的文化，屬於世界無產階級

〔註 2〕王文泉、劉天路主編：《中國近代史：1840～1949》，高等教育出版社 2001 年 12 月第 1 版。第 200～201 頁。

〔註 3〕張憲文等著：《中華民國史》第一卷，南京大學出版社 2006 年 1 月第 1 版，第 100 頁。

〔註 4〕邱遠猷、張希坡著：《中華民國開國法制史——辛亥革命法律制度研究》首都師範大學出版社 1997 年 12 月第 1 版。第 373 頁。

的社會主義的文化革命的一部分。」〔註5〕這就不得不將新文化和新文學的發生向後挪，也就是我們六十多年來的中國現代文學學科的歷史教科書中的斷代法定爲1919年說的依據，我們的幾代學人所接受的文學史教育都是遵循這一學說的，一般是不會有人提出異議的，然而一旦有人提出不同的看法，那顯然就是大逆不道的異端邪說。所以，這個本應該是一個學術性的問題，卻無形中成爲一個政治禁忌而無人問津了，但是，這個前提性問題不解決，我們就不能對許多問題做出符合歷史原貌的答覆。

第三節　再論「五四新文化運動領導權」和「五四文學革命的指導思想」問題

談論這個話題是沉重的，彷彿亦師亦友的許志英先生又復活了，三十年前與我討論此問題時的影像至今尚歷歷在目：他慢條斯理地分析五四新文化的指導思想和領導權的命題，遠比他後來成文的材料豐富、剖析深刻得多。他那時思緒也許是其一生中思路最清晰的時刻，所以情緒是淡定的，當然有時也稍稍帶有一些慷慨激昂。然而，當他捲入被批判的高潮時，他說過這樣的話：我尊重以學術態度與我商榷的同行；也可以寬恕一切迫於政治壓力而批判我的人；但是絕不寬恕那些爲了政治投機而對我進行構陷的無恥文人。三十年過去了，爲了民國文學建構學術論證的需要，該是對這個問題做出一個重新評價的時候了。

許志英在〈五四文學革命的指導思想的再探討〉中開章明義地闡明了自己的觀點：「一九四〇年以前，文化界儘管在不上問題上發生過多次爭論，眾說紛紜，莫衷一是，但是對『五四』文學革命的指導思想的認識卻相當一致，即認爲『五四』文學革命同『五四』新文化運動一樣是資產階級啓蒙運動，其指導思想是資產階級民主主義。而在一九四〇年以後，文化界對這個本來似乎有了定論的問題的認識來了一個大轉彎，在批判前說是資產階級歷史觀時，建立了新的看法：『五四』文學革命的指導思想是無產階級文化思想。不少論者甚至將一九一七年到『五四』前夕的文學革命運動都說成是無產階級領導的文學運動；有人走的更遠，竟認爲李大釗寫於一九一六年的《青春》一文，也表現了『新興的無產階級所特有的那種勇猛創造、堅持樂觀的精神』，

〔註5〕毛澤東：《新民主主義論》，《毛澤東選集》第二卷。

言下之意是無產階級一九一六年已在行使其文化領導權了。」「應當承認『五四』文學革命的指導思想問題，是一個比較複雜的文學史課題，仁者見仁，智者見智原是一個自然的現象。但是對這個問題的認識，不僅涉及對『五四』文學革命應當的估價，而且在一定程度上影響著對『五四』新文學三十年歷史的估價。解放以後對新文學的一些『左』的觀點，除了別的原因外，與長期以來對『五四』文學革命的指導思想的認識上存在著『左』的看法不無關係。因此，對這個問題實事求是地進行再探討，恢復歷史的本來面貌，是有重要意義的。」〔註6〕可惜的是，直到現在，我們的現代文學研究界至今尚未解決這個至關重要的問題，所以，它不僅阻礙了人們對五四新文化和新文學的整體認識和評價，而且也隔斷了人們對民國文化和文學的進一步思考。其實許志英用大量篇幅論證的一個核心觀點就是：五四文學革命的指導思想是小資產階級革命民主主義思想和資產階級民主主義思想為核心內容的，而非是無產階級領導的文化革命。當然，他沒有進一步推理到——是民國文化和文學的一個有機整體——的理論體系當中，不是他的思想局限所致，而是那個時代還不允許學者作那樣的學術思考，只有在今天學術開放的語境中，研究才有可能獲得突破性的進展。

許志英先生說出的應該是一個歷史的常識問題，卻被我們幾十年來的學界作為一個尖端而艱難的學術禁忌命題，其本身就充滿著悲哀和荒誕。此言一出，便立即招來了群體性的批判，文章有十篇之多，影響之大，在「清污」、「反自由化」運動中成為學界的一道寒冬風景線，當然，其中也不乏一些是學者迫於壓力而寫的應景之作，現在回顧起來，其中也有幾篇文章儼然是極左思潮的代表作，雖然是一些不值一駁的陳詞濫調，卻對後來的研究格局起了很壞的作用。在論述建構民國文學的過程中，我也不想再提那些當年的「檄文」，將此作為靶子來進行批駁，那樣只會陷入一種低水平的無謂爭辯中而使問題膚淺化。其實，只要釐清毛澤東主席在《新民主主義論》的初版本中也是承認資產階級民主革命對五四新文化運動的貢獻的理論，即可說明一切了。當然，我們首先就得從他這部對中國革命影響巨大的偉大著述的歷史變化中尋覓依據，尤其是在近年來披露出的這本著述的修改情況窺其一斑，依為論據。

〔註6〕許志英：《五四文學革命的指導思想的再探討》，《中國現代文學研究叢刊》1983年第1期，第165～166頁。

第一次修改：「使文章原意發生一定變化的 3 處修改是：（1）關於無產階級在新民主主義革命中的地位，將『領導或參加領導』改為『參加領導或領導』（《解放》第 98、99 期，第 24 頁；《新民主主義論》，第 10 頁）。這一修改耐人尋味。毛澤東在文中曾分析了『五四』後四個時期階級關係的變化，除了認為 1927 至 1936 年間的資產階級轉到了『反革命營壘』而『由中國共產黨單獨地領導這個革命』（《新民主主義論》，第 63 頁）外，均暗示五四運動前期、大革命時期、抗日戰爭時期無產階級和資產階級共同領導了中國革命。這反映出，在毛澤東當時的認識中，在中國革命的各時期，資產階級仍斷斷續續有過一定的領導地位，無產階級則時而處於領導地位、時而處於與資產階級共同領導革命的地位。」〔註 7〕

而第三次修改卻是最重要的。

「第三次修改的時間是 1952 年 4 月人民出版社出版《毛澤東選集》第 2卷之前，標誌性成果當然是其中收錄的《新民主主義論》。從第二次修改後，毛澤東在很長時間內沒有對《新民主主義論》進行過修改。筆者選取了解放社在 1944 年 1 月、1946 年、1950 年出過的三個單行本進行考察，發現除可能是由於編輯錯訛而造成的微小區別外，內容上沒有什麼變化。而就在解放社 1950 年版的《新民主主義論》出版不久，當年 5 月，中共中央政治局會議決定編輯出版《毛澤東選集》，由毛澤東本人直接主持編輯出版工作，毛澤東也隨即對《新民主主義論》進行了第三次修改。其中特別值得注意的有以下幾個方面：

1、在無產階級領導權理論方面進行了一些修改

這主要表現在：其一，只提無產階級對革命的領導而不再提『參加領導』，修改前文章中體現出來的在一定時期無產階級可能處於參加領導地位而資產階級可能繼續發揮一定領導作用的認識沒有了。如：將新民主主義革命是『被無產階級參加領導或領導的』改為是『被無產階級領導的』；將『在五四運動以後，中國資產階級民主革命的政治指導者，主要的已經不是屬於中國資產階級一個階級，而有中國無產階級參加進去了』改為『在五四運動以後，雖然中國民族資產階級繼續參加了革命，但是中國資產階級民主革命的政治指導者，已經不是屬於中國資產階級，而是屬於中國無產階級了』；在論及誰能領導中國人民反帝反封建時，將『中國資產階級如能盡此責任，那是誰也不

〔註 7〕方敏：《毛澤東對〈新民主主義論〉的修改》，2011 年 11 月 18 日人民網。

能不佩服他的，而如果不能，這個責任主要的就不得不落在無產階級的肩上了』改爲『歷史已經能夠證明：中國資產階級是不能盡此責任的，這個責任就不得不落在無產階級的肩上了』（《新民主主義論》，第 10、17、20 頁；《毛澤東選集》第 2 卷，人民出版社，1991 年，第 668、672、673、674 頁）。其二，強調了無產階級在未來新中國國家構成和政權構成中的領導地位，而修改前則沒有明確提出過。如：將『建立中國各個革命階級聯合專政的新民主主義的社會』；改爲『建立以無產階級爲首領的中國各個革命階級聯合專政的新民主主義的社會』，在論及無產階級、農民、知識分子和其他小資產階級是中華民主共和國的國家構成和政權構成時，增加了『而無產階級則是領導的力量』，將『現在所要建立的中華民主共和國，只能是一切反帝反封建的人們聯合專政的民主共和國』改爲『現在所要建立的中華民主共和國，只能是在無產階級領導下的一切反帝反封建的人們聯合專政的民主共和國』。（《新民主主義論》，第 16、21 頁；《毛澤東選集》第 2 卷，第 672、675 頁）其三，比原來更強調了中國無產階級的優點和中國資產階級的弱點，強調了中國無產階級的作用而淡化了資產階級的作用。上述兩個方面的修改就是重要表現。此外，還有兩類修改值得注意。一是直接從理論觀點上進行修改的。如：將『五四』以前的中國革命是『完全被資產階級領導的』改爲是『被資產階級領導的』；在闡述中國資產階級的兩面性時，將資產階級的『革命性』改爲『參加革命的可能性』；在說明中國的『特殊條件』時，將『資產階級的妥協性，無產階級的徹底性』改爲『資產階級的軟弱和妥協性，無產階級的強大和革命徹底性』。（《新民主主義論》，第 10、20、30 頁；《毛澤東選集》第 2 卷，第 668、674、681 頁）二是從一些具體的歷史問題上進行修改的。如：在闡述抗戰時期國家民主化的狀況時，將『抗戰許久了，國家民主化的工作基本上還未著手』改爲『除了共產黨領導之下的抗日民主根據地之外，大部分地區關於國家民主化的工作基本上還未著手』，並刪去了原來闡述憲政運動作用的話：『現在開始的憲政運動，我們希望能挽救這種危機』；刪去了原來闡述階級問題的話：『作爲覺悟了的資產階級、小資產階級與無產階級的政治代表的，就是各種革命的政黨，其中主要的是國民黨與共產黨』；在闡述第一次國共合作時期文化革命方面的作用時，將只突出上海《民國日報》改爲同時突出共產黨的《嚮導週報》和上海《民國日報》，並在表述順序上將《嚮導週報》提前（《新民主主義論》，第 23、53、62 頁；《毛澤東選集》第 2 卷，第 676、

695、701 頁。）等等。」〔註8〕

「從毛澤東第三次修改前的《新民主主義論》得到啓示，同時參照《中國革命與中國共產黨》、《論聯合政府》修改前的原文，筆者覺得目前學術界和理論界的若干研究結論需要進一步完善。以下幾個問題尤其值得注意：

1. 新民主主義革命的領導權問題

根據《毛選》本《新民主主義論》，新民主主義革命的領導者是無產階級，而舊民主主義革命的領導者是資產階級，這是區別新、舊民主主義革命最主要的特點。但是前文已經分析過，毛澤東的這一認識是在總結整個中國革命的歷史經驗後得出的，是對新民主主義革命領導權問題和新、舊民主主義革命基本區別問題所作出的一般性概括性的結論，並不能說明在整個新民主主義革命的任何時期無產階級都具有『單獨領導』或擔負『主要領導』的地位，資產階級則沒有發揮領導作用。從《毛選》本以前的幾個版本的《新民主主義論》來看，毛澤東關於中國新民主主義革命時期革命領導權問題的論述始終是兩個基本內容：一是就總體而言，無產階級對革命處於領導或參加領導的地位；二是就具體的革命各時期而言，在 1927 年至 1936 年間無產階級單獨領導了革命，兩次國共合作時期實際上是無產階級、資產階級共同領導了革命。毛澤東在同時期寫的《中國革命與中國共產黨》中，至少也認爲無產階級在 1925 至 1927 年的大革命時期是『自覺的參加』、在抗日戰爭時期是『參加了抗日民族統一戰線的領導』。這兩處『參加』的提法在 1952 年該文收錄進《毛澤東選集》時被分別改成了『參加和領導』、『對於抗日民族統一戰線的領導』。（〔日〕竹內實：《毛澤東集》第 7 卷，第 126～127 頁；《毛澤東選集》第 2 卷，第 645 頁。）其實，我們認眞反思新民主主義革命的歷史進程，根據具體實際而言，『參加領導或領導』的提法顯然更接近歷史眞實。而且，有一個簡單的常識恐怕在不經意間被後人忽視了，那就是革命的領導權從資產階級轉到無產階級手中總該有一個過程，這種轉變怎麼可能在五四運動後頃刻間就完成了呢？由此，筆者認爲有必要進一步從以下幾個方面更深入地認識新民主主義革命的領導權問題。第一，無產階級對新民主主義革命的領導不能只理解爲『單獨領導』，『參加領導』也是其應有之內涵。第二，具體到各個具體時期，革命領導權的具體情況有所不同。至少在國民革命時期和抗日戰爭時期，

〔註 8〕方敏：《毛澤東對〈新民主主義論〉的修改》，2011 年 11 月 18 日人民網。

無產階級和資產階級、共產黨和國民黨共同領導了革命，而並不是現在很多人所認為的領導者只是無產階級、共產黨，而沒有資產階級、國民黨。第三，無產階級對中國革命的領導權，經歷了一個時而參加領導、時而單獨領導或主要領導、直到最終取得單獨領導以至完全領導地位的過程。這個過程並不是從五四運動後頃刻間完成的。」〔註9〕

我之所以大段大段地採用原引文的原因，就是想讓歷史的事實說話，因為這才是最有力的論據。首先，就是我以為原校勘者所表述的問題肯定比我說的更加清楚，同時也有潛入歷史語境的現場感；其次，就是修改史料過程的直接呈示勝於雄辯，無須筆者再贅言。那麼，我需要強調是：從政治的角度來看，我雖然同意校勘者從歷史進步的視野，肯定了《新民主主義論》原版中毛澤東對資產階級民主主義革命的功績。但是，針對具體修改帶來的嚴重後果卻估計不足。如果我們承認了辛亥革命的結果——中華民國的誕生及其以後深遠的歷史影響，可能就會對民國文學的建構發生巨大的作用——亦即舊民主主義革命對新民主主義革命的影響才是「五四新文化運動」的真正起源，而不是逐漸循序漸進地否定其革命的先進性，也許我們的歷史就會面臨較大的修正，也就意味著唯心主義的方法將我們帶進歷史的虛無主義之中的夢魘即將結束！

第四節　是國族文學，還是黨文學？

周維東先生的〈中國現代文學研究中的「民國視野」述評〉不乏精闢之處，在論述了建構「民國文學史」的諸多好處時說：「從『民國文學視角』下進行的研究實踐來看，這種視角實際產生的文學史影響並不止於政治去弊，還在於拓展了文學史的史學視野。大陸中國現代文學史研究在歷史視野上並不是十分開闊，它要麼被局限在逼仄的政治史框架中不能動彈，要麼強調文學的自足性在文學的思潮史中打轉，文學史與政治史、經濟史、社會史、思想史、文化史等的豐富聯繫並沒有深入開掘，從而造成文學史研究的局限，很多文學史判斷只知其一不知其二。『民國史視角』實際將『文學史』復歸到『大歷史』的框架中，在『大歷史』的框架下審視文學，文學與政治、經濟、思想、社會、文化等因素在歷史中的豐富聯繫因此得以呈現。在我看來，這

〔註9〕方敏：《毛澤東對〈新民主主義論〉的修改》，2011 年 11 月 18 日人民網。

才是『民國史視角』的眞正價値所在。」〔註10〕無疑，周維東先生是將「民國史視角」上升到了一個更爲開闊的治史平臺上來重新打破那種局限我們幾十年的僵化視閾，我是十分認同的。更爲値得稱讚的是，他也考慮和觸摸到了新文學史的「盲點」問題的發掘，其中就有「再譬如在政治陰影下的『三民主義文學思潮』、『民族主義文學思潮』，究竟有大的文學史影響力，也尚待繼續挖掘。在一定程度上，『歷史盲點』的文學史意義決定了歷史視角的文學史意義，如果在『民國史視角』下發掘的文學現象難以對既有文學史產生一定的衝擊力，那麼這種視角的學術價値也就形成自己的限度。」周先生顯然是看到了從民國開始的政治對文學的干預效果，以及它所產生的深遠影響。但是，究其原因所在，我以爲就是黨派對文學本身的爭奪和利用，從而欲使本屬於國族的文學也有效地被納入黨派的意識形態統治之中，而喪失了文學自身的本質特徵。

民國期間，一方面是國民黨對文學的高壓政策造成了在呼吸到「三民主義」旗幟下「自由、平等、博愛」空氣的作家人文精神的強烈反彈，它所形成的巨大逆反心理，足以使國民黨政府在文化和文學上節節敗退，成爲最終的文化失敗者形象。於是，當新文學問世之時，各種文學思潮異彩紛呈，造就了 1920 年代輝煌開篇；然而，在進入 1930 年代時，因爲占主流政治地位的國民黨希望將文學納入自己的體制，採取了一系列的文學制度來制約文學在國族的正確道路上行駛，致使文學界的大反彈，最終使其走向了另一個派別的極端（也可以說是「盲區」），在「民族文學」和「大眾文學」的口號之下，歸爲一宗，最終走向了另一種極端。

這樣的黨派文學理念一直延續在中國新文學的歷史發展過程中，造成了我們與世界文學的差距和差異，這樣的局面不改變，我們的民族與國家的文學是難以自立於世界之林的，也就談不上什麼民族特色了。

我以爲，文學在政治與社會的功能層面應當歸屬於國家和民族的層面，而非歸屬於一個國家內的某一個黨派或團體，從邏輯關係上來說，民族與國家應該是至高無上的種概念，而黨派與社團則是從屬於國族之下的屬概念，哪有屬概念凌駕於種概念之上的荒唐邏輯呢？

這個問題在時間和空間的層面上涉及到許許多多需要解決的與論證的問

〔註10〕周維東：《中國現代文學研究中的「民國視野」述評》，《文藝爭鳴》2012 年 5月號。

題，它是中國新文學史最最需要解決的關鍵性的節點問題，沒有這個前提，我們何以能夠建立一個具有邏輯體系的有效文學史的敘述話語體系呢？

第五節　建構百年文學史的幾點意見和設想

一、緣起和理由

　　當代人不治當代史的時代已經過去，即便是後朝人撰寫前朝史，我們也有資格重新審視中國現代文學史了。而問題就在於我們用什麼樣的學術眼光和什麼樣的價值理念來治史。

　　針對近年來重寫文學史的熱潮與文學史編纂工程項目的日益擴張，學界在不斷的「創新」呼聲中疲於奔命而找不到自己的目標。綜觀當下的中國現代文學（1917～1949）研究，我們可以看到這樣一種現象和趨勢：研究者幾乎把所有的目光凝眸定格在文學史的邊緣史料發掘和一些原來不居中心的作家作品翻案工作上，這無疑是一個錯誤的治史路向。誠然，從微觀角度來看，我們不能否定這些工作對文學史研究的有益性，但是，從文學史的宏觀角度來考察，它對文學史的研究新格局的形成是絕對無益的。而中國當代文學史（1949～2009）的研究卻面臨著價值混亂，許多作家作品、文學刊物、文學現象和文學思潮亟待重新定位定性的重大難題。因此，呼喚「大文學史」和「大文學史觀」，用一個中國現代文學的整體觀來進行百年文學史的整合，已經是我們刻不容緩的歷史使命與任務，要說「創新」這才是最大的創新！

　　首先，我們必須意識到文學史重新整合的必要性。

　　中國文學史自五四進入現代性文化語境以來，已經超過九十個年頭了，九十年在中國文學史的長河中可謂是短暫的一瞬間，但是，它卻是中國文學從古代流經到現代的一個分水嶺，當它即將進入百歲之際，也是進入了一個新的世紀轉型期節點上的時候，回眸近百年來中國文學歷經坎坷所走過的艱難歷程，它又是一個有著豐富而複雜內涵的漫長歷史時段，我們沒有理由不去釐清這一漫長卻又是「未完成的現代性」的歷史過程，由於長期以來我們把它擱置在一個模糊分期的框架之下，一直延續著即時性的歷史交割和時尚性文學史觀統攝之下，即，將 1949 年前後分割為中國現代文學和中國當代文學，把本完全可以併入一個時段的文學及作家作品人為地腰斬與分割，而順應當時某種文化的需求而放棄和忽略了應該持有的治史觀念與價值立場，使

得中國現代文學史從來就不能從一個整體性上來思考問題。在文學史的分期上，我個人認為既不能不顧及政治文化因素的影響，同時又不能將它完全等同政治文化的歷史劃分。從這個意義上來說，百年文學史的建構已然成為一個現代文學史凸顯出來的一個主要問題。雖然北京和上海的學者在上個世紀末也提出了「20 世紀文學史」和「現代文學整體觀」的主張，但是，至今尚未見在具體的文學史編纂中付諸實踐，尤其是沒有將 1949 年前後的所謂現代與「當代」的分水嶺融合成一個整體。

其次，從中國現代文學學科發展的角度來考察，「大文學史觀」有利於學科的延伸和拓展。

就學科的設置而言，將中國現代文學與中國當代文學細分成兩個不同的學科，是人為地把研究領域和研究人員進行對立性的分割，致使其在課程設置和教師、科研的配置上的疊床架屋，浪費了許多資源；另外，這樣的格局造成了許多研究者只顧眼前的一塊小小的教學與科研領域，形成了對其他領域的陌生化，甚至是一概不知，出現了搞現代文學的和搞當代文學的互不完全清楚對方學科內涵和研究狀況的局面，致使研究的格局日益狹隘，視野日益短淺。其實這種弊端大家心照不宣而已，就連教育部也心知肚明，在學科設置上，明確標明的二級學科是「中國現代文學」許多學校和科研機構在迫不得已的情況下，早已順應形勢，將兩個機構並為一體了，我們似乎沒有更充分的理由再和學科設置較勁。合併學科不僅是中國現代文學內涵的需求，也是學科融合、完善和一體化的需要。

文學的「現代性」促成的古今之變是構成中國現代文學學科的最重要的元素。

和古代文學的斷代所不同的是，古典文學在幾千年的歷史過程中經過了無數經典化的過程，但是，值得注意的是，它們在 20 世紀以前的治史過程中，尤其是它在進入封建社會以來，所使用的文化符碼——包括觀念、方法和語言等都是具有相對統一性的。而進入現代性文化語境的五四以後，其觀念革命、方法革命和語言文字革命所帶來的一切文化革命，給中國現代文學與中國古代文學的承傳的確帶來了具有斷裂性的分歧。所以，正是在正視這樣一個史實的前提下，我們沒有理由不把它和古代文學進行本質性的切割。但是，我並不是說中國現代文學就和中國古代文學就沒有了血緣關係，恰恰相反，它們之間的血緣關係直到今天都沒有也根本不可能消除，但這個論題不是本

文的主旨，我們要集中研究的問題是：自五四以降，中國文學在現代性的建構過程中，所遇到的一切「革命性」問題（包括「改革」問題）是完全可以納入同一文化語境和同一文化符碼的解析之中的，包括國家、民族、階級與自我等等文學已經不由自主介入的各個領域，我們是可以用一種區別於 20 世紀以前古代文學的治學觀念與方法的新語碼系統進行「現代性」的統一闡釋的（當然，古代文學的治史觀在現代語境中也發生了巨大的變化，但是，那是另外一個論題），儘管它還殘存著古代文學歷史時段文化闡釋系統的痕跡。因此，如何區別它們內部的差異性，也就是如何對百年文學史發展的脈絡進行新的系統的統一性闡釋，則成為中國現代文學自身必須面對的艱難命題。

鑒於上述原因，我以為中國現代文學在短暫而又漫長的百年歷史裏，面對著浩瀚的文學思潮、文學現象、文學社團和作家作品，需要的不是加法，而是減法，是二次經典化的艱難歷程。

二、重新進行三個 30 年分期的理由

用「大文學史觀」的邏輯思路來考量中國現代文學史，我以為無論是從學科發展的眼光來說，還是從教學科研的角度來說，將百年文學史進行「三三四」（實際上到目前為止還只是「三三三」，也就是三個三十年）的切割是較為適當的，即：1919（亦可前推）～1949；1949～1979；1979～2009（或2019）。可能有學者會質疑我把第一個三十年切分在 1949 年，而為什麼不是切在 1942 年，或者是 1945 年，我的回答和上述的觀點並不矛盾，我們不能完全依傍政治歷史的界限進行劃分，但是在整個文化和文學的觀念進行了本質的突變時，你就不能不顧及到它與政治密不可分的關聯性。中國現代文學史從它誕生那一天起就與政治文化有著不可分割的內在關聯性，其每一個思潮、每一個現象和許許多多作家作品的背後都擺脫不了政治文化思潮背景的滲透和影響，這是鐵定的史實，它成為多少學者和作家試圖擺脫而不能的既定歷史現狀，而 1949 年的突變更是將文學創作劃分成了兩種截然不同的格局，誰也沒有理由和能力將這一時段的歷史切割挪移。其實，從中國現代文學開啟時，我們就看到新文學的先驅者們就明確了文學與政治不可分割的關係：「今欲革新政治，勢不得不革新盤踞於運用此政治精神界之文學」〔註11〕。雖然他們誇大了文學的作用，但是，我們可以從中清晰地看到自五四至今的

〔註11〕陳獨秀：《文學革命論》，《新青年》2 卷 6 號。

一條政治文化與文學關聯線索，亦即思想史與文學史的關聯性。因此，在尊重歷史事實的邏輯前提下，我們必須承認 1949 年的劃分是有學術和學理的科學依據的，它既照應了大的政治文化的變遷給文學帶來的歷史性的轉型，同時又兼顧了文學發展的自身規律——這一時期的文學的確形成了一種新的「頌歌」與「戰歌」之風格。當然，每個時段有每一個時段不同的特徵，研究它們之間的狀況與變化是繞不過去的難題。

　　1. 1919～1949 年就是我們通用了六十年的學科和論域——中國現代文學，無疑，誰也不能否認它已經成長爲一個較爲成熟的學科領域，它的研究深度和廣度甚至超出了一般研究者的想像，包括海外漢學家在內，它的研究人數多達幾千之眾，隊伍之龐大，可見一斑。但是，我們不能不看到這樣一個研究危機的現狀，即，它的研究資源業已枯竭！資源的供給已經遠遠不能滿足和支撐如此眾多研究者的需求。於是，自上一世紀 90 年代開始，面臨資源枯竭的狀況致使研究者們的研究領域在不斷萎縮，研究領域和成果重複，大同小異，甚至出現抄襲現象，嚴重阻礙著學科的經典化，就目前的研究套路而言，不外乎以下幾種。

　　其一，就是用西方的各種各樣的研究方法對作家作品、文學現象和文學思潮反覆進行重新闡釋，有的甚至是過度闡釋。仍然延續 80 年代以來用新近的西方理論與方法論來對作家作品和文學現象進行反覆闡釋與梳理，其分析套路的要害之處就是喪失了主體性。用諸如修辭學、語義學，甚至是病理學等理論方法來重新破譯文學作品的語碼，能給文學史的建構提供多少有益的東西呢？我並不否定它們對開啓沉痼的闡釋有著積極的意義，但是一旦陷入了這樣的怪圈之中，也就證明研究走向了末路。

　　其二，研究的路徑向著邊緣拓展，不斷發掘邊緣作家作品和邊緣史料（包括一些與作家作品有關的非文學性材料），殊不知，這些作家作品倘若置於大文學史之中，置於文學史的長河當中的話，是必將要遭到無情的淘汰的，我們已經到了對文學史中作家作品、文學現象，甚至是文學思潮的二次篩選的關鍵時刻，因此，對一些不宜入史的材料的清理成爲定局後，那些無用功的研究即可終止，把精力和資源投入到新的研究領域內去。

　　其三，是近幾年來逐漸走熱的刊物研究，除去一些有一定價值的深度研究之外，如對通俗文學中的報刊研究應視爲有意義的研究，而更多的研究卻是針對無甚學術意義的盲目無效研究，尤其是一些小報小刊的研究，一旦成

為風氣，那只能說是對文學史研究生態的破壞。我們不能完全否定它們在歷史的第一次磨洗中被淘汰的合理性，從某種意義上來說，它們在流通、被閱讀與被闡釋的過程中淹沒在文本的汪洋大海中是自有道理的，是有其物競天擇的自然規律的。我們不能因為研究領域的縮小而去「炒米湯」。

面對大量的作家作品和一些並不重要的報刊、流派與現象，在「大文學史」的框架內，我們需要的不是加法，而是減法！當然，就這個時間段中的三個小時段（1919或1917～1927；1927～1937；1937～1949）的劃分與闡釋是否還有創新性的突破，直至今日，我尚未見有突破性見地的端倪，也許，價值觀的重新定位可能會有所新的發見，那可是另外一回事了。

我知道自己提出了一個極不合時宜的建議和意見，這或許對一些研究者的切身利益造成了不良後果，但是為了文學史的發展計，請恕我冒昧了。

2. 1949～1979年是一個新的共和國文學儀式的宣告，其實她的精神模式早在延安文藝座談會上就業已誕生，直到1978年「實踐是檢驗真理的唯一標準」的大討論時，鄧小平在第四次文代會上提出了新的文藝口號後，這個模式才有所轉型。這一時段的文學研究是一個亟待甄別和開採的「富礦」。當然，它的研究狀況是十分複雜的，問題的癥結就在於許許多多治史者都是當事人，都經歷過那一段刻骨銘心的艱難歲月，但是因為當時各人的處境不同，所以事後的感受也就不同，甚至存在著巨大的分歧與反差，比如對「十七年文學」看法的差異性，就形成了兩種截然不同的文學史定性，然而，不釐清它與「文革文學」的血緣濫觴關係，也就不能看清楚這段文學史的本質。

對待「文革文學」本來並無太大的觀念反差，但是由於上一世紀80年代海外學者林毓生把五四和「文革」混為一談的理論影響，也由於90年代以來西方「後現代」文化理論以極左面目漫漶於學界，尤其是一些年輕學者熱衷癡迷於這一理論的所謂「先鋒性」，「文革文學」的研究陷入了價值觀念的空前混亂，我以為在這一研究領域內，首先需要做的事情並不是價值理論的爭論，而是需要搶救大量的史料，只有讓充分的史料說話，才能構成文學史的價值理論與倫理的對話。可是，我們在這一基礎工作上做得很差，大量的「文革文學」史料湧進了廢品收購站和印刷廠的紙漿池，圖書館裏能夠幸存的資料已經少得可憐。毫無疑問，由於種種原因，「文革文學」研究已經成為中國現代文學史中的一個盲區，作為世界文化文學史上的一個不容忽視的奇觀，如果我們的研究領域被一些對當時和現在的文化語境都是皮裏陽秋的所謂

「漢學家」所把持，那肯定是一種文化和文學的錯位闡釋與過度誤讀，這無疑是中國現代文學研究的悲哀！而我們的研究隊伍的流失和話語權的喪失，直接導致的是對歷史的失職，倘使「文革文學」的研究在它的發祥地成為「死海」，那只能是中國現代文學史研究的悲劇！「文革研究在海外」一旦成為事實，那這一研究就會成為難以改寫的既定史實。當然，一些國內的學者已經著手在整理史料，寫出了一些有研究深度的文章，但這畢竟是杯水車薪，解決根本問題還得依靠多方的努力。迄今為止，我們還沒有看見一份最為詳細完整的「文革文學」目錄清單，當然，其中絕大多數的作家作品是要被列入淘汰之列的，但是，我們沒有這個研究基礎，何談分析其中有價值的標本呢？怎樣進行去偽存真的工作呢？

3. 1979～2009 年（或 2019）是屬於文學史的最近歷史時段，我們的工作目標是對一切現有評論和初次文學史定位定性的著述進行二次性篩選與定位定性。重新審視具有當下時效性的評價體系，不僅需要我們具備一定的「大文學史觀」的識見，而且更加需要我們具有一定的學術遠見，如果前者是經驗的積累，那麼後者就是對歷史把握準確性和非凡的才能與氣度。毫無疑問，這個時期是中國政治文化社會結構發生大裂變的時段，文學也同樣經受了天翻地覆的變化，它經歷了思想解放、經濟繁榮和消費文化等各個階段與層面曲折複雜的歷史演進，其千變萬化的文學思潮、文學現象和文學作品也成為文學史最為熱鬧的論域。怎樣重新清理這樣一個複雜多變而又混沌難解的近距離文學史呢？唯物主義的馬恩所提出的「歷史的和美學的」治史標準應該成為我們的座右銘。

80 年代文學似乎已經成為新時期文學黃金時段的定評而無可置疑，但是，當我們 30 年後對它進行重新審視的時候，就可能發現，許許多多當時身在廬山之中的評價是有歷史局限性的，亦如我們在共和國成立之初去指點三四十年代文學那樣，不免留下過多的遺憾，只有留待日後不斷地糾偏，而我們現在的工作重點就在於重新糾偏和修正。

當我們在新的歷史高度上去看「傷痕文學」的時候，我們看到的是它在整個 20 世紀文學史上特殊的位置和作用，這是當時和後來的文學史沒有留意的隱處——「重回『五四』啟蒙的艱難選擇」成為它開啟新時期文學與文化的先鋒和旗幟，用這樣的史觀來重新解讀「傷痕文學」其所有的意味就不同於以前混沌的評價了。

　　怎樣看待「反思文學」？我們如果不與二、三十年代的「問題小說」進行比較，也許我們不能看出它與五四啓蒙文學的關聯性，也就不能從大文學史的視角根本看清楚現代文學流動的狀態。以往的評論和文學史敘述缺乏這樣的比對，就很難廓清它的文學史本質和其與政治文化的內在關聯性。尤其是對當時難以歸納的作家作品，我們的定性定位就有了可靠的依據。

　　如何看待「改革文學」同樣是一個艱難的命題，但是倘若我們把它置於一個「歷史的和美學的」評價體系之中，就會發現它們在與政治發生關係時的許多錯誤的價值判斷（如《新星》這樣的作品中的封建「青天」的籲求就是對五四啓蒙的反動等等案例），就會發現它們許多值得重新定位、定性的地方，就會找到更多的被篩選的理由。

　　同樣，對諸如「現代派問題」和「僞現代派」之爭、「清污」、「先鋒文學」、「尋根文學」、「新寫實文學」、「女性文學」等文學思潮的重新審視，是我們重新認識 80 年代文學關鍵性命題，如何把握它們之間的內在聯繫，如何審視它們在百年文學史上的地位和作用，如何評價它們與深刻的歷史背景之間的互動關係，應該都是我們觀察問題的必須視角，否則我們還是會陷入當時的莽撞和蒙昧之中。

　　90 年代文學是中國文學進入商品文化與消費文化轉型期的產物，我們不能一味地批評它的缺點，而是需要客觀地去評價它，甚至要承認它存在的歷史合理性，要把它和五四時期的通俗文學的流脈勾連起來進行辨析，或許更能夠看清楚它在歷史過程中的消極因素和積極因素。就連衛慧那樣貌似前衛的「身體寫作」也不能採取一棍子打死的態度，分析它爲什麼能夠存在才是我們的眞正目的，只有承認它的合理性，我們才有權力給它進行客觀歷史的定位與定性，我們才能用馬克思主義的批判眼光去掃描一切可以入史的作家作品、文學思潮和文學現象。

　　進入 21 世紀以後，中國現代文學幾乎就是進入了即時性的文學篩選境遇，短距離而沒有經過時間沉澱的文學需要我們具備學識和學術的眼光，同時更需要我們有一套具有經得起歷史考驗的價值觀。

　　其實，上述所有的問題歸結到一點，就是我們必須獲取新的治史價值理念。

三、我們應該用怎樣的價值觀來治史

　　我並不完全讚同「一切歷史都是當代史」的觀點，但是，我讚同用發展

的馬克思主義的歷史唯物辯證法來解析一切文學史的問題，那就必須設置一個有恒久生命力的治史價值原則。我以為被馬克思主義肯定過了的啓蒙主義的價值觀應該成為文學史恒定的價值原則，它既然已經成為人類普遍的人文價值共識，我們就沒有理由去拒絕它，尤其是中國現代文學的治史觀念和原則更應遵循這個被實踐證明了的普遍眞理——人、人性和人道主義的歷史內涵是其評價體系的核心；審美的和表現的工具層面是其評價體系的第二原則。「人的文學」仍然適用於我們的治史原則。照此進行重新審視，大致是不會出錯的。章培恒先生在治中國古代文學史的時候所採用的「將文學中的人性的發展作為貫穿中國文學演進過程的基本線索」「把人性的發展作為文學發展的內在動力」，「以此建構了自己的文學史體系。」〔註 12〕儼然是我們現今中國現代文學治史的效法榜樣。同樣，章培恒先生在處理核心價值與外在的藝術形式的問題時，明確地回答了它們之間的關係：「由於初步把握了人性的發展與文學的藝術形式及其所提供的美感的發展之間的聯繫，我們對文學的藝術形式的重要性有了充分的認識。」〔註 13〕也就是說，在核心價值的前提之下，藝術形式的呈現才具有意義和意味。準此，我們才能抵達文學史研究的彼岸。

　　一部文學史如果沒有系統性的價值理念統攝，不僅在邏輯上違反同一律，而且還會成為抽取了靈魂的材料堆砌。毫無疑問，這個道理是每一個優秀的文學史專家都應該清楚的，而問題的關鍵是：究竟用什麼樣的歷史觀和價值觀來重新審視和釐定這一段段已經沉澱了幾十年但又並不遙遠的文學呢？翻開現行的林林總總的文學史教科書，我們不難發現，許許多多價值觀念尙停留在上個世紀的七八十年代，甚至其中還有階級鬥爭觀念的影子在遊蕩著，尤其是近距離的文學史描述，明顯帶有即時性的評論色彩一文學史家和評論家的最大不同點就在於他不是平面地分析作家作品，而是站在歷史的高度，將其置於文學史的長河之中進行考察，這就是我們通常所說的「文學史意識」。針對種種在「百花齊放」幌子下雜亂無章的文學史編纂，我以為中國現代文學史的編寫已經到了應該進入眞正的「歷史沉思」的時刻，我們面

〔註12〕 章培恒、駱玉明主編：《中國文學史新著・原序》，復旦大學出版社 2007 年 9
　　　月出版。
〔註13〕 章培恒、駱玉明主編：《中國文學史新著・原序》，復旦大學出版社 2007 年 9
　　　月出版。

臨的是哈姆雷特式的悖論性地選擇：「是生還是死？」

　　回顧我們在中國現代文學治史過程中所採用過的理論方法，有許多可以值得深思的問題和總結的經驗。如果從五四時期那些即時性的評論與批評算起，我們可以看到這樣一幅歷史的行進圖（注：有的時段是有重疊交叉的）：五四時期（1917 年前後～1929 年）的多元選擇：馬克思主義西方與蘇俄理論方法並存→「左聯」時期（30 年代）：占主導地位的是蘇聯「拉普」理論方法→「延安」時期（1942 年始）：是以毛澤東《在延安文藝座談會上的講話》理論方法為主和以蘇聯文藝理論方法為輔的時代（這個時代一直延續到 1959 年與蘇聯的徹底決裂）→「共和國」前期（亦即 1949～1979 的 30 年）：是毛澤東文藝思想與方法的時代（除了「講話」外，一系列的指示與文章均為左右文學理論與方法的風向標，尤其是 1959 年提出的「革命的現實主義和革命的浪漫主義相結合」的「兩結合」創作方法的出現）→「共和國」新時期（1979～1989）：重回西方理論方法的時代→「共和國」轉型期（1989～2009）：後現代、西方馬克思、消費文化等等各種理論方法資源共生共處的時代。

　　怎樣對上述歷史存在的理論方法在文學史中的影響做出客觀歷史地評判，應該是一個不容迴避的問題。尤其困難的是對 1949 年以後理論方法框架的評判與修正，可能不僅是需要學術眼光的問題，更需要的是客觀評價歷史和臧否人物的勇氣。我以為，只要是站在學術立場上來秉筆書寫，春秋筆法同樣能為後世留下可圈可點之處。

　　我們不可能完全還原歷史，但是我們應該更加接近歷史。這就需要我們儘量採用馬克思主義的唯物辯證法來評判已經積重難返的許多文學史難點問題，不解決這些問題，還要我們重寫百年文學史作甚？

第三章　治史的實踐

「民國文學」的概念和「民國文學史」的藍圖搭建完成後，我即以此爲基礎主編了《中國新文學史》（上下冊），並主持了國家社科基金重大項目「中國現當代文學制度史」。本章收錄了前者的緒論和後者的序言，作爲治史實踐的代表文章，供讀者諸君批評。

第一節　《中國新文學史》緒論

中國新文學的邊界劃分是困擾了學術界多年的一個繞不開的話題。迄今爲止，一部現代白話文學史的斷代就有著多種不同的切分法：「1919 說」是以「五四運動」爲起點的正統切分法，此說已經哺育了幾代中國的人文知識分子，成爲延時最長、至今仍然在教科書中使用的斷代說；「1917 說」顯然以「文學革命」爲發軔點，雖然連許多五四時期的學者也都認同這種從形式主義開始的「文學革命」說，但隨著 30 年代以後「拉普」文學思潮進入中國文壇，它也就暗含了對蘇聯「十月革命」影響的接受，因爲「十月革命一聲炮響，給我們送來了馬克思主義」，此說似乎表面上是遵循了文學的內在規律，然而骨子裏卻更多的是暗合了左傾的文化和文學思潮，仔細考察 1930 年代以來的左傾文藝理論接受史就可證明；「1915 說」是以《新青年》雜誌誕生來劃界的，它對一個雜誌作用的誇張與放大，從某種意義上來說，可能在那個獨尊五四新文學一說的治史時代來說，就很有些另類的想法了，但這畢竟不是一種歷史主義的劃分；「1900 說」是近年來的一種新切割法，這種世紀之交切分似乎有著勃蘭兌斯治史的影子，雖簡單明瞭，但終究不能解決歷史環鏈中尙還緊

緊相連著的許多切割不掉、也切割不盡的一些東西；「1898 說」是強調「戊戌變法」的「現代性」，它力圖將改良主義的歷史作用提升到一個新的高度，將中國的「現代性」轉型提前到這個時間節點，看似有很充分的理論依據，但是此番歷史的掙扎縱有更多的細節去證明它的合理性，但是它卻並沒有在國體和政體上撼動專制體制的根基，因此，即使有再多的理由，它在巨大的歷史變遷的環節中只是一段前奏曲，以此作爲斷代，無疑顯得有些牽強；「1892 說」是以《海上花列傳》的發表爲界，有人認爲通俗文學此時已經具備了現代啓蒙意識，此說甚有道理，從文學的本體進行考察，而不管它是什麼樣式和內涵的文學，其合理性是無可置疑的。但是從文學史、乃至文學史與文化史的關聯性上來考查，可能就缺乏更多的理論支持了。當然，還有一些其他的切分法，比如乾脆一刀切至 1840 年的鴉片戰爭，所有這些較爲偏執的切分法，這裡就不陳述、論證了。

本教材之所以在理念上將 1912 年的民國元年作爲中國新文學的起點，其理由就在於：一、中國新文學史的斷代標準應與整個中國文學史按朝代更替斷代分期的邏輯理念和體例相一致。1912 年作爲中華民國元年，是「改朝換代」的節點，它標誌著一個資產階級民主共和政體的誕生，無疑也應該同時成爲新文學的起點。帝制被推翻，也就斷然宣告了與延續幾千年的古代專制國體、政體與意識形態的形式上和法律上的切割（雖然，它在意識形態內容上還不能進行精神臍帶上的完全剝離）。二、1912 年中華民國成立時，以孫中山爲代表的資產階級民主核心價值理念——「三民主義」——就開始滲透在其執政的國體和政體的綱領之中，「自由、平等、博愛」作爲西方啓蒙時代以後，尤其是法國大革命所倡導的具有世界性意義的普遍價值理念，不僅在國家政治層面確定了它對公民與人權的承諾，同時也在民族精神層面倡導了對「大寫的人」的尊重。所以，才有了後來的五四「人的文學」的誕生，才有了中國現代文學史上後兩個十年的文學大繁榮，而即便是在封建法西斯統治下的「文革」時期，這樣的人文理念也仍然存活在那些呼吸過民國和五四文化和文學新鮮空氣的知識分子作家腦際。三、革命而成立的共和政府，創建了第一部具有民主意識的《臨時約法》。這就在政策和法規的層面爲新文學在形式（從文言向白話轉型）和內容（「人的文學」）兩方面奠定了穩固的政治基礎，並提供了可靠的法律保障。綜上所述，1912 年的民國元年不僅標誌著一箇舊的朝代的逝去和一個新的時代的到來，而且更重要的是，它也標誌著

和以上延續了幾千年的各個朝代的封建文化和文學進行了本質上的告別，從此開始了一種新文學——內容上的人本主義主潮和形式上的白話文創新實踐——的審美跋涉。

新文學的邊界問題辨明之後，中國現代文學史的入史標準問題，包括隱含的入史的「價值尺度」問題，就成為不能迴避的頭等問題。這一百年文學史中的文學作品（亦包括文學批評和文學史研究著作在內的所有非創作性文字）總量是罕見的，其根本原因不外乎以下幾點。首先，現代社會比農耕文明時代多出了更多的受教育者，文化知識的普及，使得能夠拿起筆來寫作的人愈來愈多，如果說，在封建時代的文學發展史中，作家的數量是以算術級數疊加的，那麼，進入現代社會，尤其是進入消費社會以來，作家的數量是以幾何級數增長的。其次，進入現代社會以後，現代傳媒為作品的流傳和保存提供了便利條件。這也是古代文學在漫長的歷史長河中所不具備的優勢，我們根本無從知道在這一長河之中究竟流失了多少優秀的作家和作品。而如今我們利用發達的科技手段留存下來了數以萬噸的文學資料，孰是孰非，孰優孰劣，有待史家鑒別。再者，進入現代社會以來，文學業已成為現代教育當中不可或缺的一門學科，職業化的研究為文學隊伍的擴充提供了條件，文學批評、文學評論和文學研究成為文學的重要組成部分，這種領域擴張造成了文學功能在不斷被誇張放大的過程中，囤積起了許許多多文學史須得從中遴選出的有效資料來構成文學史的要件。最後，這裡要強調的是，新世紀以來，隨著網絡的日益發達，一個不可忽視的「怪獸」已經侵入文學領域，這就是網絡文學創作日益膨脹發達的事實，文學史的視野是不能掠過它強大的客觀存在的。面對這些浩如煙海、良莠不齊的文學材料，採取熟視無睹、不予理睬的態度，顯然是一種掩耳盜鈴的戰法，但無疑我們的文學史又不可能照單全收。倘若我們站在幾百年後的未來來看今天的文學史，可以肯定的是，當下許許多多教科書裏的作家作品、文學現象、文學社團和文學思潮論述將會被淘汰，能夠留存下來的是微乎其微的少量精品而已。須得強調的是，我並不反對大家對文學史上的許許多多「邊角材料」進行研究性的發掘和闡釋，即使是「過度闡釋」，也是有助於文學發展的工作。但是，我絕不主張那種挖掘一個哪怕是價值不高的「邊角材料」也積極要求入史的態度和行為，因為入史的標準應該是嚴肅的，也是嚴格的，那種朝三暮四、朝秦暮楚的治史態度是治史的大忌。

因此，怎麼選、選什麼的嚴峻問題就擺在我們眼前。這就需要我們做好
兩個方面的工作：一是削減被以往文學史描述過，但不該入史的作家作品、
文學社團流派、文學現象與思潮，這種二次篩選，既要有眼光，又要有膽識；
二是入史的價值標準怎麼定。顯然，第二個問題是第一個問題延伸，但是它
是問題的關鍵。我們應該怎樣設定我們遴選作家作品、文學社團流派、文學
現象與思潮的入史標準呢？我們的回答仍然是：人性的、審美的、歷史的組
合排列，即考量每一部作品經典品質的時候，都看其是否關注了深切獨特的
人性狀貌，是否有語言形式、趣味、風格的獨到之處，是否從富有意味的角
度以個性化的方式表達了一種歷史、現實和未來相交織的中國經驗。基於此，
我們對百年中國新文學作家作品進行了遴選。

民國時段的文學史主要集中在五大板塊：五四前後（主要是 1920 年代）
文學、1930 年代（主要是「左翼」）文學、國統區文學、延安文學（此稱謂更
中性客觀，1940 年代後期諸如東北地區的《暴風驟雨》《太陽照在桑乾河上》
的作家作品也是延安文學的一個延續）和臺灣文學。

1920 年代文學被從事中國現代文學研究的學者們一貫看作黃金時期，然
而，即便是所謂的「黃金時期」，同樣存在著許多良莠不齊的文學材料入史的
現象。儘管我們主張把 1912 年至 1919 年間的文學也納入中國現代文學史的
範疇，但我們絕不主張從這一時段中用放大鏡尋找出一些所謂的代表作家和
代表作品，以及文學社團、文學現象和文學思潮來支撐這一時段的文學，如
果僅僅是做研究工作，那是可以的。然而，一旦進入文學史的篩選過程，就
應該毫無私心、毫不客氣、大刀闊斧地斧削，因為我們是在治史。所以我們
也僅僅是將這一時段作為五四文學高潮的「序幕」，或者是「前奏曲」而已。
因此，諸如蘇曼殊的言情小說和「鴛蝴派」的大家創作，諸如早期的話劇運
動等，就不能設專章專節進行詳細論述了，也只能在背景和概述中帶過。鑒
於此，像新文學社團中的一些影響極小的社團，應該堅決刪去，這不僅僅是
費筆墨的問題，更重要的是它們往往會擾亂人們對重要和主要社團的歷史記
憶。

1912 年至 1949 年的文學這段近四十年的文學，肯定會有一部分文學史家
在不斷發掘出來的種種新史料面前作難，或者對之有著難以割捨的情感，也
會有一些學者仍然堅持這樣一種觀點：這一時段的文學史經過 60 多年的淘
洗，已經充分經典化了。就此而言，我們認為，一部文學史的確立，絕不可

以只站在一個狹隘的時間和空間中來遴選手中的史料入史，而是要看其在文學史的長河裏所應該佔有的位置。比如作家作品，倘若這個作家的作品在當時的文化環境中迎合了時尚的需求，而其作品在與文學史長河中的許多作家作品比對中，顯然是不夠份量的，我們在遴選的過程中就應該毫不猶豫地進行切割，否則，稍有同情憐憫之心，就會擠進許多不該入史的作家作品，這也是近三十年來中國現代文學史不斷膨化的原因之一。

一部文學史的最主幹的構成部分是作家作品，對此，我們始終堅持把人性的和審美的雙重標準作為入史的標準。在這個標準之下，首先要涉及到的是魯迅。比如魯迅雜文，雖然它們符合人性標準，但是從審美標準來看，是否可以大量刪節呢？我們並不是說魯迅的雜文沒有藝術性，而是認為，從文學性本身來考察，它與魯迅的其他文體的創作相比就顯得相對弱了一些，如果刪去，也可以消弭幾十年來沿襲政治標準的弊端。我們知道這樣的說法會遭到一些學者的譴責，但是我們堅持自己的學術選擇。包括《故事新編》在內的一些作品，我們不僅是要和同時期的作家作品比較，我們還要將它們與前朝後代的同類作家作品比較，更得與同時期的外國作家作品和外國前後歷史時期的作家作品進行比較。所以，就沒有必要將文學「主帥」相對薄弱的作品也納入文學史序列，而如果這樣做了，可能反而會削弱了「主帥」的文學威望。同樣，對於郭沫若這樣的大作家，我們撇開他的歷史學研究成果，單從文學審美的角度來考慮，能夠入史的也就那麼幾篇屈指可數的詩歌、散文和戲劇了，換言之，他過去入史的作品太多，如今也可以考慮精減一部分了。

最近十年來出版的一些文學史已經開始有意地刪減魯、郭、茅、巴、老、曹在文學史上的作品比重了，那麼，這一時段的二、三流作家作品，是否應該重新遴選後進行文學史的新定位呢？也就是說，受當時的政治影響，那些過去首次篩選入史，或是由於史學家的偏見與偏愛，造成了不應該入史的作家作品也系列其中的現象，是否可以糾正呢？比如「未名社」中，除了臺靜農以外，其他無甚影響的作家作品是否可以不在論述之列；比如「淺草—沉鐘社」中的一些小說創作未必就有入史的必要；比如五四後的話劇，一直保留的丁西林的創作，是否可以刪去。凡此種種，我們是否可以刪繁就簡、突出主幹呢？我們倒不怕會有什麼「遺珠之憾」，因為這三十年來，我們擁有一支龐大的中國現代文學的研究隊伍，已經將這一時段的所有小作家小作品都

翻了個底朝天，該入史的早就入史了，何況連不該入史的也入史了呢。

　　1930 年代是中國現代文學的一個繁榮期，也基本上是「左翼文學」的天下，怎樣看待這一時段的文學，其實學界一直存在分歧。我們以為，所有像陽翰笙《地泉》這一類當時就被批評為藝術性低下的作家作品應一律納入被淘汰之列。在這一點上，我們以為嚴家炎先生主編的《20世紀中國文學史》〔註1〕力排過去那種陷入政治標準思維而不能自拔的模式，就主幹作家作品進行論述，改變了以往文學史的呈現方式。當然，用主要作家作品帶二、三流作家作品的治史篇章結構組合策略並不稀罕，重要的是，在作家作品的二次篩選和重新排列組合中，能夠突出在以往文學史中被淹沒了的輝煌，比如把「李劼人與他的『大河小說』」與「張恨水的章回體小說」〔註2〕提高到較高的文學史的位置，就從理念上更新了過去的文學史觀。當然，就我們的觀點來看，此著中尚有一些不盡如人意的章節排列組合，比如「馮至與艾青的詩」〔註3〕列為專章，看似創新的提升，卻有過份之處，因為比其更有成就的大家卻也在未列入專章之列。而像蕭軍那樣的作家似乎也不必列節，「夏衍的《上海屋檐下》等劇作」〔註4〕以夏衍打頭列節，似乎也不合適，好像又掉進了舊套子中。

　　從嚴格意義上來說，1940 年代的文學實際上就是分割為幾個地理板塊的區域性文學，從這個角度來看所謂「國統區文學」、「延安文學」（亦為「解放區文學」）、「淪陷區文學」和「孤島文學」，我們似乎可以就每個區域的代表性的作家作品、文學現象和文學思潮（我們以為許多所謂的「文學運動」都可以納入「文學思潮」範疇進行描述和論證）進行簡要的論述，不必將那些細微的、枝蔓的東西放大誇張，比如1940 年代的散文成就本身就不大，大可不必論述；又比如在「延安文學」中，其主幹應該是圍繞著《在延安文藝座談會上的講話》的文學思潮變化展開論述，因為它的的確確影響著今後長達幾十年的中國大陸文學創作；其次，就是「趙樹理現象」的論述；再就是《太

〔註1〕嚴家炎主編：《20世紀中國文學史》（上冊），高等教育出版社 2010 年 6 月第 1 版。

〔註2〕嚴家炎主編：《20世紀中國文學史》（中冊），高等教育出版社 2010 年 6 月第 1 版。第 1 頁、第 184 頁。

〔註3〕嚴家炎主編：《20世紀中國文學史》（中冊），高等教育出版社 2010 年 6 月第 1 版。第 1 頁、第 184 頁。

〔註4〕嚴家炎主編：《20世紀中國文學史》（中冊），高等教育出版社 2010 年 6 月第 1 版。第 126 頁。

陽照在桑乾河上》與《暴風驟雨》的創作；最後也就是《王貴與李香香》的詩歌。至於過去一直宣揚的「新歌劇運動」，似乎只在思潮變化當中提及即可，大可不必專列章節。

在如何處理所謂「淪陷區文學」和「孤島文學」以及此時段海外華文文學問題上，其難度是較大的，就嚴家炎先生最新版的文學史來說，其專章是「抗戰時期的中國淪陷區文學」，就其結構來看，是符合簡化的治史學術目標的，但是由於下列幾節在時空上有交錯之處，就會在邏輯上有錯位之感。比如第一節「『日據』時期的臺灣文學」，其時間的節點上溯至五四前後的臺灣文學，囊括的時間是整個 30 餘年，就不可能在「抗戰時期」統攝之下；比如第四節對「孤島文藝」的論述，也有個時空交錯的誤區，但是，單獨表述也是很難排列組合的，其中的苦衷是可以理解的。好在其作家作品就凸顯了一個張愛玲，卻是很有治史氣魄的行狀，從中可以見出編者的眼光和清晰的價值理念。總體來說，淪陷區的創作數量少，再加上質量也有限，能夠上文學史的材料屈指可數，何必為了豐富這一地理板塊的文學史而勉為其難呢？除非從中發掘出了驚人的史料，足可以撼動這一時期的文學史格局，方才能在此基礎上做加法，否則，是沒有必要大動干戈的，像嚴家炎先生文學史中那樣的結構佈局就足矣。當然，倘若僅僅是作為一種學術研究工作，那卻是無可厚非的事情。

共和國文學已經歷經了六十多年的滄桑，就其創作的數量來說，已經遠遠超過了民國時期，即便是從質量上比較，在某些時段裏，也足以與民國時期媲美，甚至有些文體的創作超越了民國時期。如果說在上個世紀 80 年代初，有許多學者認為在總體質量的對比上，後三十年的「共和國文學史」不如前三十年的「民國文學史」，是一個不帶任何偏見的客觀歷史的評價的話，那麼，當「共和國文學史」又翻過 30 年後，仍然還堅持這樣的觀念，似乎就不符合歷史唯物主義的辯證法了。我們以為，持此種觀點的人忽略了兩個基本的事實：一是數量是質量的基本保證，沒有一個一定量的基礎保證，就不可能有普遍質的提高，殊不知，共和國時期的創作數量（包括海外華文文學在內）是遠遠多於民國時期的若干倍的，儘管其中有些時段文學創作質量低下，儘管有些時段幾近空白，需要進一步篩選和淘洗，但即便是某些「井噴」時段的高水平的創作也足以令人歎為觀止了；二是人類歷史的發展在 20 世紀發生了巨大的變化，其中審美標準的變化也是巨大的，如果說上個世紀初，中國

知識界的普遍審美標準還沉浸在以農耕文明為核心的傳統審美方式中的話，那麼，到了上個世紀末和本世紀初，其審美標準和方式都發生了不可思議的巨變，倘若還是用老眼光去看待被過去的文學史家所遴選的入史史料所困，我們就看不到文學史發展的必然性。因此，我們對於文學史家至今仍然堅持的「以現代文學（1949 年前）為主，以當代文學（1949 年後）為輔」的學術定論提出異議。如果我們的中國現代文學史還是堅持前段占三分之二，後段只占三分之一比重的話，有可能就是對歷史不負責任的行為，最根本的是對文學史的曲解。

如果按照歷史時段次序來進行較細緻切分的話，當然也不外乎沿用習慣的通俗切分法：「十七年文學」、「文革文學」、「80 年代文學」、「90 年代文學」和「新世紀文學」。這裡需要強調的是，我們之所以沒有把自 1970 年代末到 1990 年代的文學表述為「新時期文學」，就是因為這些稱謂只是一個暫時性的符號而已，在將來大時段的文學史切割中，肯定是需要被刪減縮略掉而重新命名的。我們以為「共和國文學」能夠入史的材料應該是不小於「民國文學」的 37 年的，但是它同樣面臨著大面積的縮減和刪除，當然，如果需要增加那些過去因為種種非文學原因而被排斥在文學史視野之外的作家作品和文學事件，也是可以考慮的。

在當下的文學史教科書當中，「十七年文學」所佔的比重還是相當可觀的，甚至超過了 1980 年代以後的三十年，其理由就在於前者經過了歷史的經典化過程，被冠以「紅色經典」，也似乎可以得到一張入史的通行證。其實從宏觀的大塊切面看，「十七年文學」存在的主要問題還不僅僅是為政治服務的創作機制問題，更重要的是，從文學審美的角度進行考辨，其中無論是所謂的文學運動，還是文學鬥爭，抑或是作家作品，都超越了文學賴以存在的審美意義底線。除少數生長在惡劣環境中的藝術奇葩外，比如老舍自 1949 年以後的作品，除了「就不再配合」政治與政策而為自己的藝術審美所創作的《茶館》外，其餘作品似乎都可以在淘汰之列。關於這個問題，我們在《一九四九：在「十七年文學」的轉折節點上》〔註5〕一文中將「十七年文學」的創作分為幾種類型，並做了詳細的論述，什麼樣的作品能夠入史，明眼者一看便知，在此不贅。

〔註 5〕丁帆：《一九四九：在「十七年文學」的轉折節點上》，《當代作家評論》2009
　　　年第 3 期。

　　「文革文學」一直被作爲文學史的空白時期擱置起來，而隨著近些年來對「地下文學」和「潛在文本」的不斷發掘，這個時期的文學史面目便逐漸清晰起來。對於這一逐漸「繁榮」的景象，我門以爲，其入史是需要經過嚴格的甄別和篩選的。史料的提供首先就是「信」，否則就只能作爲「野史軼聞」「僅供參考」而已。比如針對所謂大量「出土」的「獄中日記」之類的「文革」史料，以及歷經「文革」而在後來補寫的作品，是絕對不能進入「文革文學」時段的。倒是有史料證明一批「朦朧詩」出現在當時的「四五運動」的天安門廣場上，它的的確確就是「文革文學」產品，我們沒有理由不將他們中的一部分納入「文革文學」的範疇。而像《少女的心》、《一雙繡花鞋》等在「文革」時期就已經流傳的手抄本，雖然經過了後來的藝術加工，只要是與當時的手抄本基本情節出入不大，也是應該納入「文革文學」其列的。我們以爲，就其入史的標準而言，還是需要遵從以當時的出版物爲基本史料的原則，一般情況下，不能隨心所欲地將沒有經過嚴格考證的史料作爲文學史使用的材料，因爲當事人，包括一切有利害關係和無利害關係者的事後陳述和編纂都不可輕率地作爲「信史」使用，這可能尤其是我們從事「共和國文學」治史者一個謹記的原則。

　　「1980 年代文學」一直被冠以「新時期文學」沿用至今，其實，這一命名並非科學的界定。首先，從宏觀的大歷史時段上來說，每一個朝代或社會的變革後，都有一個所謂的「新時期」，在從事歷史研究的學者中，它是個無處不在的「時期」，這個「新」沒有太大的識別性意義。比如像歐洲的「啓蒙主義時期」可以說是人類最大的「新時期」了，但是，沒有人用這樣的表述來稱謂，當然，用「1980 年代文學」的稱謂也是不合適的，文學史是流傳百世的工程，我們曾經經歷和將要經歷許多 80 年代，都用這樣的稱謂會破壞整個中國文學史整體格局和體例的表達。其次，所謂「新時期文學」究竟「新」到何時？至今尚無定論，所以，也就有學者把 90 年代定爲所謂的「後新時期」，那麼，肯定會有人詰問：這「後」又「後」到何時呢？只要國體政體不改變，它就將永遠「後」下去。因此，我以爲，「新時期文學」不宜再在文學史的表述中出現，而「1980 年代文學」也只能是一個暫時借用的名稱，它最終是要歸併到一個大的歷史時段文學的總結性歸納所提煉出的文學史特徵表述的稱謂中。

　　對當下許多學者在深深回憶和眷戀 80 年代文學，並將此段文學稱爲文學

創作的「黃金時代」的現象，我卻有以下幾點不同的看法：首先，我承認 80
年代是突破「共和國文學」。30 年來，尤其是「文革文學」設置的重重障礙，
回到了文學本體的文學史時段，但從歷史的大格局來看，它僅僅是重新回到
了「五四起跑線」〔註6〕上，有限度地回到文學應該有的常識與規律中而已。
其次，它仍然經歷了幾次大的文學回潮現象，其麾下的作品內容和主題的表
達上並非都有正確的價值判斷。再者，就是它經歷了文學的「技術革命」階
段，無論是「先鋒小說」還是「現代派戲劇」的實驗，都在形式美學上取得
了很大的進步，但其中並非篇篇珠璣，魚龍混雜、泥沙俱下的現象是存在的。
總體而言，在重新審視「80 年代文學」的時候，我們也不能照單全收，還是
要進行鑒別和篩選的，包括那些已經入史的許多作品。

　　「1990 年代文學」是屬於近二十年來的文學，按照學界一般不成文的「潛
規則」，是不宜入史的，但是我以為其中許多作家作品是可以定性和定論的。
消費文化的侵入後，中國「世紀末」的文化發生了裂變性的轉型，使得文學
也出現了許多突變的現象，這些現象足以使我們今天清晰地看見了文學史的
分野——傳統文學觀念的退守和商業文化的發展，換言之，以農耕文明和五
四以後的交混文明（泛指以農耕文明與現代文明在中國不同時空裏的交融）
〔註7〕在進入 1990 年代以後，就與消費文化形成了大衝突。所謂「人文精神
大討論」其實就是這種衝突下思想交鋒的一個集中表現，而在文學界，就出
現了當時人們難以理解的文學現象。從《廢都》到以女性「身體寫作」為代
表的《上海寶貝》和《糖》，我們不僅可以看到商業經濟給作家作品帶來的巨
大心理影響，而且也使大家聞到了消費文化的硝煙。所以，這一時期最具這
種特徵的代表性作家作品是完全可以入史的，即使他們的藝術質量有待商
榷，但也是文學史必須採掘的「活標本」。即便再過一個世紀，它們的文學史
意義仍然是存在的，因為，它概括了這個時代文學，乃至於整個文化的本質
特徵，我們可以透過這個斷裂帶，看到一個時代文學觀念的變遷。

　　另一個值得注意的問題是，90 年代以後，中國大陸的網絡文學逐漸興起，
大有燎原之勢，如今已經證明了它對紙質傳媒的巨大衝擊，如果我們採取閉
目塞聽的方法對待它蓬勃向上的文學書寫，肯定是會被未來的歷史詬病的。

〔註 6〕丁帆：《重回五四起跑線》，人民文學出版社 2004 年 2 月第一版。
〔註 7〕詳見丁帆《「現代性」與「後現代性」同步滲透中的文學》一文，《文學評論》
　　　　2001 年第 3 期。

當然，就目前的網絡文學的狀況而言，可以肯定的是，其大多數的文學「產品」都是殘次品，只有少量的好作品。即使如此，我們也應該準確對待，給其在文學史上一定的位置，雖然這一遴選工作必然會遇到諸多困難，其結果也可能引起爭議。

「新世紀文學」尚處在發展之中，固然還沒有形成足夠入史的條件，目前的研究和評論、批評工作，也正是爲將來文學史的二次成熟篩選提供第一次進入和淘汰的理性支持。倘若有些文學史家一定要遴選出入史的材料來進行論述，也不是不可以，但是，治史者的犀利眼光和把握全局的能力，則是他所遴選入史材料的主要依靠。否則，一旦失手，將會被後來的文學史家詬病並推倒重來。

需要強調的是，這裡討論的是新文學的入史標準，而非其研究，換言之，研究是無疆域的，而入史卻是有限制的。毋庸置疑，隨著與此時段文學的時間距離越拉越長，其入史的標准將會越來越嚴格，被刪減的內容也就會越來越多，從某種意義上來說，我們今天的刪減並非是終極定論，未來的歷史會無情地告訴我們：今天我們的歷史教科書中的大部分內容也將會被壓縮和篩去。總之，最關鍵的是如下幾個問題：

一、中國現代文學史到了一百年的時候，我們對文學史的重寫已經到了一個深度考量的關鍵時刻，不能再像過去那樣，捨不得丟棄那些罎罎罐罐，應該有一個治史者的大氣魄，切割掉那些不適宜入史和勉強入史的材料，拋棄歷史遺留給我們的沉重包袱。唯有這樣，我們才能眞正對歷史負責，對文學的未來負責。把現在厚厚的三大本或者是兩大本文學史，簡化縮略成厚厚的一大本，看看是否會有礙於文學史的表達？我以爲，這不僅不會妨礙其表達，反而會更加清晰。去掉枝蔓，主幹才能茁壯，才能表現出清楚的樹冠來。

二、入史標準的制定肯定是仁者見仁、智者見智，怎樣才能取得較相近的一致意見呢？竊以爲，只有價值觀的相對一致，才有可能達成入史標準的相對統一，否則也就不可能取得共識。當然，退一萬步來說，即使不能達成一致，甚至在價值觀上有著根本的對立也不要緊，本著「百家爭鳴」的學術理念，在充分的辯論中，歷史總會給出一個較爲圓滿的結果，最多就是等待時間的檢驗而已。

三、我所說的文學史重寫，不再是那種動小手術式的修修補補，而是傷筋動骨式的大手術，這是被有些學者稱爲中國現代文學學術史上的一件大事

的舉動。所以，沒有試驗，就不可能有大面積的收穫。而這樣的試驗，是需要冒風險的，然而，我想做第一個吃螃蟹的人，以此來拋磚引玉。從局部試驗，到大面積的推開，這只是我的初步設想，不過，我想有著許多同仁和朋友們的支持，我將堅持下去，使之不至於由於某種原因而中途夭折。

「面對近些年許多關於文化轉型與困擾的討論，包括那些試圖顛覆『五四』與新文學的挑戰，我們有必要重新思考現代文學研究的傳統，以及這個研究領域如何保持活力的問題。就是說，現代文學學科自身發展離不開對當下的『發言』，也離不開通過對傳統資源的發掘、認識與闡釋。」〔註8〕我贊成在對現代文學研究領域和學科領域內的內涵擴張，但是，在文學史研究領域內卻是要採取謹慎嚴謹的態度，給中國現代文學史一個滿意的答卷。

第二節　文學制度與百年文學史

毋庸置疑，任何一個時代和任何一個國家都會有自己的文學制度，它是有效保障本國的文學運動按照自身規定的軌跡運行的基礎，因此，文學與制度的關係應該是一種互動的循環關係，當然，它可以是良性的，也可以是惡性的，這就要看這個制度對文學的制約是否有利於其發展，所以，在很大程度上取決於制定文學制度者是如何操縱和駕馭這一龐大機器的了。

美國批評家傑弗里·J·威廉斯在《文學制度》一書的「引言」中說：「從各種意義上說，制度產生了我們所稱的文學，文學問題與我們的制度實踐和制度定位是密不可分的。『制度』（institution）一詞內涵豐富，而且往往帶有貶義。它與『官僚主義』（bureaucracy）、『規訓』（discipline）和『職業化』（professionalization）同屬一類詞語。它指代的是當代大眾社會與文化的規章與管理機構，毫無『自由』『個性』或『獨立』等詞語正好處於相反的方向。從一個極端來說，它意味著危險的禁錮……更普遍的說法是，它設定了一些看似難以調和的國家或公務員官僚機構……我們置身其中，我們的所作所為受其管制。」〔註9〕毫無疑問，這種管制是國家政權的需要，也是一種對文學意識形態的管控，我將其稱之為「有形的文學制度」，它是由國家的許多法規

〔註8〕溫儒敏：《現代文學研究的『邊界』及『價值尺度』問題——對中國現代文學研究現狀的梳理與思考》，《華中師範大學學報》2011年第1期，第68頁。

〔註9〕【美】傑弗里·J·威廉斯編著，李佳暢、穆雷譯：《文學制度》，南京大學出版社2014年9月第1版，第1～19頁。

條例構成的，經由某一官方機構製定和修改成各種各樣的規章與條例，用以規範文學的範疇，以及處理發生的各種文學事件，使文學按照預設的運行軌道前進。在一定程度上，它有著某種強制性的效應。

還有一種是「無形的文學制度」，正如傑弗里・J・威廉斯所言：「『制度』還有一層更爲模糊、抽象的含義，指的是一種慣例或傳統。根據《牛津現代英語用法詞典》所載，下午茶在英國文化中屬於一種制度。婚姻、板球、伊頓公學亦然。而在美國文化中，我們可以說棒球是一種制度，哈佛也是一種制度，它比位於馬薩諸塞州劍橋市的校園具有更深刻的象徵意義。」〔註10〕也就是說，一種文化形態就是一隻無形之手，它所規範的「文學制度」雖然是隱形的，但是其影響也是巨大的，因爲它所構成的一種約定俗成的潛在元素也是一種更強大的「文學制度」構成要件，我們之所以將這部分由各種各樣文化形態稱之爲「無形的文學制度」，就是因爲各個時代都有其自身不同的文化形態特點，大到文化思潮、現象，小至各種時尚，都是影響「無形的文學制度」的重要因素。

在我們百年文學制度史中，尤其是在20世紀後半葉以來的兩岸文學制度史上往往是以文學運動、文學思潮、社團流派、乃至於會議交流等形態呈現出來的，它們既與那些「無形的文學制度」有著血緣上的關聯性，又與國家制定的出版、言論和組織等規章制度有著不可分離的聯繫，它們之間有時是同步合拍的互動關係，有時卻是呈逆向運動的關係，梳理作用與反作用二者之間的歷史關係，便是我們撰寫這個制度史的初衷。因此，我們更加重視的是整理出百年來有關文學制度的史料。

基於這樣一種看法，我們以爲，在中國近百年的文學制度的建構和變遷史中，「有形的文學制度」和「無形的文學制度」在不同的時空當中所呈現出的形態是各不相同的，對其進行必要的釐清，是百年文學史不可或缺的一項重要任務。從時間的維度來看，百年文學制度史的變遷，隨著黨派與政權的更迭，1949年前後的文學制度史既有十分相同的「有形」和「無形」的形態特徵，也有不同之處。從空間的角度來看，地域特徵（不僅僅是兩岸）主要是受制於那些「無形的文學制度」鉗制，那些可以從發生學方法來考察的許多文學現象，卻往往會改變「有形的文學制度」的走向。要釐清這些紛繁複

〔註10〕 【美】傑弗里・J・威廉斯編著，李佳暢、穆雷譯：《文學制度》南京大學出版社2014年9月第1版，第1～19頁。

雜、犬牙交錯的文學制度的過程，除了閱讀大量的史料外，更重要的就是必須建構一個縱向的史的體系和橫向的空間比較體系，但是，這樣的體系結構統攝起來的難度是較大的。

在決定做這樣一件工作的時候，我們就抱定了一種客觀中性的歷史主義的治學態度，也無須用「春秋筆法」做過度闡釋，只描述歷史現象，不做過多評判。後來發現這種方法也是國外一些文學制度史治學者共同使用的一種方法：「我們必須採取更加直接的方式以一致立場來審視文學研究的制度影響力，不要將其視爲短暫性的外來干擾，而要承認它對我們的工作具有本質性影響。與此相關，我們需要不偏不倚地看待人們對制度的控訴；制度並不是由任性的妖魔所創造出來的邪惡牢籠，而是人們的現代組織方式。毋庸置疑，我們當前的制度所傳播開來的實踐與該詞的貶義用法相吻合，本書的許多章節都指出了制度的弊端，目的在於以更好的方式來重塑制度。布魯斯·羅賓斯（Bruce Robbins）精明地建議，我們必須『在斷言制度化（institutionalization）一詞時拋開慣有的刻薄諷刺，要區別對待具體的制度選擇，而不是一股腦兒對其譴責（或頌揚）』。」〔註11〕其實，我們也深知這種治史的方法很容易陷入一種觀念的二律背反之中，當你在選擇陳述一段史實時，選擇 A 而忽略了 B，你就將自己的觀念滲透到了你的描述中了，所以，我們必須採取的是盡力呈現雙方不同的觀念史料，讓讀者自行判斷是非，讓歷史做出回答。

按照《文學制度》第一章撰寫者文森特·B·里奇《構建理論框架：史學的解體》的說法「建構當代理論史有五種方式。關注的焦點既可以是領軍人物，或重要文本，或重大問題，也可以是重要的流派和運動，或其他雜類問題。」〔註12〕

毫無疑問，構成文學制度的前提要件肯定是重要文本，沒有文本當然也就不會產生與之相對應的許許多多圍繞著文學制度而互動的其他要件，就此而言，我們依順歷史發展的脈絡來梳理每一個時段的文學制度史的時候，都會因每個歷史時期文學制度的不同側重點來勾勒它形成的重要元素。雖然它們在時段的劃分上與文學史的脈絡有很多的交合重疊，但是，我們論述的重心卻是在「有形文學制度」和「無形文學制度」是怎樣建構起來，並支撐和支配著文學

〔註11〕【美】傑弗里·J·威廉斯編著，李佳暢、穆雷譯：《文學制度》南京大學出版社 2014 年 9 月第 1 版，第 1～19 頁。

〔註12〕【美】傑弗里·J·威廉斯編著，李佳暢、穆雷譯：《文學制度》南京大學出版社 2014 年 9 月第 1 版，第 1～19 頁。

史的發展走向的。

中國自封建體制漸入現代性以來，無疑是走了一條十分坎坷的路徑，我們認爲，不管哪個歷史時段發生的制度變化，都是有其內在因素的，於是，我們試圖從其變化的內在肌理來切分時段，從而描述出他們發展的脈絡。

19 世紀末與 20 世紀初的世界格局帶來了中國的大變局，與之相應的中國文學制度便開始有了現代性的元素。清末拉開了中國社會轉型的序幕，文學在其中扮演了至關重要的角色，當然，就現代文學制度而言，這一時期還只是新的文學制度的萌芽期。現代文學制度之所以於此時浮出水面，一方面得益於文學觀念的轉型，另一方面，更在於相關結構性要素的漸趨成熟並建構起一個相對完善的文學、文化運作系統。

無疑，北洋政府對建立文學制度是起著十分重要的作用的，而眞正將其現代性的元素進行放大，甚至誇張的，還是新文化運動的勃起。「文學革命」最終完成了文學觀念的轉型，與此相應，文學制度的相關結構性要素也在民國成立之後得到了飛速發展，並形成了一個較前更趨複雜嚴密的體系。當然，民國的文學制度及至後來所帶來的負面效應也是不可否認的。

抗戰時期，中國版圖上存在著多股政治勢力，國土分裂成了多個碎片化的地理政治空間。以廣義的國統區、解放區、淪陷區而論，每一政治空間的政治勢力都在追求各自的文化領導權，都在推行各自的文化與文學政策。在這種眾聲喧嘩的情勢下，文學制度的有效性是發生在不同的時空之中的，當然，最有深刻影響的還是延安的文藝政策，它深刻地影響著以後幾十年文學制度的建構。

在共和國的文學制度史中，之所以將「十七年」作爲一個時段，就是因爲這個時段的文學制度的建立對以後幾十年的文學運動和文學創作有著至關重要的作用。最有特點的是，從此開始，文藝政策的制定與調整，文學機構的創建與改革，文學領導層的人事安排，幾乎都通過會議來實施的。在歷次文代會和作代會之中，第一次文代會具有特殊的歷史意義。在某種意義上，這次會議奠定了中國當代文學制度的基本框架。解放區文藝被確立爲文學的正統，全國文聯和全國文協宣告成立，來自於解放區、國統區的作家們在不同的工作崗位上各安其位，創辦了全國文聯、全國文協的機關刊物《文藝報》、《人民文學》。在此基礎上，各大區、各省市紛紛召開區域性的文代會，成立區域性的文學機構，創辦地方性的文學刊物。第一次文代會是當代文學制度建設的奠基石。

在共和國的文學制度史中，之所以將「十七年」作爲一個時段，就是因爲

這個時段的文學制度的建立對以後幾十年的文學運動和文學創作有著至關重要的作用。最有特點的是，從此開始，文藝政策的制定與調整，文學機構的創建與改革，文學領導層的人事安排，幾乎都通過會議來實施的。在歷次文代會和作代會之中，第一次文代會具有特殊的歷史意義。在某種意義上，這次會議奠定了中國當代文學制度的基本框架。解放區文藝被確立爲文學的正統，全國文聯和全國文協宣告成立，來自於解放區、國統區的作家們在不同的工作崗位上各安其位，創辦了全國文聯、全國文協的機關刊物《文藝報》、《人民文學》。在此基礎上，各大區、各省市紛紛召開區域性的文代會，成立區域性的文學機構，創辦地方性的文學刊物。第一次文代會是當代文學制度建設的奠基石。

文學制度發展演變至 60 年代中期，出現了一種極其奇特的現象，即，一方面，相對於建國前的舊文學制度而言，「十七年」的文學制度在各個層面上業已發生了巨大的變革，制度之變與體制之新已經令很多作家深感「力不從心」；而另一方面，相對於意識形態的要求而言，「十七年」文學制度則已經遠遠落後於時代，成爲不得不革除的陳舊落後的體系。這種「新」與「舊」的巨大錯位和反差，充分反映了文學制度史的時代複雜性及其獨特規律。在這種強烈的「制度焦慮」的驅使下，不僅「十七年」文學制度成爲「舊制度」從衰落到崩潰，而且「新制度」建設也緊鑼密鼓、大刀闊斧地開展起來。

經歷了十年「文革」的浩劫，中國「十七年」間確立和完善的文學制度也被摧毀。幾乎所有的文學建制都幾乎失去了應有的功能，文學的機構（包括出版傳播、文學生產、文學評獎等等）都因爲高度的集權而趨於凝滯。因此，隨著「文革」的結束，文學制度面臨著恢復和重建的迫切任務。在此重建過程中，文學的新的方向——爲人民服務、爲社會主義服務的「二爲方向」得以最終確立。恢復和重建之後的文學制度，起到了黨和國家文藝政策得以貫徹執行的重要保障機制。隨著文藝政策的鐘擺與起伏，文學制度也發生著微妙的變化。

無疑，上個世紀 80 年代是文學制度恢復、波動、起伏最活躍的年代，而1984、1985 年之交召開的中國作協第四次代表大會是又一次文學組織和體制的新的調整，這一組織化體系化的調整給此後一段時間裏的文學創作、批評，乃至文學制度都產生了一系列的重大影響。

重建文學制度，首先亟需恢復和重建的是文學機構——文聯與作協。文聯和作協最高層面的機構組織是中國文聯和中國作協，各省市地區都恢復和建立了相應的組織建制，全國一體化的、具有隸屬關係的各級文聯與作協成爲文學

制度有力的執行機構。這兩個層級化的組織機構是整個文學制度的核心。有了這個機構，所有的體制內外的作家就會以不同的級別而成爲每一層級的文學幹部，從而處於文學制度這一龐大機器中齒輪與螺絲釘，使文學創作的動員與組織就成爲一種常態性的運作。

當然，80 年代隨著對「文革」及十七年期間的回顧、總結、反思的不斷深入，文學創作中出現了突破原來既定的政治方向和範圍，偶而出現挑戰禁忌或者溢出體制邊界的某些傾向。一方面，文學媒體爲這些作品提供了發表的平臺，另一方面媒體也成爲党進行文學性質的宣傳、方向的引導、批評的展開的重要陣地。

20 世紀 90 年代是個意味深長的年代。它尚未遠去，但已經成爲當代思想文化討論中一個難以繞開的源點，許多問題可以溯源於此。無疑，消費文化的大潮席捲而來，這對中國的文學制度衝擊是前所未有的新挑戰，中國日益深入世界市場的競爭之中，知識生產和學術活動已經成爲全球化過程的一個部分。「人文精神大討論」驟然興起表明了人文知識分子共同感覺到了問題的壓迫性，而它無法導向某種具體價值重建的結局，也拉開了一個認同困惑的時代帷幕。90 年代的人文知識分子面對的問題的複雜性超出了他們所熟悉的歷史和知識範疇，許多意想不到的社會與文化的思潮，凸顯出了讓人措手不及的尖銳矛盾。文學在這次文化變異的激烈衝突與重組中被拋到了邊緣，文學制度也在悄然發生著深刻的變化，大眾文化、消費文化的興起催發了文學制度的重構，自由寫作者的出現和網絡文學的出現，也給文學制度的重構提供了新的難題和挑戰。

進入新世紀以來，文學制度的變化是呈悄然漸變狀態的。在新世紀第一個十年中，中國大陸基本的格局是繼續「中國特色的社會主義」文化制度的加強、完善和延伸，儘管出現了新的現象和特徵，但並未出現一條明顯的文化分界線。在上世紀末，公眾文化領域和國家政策層面都湧動著一種「世紀末」的總結趨勢，但就具體文化發展看來，一種文化裂變的嘉年華並未出現，各項政策法規和文化制度跟隨經濟變革平穩推進，文學生態環境未發生明顯變更。但文學制度有了新的發展，在上世紀 90 年代文學制度的基礎上，呈現出深化和複雜化特徵。新世紀的文學機制正在悄然發生變化：隨著文學網站和文學社區的構建，網絡文學日益成爲一種重要的文學形式，網絡文學產業化的運行、監管制度的建立，對網絡文學的穩健發展都具有必要性。隨著影視業的發展，影視製作與

作家之間形成了新的關係，影視改編將文學接受置入了一種新的格局之中，對當代文學生態產生著重要影響。民間刊物已經成爲當代詩歌得以流傳的重要形式，民刊官刊化、民刊對彌補體制內文學制度的不足，都成爲值得關注的話題。在當前的文學評獎中，官方獎項評選和頒發過程的亟待調整，民間獎項需要通過文學觀念的調整獲得更大的公信力。從文學激勵角度來看，調整後的兩者都將大大有助於文學創作質量和積極性的提高。

　　毋庸置疑，臺港百年來的文學制度史都有著與大陸文學制度史既有重疊之處，更有相異之處。上個世紀臺灣文學制度受著殖民化和民國化延展的影響，直到1987年的解嚴之後，又發生了質的變化。而香港的文學制度卻是在歷經殖民化的過程中，在1997年才悄悄發生了變化。

　　在文學制度的研究當中，其間對於文學社會化過程的考察是必要的。由此，在不同的時空場域下來考察不同地域文學活動背後無形之手——文學制度的運作，也必須貼近、還原適時的文學活動具體情況。日據臺灣的文學制度具有自己的獨特性，儘管在大的新文學傳統範圍裏面，臺灣文學傳統與中國大陸文學傳統相互呼應，但不可否認的是，由於地理位置的「孤懸」、文化受容的「多元」，日據時期的臺灣文學在發展樣貌上有著自己的地域特性。「文學制度」的概念引入，以及對文學制度在形成、發展全過程中諸方面特色的描述，乃至對文學制度諸多組成要素，如文學教育、文學社團、出版傳媒等方面的勾勒，可以給予讀者以一個相較以往文學史作單線描述而言更加複雜、參差的立體文學生態景觀，得以窺見在文學史複雜表象背後更具棱角，並影響著文學制度建構之另一面。

　　綜上所述，我們在撰寫這部制度史的過程中，盡力試圖將文學史的發生與制度史的建構之間的關係勾連起來分析：外部結構是法律、規章、出版、會議、文件……等大量的制度「軟件系統」；而內部結構則是文學思潮、現象、社團、流派、作家、作品……等「硬件系統」。只有在兩者互動分析模式下，才能看清楚整個制度史發展走向的內在驅力。雖然我們做出了努力，但由於種種原因，比如我們尚不能看到更多可以解密的文件資料，就會影響我們就對某一個時段的文學制度做出更加準確的判斷，所以我們只能做到這一步，儘管有遺珠之憾，但我們努力了。

第四章 鄉土民國的文學映像

　　鄉土小說是民國文學的重要組成部分。本章主要探討周作人、魯迅等的鄉土小說理論，並以上世紀 20 年代的鄉土小說派、30 年代的「京派」、40 年代的趙樹理等鄉土小說作家及其作品爲主要研究對象，以「風俗畫描寫」和「地方色彩」爲關鍵性的學術生長點，來梳理民國文學中鄉土小說的發展與流變，並試圖研究它們對 1949 年後鄉土小說的影響。

第一節　五四以來鄉土小說的閾定與蛻變

　　當 20 世紀的新文學叩開了中國封閉的文學之門後，五四先驅者們從「鐵屋子」外面吸納了大量的新鮮空氣，他們大量地翻譯和介紹了西方的文明與文化。各種思潮，包括認知方式的洶湧而來，給小說革命帶來了生機。然而，人們對於鄉土小說的認識是從感性到理性，又從理性到感性，再上升到理性的二度循環。我們不能忽視梁啓超等人的「小說革命」給五四新文學帶來的影響。魯迅的前期小說作爲鄉土小說審美感性的實驗也許是無意識的，因爲中國的鄉村社會最能發掘出封建禮教的「吃人」本質所以先生以鄉土小說爲載體。如果說「第一聲春雷」是以其強大的思想穿透力震撼了整個中國大地的話那麼對認識這一「載體」的人卻是寥若晨星的。只有張定璜後來在評論魯迅《吶喊》時才認識到：「他的作品滿薰著中國的土氣，他可以說是眼前我們唯一的鄉土藝術家。」〔註 1〕不管魯迅在《狂人日記》等作品中是否有意識地採用了地域性的描寫，然而其作品呈現出的「地方色彩」和「風俗畫面」

〔註 1〕張定璜：《魯迅先生》，載《現代評論》1925 年 1 月號。

卻是無可否認的。而幾乎與之同時，周作人成了最早在中國文學提出「鄉土文學」主張和對其概括進行釐定的理論家。這一點嚴家炎先生在其論著《中國現代小說流派史》中已作了詳盡的論述，嚴先生認爲周作人大力倡導「鄉土文學」有三條理由和根據：五四新文學運動是從國外引進的，要在本國土壤上紮根，就必然提倡鄉土藝術；要克服思想大於形象的概念化弊病，就應提倡本土文學的地方色彩；要使中國新文學自立於世界文學之林，就必須發展本土文學，從鄉土中展示民族特色。而周作人對鄉土小說的闡定大體上是這樣的：第一，體現地域特點。他認爲：「風土與住民有密切的關係，大家都是知道的：所以各國文學各有特色，就是一國之中也可以因了地域顯出一種不同的風格，譬如法國的南方普洛凡斯的文人作品，與北法蘭西便有不同。在中國這樣廣大的國土當然更是如此。」〔註2〕在這裡，周作人十分強調不同地區文化的差異性，抓住這種差異，作家也就可以造就小說的「異域情調」。第二，體現民風民俗中具有「個性的土之力」。這一點是針對新文學中的概念化而提出的，周作人要求作家「自由地發表那從土裏滋長出來的個性」，「我們所希望的便是擺脫了一切的束縛，任情地歌唱，……只要是遺傳、環境所融合而成的我的眞心搏……這樣的作品，自然的具有他應具有的特徵，便是國民性、地方性與個性，也即是他的生命。」〔註3〕周作人這裡闡述的「個性」顯然受了尼采「忠於地」（「地之子」）的「超人哲學」的影響。但是周作人把這一「個體」生命的弘揚與揭示國民性、與描寫地方色彩結合爲一體，應該說是符合五四人文主義思潮的。因此他大力提倡文學「須得跳到地面上來，把土氣息、泥滋味透過了他的脈搏，表現在文字上，這才是眞實的思想與藝術。」〔註4〕可見，新文學的先驅者們認爲在「土氣息、泥滋味」裏最能尋覓到揭示民族文化劣根性的描寫點，亦最能張揚五四「個性解放」之精神。這麼說，周作人不是不要文學的主觀意念，而是要把它埋藏在鄉土小說民風民俗、風土人情之中。第三，體現人類學意義上的「人」。這點是周作人最早在1921年8月翻譯英國作家勞斯（W・H・D・Rouee）《希臘島小說集》譯序中闡述的「本國的民俗研究也是必要，這雖然是人類學範圍內的學問，卻與文學有極重要的關係。」周作人當時所說的「人類學」是指自然科學範

〔註2〕周作人：《地方與文藝》，《談龍集》，河北教育出版社2002年版，第10頁。
〔註3〕周作人：《地方與文藝》，《談龍集》，河北教育出版社2002年版，第11～12頁。
〔註4〕周作人：《地方與文藝》，《談龍集》，河北教育出版社2002年版，第12頁。

疇意義上的「人」而非哲學範疇意義上的「人」，但他溝通了自然的人與文學上的人，則明顯是試圖把「人」放進哲學範疇之內進行考察的，這和他一再鼓吹尼采的「超人意志」、「個性精神」相一致的。可惜這一理論命題當時並沒深入下去，在創作中只有沈從文的小說試圖用「生命的流注」來嘗試這一命題。一直到了 80 年代中期，這個命題才重新進入作家的視界，得到較為深入的探討。

　　在周作人越是本土的和地域的文學越能走向世界的理論張揚下，五四的一批文學理論家都主張把「鄉土文學」的創作提到一定的高度來認識。茅盾和鄭振鐸等人也竭力鼓吹「為人生」的「鄉土文學」，這也為後來「鄉土小說流派」的崛起奠定了理論基礎。茅盾早在 20 年代初就倡導「鄉土文學」了，只不過他把魯迅《故鄉》、《風波》一類小說稱為「農民文學」。他特別強調小說的「地方色彩」並把《小說月報》和《文學週報》作為鄉土小說的發表陣地。他還在與李達、劉大白所編寫的《文學小辭典》中加上了「地方色」的詞條：「地方色就是地方底特色。一處的習慣風俗不相同，就一處有一處底特色。一處有一處底性格，即個性。」〔註5〕顯然，這裡所指的「個性」絕非周作人所指望的「超人」哲學內涵，而是專指文學描寫中的「地方色彩」而言的。作為文學研究會「為人生」主張的核心人物，隨著 1925 年前後「無產階級文學」觀的確立，茅盾在進一步闡定鄉土小說時，就鮮明地提出了為「被損害和被壓迫者」呼號的階級內容。他一方面強調鄉土小說因地方色彩引起的「自然美」，同時又強調要把其所表現的社會內容緊緊地與之揉合在一起，當他在 1928 年撰寫《小說研究》時，便為此作出了詳盡的詮釋：「我們決不可誤會『地方色彩』即是某地的風景之謂。風景只可算是造成地方色彩的表面而不重要的一部分。地方色彩是一地方的自然背景與社會背景之『錯綜相』，不但有特殊的色，並且有特殊的味。」這一「味」一「色」的「錯綜相」，便是茅盾所強調的「人生相」與「自然相」水乳交融的特徵。直到 30 年代中期，當茅盾給鄉土小說最後定位時，便把這兩者相融合的特徵作了特別的提純，使「世界觀」和「人生觀」上升到「地方色彩」和「異域情調」之上，認為「在特殊的風土人情而外，應當還有普通性的與我們共同的對於運命的掙扎。一個只具有遊歷家的眼光的作者往往只能給我們以前者；必須是一個具有一定的世界觀與人生觀的作者方能把後者作為主要的一點而給予了我

〔註5〕《民國日報》1921 年 5 月 31 日副刊《覺悟》。

們。」〔註6〕無疑，作爲「鄉土文學」的一次經典性概括，茅盾的這一理論對中國 30 年代以後的許多鄉土小說創作起著至關重要的影響，尤其是在建國三十年內，更是作爲一條準則而推行。

魯迅是較早提出「鄉土文學」這一術語的。然而，魯迅在 1935 年提出這一概念以前除了在自己的創作實踐中自覺地用「地方色彩」和「風俗畫面」來突出小說的表現力外，並沒有在理論上作過什麼闡釋。倒是周作人一再爲「鄉土藝術」吶喊，以此來消弭歐化小說的傾向，而標榜「地方色彩」和「土氣息泥滋味」。魯迅的自覺實踐和周作人的自覺理論看來決非偶然現象。忽略了這一現象，亦就削弱了周氏兄弟對新文學運動的貢獻。當然，在 20 年代初期，上海的《文學週報》連續發表過王伯祥的理論文章《文學的環境》、《文學與地域》等，但他並未像周作人那樣打出「鄉土藝術」的旗幟來，只是從描寫方法入手，來對「地方色彩」在小說中之地位進行闡述的。直至 1935 年魯迅在給《中國新文學大系·小說二集》作序時才正式提出了「鄉土文學」這一概念。這一概念比茅盾對「鄉土文學」的概括早不到一年，然而魯迅在「導言」中的那段話卻引起半個多世紀的歧議。我以爲只有重新深入地理解它，才能廓清「鄉土」與「非鄉土」之間的模糊認識。先生原文如下：

> 賽先艾敘述過貴州，斐文中關心著楡關，凡在北京用筆寫出他的胸臆來的人們，無論他自稱爲用主觀或客觀，其實往往是鄉土文學，從北京這方面說，則是僑寓文學的作者。但這又非如勃蘭兌斯（G·Brandes）所說的「僑民文學」，僑寓的只是作者自己，卻不是這作者寫的文章，因此也只見隱現著鄉愁，很難有異域情調來開拓讀者的心胸，或者炫耀他的眼界。許欽文自名他的第一本短篇小說集爲《故鄉》，也就是在不知不覺中自招爲鄉土文學的作者，不過在還未開手來寫鄉土文學之前，他卻已被故鄉所放逐，生活驅逐他到異地去了。

魯迅所言「凡在北京」，也就是指那些從鄉土社區走向大都市，甚至走向世界（留學於日本、歐美）的一代知識分子。可以毫不誇張地說，五四前後絕大多數文學革命和思想革命的「先驅者」們都是從鄉土社會麇集於北京、上海這些大都市的。在極大的文化和文明的反差當中，他們感到了第一次作爲「人」的覺醒。啓蒙主義思潮促使他們拿起筆來，或抽象或形象地張揚人文主義思

〔註 6〕茅盾：《關於鄉土文學》，《文學》1936 年 2 月 1 日。

想。於是，爲揭示中國最黑暗的一隅，鄉土社區便成爲其描寫焦點。況且，作爲一個永遠難以抹去的「童年印象」，鄉土社會給這批文學家和思想家留下的「戀土情結」使其煥發出作爲一個中國知識分子的強烈憂患意識。這和勃蘭兌斯所說的「僑民文學」則是兩碼事。所謂「僑民文學」是用另一個世界、另一個民族的眼光來描寫他（她）所居住國的文化現象。所以，魯迅首先強調的就是那種「隱現著鄉愁」，但又充滿著「異域情調來開拓讀者的心胸」的「鄉土文學」之要義。誠如賽先艾的作品，既有那種鄉愁之中對母愛偉大之歌哭和對鄉間中人性栽害之冷酷的憤慈的人道主義內涵，又充分展示了那個邊遠地區風土人情的「異域情調」之灰暗陰冷。很明顯，魯迅對「鄉土文學」只提到了無論是「主觀或客觀，（也即「表現」或「再現」）都應表現出「鄉愁」——博大的人道主義胸懷——這主題內涵，具有「四五」文學母題不可超越的主題學意義；再者，魯迅強調了「異域情調」對於「鄉土文學」的重要性，然而，我們不可能知道魯迅當時爲什麼沒有對「鄉土文學」作更進一步系統性的理論闡釋。或許是擔心越是清晰的闡釋就越閾限了鄉土文學的發展罷。

可以看出，從周作人、王伯樣到魯迅對鄉土小說的閾定（即從上世紀 20 年代初到 1935 年），是基本認同於鄉土小說世界性母題的理論概括的，即把「地方色彩」（「異域情調」）和「風俗畫面」作爲其最基本的手段和風格。這裡必須進行詮釋的是，魯迅在表述過程中提出的「隱現著鄉愁」當然是指「鄉土文學」所要滲透的作家主體觀念。然而，「隱現」二字表現了魯迅在闡釋主題上是和恩格斯的「觀念愈隱蔽則對作品愈好」之藝術審美思想相一致的。魯迅並不主張把人道主義胸懷的裸現來使鄉土小說失卻它的審美本質特徵，他的創作實踐就鮮明地表現出這一「隱現」的規律性特徵。顯然，到了 1936 年，茅盾先生在給鄉土小說作經典性概括時，異常鮮明地把它的世界觀地位置於首位。無疑，這是爲「爲人生而藝術」的現實主義道路服務的，它推動了鄉土小說在現實主義方向的迅速發展，亦給鄉土小說走向一個較狹窄的創作地帶提供了理論和概念上的根據。

毫無疑問，40 年代標誌著中國文學進入另一個「紀元」的理論指導是毛澤東的《在延安文藝座談會上的講話》。《講話》從理論上確定的「爲工農兵服務」的宗旨閾定了一切文學藝術應倡導「民族風格」、「民族氣派」。而「民族風格」和「民族氣派」則又自然而然地尋覓到鄉土小說這塊最能體現這一

宗旨的沃土。於是趙樹理的小說便成為中國四十年代至七十年代的一種鄉土小說模式。研究它的生成和發展我們可以明顯看出鄉土小說從「地方色彩」和「風俗畫面」的描繪逐漸褪色的過程。如果說趙樹理四十年代的鄉土小說能引起較大反響那麼它的主要吸引力仍是「地方色彩」和「風俗畫面」（他小說畫面與孫犁小說的風俗畫面截然不同，前者體現在人物的言行之中，後者則體現在風景描寫之中）人物之所以有活力，主要是那種「地方色彩」所給予人物的外部動作（如二諸葛、三仙姑等）的表現。而五十年代以後趙樹理的小說將鄉土小說本末倒置了，「地方色彩」和「風俗畫面」完全易位於對「問題」的闡釋。正如他在《下鄉集》中所言：他是帶著問題去寫小說的。每寫一篇就是想解決一個農村社會中存在著的問題。這無疑是與茅盾 1936 年的《關於鄉土文學》一文中闡釋的把世界觀和人生觀作為第一要義的觀點相吻合的。但是，像《鍛鍊鍛鍊》這樣的作品，只能是引起人們對於農村社會問題的關注，而非「地方色彩」和「風俗畫面」所引起的「異域情調」之審美饜足。趙樹理作為《講話》以後的鄉土小說的第一代作家，尤其是作為新中國鄉土小說的奠基者的中堅，他的影響是巨大的。儘管他的悲劇與他的「問題小說」相關聯，但他的鄉土小說寫作道路亦無疑給五十年代至七十年代的眾多鄉土小說作家留下了不可磨滅的胎記。

很有意思的是，作為與趙樹理幾乎同時崛起的另一流派的代表人物孫犁的創作，之所以能保持其創作的生命活力，就在於他懂得藝術是一種間接的「隱現」。因而，他的鄉土小說的影響雖然敵不過趙樹理（這其中主要是政治原因），但他在文學史上的地位卻是恒久的。作為「荷花澱派」的創始人，他的風格是與整個世界性的鄉土小說母題相接近的。在他的小說中，那種濃烈的世界觀意念被化作一種「背景性」的描述，而將筆墨集中於對風俗人情的描繪，以及對風景的描繪（風景描寫中隱含著濃鬱的「異域情調」），使他的小說形成了具有真正「民族風格」的、具有「地方色彩」的、「詩化」的鄉土小說。他的鄉土小說風格同樣作為一種隱形的狀態影響著新中國的一批鄉土小說作家。同樣是反映走合作化道路的鄉土小說，周立波的《山鄉巨變》之所以比《創業史》、《豔陽天》更有審美深度，就在於周立波對於風俗人情，對於風景畫面的描繪使他的鄉土小說形成了一定的詩情畫意。這是與孫犁的鄉土小說一脈相承的。雖然，這種風格在五十年代以後被政治的風浪所淹沒，乃至受到批判，沒能形成氣候。但是，它所呈現的風格卻屬於真正的鄉土小

說。直到新時期，老作家汪曾祺才又重新恢復了這種鄉土小說的風格。在追溯這種風格的淵源的時候，我們當然不能忘卻它的鼻祖——廢名、沈從文等「京派小說」家們對於中國鄉土小說的巨大貢獻。可以明顯地看出，建國以後的鄉土小說逐漸放棄了對「地方色彩」和「風俗畫面」的描寫，只剩下題材和內容貼近於「鄉土」而已。不過，像歷史題材的鄉土小說則當別論。作為當代文學十七年的一面旗幟，《紅旗譜》除了它較深的歷史內涵外，主要是「地方色彩」和「風俗畫面」給這部長篇小說增添了藝術的魅力，這點作者梁斌在自己的創作談中說得很明白。

　　建國以後的三十年中，鄉土小說的概念似乎就與「農村題材小說」等同，殊不知鄉土小說的兩大要義是其生存和發展的必然條件。然而，在三十年中，鄉土小說除剩下題材特徵而外，已沒有疆域了，以至在「大一統」的「三突出」原則下，根本消滅了鄉土小說的審美特徵，形成了鄉土小說歷史沿革的斷裂。

　　上世紀 80 年代鄉土小說重新崛起，從汪曾祺的創作開始，「地方色彩」和「風俗畫面」又回到了鄉土小說的本體之中。當人們衝出「傷痕」和「反思」以後，「尋根文學」的崛起，標誌著鄉土小說進入了一個更高的審美層次，一直到「新寫實」小說，新時期小說的許多重大內容和形式以及審美經驗的突破都是通過鄉土小說這個試驗場來操作演練的。

　　由於時代和社會變革的需求，新時期鄉土小說的闊定呈現出了新的特徵：除「地方色彩」和「風俗畫面」外，首先，它回覆了「魯迅風」式的悲劇美學特徵，其次是歷史使然，它的「哲學文化」意念在不斷強化；而返歸大自然與現代文明之間的衝突，則成為鄉土小說描寫焦點的眩惑。必須指出的是，有些新時期的理論家混淆了鄉土小說和「鄉土意識」之間的界線。忽視了鄉土小說的題材特徵，就等於消滅了鄉土小說本身。

第二節　鄉土——尋找與逃離

　　「尋根小說」究竟從何時算起，有人追溯到吳若增和汪曾祺 80 年代的作品。嚴格地說，它應是以「尋根」理論前後的一批作品為標誌的，像阿城的《棋王》、王安憶的《小鮑莊》、韓少功的《爸爸爸》、鄭萬隆的「異鄉異聞」系列，以及賈平凹、李杭育等人的一些作品。就「尋根小說」的內容和形式

的特徵來說，它們主要表現為：

首先，描寫中國傳統文化籠罩下人的精神生活，這裡包含著兩層涵義：一是向傳統的儒道釋文化精神的皈依，試圖找尋失落的「精神家園」，以獲及文化心理的自足；一是不良自主地反叛傳統文化精神，表現出一種「精神失落」和「無家可歸」的思想內涵。

其次，所有的「尋根小說」都充分地表現出風俗畫的特徵，作家們非常注重「異域情調」和「地方色彩」的發掘，以此來區別於其他非「尋根」的鄉土題材小說，同樣，這其中亦包含著「風俗畫」展示的兩種形態：一是著力於恬靜、安適的「農家樂圖」的描繪，「田園詩風」、「田園牧歌」情調當然是和其表現的哲學文化思想內涵相對應；二是描寫蒼涼蠻荒，充滿著悲劇意識和氛圍的洪荒時代古老先民的生活形態，其「異域情調」的新鮮審美感受同樣引起了人們的驚異。

就這兩點來看，「尋根小說」的思想意義在哪裏呢？

由於 80 年代成為中國改革開放的熱潮期，各種思潮洶湧澎湃而來，而許多思潮在不斷地選擇和篩選中被很快淘汰，也就是說，新時期對於各種思潮的選擇性很大，中國人是在不斷否定性的價值判斷中去尋求新的真理的。也許 80 年代初的「國門洞開」所湧入的西方哲學文化思潮要比五四時期來得更猛烈更繁雜更令人目迷五色。因此，在無數次的遴選中，一些青年作家之所以選擇了拉美「爆炸後文學」作理論的支點，首先就在於兩個民族文化心理結構上的相同性。歷史的衍變是很難改變其民族的根性的，古代文化和文明已成為一種固體在歷史的軌跡上作機械的時間性的滑動和延續。與歐洲文明相比，它無疑是一種封閉和斷裂，在進入現代社會（工業文明以來）後，中國和拉美都成了「歐洲文明宴席上的匆匆遲到者」。拉美由氏族社會進入資本主義殖民統治，中國由農業社會向工業社會的過渡，都經歷了精神上的劫難，拉美出現的「偽革命」、「偽民主」、「偽進步」現象；而中國也經歷了「大躍進」、「文化大革命」的浩劫。這就使得這兩個民族同樣存在著「尋求」的焦慮。「尋根小說」家們試圖通過這一「尋求」而達到與世界文學的對等的對話關係，他們所舉起的旗幟就是認為越是具有民族性，就越具有世界性，甚至有些人高揚起文學就應具備民族保守性的主張，認為民族文化鑄就了中國作家的特殊心理、特殊的思維方式和情感方式，只有接受本民族文化的制約，才可能發揮最大的藝術才能，獲得創作優勢，那種對這種民族文化基因的對

抗只能是一種妄想。「尋根小說」家們也把民族的根性分為優劣兩種,其目的是要弘揚其「優根性」。然而恰恰相反,在眾多的「尋根小說」作品中,那種用批判的眼光去掃描國民劣根性的作品卻是占著絕對優勢如比重。即使是阿城這樣的阪依道教的作品,也時時透露出對蒼涼人生與人性劣根的揭露與批判。這種「二律背反」現象,是值得令人深思的。儘管阿城們吶喊要彌合由五四文化運動所形成的文化斷裂帶,從根本上來否定五四運動對於民族文化的改造,要求回復古文化的原生狀態,但這種文化思潮根本就不必理論家們去否定,就在「尋根小說派」的自身創作中得到了充分的否定,這個由作家興起的理論探討,終因理論的匱乏而被形象塑造的張力所擊潰,這種理論和創作實踐的背反也正說明了傳統文化根基在現代工業社會氛圍中的動搖。正如五四文學運動的實質內容表現為以人道主義為核心的對人的普遍關注一樣,「尋根小說」的大多數作品同樣是重蹈了這一文化主題,以人性為描寫基點,以人道主義為作家主體的視角,幾乎成為「尋根小說」難以擺脫的創作情結。

倘使說拉美文學對中國新時期鄉土小說有著更內在的影響,挪麼就是其充分的「風俗畫」色彩所構成的「異域情調」吸引了中國的這批「尋根小說」作家,「魔幻現實主義」也罷,「結構現實主義」也罷,「心理現實主義」也罷,都不乏風土人情的描繪,從這個意義上來說,拉美和中國的地理、地貌環境以及人種和風俗所形成的奇異文化色彩和氛圍,形成了其他民族眼裏的神秘的地方色彩。這種拉開了與現實和現代城市文明生活距離的鄉村圖景,無疑是一種美學的厭足。這也許是新時期作家們在短短的幾年中遊歷了歐美近百年的文學思潮後,為什麼體會到拉美爆炸後文學倍感親切的緣由吧。甚至有些作家對民族文化的理解也就局限在特殊的地理、原始圖騰、風俗、語言、思維方式的描寫上,而忽視了站在更高的哲學文化層次來鳥瞰民族文化精神本身,缺乏一種對國民靈魂重新把握的魄力。這不能不說是「尋根小說」在尋找精神家園時的失誤點。

隨著工業文明的高度發展,城市內然生態環境的被破壞,以及人際關係的進一步惡化,回歸原始、回歸自然的願望似乎成為西方文明世界焦灼的渴求,於是那種返鄉情緒、懷舊情緒,試圖尋覓精神避難所。換言之,就是尋覓「精神故鄉」的情緒,在現代人的心理世界普遍萌生,「田園牧歌」、「小橋流水」式的鄉村田園生活對於喧囂嘈雜的城市污濁生活來說,更具有「返樸

歸真」的誘惑感。人，作為一種高級動物，就在於他（她）的精神活動和審美需求是無止境的，倘若永遠靜止在一種形態的生活中，即使其物質享受再豐富，也不能擺脫精神的匱芝和審美的疲憊。當西方後工業時代將人「物化」以後，「城市人」試圖逃離精神的壓迫而尋求鄉村為「避難所」時，我敢預言，他（她）決不肯在「刀耕火種」的原始生存狀態下長期駐足，這種「回歸意識」只不過是一時的興致而已，儘管他在高度物質文明中產生了精神逆反心理，厭惡城市文明的狰獰，但倘若又使他（她）長期地去受物質匱乏，缺少文化氛圍的生存煎熬，恐怕他（她）同樣會陷入另一種逃離之中。

因此，就中國目前的文化特徵來看，那種西方後工業時代所產生的現代城市人的積神焦慮雖然被一些「新潮」藝術家們進行了毫無節制的誇張性模仿，但畢竟還沒有發展到一種逃離城市的奢侈情緒。君不見，占我國絕大多數的農業人口，為其生存而掙扎在黃土地上，他們唯一的奢望就是夢想逃離家園、逃離故鄉，故鄉在他們的眼裏不是城市人富有浪漫情調和色彩的抒情詩，生存的困境使他們仇恨故鄉，產生了對故鄉的反叛情緒，一種仇恨的審視。我以為產生這種仇恨故鄉的情緒正是建立在對物質的極度匱乏和精神貧困的認識之上的，在城市文明和鄉村文明的極大落差比較中，作為一個擺脫物質和精神貧困的人的生存本能來說，農民的逃離鄉村意識成為一種幸福和榮譽的象徵，尤其是隨著改革開放的深入，城鄉交流的日益頻繁，當農民們意識到這種差別的不合理性後，理性就再也不能使他們「安貧樂道」了。於是那種追求物質和精神文化的渴望成為農民的第二需要時，改變境遇的願望使大批的農民倒流城市，這恰恰是對描寫那種奢侈的城市人逃離城市的一個絕妙的諷刺。或許「鄉下人」會對「城裏人」說：如果你願意的話，我們換一個位置。僅這句話足以將那些鼓吹現代城市人反叛城市的「新潮派」們嚇得啞口無言。風涼話好說，但將物質和精神相分離則顯得矯情，「物質是第一性」仍然是真理嘛。當路遙的《人生》中高加林重新回歸鄉土之時，那種複雜的情感中大概首先是要考慮的是自身在物質精神均為貧困的文化環境中如何生存的問題吧？生存的價值能不能得以實現，並不取決於那位象徵著鄉土母親的形象——劉巧珍的柔惜溫馨是容不下高加林那顆飽受過城市文明浸染的心靈的。小說的高明處就在於暗示了這個于連·索黑爾式的孤獨奮鬥者在城鄉交叉地帶所產生的那種不同的文化衝突。同樣，鄭義的《老井》中的孫旺泉是一種理念的象徵物，當他承接過祖祖輩輩打井的越業時，似乎小說的

主題昇華了：那種恪守土地的民族韌性是支配著農民世代繁衍在這塊土地上的牲神支柱。而與這一封閉文化有著反叛情緒的是那個一身「狐仙氣」的巧英，她帶著嚮往城市文明的熾熱之情，義無反顧地告別了哺育她的也是她所仇恨的鄉村和她的戀人，也就是說，她試圖割斷自己和鄉村社會的物質和精神文化的血緣關係，奔向新的生活，創造一個嶄新的心理世界。這雖然與傳統文化觀念極不協調，就連作者本人在描寫中也產生了無盡的惶惑，但這種反叛和逃離的意義卻是標誌著新一代農民從物質到精神向現代文明邁進的強烈願望，它標示著人類進步的方向。

　　一般來說，和現代西方鄉土小說所不同的是，中國的絕大多數鄉土小說作家，甚至說是百分之百的成功鄉土作家都是地域性鄉土的逃離者，只有當他們在進入城市文化圈後，才能更深刻地感受到鄉村文化的真實狀態；也只有當他們重返「精神故鄉」時，才能在兩種文明的反差和落差中找到其描寫的視點。從魯迅開始，沈從文也好，眾多的鄉土小說流派作家也好，趙樹理也好，柳青也好，莫言、劉震雲、賈平凹也好，他們只有經受了另一種文化氛圍的浸潤後，才能從「精神的鄉土」中發掘到各自不同的主題內涵。如果加以歸整，這種表現鄉土精神的視角基本上呈三種態勢。

　　首先，是魯迅先生作為五四新文化的先驅者，他所開創的拯救國人魂靈的主題疆域是建立在對中國這個穩態的鄉土社會結構進行哲學批判的基礎之上的，他所提出的「鄉愁」，其意義不僅僅是對鄉土社會的悲哀和惆悵，也不僅僅是包含著同情和憐憫的人道主義精神，而更多地是以一種超越悲劇、超越哀愁的現代理性精神來燭照鄉土社會封建結構中窒息「鄉土人」（這個「鄉土人」當然是整個國民精神的象徵）的國民劣根性。這一點是任何理論家們都不能曲解的鄉土前提。大而言之，在魯迅這位偉大的哲人眼裏，中國的「鄉土」與「城市」中的國民心理均屬一種民族的「鄉土精神」，都是在被批判（這裡泛指哲學意義上的「批判」）之列。為完成國民性改造之大計，魯迅鄉土小說的主題的規定性是不可改變至於表層的伺情和憐憫之情則並不能改變其主題的性質。

　　其次，是沈從文這樣的「田園牧歌」者們在逃離鄉土文化社會後，受到了大都市現代文明的驚嚇，產生了極大的心理負效應，在他們不堪忍受現代文明的心理折磨時，一種強烈的「精神返鄉情緒」促使他們把鄉土文化社會更加理想化浪漫化。當然，他們的鄉土小說視角也是從人性和人道主義的主題出發。但那種批判精神則相應減弱，甚至幾近於零，他們所要創造的是一

個沒有被文化所侵蝕過的寧靜溫馨的烏托邦式的理想國度，於是，消彌「哀愁」、消彌「悲劇」、消彌自上而下的「同情和憐憫」，成爲這類鄉土小說超越文化困擾而走向自然的情感表現手段。他們筆下的「精神故鄉」則是一片燦爛的雲霓，沒有陰霾，沒有風景，沒有雨雪，更沒有刀光劍影般的殘忍，有的都是祥和沖淡超塵脫俗的靜態描寫。

另一種是像路遙、鄭義、賈平凹等一代「知青」作家所寫的鄉土小說。當他們二度往返於農村和城市之時，新的改革大潮洶湧而來，一方面，對於傳統的「精神鄉土」的熱切眷戀之情迫使他們對於鄉土文化抱以同情和悲憫，那種強烈的人文主義精神勾起他們那段痛苦的生活經歷，使他們忍心對於傳統的鄉土文化進行哲學的反思和批判；另一方面，現代思潮又不得不促使他們試圖以一種新的眼光來重新審視這亙古不變的鄉土精神板塊結構。魯迅的哲學批判精神又在時時誘惑著他們去嘗試著再造國民性。於是在「精神鄉土」的逃離和回歸中，同情與反叛的兩種情緒的融合，形成了這批鄉土作家內心世界的極度惶惑和焦慮，於是表現在他們的作品中，也顯宗出人物和主題的動搖不定。

還有一種情形就更特殊了，這就是像莫言、劉恒、劉震雲（這裡指劉震雲的稍後一些的鄉土小說，如《故鄉天下黃花》等）這些新一代鄉土小說作家。他們乾脆在逃離故鄉以後，用一種「局外人」的眼光來審視他們心中的「精神鄉土」。於是在他們的筆下也就無所謂情感的投入，同情、憐憫、哀悼、批判……的情感完全讓位於讀者，當然，這種試著擺脫情感投入的動機則在作品具體的描寫中是完全不可能的，這只能是作家盡力把自己化妝成一位「局外人」，而在他們對個體的「精神鄉土」進行描寫時卻不由自主地會流露出各種不同的情感，如仇恨、反叛、調侃、揶揄，甚至褻瀆的意識時時泄露於敘述之中。表面的無所謂，而深層的有所爲成爲這類鄉土小說的描述形態。說是逃離「精神鄉土」，則是更深的介入；說是仇恨，卻包孕著更深更執著的愛，因爲沒有愛，也就無所謂仇恨；說是褻瀆，則包含著對另一種鄉土精神的崇尚（如《紅高粱》中的「審父意識」則是對另一種無拘無束的狂放酒神意識的鄉土野性精神謳歌）。這種形態的出現對「精神鄉土」的「出」和「入」有著更新的意義，它打破了鄉土小說創作線型的二維思維空間，使之顯示出更廣闊的主題和敘述的疆域。

當然，像柳青、浩然那樣幾度從地域意義上的返鄉對其創作來說是有益

的，但其在「精神返鄉」的途中，乘坐的是階級鬥爭的「馬車」，這一載體卻將他們領入了鄉土文化審視的死胡同，這種「精神返鄉」則完全是和沈從文的「精神返鄉」不同，其特徵是以奉獻鄉土小說的藝術審美性為代價的。

鄉土，這塊浸染著血與火的土地，它與城市形成的對壘，則成為一個永無止境的主題。用它來反觀文化的困頓也好；用它來躲避大工業的侵襲也好；用它來宣泄仇恨情緒也好，在這些鄉土小說家「精神返鄉」的途中，我們可以看到不同的風景，而風景各不相同又給我們帶來了不同的審美感受。

有位德國鄉土小說家措特勒提出了「呼吸故鄉」和「頭腦故鄉」的不同概念，我以為所謂「呼吸故鄉」應該就是指「生存故鄉」，也就是地理位置上的故鄉；而「頭腦故鄉」我以為就是指「夢幻故鄉」、「精神故鄉」，這是作家頭腦中，具體說是創作思維中的故鄉，它是作家全體活動中的夢幻般的世界。因此，作為閱讀者和批評者，就一定要抓住這兩個方面，來觀察一個作家處於地理環境中的人文氛圍對其的薰陶；同時，更不能忽視對作家「精神故鄉」中的各種怙感的把握，只有這樣才不致於誤讀多種不同種類的鄉土小說作品。

由於中國的特殊國情所致，80 年代形成了「知青作家群」和『五七』戰士作家群」（泛指 1957 年被打成右派而押送到農村勞改的一批作家）。這些作家們把拋撒其青春之地看作是永遠不可忘懷和解脫的「精神故鄉」，他們稱之為「第二故鄉」，這個「故鄉」的意義當然不僅僅是地理環境意義上的風土人情畫面在，更重要的是，這批作家試圖在「第二故鄉」中尋找「精神的家園」——那種對於廣大農民的同情和憐憫；那種對於城市矯情的反撥；那種試圖弘揚同時又是破壞民族文化心理結構的矛盾心理狀態；那種在「無家可歸」的失落感中企圖尋覓精神歸屬的情結……。所有這些不能不說是構成了新時期鄉土小說的另一種景觀。這種「精神返鄉」的情緒是和從鄉村突圍出來的知識分子心態是不同的，它帶有更為深刻更為清晰的返觀情緒，作家們在兩種文明的落差和反差的比較中，將它作為人生觀和世界觀的形象試驗場。作為精神的載體，這類鄉土小說透露出的充分文化批判意識是令人刮目相看的。

第三節 五四後的寫實主義與浪漫主義

五四新文化運動以其宏博的胸懷容納了西方各種文化思潮，那種「取精用宏」的風度使得眾多文學流派和創作方法湧入國門，大量的翻譯作品使得

中國作家在眼花繚亂中尋覓著適合自己胃口的創作方法。誠然，由於五四新文化的先驅者們更推崇和鼓吹寫實主義和浪漫主義，因此從表面形態上來看，這兩種創作思潮在 20 年代似乎是造就新文學實績的兩根龐大的支撐物。

　　然而，值得注意的是，作為倡導寫實主義文學的主將魯迅，在其自身創作中卻往往沒有採用純客觀的寫實主義創作方法，而是汲取和雜糅了多種藝術表現方法，這就使得我們用現實主義創作方法和批評框架去範圍魯迅小說創作時，難免顯得尷尬和窘迫，牽強和穿鑿。無疑，魯迅的《狂人日記》絕非是現實主義的產品，而是象徵主義的小說，這以後的《孔乙己》、《藥》、《兄弟》、《明天》、《一件小事》、《風波》、《故鄉》等雖然在描寫的筆法上近乎於寫實，但這些小說可以明顯看出淡化情節、淡化背景的表徵，而給人的卻是一種強烈的印象和意念，誰也不會懷疑魯迅先生《阿 Q 正傳》的寫實主義特徵，它是中國現實主義小說的奠基之作，至今能夠超越這部小說成就的尚不多見。然而，在反覆品味這部小說之後，也許你很難用寫實主義的客觀描摹來解釋作品。阿 Q 是一種民族精神的提煉，這絕非是能用單一寫實的方式方法即可抵達的，從中我們足以看到那種誇張變形小說意念的透視，甚至那種荒誕意念和夢幻構織的民族病態的畸形的陰暗心理完全溢出了作為一個農民阿 Q 的性格內涵，小說的複義性、多義性、模糊性造成的閱讀障礙和多解，致使它至今還有強大的生命力。這充分證明了魯迅成為小說宗師所採取的兼容風度。很難想像，一個恪守一種創作方法的作家能夠成為一流的文學大家，魯迅創作至少在形式上超越了既定的規範，才使其內涵更深廣遼遠。從中不難看出一種奇特的現象：許多作家在理論上往往鼓吹某種創作方法，然而一俟進入自身的創作境界時，往往是實踐超越理論，甚至形成背反，呈現出另一番景觀。像茅盾這樣的理論家和大作家，亦往往是在自身的背反中運動著。茅盾在二十年代一直鼓吹寫實主義（當然他也介紹了許多西方現代派的創作方法和技巧），視其為中國文學的正宗和主潮，然而待他拿起筆來寫第一部作品《蝕》三部曲和短篇小說《創造》、《自殺》、《一個女性》、《詩與散文》、《疊》等作品時，卻或多或少地糅進了現代派小說的創作方法。因此，我們不難看出，從魯迅開始，對於西方現代主義的創作方法的借鑒似乎已被人們默認。實際上這種「拿來主義」的精神亦在深刻地影響著二十年代和三十年代的文學創作。荒誕、誇張、甚至變形的人物阿 Q 不僅作為個民族文化心理結構的象徵而屹立於中國小說的藝術畫廊，同時，它亦是魯迅把西洋藝術技巧融化

到民族傳統審美骨髓之中去的一種典範性創造。

　　研究「魯學」的專家們可以盡情地描述和論證魯迅對於西方文藝技巧的倡導和借鑒，但是對於魯迅在哲學思想觀念上接受西方哲人的事實卻諱莫如深，當然，近年來對於這方面的研究有所深入。本文不想在這方面展開論證，然而，我要指出的是，像《阿 Q 正傳》這樣的經典小說在某種程度上正是受著尼采現代悲劇觀深刻影響的作品，魯迅寫這篇小說時根本沒有用什麼達爾文進化論的哲學意念作先導，倒是以尼采、叔本華的悲劇哲學觀來塑造一座促國人猛省的不朽藝術雕像。魯迅無疑是通過阿 Q 這個「個體毀滅時的快感」來達到一種形而上的哲學啓迪，魯迅認爲悲劇是把人生有價值的東西撕毀給人看，阿 Q 的描寫就是把那個有價值的生命痛苦地描寫成無價值的生命淪落，它本身就蘊藏著巨大的悲劇性，而整個作品中對阿 Q 形象所採取的調侃、反諷的筆調，正是藝術家那種潛藏著的對麻木、愚昧、自私、懶惰、不覺悟的民族劣根性俯瞰而鞭撻的宣泄，亦正是作家「整個情緒系統激動亢奮」和「情緒的總激發和總釋放」（尼采：《偶像的黃昏》）的藝術「聚焦點」。魯迅就是用「偉大的個性」來燭照我們整個民族的可憐可悲的眾生相，引起先驅者們療救的注意。阿 Q 的人生被魯迅作爲一次藝術創作的試驗，作家在反覆地撥動這根生命的琴弦時，正是尼采所倡導的酒神意志在起作用，藝術家的「悲劇快感表明了強有力的時代和性格……這是英雄的靈魂，它們在悲劇的殘酷中自我肯定，堅強得足以把苦難當作快樂來感受。」（尼采，《強力意志》）這種「強力意志」作爲魯迅的哲學觀和審美觀，使他對「哀其不幸、怒其不爭」的麻木的一群作了居高臨下的鳥瞰。但魯迅與尼采的根本分野就在於前者是爲了挽救整個民族的危亡，帶有一種強烈的憂國憂民意識；而後者則是爲了毀滅一切（關於這一點包忠文先生在《魯迅的思想和藝術新論》著作中進行了專章的分析，這裡不再贅述）。

　　可以肯定，魯迅試圖通過一種難以體驗的痛苦和毀滅來闡釋一種對人生和生命個體進行否定之否定的哲學批判。這個看似很淺顯的命題在這個封建統治長達幾千年的國度裏並非易解。《阿 Q 正傳》之所以能夠燭照幾代中國人魂靈，開啓知識分子的心智，除去主題內涵和獨特的藝術技巧外，還在於作者那種統攝整個作品的現代悲劇精神特質，那種驕傲而大膽地咀嚼痛苦而爲快感的審美特徵，那種以生命敢於承受超負荷痛苦和災難而爲精神升騰的哲學觀念的閃現，那種超越古典英雄悲劇模式而向現代悲劇的多義性開掘的藝

術精神。從這個意義上來說，《阿Q正傳》並非是嚴格意義上的現實主義作品，起碼是一種融進了現代主義哲學文化思潮特徵的現實主義作品，儘管它的細部描寫極酷似寫實主義。然而，值得人們回味的是，這種具有現代悲劇特質的作品在中國現代文學中成爲絕無僅有的創作現象。而且，隨著現實主義在中國特殊發展線索的演進，這種現代悲劇精神一直處於被壓抑被消融被閹割的地位，直到新時期，這種悲劇精神才又重新復萌。

由於新文學運動是建立在白話文運動基礎之上，也由於五四的先驅者們在反對吃人的舊禮教，反對陳腐的士大夫文學，提倡個性解放和文學革命的既定目標下急於「拿來」一種最爲先進的創作方法。那麼，在「爲人生」的旗幟下麇集了一大批寫實主義的小說家。他們以爲寫實主義最能揭示舊社會的黑暗，又最能夠滿足知識分子的「載道」意識和要求，作爲歐洲現實主義的定義，現實主義的目的就在於客觀描述當代社會現實，它自認爲在題材方面無所不包，在方法上追求客觀，因此，「這種現實主義小說的傳統──具有啓發性的、道德主義和改良主義的──在中國是通過對社會的認眞關心和對社會正義的原則性要求相結合而發展起來的，這正是中國傳統文學中最優秀的作品和十九世紀歐洲文學中佔優勢的那種個人主義的人道主義所具有的特點。」（1）強調文學的人生作用，也即強調文學的社會作用，必然成爲中國文學的正統趨勢，儘管五四先驅者們在理論上是高舉著反封建的大纛，但承繼其文學傳統時卻表現出與舊文人「成仁」意識的極大親和性，因而，五四以來的小說家們（包括魯迅在內）儘管各人接受了不同的西方哲學思潮──就像魯迅之與尼采、叔本華，郭沫若之與布魯諾，斯賓若莎，巴金之與巴枯寧，克魯泡特金等等。儘管各人在形式技巧上引進了適合自己藝術口味的創作手法──果戈理、安特萊夫、廚川百村等；茅盾之與陀斯妥也夫斯基，巴爾扎克和托爾斯泰等。然而，作爲一種隱形的內在精神和氣質，那種爲人生和社會進行奮力「吶喊」的使命感，始終扼制著小說家們的靈魂，他們鑒於中國的國情，把小說創作作爲一種向舊世界宣戰的思想武器，爲拯救民族危亡和人民疾苦而寫作，這不能不說是中國文學的一種難以擺脫的特徵。但不可否認的是，「爲人生」的文學觀念的提出又必然遭致與之相異的文學觀念的抗衡，「爲藝術而藝術」的「創造社」的大將們對於現代心理悲劇的揭示，尤其是性心理的深刻剖析，充滿著浪漫主義的悲傷。從郭沫若的「身邊小說」始，主觀的抒情色彩十分濃鬱，即便到郁達夫的《沉淪》以及成仿吾、張資

平，葉靈鳳、白采等人的作品都是企圖在逃避現實人生的社會悲劇中來達到對於個人內心悲劇的渲泄，正如鄭伯奇在《中國新文學大系》〈小說三集〉的「導言」中所說的那樣：「因為他們在國外住得長久，當時外國流行的思想自然會影響到他們。哲學上，理智主義的破產；文學上，自然主義的失敗，這也使他們走上了反理智主義的浪漫主義的道路上去。」〔註7〕誠然，促進這種思潮蔓延的原因絕不止這些，我以為最根本的一條就是這批受到了西方哲學文化思潮薰陶的智識者們（有些雖是在日本留學，但明顯是從日本的西方思潮熱中受到影響）對於傳統的哲學文化的本能厭倦，而對一種新的審美經驗，一種對世界的新的認知方式的現代精神的深刻迷戀。像二十年代初的「彌灑社」所主張的無目的的藝術觀，只發表順應靈感的作品的教條，更是對作為五四新文學主潮的一種逆反，這種不和諧音調，如果僅僅理解為五四以後小說創作的多元傾向，則是膚淺的。我們需要看到的是，這股與現實主義抗衡的浪漫主義的「藝術純情」為什麼很快就被現實主義的大潮所淹沒、消解。無可否認，「創造社」的「大亨們」無論從文壇上的影響或是其創作的實際來說，都足以與一批現實主義的代表作家抗衡、匹敵。然而，他們最終的瓦解不啻於流派內的個人原因，倒是在於他們對不可遏制的文學主潮的審美心理的恐懼、無可奈何、乃至悄悄地投降。「創造社」也好，「彌灑社」也好，他們都是以失敗為代價，逐漸將審美觀念移向現實主義，郁達夫從變態性心理渲泄的「私小說」轉向對社會人生「客觀化」的描摹；胡山源等從「咀嚼著身邊的小小的悲歡」到冷峻客觀的寫實，足可以看出當時作為主潮的現實主義的巨大消融力量。它迫使一切背道而馳的藝術主張舉手就範。

　　然而，我們還要清楚地看到，兩種藝術觀念的衝突雖然形成了一邊倒的格局，這種「二元傾向」在五四後的二十年代並未真正形成文壇的對峙格局，但是作為一種與現實主義相對立的潛在「意念」是存在的（以後的「新感覺派」小說傾向即可說明），同時，即便是現實主義的大師們，也是在一種現實主義和浪漫主義等（新浪漫主義或現代主義）的審美時立中尋覓一種互為滲透交融的新質。也就是說，在現實主義和現代主義的隱性的雙向交流中，擷取一種新的小說要素。在魯迅和茅盾這些大師們的影響下，許多作家在現實主義的敘述框架下，融入了某種現代主義的哲學文化思想的內蘊，同時亦在

〔註7〕鄭伯奇：《〈小說三集〉導言》，《中國新文學大系導言集》，天津人民出版社2009年版，第103頁。

局部敘述過程中採用了現代主義的表現技巧方式。一方面，是魯迅、茅盾這樣的現實主義大師們在自身的創作實踐中眾採了象徵主義、表現主義、意識流等現代派的創作技術，同時往往以西方哲學大家的思想為底蘊來闡述自己拯救民族，抨擊民族劣根性的哲學觀念；另一方面，是郁達夫、胡山源那樣的「為藝術而藝術」的作家們突破了「純藝術」的樊籬，面對舊中國水深火熱的國情，他們立足點逐漸向現實主義靠攏，但不可否認的是，他們的小說創作即便是在轉變風格後，仍然帶有一種表現的成份。

　　現實主義小說作為文學的主潮，它的真正的確立，可能還要依賴於二十年代中期以後的那批植根鄉野的「鄉土文學」流派的興起。所謂「鄉土文學」，我以為實乃為魯迅對自身小說創作的一種評價，魯迅之所以倡導它，而且把它提到較高的文學地位，只不過是借「鄉土文學」這塊招牌闡述自己的小說觀念和哲學觀念而已。其實魯迅一系列著名的小說無一不是「鄉土文學」，其中寄寓了作者深邃的智慧和思想，作者強烈的主體意識統攝籠罩著他筆下的芸芸眾生，使得作者在鳥瞰這個世界時能夠高人一籌，魯迅之所以能夠成為大家，就在於他突破了一般作家所採用的選擇超人與平民之間的等距離視角（也就是「平視視角」），而採用的是「俯視視角」。毫無疑問，魯迅的小說是將改造民族文化心理結構的強大主觀意念（主體意識）融化在一種古老、凝滯、僵化、悲涼的習俗和愚鈍麻木靈魂的客觀再現之中，使之形成一種強烈的「文化反差」，這種看似冷峻，實則熾熱的內外反差情感，鑄就了現實主義小說的一種風範，它所包容的主客觀兩極，須得作者一方面具有強烈的主體意識，一方面又得在具體的創作中盡力隱匿情感的外露，魯迅的《祝福》、《孔乙己》、《故鄉》、《阿 Q 正傳》、《藥》等傳世之作，就是用「曲筆」來抒發自己那個高屋建瓴的哲學總命題的。魯迅對於「鄉土文學」的解釋，大體可歸納為：首先是用哲學思想的「高反差」來統攝作品。魯迅所說的「在北京」不是一個純空間的範疇，而是指經過高層文化和文明薰陶過的作者；「寫出他的胸臆來」和「隱現著鄉愁」都是指作家哲學思維的主體性，亦是指思想被「放逐」過的，有了更新哲學觀念的作家思想體系。其次，就是魯迅所一再強調的小說的審美性，這是「鄉土文學」的前提。而茅盾在關於鄉土小說的論述中也是強調了這兩點，只不過是將作家主體意識和作品的審美要求的次序顛倒了一下而已，但是強調的重點仍是作家的世界觀和人生觀。他說：「關於『鄉土文學』，我以為單有了特殊的風土人情的描寫，只不過像看一幅

異域的圖畫，雖能引起我們的驚異，然而給我們的，只是好奇心的饜足。因此在特殊的風土人情而外，應當還有普遍性的與我們共同的對於命運的掙扎。一個只具有遊歷家的眼光的作者，往往只能給我們以前者；必須是一個具有一定的世界觀與人生觀的作者方能把後者作為主要的一定而給予了我們。」〔註8〕可以說，魯迅和茅盾對於「鄉土文學」的界定，奠定了「鄉土文學」現實主義創作方法的基調——「為人生」的前提成為作家主體意識中不可超越的規範。然而，他們作為文學的大師，同時不忘記文學的審美功能——「異國情調」的描寫是愉悅讀者，使讀者進入作家主體範疇的美學通道。因而，在先覺者的啟迪下，一批鄉土小說作家的崛起，進一步發展了現實主義的精義。然而，這裡須得說明的是，為什麼這批鄉土小說作家都沒能成為魯迅式的大家呢？我認為其關鍵並非是作者對觀實主義的精義的理解力不夠，亦非是對愚麻木的農民劣根性揭示不夠（說實在話，這批鄉土小說作家均有著強烈的人道主義和啟蒙主義思想），更非是對那充滿著悲涼的「異國情調」描摹得不精彩，而恰恰在於一般作者不能夠完成一種「超越」——這是一種強大的哲學文化層次的理性灌注於作品的每一個情節、細節、人物的力量，這是用「精神之戰士」的智目光（包括尼采在內的二十世紀哲學思想合理內涵的結晶）洞察、燭照客觀世界時所體現出的有著極大隱匿效果的哲學精神之光。然而，相形之下，王魯彥，蹇先艾、裴文中、許欽文、黎錦明、李健吾、徐玉諾、潘訓、彭家煌、許杰、王任叔等人的作品，雖然充滿著人道主義和啟蒙主義的思想內涵，雖然「有異域情調來開拓讀者的心胸」，但整個作品還缺乏一種整體把握形象的高層次的哲學文化主體意識。或者，這種主體意識只是一些朦朧的、支離破碎的、未成系統的、介於自覺與不自覺之間的作家意識的本能。但無論如何，這批鄉土小說作家的創作，無疑是驅動了作為本體的現實主義（寫實風範）在中國文學中的發展，它之所以形成了一種流派，足以證明一種小說觀念的形成——那種不事雕飾而充滿著濃厚人道主義和啟蒙主義思想的五四精神得到了廣泛的認同和普遍的延展。

　　毋庸置疑，在五四以後的第一個十年中，作為文學先鋒的小說門類，它無論是在哲學文化觀念——人道主義和啟蒙思想，還是藝術觀念——「為人生而藝術」的藝術觀，都與五四新文化運動的思想主潮相吻合。然而，倘若看不到文學先驅者們（尤其是魯迅和茅盾）在理論和創作上存在著的背反現

〔註 8〕茅盾：《關於鄉土文學》，《文學》1936 年 2 月 1 日。

象，看不到大師們矛盾著的兩重心理狀態，則就不可能發見在「為人生而藝術」的總趨勢下存在著的一種現實主義思潮，再現與表現藝術觀念隱性雙向交流的現象。在中國，無論是當時的「新浪漫主義」，還是有一打多的現代派文學思潮，抑或是占統治地位的「寫實主義」的西方人文主義文學主潮，都不可能完全排拒和摒棄其他的創作思潮和方法對其的影響，雖然在理論上各執一辭，但真正進入創作境界時，則不可能完全抵禦其他方法和技巧的誘惑。魯迅的小說創作和茅盾早期小說創作就是在很大程度上採用的是別一種的方式方法，它們與後來所閾定的現實主義小說模態則完全不同，以致我們至今在解讀時還嗅到了現代主義表現藝術的深深韻味。即便是在「為藝術」初衷下進行小說創作的郁達夫等人，亦不是在濃鬱的「自我表現」的心理小說的結構框架中逐漸進入了「為人生」的社會思潮和再現的藝術成份了嗎？由此可見，在第一個十年間，小說觀念雖然在「為人生」的吶喊聲中聲勢壯大（尤其是《小說月報》改革成為「文學研究會」的「為人生」陣地後），但小說從來不排斥對於其他觀念的吸收和表現。也就是說，第一個十年中，把小說作為只容納一種思潮和模態的意識尚沒有形成，雖然一些先驅和大師們在鼓吹和倡導寫實，但現實主義的主潮地位只是在理論上有所呼籲，而真正從創作實際來看，現實主義的再現藝術成份並不占絕對優勢，我以為後來的文學史家們多少以一種偏見來概括這段歷史，忽視了這一時期創作中存在著的奇特現象，以致使人們對這一時期的小說創作形成一種誤解，認為它完全是以現實主義為主潮的歷史，殊不知，它其中隱匿著的現代主義思潮，尤其是現代派的表現手法的運用，成為許多有成就作家的自覺，足以說明一種表面形態與深層內容相生相剋的「二律背反」現象反而促進了文學的發展和成長，以致後來還出現了像「新感覺派」這樣的現代派的流派，我並非是想把五四以後的第一個十年概括成一個多元的小說世界，但是，小說觀念在這個十年中，並非是一個凝滯的、固態的思潮模式下的製作機器，它的可變性是極大的，倘使我們仔細釐定，是難以用一種準確的斷語加以簡單的概括的。小說從書齋走向了十字街頭和廣袤的鄉野大地，這是小說的社會性進步，但同時，小說從十字街頭走向人們的內心世界，這又不能不說是小說對人和生存環境更深刻的認識。如果中國小說的發展能像這樣的形式自然而然地發展下去，它將是一個什麼樣的格局呢？儘管像茅盾這樣的文藝理論家在二十年代不斷著文抨擊唯美主義的作家，抨擊感傷主義的病態文學，但真正在輪到他寫第一

部作品時則又始終擺脫不了這兩個「魔影」的糾纏。這種小說理論與創作的背反現象正說明了現實主義和現代主義在中國小說界不是以一種對立格局而存在的，而是以極大的親和性相交融滲透的。

　　然而，亦不可忽略的是，在這一時期就開始寫作的一批革命作家們的創作，在一定程度上它們迎合了「為人生」的藝術主張，在人生社會、理想的敘述構架中給了當時的讀者一種親切感，但是作為一種對小說藝術性的消解，它的興起，一直到後來成為濫觴，這是一股對小說觀念進行悄悄革命和修正的強大暗流，一旦與一定的時代條件相契合，它便會導致整個小說命運的改變，二十年代中期以後，現實主義小說除了強調寫實性、真實性以外，還注重一種所謂「向上性」，這種「向上性」即為一種充滿著理想主義色彩的內涵，顯然，小說在一定程度上是強調認識和教育作用，在某種程度上偏離了魯迅所倡導的審美作用。把小說更加「革命化」，在現實主義之前冠以「革命」之定語，當然也與大革命前夕的一些無產階級先驅者們的倡導有關，就連郭沫若在一九二六年在上海同文書院講演〈革命與文學〉，也給中國的「革命文學」作了「表同情於無產階級的社會主義的寫實主義的文學」之定義。毫無疑問，有許多作為政治家的文學工作者或文學愛好者們，竭力地為創造一種新的小說規範在努力。像瞿秋白，蔣光慈，張聞天，錢杏邨等人，便是在倡導現實主義文學的同時，又將它悄悄地囿限在一個較小的範圍之中的。固然，作為一種小說創作的模態，它在那個時代的萌生，乃至以後的蓬勃發展，是有其歷史的必然性的，是順應了歷史的要求的。問題就在於硬把一個本可自然成為一棵參天大樹的運行機制納入一個向一個方向發展的狹隘體系之中，把旁枝逸出的枝幹全部砍去，只剩下一個光禿禿的主幹，就失去了「樹」的意義。

　　這一點，不能不引起研究現代小說的文學史家們的注意，倘使忽略了這一點，這後來幾十年，直至「文化大革命」的小說畸形發展則無法解釋。如果單單把小說中片面強調內容而忽視形式的流弊歸咎於「左聯」以後或是《講話》以後，則是不客觀的，也是膚淺的。

第四節　鄉土小說悲喜劇轉換的歷程

　　「鄉土小說流派」作家們雖和魯迅一樣具有五四人道主義胸懷，但沒有達到魯迅鄉土小說的思想和藝術高度，這除了哲學文化意識的強弱深淺之外，主

要還應歸因於小說的悲劇藝術觀的相異。魯迅先生是融悲劇的「酒神精神」和「日神精神」為一爐，在充分地肯定個體人生和個體生命由痛苦的毀滅而達到的「形而上」的意志永恆昇華的過程中，表達了超越常人的與痛苦相嬉戲的悲劇審美意識，是對生命本體的經驗性描述，具有生命宇宙觀的意義觀照；「鄉土小說流派」的眾多作家，只是站在普泛的人道主義視角上，對苦難和人生的毀滅作常態的描述，來揭示社會的罪惡和階級的壓迫。這種古典主義的悲劇觀被辛博克解釋為這樣兩個命題：一、我們對受難者的同情產生觀看痛苦場面的快感；二、觀看痛苦場面的快感加深我們對受難者的同情〔註9〕。用這兩個命題來看「鄉土小說流派」以及後來的許多鄉土小說作品（包括新時期的「傷痕文學」在內），是再適合不過了。

「辛博克看來，情境愈悲慘，所需同情愈大，於是體驗到的快感也愈強烈。」〔註10〕呈現人生最痛苦的場面，展示慘絕人寰的人生悲劇性細節，幾乎成為現代中國悲劇小說的共同特徵。「鄉土小說流派」的小說與魯迅鄉土小說的不同就在於，前者用直陳的悲劇手法來充分展現大悲大苦的場面，以引起人們的同情和悲憫；而後者卻是用「曲筆」（貌似喜劇的手法）間接地發掘更深的悲劇審美內容。這裡不僅僅是同情和憐憫，更重要的是在咀嚼痛苦時，將人生的毀滅上升到超越人生的形而上的審美階段，而不啻沉溺於形而下的形象描述之中。舞們說，前者的悲劇意義是普泛的人道主義再現，是喚起更多覺醒者投入五四後啟蒙運動行列的必須的普遍悲劇的精神，它在苦難圖像的描寫中喚醒更多的覺醒者起著更普及的悲劇審美效應：而魯迅的悲劇精神意在激發和開導先覺者的知識分子向更深層的悲劇審美內容進發，它是一種悲劇心智的開拓和延展。

作為「悲涼的鄉土」的描摹者，「鄉土小說流派」的作家們盡情地再現了鄉村悲劇的圖景。許杰的《慘霧》描寫鄉間大規模的民族械鬥場面；許欽文的《石宕》展示了農民開礦致死時的悲劇圖畫；臺靜農的《地之子》等作品浸潤了鄉間悲慘的生活情景；蹇先艾的《水葬》等則以慘絕人寰的風俗畫面來渲染作品的悲劇效果。所有這些，都是作者將我們導入悲劇性痛苦情境的手段，作者試圖從痛苦的審美快感中達到加深對受難者的同情和憐憫之目的。這也是「鄉土小說流派」作家所要達到的五四啟蒙主義和人道主義內容的終極目的。

〔註 9〕朱光潛：《悲劇心理學》，人民文學出版社 1983 年 2 月第 1 版。
〔註10〕朱光潛：《悲劇心理學》，人民文學出版社 1983 年 2 月第 1 版。

此，審美的同情是和道德的同情相吻合的。這種「移情」現象是被五四以來的中國理論家們一致認可的美學觀念：對悲劇人物產生的道德同情等同於審美同情，由此而產生出的悲劇美感，要求「觀眾的道德感至少不能受干擾，否則『心理距離』就會喪失，道德的義憤就會把審美同情抹殺得乾乾淨淨」〔註11〕。因此，由道德同情的介入而進入審美同情層次，大約從「鄉土小說流派」作品開始，成爲鄉土悲劇小說的主導悲劇精神。這種將心智的沉思讓位於感情的激動，使自己成爲悲劇情境的「分享者」，在悲劇審美中是較低層次的審美活動；而較多的審美層次是像魯迅那樣意識到在悲劇的激情中保持自己清醒的個性，將情節和感情的演進視若圖畫。當然這也並非是毫不介入或純理性地看悲劇圖畫，而是保持一定的心理距離。我以爲「哀其不幸」是進入情感的表現，而「怒其不爭」則是跳出情感來把握悲劇人物的關鍵性審美態度。

　　然而，必須強調和說明的是，「鄉土小說流派」的普泛人文主義的悲劇精神是建立在五四以後新文學運動對於西方古典悲劇精神的普遍認同的基礎之上的。這種悲劇精神與 20 世紀以前中國的古典悲劇審美特徵的不同之處，在於它帶有更鮮明的悲劇色彩，而非中國古典悲劇那種追求「大團圓」結局的亦悲亦喜的悲劇特徵。從這個意義上說，五四以後小說家們對西方悲劇精神的領悟，是超越了中國古典「悲劇情感的中和性」，即「怨而不怒，哀而不傷」；「抑聖爲狂，寓哭於笑」；「長歌當哭，遠望當歸」〔註12〕的審美特徵的。對這種浪漫主義的悲劇精神的破壞，應該說是五四文學中悲劇精神的主旨。或許有人會指出作爲《紅樓夢》的局部悲劇性描寫，「黛玉焚稿」這樣的章節無疑是突破了中國古典悲劇的中和性特徵。可惜這種悲劇精神卻在以後的章節中消遁，因此，《紅樓夢》的悲劇結局是一個並不圓滿的「大團圓」，其中滲透了中國古典悲劇的中和性審美特徵，這一點也許並非曹雪芹創作的初衷吧。那麼，作爲五四新文學運動的主將，魯迅在寫《阿 Q 正傳》時便徹底打破了這種「大團圓」的格局，我們從他那充滿反諷、調侃、揶揄的筆調中，看到的是一齣靈魂的苦難悲劇。他不給阿 Q 留一條可以通往「大團圓」的道路（阿 Q 尋覓到自身的精神逃路則是更悲慘的精神悲劇體現），毫不惋惜地置阿 Q 的頭顱於劊子手的屠刀之下，且加以戲謔性的嘲諷，這種敢於咀嚼痛苦、與痛苦相嬉戲的深刻的現代悲劇精神，是五四前後許多作家沒能達到的。

〔註11〕　朱光潛：《悲劇心理學》，人民文學出版社 1983 年 2 月第 1 版。
〔註12〕　謝柏梁：《中國悲劇的審美特徵》，《文藝理論研究》1991 年第 3 期。

　　當然，我們不能用一個偉大思想家和偉大藝術家的標準來要求每一位五
四時代的小說家。但是突破中國古典悲劇精神的樊籬，造就一種更為深刻的
悲劇精神築圍，以喚醒更多的人來認識封建主義吃人的本質特徵，也已成為
這批鄉土小說家的共同追求。《梁山伯與祝英臺》那種「化蝶雙飛」式的浪漫
精神慰藉和渴求「大團圓」以尋覓精神家園的悲劇精神，已完全被驚人的苦
難悲劇的「定格」描寫所替代。「鄉土小說流派」作家基於對人生苦難的刻意
寫實描摹，絲毫不給悲劇以從苦難中進行理想轉換的契機，使讀者在場面的
恐懼悲劇審美快感中更加深對受難者的同情和憐憫。這種同情和憐憫的悲劇
快感所要達到的目的是作者們要求讀者一同進入人物的苦難之中，從而同人
物一起向那個黑暗社會發出強烈的控訴！「真正的憐憫不只是畏懼，而且更
希望去經受這種痛苦……因此，憐憫的實質是自謙的需要，是與別人同患難
的強烈願望。」〔註13〕所以，「鄉土小說流派」作家選擇西方古典悲劇精神，
與五四的啟蒙運動是相合拍的，與人文主義精神是相對應的。

　　沈從文是個沒有受正統教育，亦未受過系統的美學理論薰陶，而充滿野
性思維的鄉土小說作家。他的創作不受任何理論思維框架的束縛，做起小說
來顯得異常瀟灑和猖狂，其悲劇觀亦顯得與眾不同。除了其地域環境和風俗
鄉土文化氛圍的陶冶之外，沈從文自身的生存境遇使他悟出了人的生命存在
之意義，這也是作者本人活得如此輕鬆的一種原由。他說過：「吾人的生命力，
是在一個無形無質的『社會』壓抑下，常常變成各種方式，浸潤泛濫於一切
社會制度，政治思想，和文學藝術組織上，形成歷史過去而又決定人生未來。」
〔註14〕這種「情感發炎」的生命過程，在作品的具體描寫過程中變成怎樣的
情形呢？「作者這時節，耳邊似乎即還聽到感到最後一個死者臨咽氣前混合
在剛生下地的孩子稚弱哭聲中的哀呼，哀呼中所包含的希望和絕望，固執的
愛和沉默的恨。然而這個哀呼的起始，卻近於由笑語而來。這正是一種生命
的過程，一個小地方一群平凡人物生命發展的過程……愛怨交縛，因之在似
異實同情形下，燃燒了關係中每個人的心，帶來各式各樣的痛苦。痛苦的重
疊孳乳、變質、即促進生命的逐漸崩毀。」〔註15〕崩毀舊的傳統世俗的生命
意識形態，創造一種新的狂放的生命意識形態，增強中國民族文化心理中的

〔註13〕柏格森：《意識的直接材料》，轉引自《悲劇心理學》。
〔註14〕《〈看虹摘星錄〉後記》，《沈從文文集》第11卷，三聯書店1984年（國內版）。
〔註15〕《〈斷虹〉引言》，《沈從文文集》第11卷。

「野獸氣息」，也就是用一種野性思維的人生形式來解構原有的生命形式感。正如沈從文所說：「憎惡這種近於被閹割過的寺宦觀念，應當是每個有血性的青年人的感覺。」〔註16〕從這一點來說，五四前後的許多政治家、思想家都異常鮮明地提出了要改變中國民族文化心理內容的主張，但在文學領域內，除了魯迅先生借助「狂人」表現出原始的生命情緒外，這種「酒神精神」在悲劇中逐漸消融。於是，沈從文便以另一種生命的體驗來喚起「酒神精神」，試圖以野蠻的氣息來衝破「死水」一般的保守生命意識。我十分佩服 30 年代「最優秀的散文作者」（阿英語）蘇雪林女士對於沈從文小說的肯綮而精到的評斷：「沈氏雖號為『文體作家』，他的作品不是毫無理想的。不過他這理想好像還沒有成為系統，又沒有明目張膽替自己鼓吹，所以有許多讀者不大覺得，我現在不妨冒昧地替他拈了出來。這理想是什麼？我看就是想借文字的力量，把野蠻人的血液注射到老態龍鍾，頹廢腐敗的中華民族身體裏去，使他興奮起來，年青起來，好在 20 世紀舞臺上與別個民族爭生存權利。」〔註17〕這種「野獸氣息」的弘揚，作為一個藝術家的個性，它是有著不同的表現內容和形式的。魯迅先生的《狂人日記》是以一個藝人的深邃思考結晶來把握人物，讓「狂人」沿著作者思維的軌跡進行「瘋狂」的表演，以此來渲泄「野獸氣息」，揭開這鐵屋子的黑暗；而沈從文的鄉土小說則完全是以充分的形象活動來表達連自己都難以表述清楚的一種勃動的生命情感。他只知道用「鄉下人」的情感來抵禦「城市文明」的侵蝕，更重要的是抗拒幾千年來已經規範化了的民族文化心理結構對原始生命力的戕害。這兩種生命情感形式雖有共通的「野性思維」特徵，但是前者更多的是以一種新的理性精神來統攝形象、分解形象，其「酒神精神」是在原始放縱生命意識的偽裝下，取得一種打破舊有生命意識的力量，作者的目的是在於「出」；而沈從文鄉土小說人和自然完全重疊合一，是在將現代人融入神秘原始的野獸氛圍中去，是向文明挑戰和反叛的一種生命情感，作者的目的完全在於「人」。

可以這樣斷言，在整個現代文學史上，沈從文的鄉土小說（尤其是前期作品），是最具尼采「灑神悲劇精神的，是最能超越文學功利色彩的小說。當然，這並不是說這類小說沒有主題的閾限，而是說它具有並非常人所能體悟得到的那種對自然和野性的渴求，這種渴求的意義在於，作者在回歸自然的

〔註16〕《〈八駿圖〉題記》，《沈從文文集》第 6 卷。
〔註17〕蘇雪林：《沈從文論》，《文學》1934 年 9 月第 3 卷第 3 期。

途中時時不忘文化和文明對人的困擾和窒息：那種生命力被扼殺的痛苦使作者賦予作品形象以縱情縱慾、狂歌狂舞、形骸放浪的行動。如果像當時的批評家韓侍桁所說的那樣，沈從文是個「帶著遊戲眼鏡來觀察士兵的痛苦生活，而結果使其變成了滑稽」的作家，恐怕是一種誤讀，最起碼是沒能看出這幕悲劇後面蘊含著的「酒神精神」之實質。在沈從文的許多鄉土作品中，對於那種異常殘忍的場面描寫，作者是以異常冷峻客觀的筆調來作「低調處理」的，而非以充滿激情、充滿人道主義胸懷的「高調處理」來闡釋作家主體情感。這種超越固然是時代所不容許的，但生命的悲劇意識又不得不使作家用冷靜的眼光來掃視這人間的苦難。把這種苦難視爲一個生命的過程，以此來給中國古老的民族文化心理注入新的野性思維之血液，與「西洋民族那樣的元氣淋漓，生機活潑，有如獅如虎如野熊之觀」〔註18〕的生命意識相抗衡，恐怕正是沈從文鄉土小說最大的潛在功利性表現吧。

作爲悲劇藝術的起源，「酒神精神」表現的是個體自我毀滅與宇宙本體（自然）融合的衝動，這是生命肯定自我的另一種形式。這種生命的興奮劑給人的是形而下的驚恐，而故終達到的是形而上的慰藉。沈從文把痛苦當作幸福來咀嚼，並不是出於喜劇的滑稽之審美需求，而是如尼采所言：「在生命最異樣最艱難的問題上肯定生命，生命意志在生命最高類型的犧牲中爲自身的不可窮盡而歡欣鼓舞——我稱這爲酒神精神。」〔註19〕因此，在我們讀沈從文的鄉土小說時，不應將其中的人物當作悲劇的英雄來理解，因爲作者是要通過悲劇的生命過程來達到人與自然的合一。它絲毫沒有喜劇的審美特徵，同時也不具備一般的悲劇特徵：或引起同情和憐憫，或激發「崇高」的審美「移情」。在野蠻慘厲的悲劇故事背後，我們可以從一個鄉下人的作品，發現一種燃燒的感情，對於人類智慧與美麗永遠的傾心，康健誠實的讚頌，以及對於愚蠢自私極端憎惡的感情。這種感情且居然能刺激你們，引起你們對人生向上的憧憬，對當前腐爛現實的懷疑。」〔註20〕正是這種建立在懷疑現實基點上的悲劇精神，觸發了作者「用生命的蓬勃興旺戰勝人生的悲劇性質」〔註21〕

〔註18〕蘇雪林：《沈從文論》，《文學》1934年9月第3卷第3期。
〔註19〕尼采：《我感謝古人什麼》，《偶像的黃昏》，轉引自周國平：《尼采在世紀的轉折點上》，上海人民出版社1988年7月版。
〔註20〕沈從文：《〈從文小說習作選〉代序》，《沈從文文集》第11卷。
〔註21〕周國平：《酒神精神到強力意志》，《尼采在世紀的轉折點上》，上海人民出版社1988年7月版。

的「酒神」創作精神，以個體毀滅的痛苦快感來達到肯定生命的形式。這便是沈從文鄉土小說的悲劇意義與眾不同之處。我們只有體悟到作者「酒神精神」悲劇觀後面隱伏著的那種對現實生命意識狀的憤懣，才能真正讀懂沈從文對另一種生命意識的弘揚所存在的真正意義。然而這種生命意識的探求自沉從文始，又自沉從文止，成為現代文學中獨存的文學現象。

與沈從文不同，趙樹理是我國新一代鄉土作家的代表。為了探尋喜聞樂見的民族風格和民族形式，趙樹理以自己的全部作品，為四十年代以後的解放區文學以及建國後的三十年文學創造了新的「大團圓」的抒情喜劇模式，也為新鄉土小說（尤其是「山藥蛋派」）創作奠定了理論基礎。這種抒情喜劇模式，無法簡單地用魯迅對喜劇的看法（即喜劇是將人生無價值的東西撕毀給人看）來準確地概括其美學特徵。

賀拉斯曾提出藝術要「寓教於樂」，認為藝術的愉悅功能，只有通過這一美學手段，才能達到終極的教育目的。趙樹理的鄉土小說表現了揚善懲惡的古典喜劇情結，為的足滿足普通老百姓理想性的情感需求。真善美通過喜劇的形式得以饜足，這只是通俗芙學所要達到的目標。趙樹理的鄉土小說正是用這種「笑」的形式來解決現實生活中的「問題」。喜劇大師們認為，悲劇只能開啟心智，揭開心靈的痛苦創面，而不能積極地進行療救；而喜劇則在潛移默化的笑聲中給人以警策，是一種積極的間接性的治療。此外，喜劇「在糾正惡習上也極有效力。一本正經地教訓，即使最尖銳，往往不及諷刺有力量；歸勸大多數人，沒有比描畫他們的過失更見效了。惡習變成人人的笑柄，對惡習就是重大的致命打擊。責備兩句，人容易受下去，可是人受不了揶揄，人寧可作惡人，也不要作滑稽人」〔註22〕。莫里哀這段話告訴我們，諷刺在古典美學那裏，往往成為喜劇的主要藝術手段。但是，趙樹理的鄉土小說所運用的「諷刺」和魯迅鄉土小說（尤為《阿 Q 正傳》等篇什）所運用的「諷刺」藝術手段完全不同。前者包含著善意的諷喻，是一種美醜對應的、最後醜讓位於美、假讓位於真、惡讓位於善的情感結構模態，「大團圓」成為必然結局。趙樹理的時代呼喚這種美學追求，於是趙樹理成為這種美學風範的帶頭人。後者則對人生的醜惡作淋漓盡致的諷刺鞭撻，對「大團圓」的審美期待也進行了無情而刻薄的嘲諷，這就從根本上堵塞了喜劇的最後通道，使之處於悲劇的情境之中。這當然是時代精神使然。因為魯迅的時代需求思想巨

〔註22〕莫里哀：《〈答爾杜弗〉序言》，《文藝理論譯叢》1968 年第 4 輯。

子的誕生，而趙樹理的時代則有了思想巨子，只須藝術家用更明麗的藝術格調來調整現實生活中的不諧調，以求一種新的秩序的建立。

「笑」是有表層模態和深層模態的不同形式的，我們雖不能貶褒其中任何一種藝術形式，但是，倘若將一種「善意的微笑」作為一個時代的普遍文學精神，則會導致這個時代「哲學的貧困」。所以，當我們考察趙樹理全部的創作歷程時，就不難發現，到了六十年代，趙樹理為了超越自身建構的「大團圓」喜劇模式，提出「中間人物」、「現實主義深化」理論，以求在作品的內容與形式上有新的突破。當時，趙樹理不可能轉向悲劇藝術形式。這因為四五十年代對寫「悲劇」、寫「陰暗面」的批判，使得許多人對悲劇的美學效應產生了種種誤解。那麼如何突破呢？仍然只能在喜劇的色調上加深顏色。

我們只要對趙樹理的作品作一具體分析便可發現，趙樹理建國以後的鄉土小說與三四十年代的鄉土小說相比，顯然地由一種輕鬆、明朗的「輕喜劇」色調逐漸向一種沉重的、陰晦的「變調喜劇」色調轉化。如果說早期鄉土小說的喜劇審美特徵中的幽默、詼諧給人帶來的是充滿著甜蜜愉悅性、娛樂性審美刺激，是由緊張趨向於鬆弛的審美過渡的話；那麼，五六十年代他的鄉土小說喜劇審美特徵中的幽默、詼諧卻是給人一種苦澀的隱痛，是由鬆弛向緊張的審美過渡。這種美學心態的細微變化，不僅僅是作者對於喜劇審美的認知改變，也是作家對生活認知重新加以審視的結果。

然而，趙樹理雖已感覺到一種廉價的樂觀主義喜劇審美形式不能改變生活中的假醜惡，甚至連教育作用也受到阻滯，但卻無法改變由他開創的喜劇美學風範。比如「山藥蛋派」作家們經過藝術思考，其喜劇風格的轉化當然要比盲目廉價的樂觀主義深刻得多。但是，《登記》、《李雙雙》等喜劇所走的審美通道依然很窄，就是一個證明。

如果說當代三十年當中，許多鄉土小說作家的長篇力作（從《三里灣》到《山鄉巨變》再到《創業史》和《豔陽天》）是力圖在喜劇和悲劇之間尋找第三種審美通道的話，那麼，這種現象卻很值得研究。意大利文藝復興時期的戲劇家瓜里尼主張一種打破悲劇和喜劇界限的創作，他認為兩者結合所產生的第三種狀態應是一種和諧之美，如果用瓜里尼幾個世紀前這種對悲劇和喜劇美學效應的片面理論來形容五六十年代鄉土小說作家的創作心態，也許是很合適的。因為那個時代是毋須悲劇的時代，而作家又不願以被曲解了的喜劇形式來表述自己對生活和美的見解，因此，這第三條通道就成了作家們

唯一可走的道路。從《三里灣》到《山鄉巨變》，從《創業史》到《豔陽天》，都力圖在二者之間開闢第三條道路。然而作家不能離開自己的時代去構思作品，也不能離開社會需求去隨心所欲地選擇自己的藝術形式。因為這是一個渴求英雄的時代，而英雄卻不能處理成悲劇結局。所以，造成這種悲喜劇「中和」情感的審美內容，是不可能具備和產生既逃離悲劇情感又逃離喜劇情感的第三種情感形式的。

第五節　鄉土小說主題與技巧的再認識

　　人們慣於將五四以後的「人生派小說」與「鄉土寫實派小說」進行分類（或者是按分期來進行歸類）。其實，這種分類似乎不甚科學，因為「人生派」的許多作家一開始創作就是致力於鄉土小說的。和魯迅一樣，五四以後許多小說家是從廣袤的農業社區進入繁華喧囂的大城市。在封閉落後的封建宗法制度和光怪陸離的現代文明之衝突中，一種強烈的心理反差迫使他們拿起筆來描寫上流社會的墮落和下層社會的不幸。但就「五四」以後許多小說家的創作實績來看，似乎他們更關注「下層社會的不幸」。從魯迅的《狂人日記》到《孔乙己》、《藥》，無一不是對鄉土社區中下層農民的深切關注。繼魯迅之後的鄉土小說作家中較突出的有「新潮」作家楊振聲等，他的《漁家》和《磨麵的老王》等著力刻畫處於水深火熱之中的農民的苦難。這不能不說是為開創「魯迅風」式的「鄉土小說」作了很快很好的應和。但是，像這樣描寫農民苦難的鄉土小說，很少有人把它們歸入「鄉土小說流派」。其實，如果否定了這類小說的「鄉土性」，那麼也就等於不承認魯迅鄉土小說的「鄉土性」作為「鄉土小說流派」的正宗地位。誠然，潘漠華、許地山、許欽文、王魯彥、王統照、王西彥、臺靜農、蹇先艾、黎錦明、徐玉諾、王任叔、許杰、彭家煌、廢名……等，都是被生活驅逐到異地的人們，他們在師承「魯迅風」上或許比楊振聲們更酷似魯迅，但無論如何，我們絕不能忽視與魯迅同期（或是稍後一點）的鄉土小說作家作品。

　　魯迅將「鄉土小說流派」的作家作品稱為「僑寓文學」，其用意並不僅僅像人們所闡釋的那樣，只是「隱現著鄉愁」我以為，魯迅之所以將這個流派與勃蘭兌斯的「僑民文學」（亦作「流亡文學」）相比較，除去「鄉愁」和「異域情調」的意義外，還有一個很重要的原因就在於，魯迅和這一批鄉土小說

作家有著相同相近的觀察社會與生活的共通視角，即：童年少年時期的鄉村或鄉鎮生活（這成爲一個作家永不磨滅的穩態心理結構）作爲一種固定的、隱形的心理視角完整地保留在作家的記憶之中鄉村，作爲一個悲涼的或是浪漫的生活原型象徵，它是作者心靈中未被薰染的一片淨土。當這些鄉村知識分子被生活驅逐到大都市後，新知識和新文明給作家帶來了新的世界觀和重新認知世界的方式，「城市」作爲「鄉村」的背反物，使作家更清楚地看到了「鄉村」的本質。於是，一方面是對那一片「淨土」的深刻眷戀；另一方面是對「鄉村」的深刻批判，從某種意義上來說，「鄉愁」便包含了批判的鋒芒，而「異域情調」又蘊涵著對「鄉土」生活的浪漫回憶。這種背反情緒的交織，幾乎成爲每一個鄉土小說家共同的創作情感。從魯迅開始，我們發現了這樣一種特殊的情感互換的表現視角，即：鄉村蒙昧視角與城市文明視角互換、互斥、互融的情感內容。也就是作者們採用的觀念往往呈二律背反現象：有時是用經過文明薰陶的城市人眼光去看鄉下人和鄉下事；有時又站在鄉下人的立場上去看待城市文明。於是，這鄉土小說就在更大程度上延展了其多義性，使人在解讀它的過程中，時常陷入一種莫名尷尬的情感境地。當然，這種情感還因各個作家不同的生活經歷和藝術感覺的差異顯現出不同的特徵。

所以，就整個「鄉土小說流派」作品來看，由於每個作家在處理題材時的世界觀和藝術心境的差異，在表現悲涼鄉土上的情感也就有所不同，所呈現出的對鄉土社會的文化批判力度也就因人而異。正如魯迅先生所言：「看王魯彥的一部分的作品的題材和筆致，似乎也是鄉土文學的作家，但那心情，和許欽文是極其兩樣的。許欽文所苦惱的是失去了地上的『父親的花園』，他所煩冤的卻是離開了天上的自由的樂土。」〔註23〕我以爲這兩者的不同不僅僅是藝術手法的各異，更重要的是前者「隱現的鄉愁」是哀歎中國農業社區傳統文明的墮落；而後者則一方面用人道主義的情感去撫摸農民的累累傷痕；另一方面又以無情的筆尖去挑開蒙在農人心靈創口上的紗布，用批判嘲諷的目光來藐視國民的劣根性。這便是王魯彥深得魯迅先生藝術思想眞諦的高妙之處。

在文化批判的視角上，這批被生活所放逐的「精神浪子」都在不同程度上接受了五四前後的啓蒙運動，其人道主義的世界觀成爲他們衡量人和事的

〔註23〕魯迅：《〈小說二集〉導言》，《中國新文學大系導言集》，天津人民出版社2009年版，第86頁。

普泛準則。但中國的人道主義則又往往和「救世濟民」、「匡扶正義」的傳統道德緊緊相聯。因此，由於各人對於事物的認識有所差異，也就在鄉土小說的創作中表現出不同的文化批判內涵。這種文化批判的內涵大致上可分為三類：第一類是站在一個基本脫離了「鄉下人」的小資產階級知識分子立場上去悲憫鄉土社會中的一切不合人道主義的農民苦難。須得說明的是，同樣是「自上而下」的俯視鄉土社會，這種文化批判視角與魯迅式的文化批判視角有著哲學境界上的本質區別，它只是一種傳統文人士大夫的普泛的人道主義拯救農民於水深火熱之中，成為他們「救世濟民」的傳統文化情緒。所以這類作家作品只囿於反映不幸農民的不幸。第二類同樣是站在人道主義的立場上來拯救中國、拯救黎民，但其人道主義內涵卻注入了五四反封建的主旨，他們試圖從推翻整個封建制度人入手，首先掃蕩戕害中國人靈魂的精神鴉片——充滿奴性意識的國民劣根性。這類作家作品完全承繼了魯迅《狂人日記》的主題，將文化批判的匕首和投槍磨礪得更加鋒利，「哀其不幸，怒其不爭」，其力點最終落於後者。第三類是試圖拋開一切塵世的煩惱，用浪漫抒情的筆調來構建一個田園牧歌式的世外桃源，用幻想編織如詩如畫之夢境，以此來與人生的悲苦相抗衡，從中得到另一種宣泄的自足。這類作家作品表現的主體情感是以遁世來超脫苦難。與前兩類相比，此類作家「為人生」的現實主義力度明顯減弱，在無力反抗現實世界的苦難之時，他們只有用「採菊東籬下，悠然見南山」的情致去消隱「鄉愁」帶來的精神悲愴。顯然，就三者的思想力度來說，第一類作品和第二類作品所體現的文化批判意識遠遠大於第三類，尤其是第二類作品所呈現出的深邃的文化哲學內涵猶如一簇民族精神的「聖火」，足以照亮中國幾代人的心靈，足夠幾代人的精神受用。

就單個作家來說，各人的作品所呈現出的文化批判意識的強弱是各不相同的，即便是同一個作家，其前後期作品的思想力度也是有所差異的。

王魯彥一直是被作為「鄉土小說流派」的中堅人物來看待的。他的鄉土小說之所以有吸引力，正因為他能夠非常準確地表現五四以來反封建的主旨——改造愚昧落後的國民劣根性。他的小說主題甚至有許多是魯迅思想的詮釋，或是魯迅小說主題內涵的翻版。《柚子》是目睹瀏陽門外殺頭的「盛舉」，我以為小說不僅僅是描寫統治者的殘暴，其更深刻的內涵在於那批看客在觀看殺頭時的亢奮情緒正是軟刀子割頭不覺死的國民劣根性所在。這和魯迅先生批判的「看客」心理是相吻合的。同樣，被茅盾認為是王魯彥「最好出品」

的《許是不至於罷》和《黃金》也是有著深刻批判意義的力作，前者是表現鄉村土財主守財時的恐慌心理；後者是描寫鄉間的」勢利」，表現了破產了的鄉村小資產階級在金錢壓迫下的精神扭曲和心理變態。

其實，王魯彥作品中文化批判更為犀利尖說的創作要算《橋上》和《屋頂下》這樣的作品。《橋上》是較早地將文化批判的視角停留在鄉鎮小商人在資本主義經濟侵略下瀕於破產時的恐懼心理上的佳作，作者站在哲學思想的居高點上揭示了這個陰森可怖的魔影死死纏住中國鄉村（尤其是沿海地區農村）沃土的事實，從而將資本主義吃人的本質特徵形象地展現在讀者面前。《屋頂下》是通過鄉鎮中一個家庭生活的展示，即婆媳之間的仇隙，來批判封建宗法勢力的頑固和強大。通過小說中的「惡婆婆」形象，可以秦楚看到封建宗法思想已經深入其血髓，給其帶來了不可逃脫的悲劇命運；同時也可以清晰地看到封建宗法勢力在戕害人性的真善美時暴露出的兇惡本質。倘使前者表現的是農村在殖民化的過程中逐漸走上經濟崩潰的景況，具有深刻的反帝意識；那麼後者則是著力描寫了民族文化心理積澱中難以隱忍的劣根性，更深刻地批判了封建文化為老中國兒女們造就的精神煉獄，反封建的主旨尤為深刻鮮明。由此看來，王魯彥的作品在這一主題的闡釋上緊扣著五四新文學的母題，在反帝反封建的歷史內容中展示自己獨到的文化批判思想，這也是和文學研究會「為人生而藝術」的主張暗通的。

沿著這條道路往下走，王魯彥寫下了中篇小說《鄉下》和長篇小說《野火》。無疑，這標誌著王魯彥的鄉土小說進入了一個新的里程，作者不再單單用普泛的人道主義觀念和犀利的批判鋒芒去描寫農民的痛苦和鄉間的愚昧，而是重新塑造了反抗的農民形象。這兩部作品中的人物較之前期作品中的人物應該說是更為豐滿；同時也跳出了原始人道主義對事物的單純審美價值判斷，而代之以強烈的階級意識。但是，無可否認的是這兩部作品在藝術上尚不如前期的佳作，這不能不歸咎於作者受著當時創作思想的影響，多少屬入了概念化的意識。

持這種姿態的作家當然遠不止王魯彥一人，寓居北京的諸多鄉土小說作家中，最和魯迅接近的作家大概就是許欽文。他的小說格調酷似魯迅，這不僅僅因為作者與魯迅是浙江同鄉，而是許欽文仿照魯迅作品，對其小說進行了五四新思想的灌輸。無疑，當許欽文剛拿起筆來寫鄉土小說作品時，始終擺脫不了浪漫的田園牧歌和「童年視角」的美好記憶的情緒籠罩，魯迅先生

之所以形容他的苦惱是失卻了地上的「父親的花園」，正是說明他前期的作品充滿著對恬靜的鄉村牧歌的悲悼之情，對失卻理想中的「花園」的哀惋之戀。也正是魯迅的作品給了許欽文新的啓迪，從《瘋婦》開始，許欽文一掃哀怨的浪漫主義情調，仿照魯迅小說尖銳犀利、深廣憂憤的格調，深刻地抨擊了封建殘餘對人性的戕害。他的著名中篇小說《鼻涕阿二》以悲劇的形式深刻地揭示了一個婦女在封建勢力的汪洋大海中沉浮的命運，從而將小說的主超上升到對整個社會制度的詰問上。如果說魯迅的阿Q形象已成爲整個中國民族文化心理的共名，那麼「鼻涕阿二」的遭際就是中國婦女受難蒙昧形象的共名。

　　另一位倍受魯迅青睞的寓居北京的鄉土小說作家應是臺靜農了。這位「地之子」作者的作品被魯迅先生譽爲「優秀之作」。臺靜農的《建塔者》、《地之子》中的許多篇什並非是嚴格意義上的鄉土小說，只有其中的《天二哥》、《吳老爹》、《蚯蚓們》、《負傷者》、《燭焰》、《井》等作品才算正宗的鄉土小說。作爲魯迅領導下的「未名社」成員，臺靜農與魯迅交往甚密，無形中受了魯迅小說風格的薰陶，他用飽醮血淚的筆寫下的《地之子》小說集是經魯迅審閱過的篇什，其描寫的手法酷似魯迅，滲透著安特萊夫式的陰冷，活畫出當時的「地之子」所受的重重壓迫。在思想的力度上，有些篇什也包孕了近於魯迅似的較大哲學內涵。諸如《天二哥》中對天二哥的描寫使我們想到了孔乙己和阿Q，而天二哥的悲劇之所以未能達到阿Q這個典型的共名效果，就是作者在模仿魯迅小說時沒有更新的創造，致使作品的哲學內涵不能逾越阿Q這一形象。師承「魯迅風」，抨擊封建宗法制度對人性的戕害，這幾乎成爲一切仿照魯迅的鄉土小說作家的共同特徵，臺靜農也不例外。《負傷者》中吳大郎被迫賣妻，《蚯蚓們》中李小賣妻，都是在一片封建宗法勢力的陰影的壓迫下導致的悲劇。《燭焰》和《紅燈》是以濃例的鄉俗描寫來抒發少女的悲苦和喪子的切膚之痛。這些作品以陰晦的色調勾畫出中國鄉村中老中國兒女們苦難而愚昧的塑像，在沉悶壓抑的情調中，透露出作者絕望苦悶，撕人心肺的吶喊——中國農民的悲苦正是整個中國封建文化和封建制度所致；要揭開這個「鐵屋子」，將做人的權利還給農民。但是這種吶喊又透露出一個智者強烈的孤獨感。臺靜農鄉土小說中所呈現出的和魯迅小說相似的這種不被凡人所理解的孤獨感充分地顯示出這個作家較深邃的哲學觀念，從一個側面顯示了臺靜農小說在當時所能達到的爐火純青的地步。

　　另外還有一位離居北京的鄉土小說作家則更是惹人注目，這個作家就是從「老遠的貴州」走來的蹇先艾。和許欽文一樣，他也是從充滿了田園牧歌的「朝霧」（《朝霧》是他的第一個小說集）中掙脫出來，重新審視自己筆下農村的苦難現實的。有些學者認爲，這位「僑寓作家」對故鄉的情感是具有雙重性的：作爲破落的舊家子弟，他往後看，痛悼故家風物；作爲接受新思潮的青年，他往下看，同情被擠壓在社會底層的勞動人民。我以爲這一雙重心態只是蹇先艾作品的表層結構，只能說明作者所具有的同情憐憫下層勞動人民的普泛人道主義精神。而更深一層的雙重性是作家一方面用「鄉下人」的眼光去客觀描寫鄉村中的人和風景；另一方面又用「城裏人」的眼光去俯瞰芸芸眾生，強烈的主觀色彩透露出作者不可遏制的對封建愚昧的民族文化心理的抨擊。這種雙重情感使得蹇先艾的鄉土小說呈現出主題意義的多義性：普泛的人道主義精神，新人文主義思潮，對靜態的傳統秩序的留戀，對封建愚昧劣根性的捣擊……這些都交織在《到家的晚上》、《水葬》、《在貴州道上》、《躊躇》、《鄉間的悲劇》、《鹽巴客》等佳作中。毫無疑問，蹇先艾之所以被魯迅先生看中，最主要的還是他小說中的鄉土氣息最濃鬱。與臺靜農相比，蹇先艾的作品還缺乏那種較清晰和較深刻的哲學內涵，但他的小說呈現出的多義性卻能夠彌補這方面的不足。尤其是他的鄉土小說所表現出的悲劇美學效果，使他的鄉土小說的主題疆域富有彈性和張力。

　　寓居大都市上海的鄉土小說家也是很多的，其中最有成就的是彭家煌和許杰。

　　彭家煌的作品被茅盾在《中國新文學大系‧小說集導言》中譽爲當時最好的農民小說之一。彭家煌的鄉土小說並不很多，但是它比其他題材的小說創作更能體現其個性和風格，也是彭家煌全部小說中的上乘精品。他仿照魯迅的筆法，用詼諧幽默、甚至調侃的喜劇手法來寫那種痛苦到精神和骨髓之中的悲劇。一部《慫恿》寫足了封建宗法制度下鄉人的愚昧和鄉村統治者的刁鑽狡猾。作品通過充滿著喜劇的情節和細節，辛辣地諷刺了鄉民的劣根性和統治者的假威嚴。《活鬼》寫得更爲波俏詭譎，深刻地批判了封建包辦婚俗的醜惡。以喜寫悲，成爲彭家煌鄉土小說的鮮明特徵。他的小說之所以在「鄉土小說流派」中獨樹一幟，還因爲他的小說技巧相當圓熟。正如茅盾在《〈中國新文學大系〉小說集導言》中所言「彭家煌的獨特的作風在《慫恿》裏就已經很圓熟。這時候他的態度是純客觀的（他不久就拋棄了這純客觀的觀

點）。在這幾乎稱得是中篇的《慫恿》內，他寫出樸質善良而無知的一對夫婦夾在『土財主』和『破靴黨』之間，怎樣被播弄而串了一齣悲喜劇。濃厚的『地方色彩』，活潑的帶著土音的對話，緊張的『動作』，多樣的『人物』，錯綜的故事的發展，——都使得這一篇小說成為那時期最好的農民小說之一。」〔註 24〕我們不能說彭家煌的小說思想深度不夠，像《陳四爹的牛》中豬哈三的精神勝利可以和阿 Q 比肩；《美的戲劇》中秋茄子在現實生活中的精彩表演是對民族劣根性的最無情鞭撻，但它們遜色於《阿 Q 正傳》的原因正是沒有把他們提煉到一個具有「共名」的人物典型意義上來，人物缺乏那種對國民劣根性的巨大哲學內容的涵蓋力。但它們卻給讀者留下了具有無窮韻味的思索。

　　另一位寓居上海的浙江籍作家許杰常被人們譽為成就極高的鄉土小說作家。他的小說筆法多變，往往是用雙重視角來描寫鄉村的故事，他一方面把「意年記憶」中的鄉村景色描寫得美麗動人；另一方面，作者又在這樣的基調上塗抹凝重而又灰暗的色彩，以示鄉村的黑暗和混沌。許杰的代表作應說是《慘霧》，它歷來被人們稱為「文學研究會」鄉土小說的力作，茅盾說它是農民自己的原始性的強焊和傳統的惡劣的風俗。〔註 25〕這部作品客觀地描寫了作家家鄉鮮血淋漓的宗族械鬥，人性惡的醜行被刻畫得驚心動魄。其實，這部作品是者站在一定的思想高度來批判民族文化心作理劣根性的力作。封建的宗法制度造成了人與人之間的仇恨，同時也造成了民族的自戕、自虐性。1925 年寫就的《賭徒吉順》描寫了吉順成為賭徒後最終「典妻」的故事，不僅刻畫了無辜的妻兒所遭受的非人待遇，同時也通過賭徒吉順的心埋變化過程，細緻地刻畫了在層層壓迫之下的農民被生活所拋棄時的畸變性格，正是我們民族文化心理劣根性的裸露。

　　我們不可能將「鄉土小說流派」的作家作品進行逐一分析，從中提煉出帶有普通規律的經典性結論，但我們可以看出「鄉土小說流派」作家們在文化批判過程中所持有的與魯迅先生同樣的「五四」人道主義精神；同時也可以看到在這一文化批判過程中，這個流浪的作家所本能地表現出的雙重情

〔註 24〕茅盾：《〈小說一集〉導言》，《中國新文學大系導言集》，天津人民出版社 2009 年版，第 74 頁。

〔註 25〕茅盾：《〈小說一集〉導言》，《中國新文學大系導言集》，天津人民出版社 2009 年版，第 75 頁。

感，這種背反現象扼制了作家對於「五四」文學精神的更清晰的表達，且又無形中使自己的小說涵量不斷增值，情感的紊亂反而使小說的內涵呈多義，多義而擴張了小說主題的多元，從而增大了小說的審美疆域。

作為寓居大都市的鄉土小說作家，這些作家的作品之所以給人以美的感受，無疑是因為這些作品中散發出的濃鬱的「異域情調」。這「異域情調」給人的饜足應該說是不同的美學感受。對於異鄉人，它給予的是新鮮而驚奇的美學刺激；而對於同鄉人，它給予的是懷鄉和憶舊的再現性美感。平心而論，在寓居作家那裏，文明與野蠻、進步與落後、先進與原始的反差越大，就越能產生出「異域情調」來。因而，像蹇先艾寫封閉保守的、初民文化保存得較完好的邊遠地域的山民生活，則更能產生出較大的美學效應。

這一時期的鄉土小說的美學特徵多表現在作家們集中對地域風土人情和風俗畫的描寫上。當然，這風俗描寫多半是和抨擊封建禮教的主題內涵相聯繫的。同是「典妻」風俗的描寫，臺靜農、許杰、乃至後來的柔石、羅叔等，無不注入了對封建禮教的抨擊。但是，作為「為人生而藝術」的鄉土作家們是有意識地將這一「五四」主題內涵納入自己主觀情感投射的軌跡的。如果缺乏這種自覺，鄉土小說就會陷入另一種美學風範。作為「鄉土小說流派」的作家，大都是「文學研究會」旗幟下的小說家，因此，他們不約而同地遵循為人生的宗旨，在塗抹風俗畫面的同時，時時不忘對於人生和社會的強烈關注和介入。我們在眾多的作品瀏覽中，可以看到這樣一個事實：許多鄉土小說作家在自己的風俗畫面的描寫之中，總是把故事和人物處理成悲劇結局。這足以證明這些作家所傾注的對人生和社會的情感內容。

蹇先艾把「老遠的貴州」的風土人情展現在我們面前，正是要將一些新的東西提供給讀者：《水葬》的殘酷鄉風並不止於抨擊原始野蠻的習俗，而是以人道主義的胸懷去寫人性的被殺戮，以及為魯迅所說的展示偉大的母愛。《在貴州道上》是蹇先艾用川黔方言寫成的地方色彩和異域情調最濃鬱的一篇鄉土小說，小說中的人和景，乃至語言，活脫脫地將蠻荒山地的風土人情躍然紙上。作者把自己的人道主義胸懷和對統治階級的仇恨隱匿在描寫的背後，使人在久久的美感回味中領悟到博大的思想內容。

江南小鎮的風土人情，散溢著濃鬱的地方色彩，有如魯迅作品中的風俗描寫，充盈著古樸清麗的美感，這在王魯彥、許欽文、臺靜農、許杰等人的小說中同樣得到了很好的體現。《菊英的出嫁》將寧波鄉下「冥婚」的陋習寫

得栩栩如生；《黃金》中史伯伯「坐席」的規矩固然和人物的描寫緊緊相扣，但沒有這風俗方面的知識，卻是難以表現主題的。許杰在《慘霧》中首先推出的一幅風景畫和風俗畫，滲透著濃鬱的鄉土氣息，整個械鬥過程附著的宗法氏族械鬥規矩和程序的風俗描寫，有力地體現了民族文化劣根性給人造成的災難，反映出的是一種文化的積澱。臺靜農在《天二哥》中有著出色的風土人情描寫，活脫脫畫出了一個鄉間流氓無產者的形象。如果沒有對自己家鄉的封建風俗禮儀的熟諳，斷不能寫得如此得心應手，遊刃有餘。

　　彭家煌這位生長於洞庭湖畔小鎮上的鄉土作家，所寫之鄉土小說最有「異域情調」的韻味，茅盾在《中國新文學大系・小說集導言》中把他的鄉土小說歸納為：「濃厚的『地方色彩』，活潑的帶著土音的對話，緊張的『動作』，多樣的『人物』，錯綜的故事的發展。」〔註26〕毋庸置疑，彭家煌的鄉土小說所呈現出的風土人情和鄉土氣息，在同時期的作家中是獨佔鰲頭的。他小說中濃鬱的「地方色彩」表現了作者對於充滿著鄉俗民情的「俗文化」的熟諳。宗族的械鬥、鄰里的勾心鬥角、鄉村統治者的政治生活、婚喪的禮儀風俗，以及那些約定俗成的鄉間文化規矩，在他筆下得到栩栩如生的描寫。《活鬼》是非常含蓄而巧妙地用平緩的敘述語調講述一個非常平淡的鄉間瑣事，然而其韻味十足，十分巧妙地抨擊了鄉村中「大妻小夫」的婚俗。這種傳宗接代的封建思想其本身就充滿著扼殺人性的色彩，同時它又是使人墮落的深潭。整個小說簡練而富有韻味，其風土人情描寫暗含在故事的敘述之中，真可謂「異域情調」引而不發，餘味無窮。像彭家煌這樣能將風土人情描寫有機地融化在故事情節之中，融化在人物的言行中的鄉土小說作家是為數不多的。

　　「鄉土小說流派」的諸位作家都是十分注重「風俗畫」描寫的，用茅盾的評論來說是「在悲壯的背景上加上了美麗」。從魯迅小說開始，這種「風俗畫」的描寫就貫穿於鄉土小說創作之中，《故鄉》中的景物描寫滲透著蒼穹之下童年的幻影和凋弊江南小鎮的冷落；《社戲》中的夜景描繪充滿著童趣和江南水鄉的靈氣；《祝福》中的雪景又孕育著江南悲涼氛圍中的人間炎涼；《風波》中那幅恬靜的「農家樂」圖畫的描繪飽含著對封閉凝滯死水一般的固態民族文化生活的揶揄和調侃……。這些「風俗畫」的描寫給鄉土小說作家們樹立了典範。

〔註26〕茅盾：《〈小說一集〉導言》，《中國新文學大系導言集》，天津人民出版社 2009年版，第 74 頁。

　　許欽文《瘋婦》和許杰的《慘霧》中對浙東水鄉的美麗自然景物作了詳細的描繪，這些「風俗畫」的描寫絕非是某種藝術的「點綴」，而是和整個小說的主超內涵呈「反襯」狀態。這就是「在悲壯的背景上加上了美麗」的藝術辯證法。

　　當然，尚有一些詩土小說作家並不注重「風俗畫」的描摹，而是只注重風土人情的場面和風土習俗的事件本身描述。與前者的「風俗畫」描寫完全不同，他們把風俗描寫有機的融進情節、細節和人物，以及語言的描寫中，如上文提及的彭家煌，就是一個典型的代表作家。

　　無論如何，「異域情調」的美學魘足，是每一個鄉土小說作家必然的藝術追求，這種追求雖各呈異彩，但它是這一流派作家的共同守則。

　　「鄉土小說流派」作家在其鄉土小說的創作過程中並不是恪守一種現實主義的創作方法的，人們把這一流派的小說創作看作是現實主義創作方法的根據就是他們都是在「文學研究會」的「為人生而藝術」的大潮下行進的。殊不知，在這眾多的作家中，將「再現」與「表現」加以融合的作家大有人在，而且在這一「融合」的過程中，他們創作出的作品均屬一流。

　　王魯彥的小說明顯地帶有「表現」的藝術內涵，有人認為這是抒情的浪漫主義色彩，我以為這是受了「新浪漫主義」（即「五四」以後的現代派）手法的影響。他的《秋夜》模仿的是魯迅的《狂人日記》，帶有鮮明的象徵主義色彩；《秋雨的訴苦》是「我」與秋雨的對話，勾勒出了王魯彥小說幻想和象徵的持。在王魯彥的力作《菊英的出嫁》中，作者出色的表現就是用心理描寫的手法來寫菊英母親為菊英操辦婚事的經過。作品的撲朔迷離就在於小說消彌了真與幻、現實與夢境的臨界點，雖然整個小說的敘述過程是線型狀態的，但作者描寫的視點最後是落在真與幻兩者的邊緣交叉地帶，真假難辨，這就更加突現了主題的深刻性——陳規陋俗已成為民族文化心理的」集體無意識」了。可以看出，他在局部運用「表現」手法時，打破了寫實手法的單一性。

　　許欽文的鄉土小說也頗具象徵色彩。《父親的花園》是富有象徵意味的小說。但他真正的鄉土小說力作《鼻涕阿二》等則是採用完全的寫實手法的，倒是作者在寫城市小知識分子題材的許多作品中，表現出更多的心理描寫成份和「表現」的藝術技巧。

　　臺靜農是被譽為比魯迅更具安特萊夫式陰冷的作家，他擅寫幻覺夢魘，《紅燈》中的亦真亦幻，《新墳》中四太太的幻覺，使人在陰森恐怖中感到另

一種不可捉摸的情緒在作祟。

　　許杰是用兩副筆墨來寫鄉土小說的。《慘霧》是寫實的，而像《飄浮》和《暮春》則更多的是「表現」色彩，作者盡情地抒寫「白日夢」，注重潛意識的發掘。這些心理分析方法的局部運用非但沒有損害作品的內容表現，還有助於深化主題，而且更加強了作品的美學藝術特徵。

　　最後，必須提一下「文學研究會」的另一個中堅作家王統照在 20 年代末和 30 年代初所寫的一些鄉土小說。王統照最著名的長篇小說是《山雨》，這部小說被譽為中國現代文學史上第一部描寫北方農村生活的長篇力作。《山雨》所要表現的是「山雨欲來風滿樓」的革命鬥爭烈火即將燃燒的主題內涵，作者用寫實的筆法為現實主義的創作方法提供了一部輝煌的產品。而在這之後的長篇小說《春花》的寫作，又改變了純客觀的寫實風格，採用了象徵、暗喻、意象和心理分析的手法，將「表現」的成份融進了小說的描寫之中，從純現實主義的創作方法中掙脫出來，開始了自身的藝術「轉型期」。因而在王統照以後的小說創作中，象徵成為小說的本體內容。

　　毫無疑問，在「鄉土小說流派」的諸多作家創作中，絕不是像後來的文學史家們描述的那樣鐵板一塊，千篇一律地用寫實主義的手法來完成「為人生而藝術」的宗旨的。起碼，在他們中間，有許多人是具有兩副筆墨的，是善於將「表現」的成份納入「再現」的寫實軌道中去的，並有機地完成了兩者的「融合」。這種「表現」和「再現」的交融現象雖然在這以後形成了一個歷史的斷裂帶，直到 80 年代的小說文體革命時，才使這種交融現象又重新復現。這是值得人們深思的，也促使我們追根溯源，重新審視二三十年代鄉土小說的這一隱形現象。

第六節　京派鄉土小說的浪漫尋夢與田園詩抒寫

　　京派小說是中國現代文學史上有著獨特創作個性和美學風格的小說流派。20 世紀 20 年代中期顯露其風格雛形，30 年代中期進入鼎盛時期，40 年代因戰亂而風流雲散，但其影響至今綿延不絕。以廢名、沈從文、凌叔華、蕭乾、蘆焚、林徽因、李健吾、何其芳、李廣田等為代表的京派作家，是一個疏離政治的自由主義作家群體。他們站在中國古今文化與中外文化的交匯點上，以文化重造的保守主義姿態，規避激進的時代主流話語，高蹈於現實

功利之上；以自身不同流俗的生命感悟與取向別致的現代意識，從容平和地
融會中國傳統文化的深厚底蘊與西方現代主義思潮的審美特質；以「和諧、
圓融、靜美的境地」爲自己的美學理想，創造出具有寫意特徵的獨具美感的
抒情小說文體在中國現代小說藝術中獨樹一幟。綜觀京派作家的全部小說創
作中，雖然其都市小說的成就不容忽視，但鄉土小說才是寄寓京派作家文化
態度、生命理想與藝術追求的「神廟」。以沈從文爲代表的京派作家大都以「鄉
下人」自居，他們雖然僑寓都市，但其小說主要是以自己的鄉村經驗積存爲
依託，以民間風土爲靈地，在風景畫、風俗畫、風情畫的浪漫繪製中，構築
抵禦現代工業文明進擊的夢中桃源。他們偏於古典審美的「田園牧歌」風格
的浪漫鄉土小說藝術探索，其意義是在「啓蒙的文學」之外，賡續雖不彰顯
卻意義深遠的「文學的啓蒙」。

在中國現代諸多小說流派中，京派是最富有鄉村情感的作家群體。他們
僑寓於城市，卻「在」而不屬於其置身的都會，淡淡哀愁的心靈不無矛盾地
漂泊在現代都市與古樸的鄉村之間，大都毫不掩飾自己對城市文化的隔膜和
厭惡，或如蕭乾那樣把城市體驗爲「狹窄」而「陰沉」的所在，或如蘆焚那
樣把都市視作「毀人爐」。其中，沈從文對城市的解析與批判或許最有代表性，
他認爲：「城市中人生活太匆忙，太雜亂，耳朵眼睛接觸聲音光色過份疲勞，
加之多睡眠不足，營養不足，雖儼然事事神經異常尖銳敏感其實除了色欲意
識和個人得失外，別的感覺官能都有點麻木了。這並非你們（城市人）的過
失，只是你們的不幸，造成你們不幸的是這一個現代社會。」〔註27〕都市空
間的物質化與欲望化，使都市人難以達到「優美，健康，自然，而又不悖乎
人性的人生形式」〔註28〕。因此，他們在批判現代城市文明的同時，將精神
尋夢的目光轉向他們曾遺落在身後的鄉村。沈從文始終以「鄉下人」自居，
廢名也一直以鄉村生活爲其精神歸宿；蕭乾則在《給自己的信》中說，「雖然
你是地道的都市產物，我明白你的夢，你的想望卻都寄在鄉野」〔註29〕。蘆
焚亦在自我解剖中辨識自己的文化身份與精神氣質：「我是從鄉下來的人，說
來可憐，除卻一點泥土氣息，帶到身上的亦眞可謂空空如也。」〔註30〕在這

〔註27〕《沈從文選集・第5卷》，四川人民出版社1983年版，第230頁。
〔註28〕《沈從文選集・第5卷》，四川人民出版社1983年版，第231頁。
〔註29〕《蕭乾選集・第3卷》，四川人民出版社1984年版，第274頁。
〔註30〕劉增傑：《師陀研究資料》，北京出版社1984年版，第49頁。

裡，城市與鄉村，已不是通常意義上的地域概念或社區概念，而是文化概念；在某種意義上，它們分別是現代工業文明與傳統農耕文明的代表。「城市人」與「鄉下人」，也不是通常意義上的社會身份，更主要的是一種文化身份。他們對「鄉下人」的自認，其實是他們對自我文化身份的選擇與辨識，同時也標示了他們對宗法鄉村所象徵的傳統文化的寬容和認同心態。正是出於這種內蘊複雜的文化認同與價值選擇他們在貶抑城市的同時，極力美化鄉村，挖掘並張揚鄉土中國的人性美和人情美。例如，在廢名的《竹林的故事》、《菱蕩》和《橋》等作品中，「充滿了一切農村寂靜的美。差不多每篇都可以看得到一個我們所熟悉的農民，在一個我們所生長的鄉村，如我們同樣生活過來那樣活到那片土地上。不但那農村少女動人清朗的笑聲，那聰明的姿態，小小的一條河，一株孤零零長在菜園一角的葵樹，我們可以從作品中接近，就是那略帶牛糞氣味與略帶稻草氣味的鄉村空氣，也是彷彿把書拿來就可以嗅出的。」〔註31〕在《邊城》、《長河》和《蕭蕭》等作品中，沈從文構築了一個化外的「湘西世界」。現實中的湘西，因為交通閉塞，遠離沿海，直到清末民初還處在與世隔絕的環境中，根本感受不到新世紀傳入中國的現代文明氣息。這與17、18世紀西方自由主義思想家所設想的「自然狀態」有著相通之處。但是，沈從文始終把這種狀態下的人性看作人類精神文明最完美的體現，是重造民族道德理想模式的最佳選擇。在這塊德性化和理想化的古老土地上，人們完全憑藉他們的一套道德準則與他人、自然和社會和諧相處，沒有現代社會中那種高度的緊張、自我的膨脹與心靈的焦慮，處處流淌的是人情、親情和古樸淳厚的民風，人性在這裡被充分浪漫化了。在這些與都市文明截然相反的鄉村圖景裏，廢名、沈從文、林徽因、蘆焚等京派作家以自己的文化尋夢和生命信仰苦苦支撐起人性美與人性善的「神廟」。

　　京派鄉土小說著力表現自然狀態下人性莊嚴、優美的形式，這種生命形式雖然大都如廢名、沈從文的鄉土小說那樣被安置在未被現代文明所侵蝕的偏遠鄉村，但在蕭乾、凌叔華、汪曾祺等作家的部分鄉土小說中，也有被安置在喧嘩都市的。在高度物質化與欲望化的現代都市裏，那些進了城的「鄉下人」，依舊保持著在宗法鄉村鑄就的人性之「真」與「善」，成為與現代都市文明相碰撞的「城市異鄉者」。正是這些「城市異鄉者」的出現，使京派鄉土小說有了「結廬在人境，而無車馬喧」的另一種別樣人生境界與敘事形態。

〔註31〕《沈從文文集・第11卷》，花城出版社1984年版，第97頁。

　　蕭乾自稱是一個「不帶地圖的旅人」他以鄉村人文精神的價值取向來反觀都市生活與都市人生。蕭乾自述說：「《籬下》企圖以鄉下人襯托出都市生活。雖然你是地道的都市產物，我明白你的夢，你的想望卻都寄在鄉野。」〔註32〕在這種傾向支配下，他以自己早年的小說創作，加入到京派小說的文化形態之中。在蕭乾大多數的都市題材小說中，《鄧山東》、《雨夕》等作品與「鄉下人」和「鄉村」直接相關，可視作京派鄉土小說的另一種形態。蕭乾說：「我的小說是以北平為背影的，幾乎都寫北平城裏的生活，只有一篇《雨夕》是寫農村……比起他們來，我的創作似乎更注重表現人生，暴露社會黑暗。」〔註33〕這是蕭乾在「文化大革命」後說的話，他把《雨夕》放進了「為人生」的社會批判系列，雖然不無道理，但更多的是作者劫後餘生的自我保護策略。小說中那個可憐的鄉村女人，被丈夫遺棄後變瘋，在外面又遭人強暴如此不幸的女人連下雨天在磨棚中躲雨也遭人驅趕。這確有「暴露」的意味，卻並不聲嘶力竭，而是讓城裏來的孩子用與成人迥異而接近人類純真本相、不帶雜質的是非觀，來判斷和同情一個瘋婦。在孩童天真的目光中折射出人生的憂患和世態的炎涼，在清澈中滲透著淡淡的苦澀。《鄧山東》寫的是「城市異鄉者」的故事，小說中的鄧山東是一個流散到都市的軍人，以挑擔販賣雜貨糖食謀生。他有著鄉裏漢子的粗獷，卻出人意外地知道了孩子們的趣味，他的擔子上也裝滿了孩子們喜歡的東西，他更懂得孩子們對慈愛、尊重與信任的需要，他以自己詼諧、豪爽、體貼的性格，充當兒童世界的和事佬，甘願代學生挨校方的無理罰打。他雖然經歷過戰爭與流血，但不改耿直仗義的本色；雖然飽經滄桑，但依舊滿是童心童趣。這其實就是人性的「真」與「善」是對傳統美德的皈依。簡言之，蕭乾書寫鄉村與「城市異鄉者」的悲境，注重的主要不是對現實的社會關係與階級關係的解剖，而是「世道人心」是傳統文化心理積澱的惰性，其作品因此表現出強烈的生命意識和可貴的人性深度。

　　凌叔華的作品數量並不多，但她注意發掘自身的女性經驗和文化優長，頗為專注地敘述女性故事，即使沒有後來的那些作品，僅薄薄一冊《花之寺》即可奠定她在中國現代小說史上的地位。凌叔華的小說在用溫婉細密的筆調寫「舊家庭中溫順的女性」〔註34〕和新女性們的家庭生活的同時，也以充滿人道

〔註32〕《蕭乾選集・第3卷》，四川人民出版社1984年版，第274頁。
〔註33〕王嘉良、馬華：《京師訪蕭乾》，《浙江師範大學學報》，1989年第4期。
〔註34〕《魯迅全集・第6卷》，人民文學出版社1981年版，第250頁。

主義悲憫情懷的目光，注視進城打工謀生的鄉下女性，書寫這些「城市異鄉者」樸素的情感與良善的人性，《楊媽》、《奶媽》就是這樣的作品。前者寫窮苦傭人楊媽唯一的兒子在家不務正業，跑出去當兵又杳無音信，她每天晚上為兒子做棉衣，最後抱著棉衣踏上尋找兒子的渺茫之路。小說就這樣在「勞動婦女的善良靈魂」的刻畫中，「寫出一種混合著愚昧與偉大的執著的母愛」〔註35〕。後者寫一位貧窮母親為掙錢養家，無奈丟下自己三個月的嬰孩去做富家少爺的奶媽，卻因此而不幸夭折了自己的愛子。母愛，就這樣因為貧窮而夾雜了愚昧，也因為自私地掠奪他人的母愛，而體現了殘酷。凌叔華書寫母愛的小說，顯然與冰心、馮沅君、蘇雪林等歌頌母愛的小說不同，她並非僅僅著眼於母愛的偉大和神聖，而是以女性的敏銳和體驗寫出了她眼中的母愛，使人性、女性與母性在社會、文化、貧富等的糾結中，顯出全部的複雜，並帶給讀者沉重的思索。她的文字依舊溫婉和美，卻能在她所特有的清逸風格和細緻的敏感中，同蕭乾一樣表現出強烈的生命意識和可貴的人性深度。

　　汪曾祺被譽為「京派最後一個作家」〔註36〕。《邂逅集》則可看作是其早期小說創作的主要成就。多年後，汪曾祺在其短篇小說選自序裏說：「我以為風俗是一個民族集體創作的生活抒情詩。我的小說裏有些風俗畫成分，是很自然的。但是不能為寫風俗而寫風俗。作為小說，寫風俗是為了寫人。」〔註37〕。在他早期的鄉土小說中，這一創作原則已得到貫徹。《雞鴨名家》以特有的「城鄉結合」的方式，細緻生動地描繪了故鄉養雞、養鴨的生產、生活場景和風俗民情，刻畫了余老五、陸長庚兩位有莊周「庖丁」神韻的風俗人物。余老五是城裏孵小雞的炕房師傅，小說把他照蛋、下炕、上床的孵雞的繁複過程和技術描寫得出神入化。陸長庚諢號陸鴨，是鄉裏養鴨子的好把手，小說把陸鴨發出各種聲音，呼喚逃散在蘆葦叢中的三百餘隻鴨子集聚於岸邊的情景，敘寫得有聲有色。這種風俗描寫，既使小說充溢著微苦而又溫馨的日常生活氣息，又為塑造余、陸兩位風俗人物營造出一種淡雅而朦朧的氛圍，而作者在這兩個「城鄉巧人」身上，賦予了一種特別的生命「神性」，使作品在平靜敘述中湧蕩著魅人的浪漫情趣。

　　20世紀30～40年代的中國社會是正在試圖向「現代」邁進的鄉土中國，

〔註35〕嚴家炎：《中國現代小說流派史》，人民文學出版社1989年版，第221頁。
〔註36〕嚴家炎：《中國現代小說流派史》，人民文學出版社1989年版，第225頁。
〔註37〕《汪曾祺全集（3）》，北京師範大學出版社1998年版，第219頁。

但總體上還是前現代性的。正因如此，無論是從社會文明發展還是文學自身發展的角度，「反現代性」在某種意義上都是一種不合時宜的奢侈。廢名、沈從文、蘆焚、蕭乾、凌叔華、汪曾祺等京派小說作家對以城市爲象徵的現代工業文明和以鄉村爲象徵的傳統農耕文明的文化心態，顯然是十分複雜的。在他們的鄉土小說創作中，無論是寫鄉村還是寫「城市異鄉者」，都把原本並不美好的前現代農耕文明及「鄉下人」理想化，挖掘鄉土中國的人性美和人情美，試圖以傳統文化的倫理力量去對抗和融化西方文明及現代都市文明，但這並非表明他們就是徹底的「反現代性」。如果說魯迅及其「人生派」和「鄉土寫實流派」的鄉土小說面臨著兩種文化情感困惑的選擇的話，那麼，廢名、沈從文等京派作家也同樣面臨著這樣的選擇。他們一方面鄙視「城市文化」對「鄉村文化」的侵襲，另一方面又渴求現代文化，當他們拿起筆來寫鄉土小說時，其心境表現得異常複雜。

　　廢名、沈從文等京派作家的鄉土小說流露出的「鄉戀」（而非「鄉愁」）情感和懷鄉情緒，顯得「過份」濃鬱。他們對「風俗畫」、「風情畫」和「風景畫」如醉如癡的描繪，很容易使人感到作家對傳統文化規範的認同和對一種靜態文化失落的哀婉，而忽略了他們的鄉土小說中隱含著的另一種情感即對現代文化的某種無可奈何的認同。沈從文曾說過這樣憤激的話：「這種時代風氣，說來不應當使人如何驚奇。王羲之、索靖書翰的高雅，韓幹、張萱畫幅的精妙，華麗的錦繡，名貴的瓷器，雖爲這個民族由於一大堆日子所積累而產生的最難得的成績，假若它並不適宜於作這個民族目前生存的工具，過份注意它反而有害，那麼，丟掉它，也正是必需的事。實在說來，這個民族如今就正似乎由於過去文化所拘束，故弄得那麼懦弱無力的。這個民族的惡德，如自大、驕矜，以及懶惰，私心，淺見無能，就似乎莫不因爲保有了過去文化遺產過多所致。這裡是一堆古人吃飯遊樂的用具，那裏又是一堆古人思索辯難的工具，因此我們多數活人，把『如何方可以活下去的方法』也就完全忘掉了。明白了那些古典的名貴的莊嚴，救不了目前四萬萬人的活命，爲了生存，爲了作者感到了自己與自己身後在這塊地面還得繼續活下去的人，如何方能夠活下去那一些欲望，使文學貼近一般人生，在一個儼然『俗氣』的情形中發展；然而這俗氣也就正是所謂生氣，文學中有它，無論如何總比沒有它好一些！」〔註38〕因而，我們應當看到沈從文在文化選擇上的兩

〔註38〕《沈從文文集‧第4卷》，花城出版社1984年版，第330頁。

難情感以及他的文學理論和創作實踐上的二律悖反現象。《邊城》、《蕭蕭》、《丈夫》等鄉土小說，表面上是對靜態傳統文化的謳歌和禮贊，甚至充滿著古典浪漫的情感色彩，但卻不能忽視其中所包孕的「反文化」傾向。沈從文正是通過對文化的消解來達到反封建的目的，甩掉文化造成的人的困頓，讓人走向自然，這才是作者的本意。所以，我們絕不能將他對一種原始生命意識的認同和張揚與現代文化的渴求對立起來看待。恰恰相反，他正是想通過這種生命形式的肯定來達到對現代文化的某種認同，無論這種認同帶有多少不由自主和多少無可奈何的情感。面對雙重的文化負荷，沈從文及「京派」鄉土小說顯示出他們特別的文化意義：在反對封建文化上，它是與五四新文化站在同一戰線上，以人道主義為武器與傳統文化搏鬥；在「文化制約人類」、扼殺人性和自然的前提下，它又是反一切文化的壓迫，包括現代文化對於人與自然的物質和精神的虐殺。因此，他們所面臨著的是對雙重文化壓迫的抗爭。簡言之，京派作家的鄉土小說創作有「戀鄉」和「戀舊」的傾向，但並未因此而迷失自己。在與「新」和「舊」的雙重文化抗爭中，雖然心態無比複雜，但卻始終保持著較為清醒的狀態，在審視的態度中含有批判的意識，寫盡了人生之「常」與「變」。

　　沈從文曾悵然歎息：「我還得在『神』之解體的時代，重新給神作一種讚頌。在充滿古典莊嚴與雅致的詩歌失去光輝的意義時來謹謹慎慎寫最後一首情詩。」〔註 39〕這其實是沈從文對自己的創作自律，也是京派小說作家共同的藝術追求。他們的鄉土小說在這種美學風格的追求中就成了「充滿古典莊嚴與雅致的詩歌」，也就是偏於古典審美趣味的「田園牧歌」。德國哲學家和美學家叔本華曾制訂了一張詩歌體制級別表，將各種基本文體按等級分類，依次是：歌謠，田園詩，長篇小說，史詩和戲劇。叔本華這種分類的依據，是各種文體表現主觀理想的程度。叔本華認為，戲劇最為客觀，而田園詩則最接近純詩，最為主觀。但是，在中外詩歌理論中，田園詩最主要的特徵，是因為不滿現實而產生的對古代單純簡樸生活的幻想，是對現實的迴避態度，並不是主觀理想。在藝術上，田園牧歌則強調抒情性手法的運用，具有悠長、舒緩、優美的特點。偏於古典審美趣味的田園牧歌風格的京派鄉土小說，在文體上的一個重要特徵，正如沈從文所說的那樣，把小說當詩來寫，促進了小說與詩、小說與散文的融合與溝通，強化了作家的主觀情緒，從而

〔註 39〕《沈從文文集·第 10 卷》，花城出版社 1984 年版，第 296 頁。

發展了五四以來的抒情小說體式。

京派鄉土小說作爲抒情小說的特徵之一，就是淡化傳統小說以情節爲中心的結構模式。廢名曾宣稱：「無論是長篇或短篇我一律是沒有多大的故事的，所以要讀故事的人盡可以掉頭而不顧。」〔註40〕沈從文也表達了類似的看法：「照一般說法，短篇小說的必要條件，所謂『事物的中心』，『人物的中心』，『提高』或『拉緊』我全沒有顧全到。也像是有意這樣做。」〔註41〕汪曾祺則直言：「小說是談生活，不是編故事。」〔註42〕他們淡化小說情節使其詩化和散文化的藝術途徑是多樣的，或側重主觀的意念、情感的把握，做做「情緒的體操」〔註43〕，把小說創作視爲生命的追求和生命觀的自然流露；或拋開小說情節的連續性，並置非連續性的敘事單元，而「對一個因果關係的線性結構的拋棄至少導向了一個有機的生活概念，在這種生活裏，與其說事件是一條線上可辨明的點，倒不如說它們是一個經驗的無縫網絡中的任意的而且常常是同時發生的）偶發事變」〔註44〕。京派鄉土小說所併置的非連續性敘事單元，有不同的形象系列、情節片斷、場景和細節。而其中最突出的，是並置在京派鄉土小說中的大量的自然風景和民俗風情。

民俗風情是京派鄉土小說田園牧歌風格構成的基質。民俗風情所體現的相對獨立的民間文化是在長期的社會生活中經過創造、繼承、衍化後自然而然形成的，大都體現了民間對世界的理解，對美好生活的嚮往與現實的生存策略，傳達了民間社會日常生活中的文化趣味，也就成了京派鄉土小說作家用以傳達文化理想與文學理想的敘事憑藉。廢名爲了構築他的「夢鄉」，自述《橋》「全部的努力都放在當地的風土人物的描寫上，對故事本身的展開是完全忽略的」〔註45〕。《橋》裏，有史家奶奶爲小林與琴子兩個未成年人的婚事奔走，還有「唱命畫」、「送路燈」、「放猖」等鄉村傳統習俗；《竹林的故事》、《我的鄰居》和《半年》等作品裏，有端午節紮艾、吃粽子和雞蛋，有大年三十夜圍爐守歲、講故事，有正月裏遊龍燈、賽龍燈；《鶴鴿》裏，有出嫁的

〔註40〕廢名：《橋・附記》，《駱駝草》，第 14 期。

〔註41〕《沈從文文集・第 3 卷》，花城出版社 1984 年版，第 90 頁。

〔註42〕《汪曾祺全集（3）》，北京師範大學出版社 1998 年版，第 462 頁。

〔註43〕《沈從文選集・第 5 卷》，四川人民出版社 1983 年版，第 40 頁。

〔註44〕約瑟夫・弗蘭克等：《現代小說中的空間形式》，北京大學出版社 1991 年版，第 166 頁。

〔註45〕編者：《書評・〈橋〉》，《現代》，1 卷 14 期（1932）。

姑娘在枕頭上繡上兩個「柿子同如意」表示「事事如意」；《阿妹》裏，有「祠堂做雷公公，打鼓放炮」；《河上柳》裏，有「清明時節，家家插柳」等。沈從文更是在其鄉土小說中娓娓敘述龍舟競渡、月夜漁獵、村寨聚會、山間野合、櫓歌聲聲、情歌陣陣的湘西民間風習；還有鄉間仁愛友善的淳樸民風，跋涉險灘激流、搏擊虎豹豺狼的堅韌頑強的生命活力，甚至還有那大膽熱烈、充滿野趣的愛情生活方式。京派鄉土小說中對民俗風情的描繪提高了中國小說的造境功能豐富了中國小說的文化蘊涵，同時也是中國小說人物性格的形成之文化背景或成因。

　　京派小說作家大都很注重繪製「風景畫」把自然背景與人物巧妙地融合為一，傳達出抒情的格調。他們營造的亦是「世外桃源」的美境（除了田濤的鄉土小說格調有所殊異外），有些大段的景物描寫可謂精彩紛呈。例如「京派作家」中的凌叔華她原是位畫家，其鄉土小說頗得風景畫之神韻，雖然她並不在外在視覺上注重風景畫描述，但其小說的「內心視覺」頗具元明山水畫之神韻。尤為值得稱道的是蕭乾小說的寫景更有詩一般的情韻，在他的小說《俘虜》中有這樣一段文字：

　　　　七月的黃昏。秋在孩子的心坎上點了一盞盞小螢燈，插上蝙蝠的翅膀，配上金鐘兒的音樂。蟬唱完了一天的歌，把靜黑的天空交託給避了一天暑的蝙蝠，游水似地，任它們在黑暗之流裏起伏地飄泳。螢火蟲點了那把鑽向夢境的火炬，不辭勞苦地拜訪各角落的孩子們。把他們逗得抬起了頭，拍起手，舞蹈起來。

　　凌叔華和蕭乾雖不是「京派小說」的中堅鄉土小說作家，但這種把散文和詩的寫法植入小說的做法，卻成為其共同特徵，寫景成為他們美學思想的外在顯露。最末一位「京派小說」作家，自詡為沈從文學生的汪曾祺在 20 世紀 80 年代仍堅持著小說這一做法：「散文詩和小說的分界處只有一道籬色，並無牆壁（阿左林和廢名的某些小說實際上是散文詩）。我一直以為短篇小說應該有一點散文詩的成分。」〔註46〕廢名和沈從文的鄉土小說的鮮明特徵就是將小說詩化及散文化，其中很重要的一個因素就是注重風景畫（景物描寫）的象徵性鋪陳。

　　京派鄉土小說還注意在風俗畫與風景畫的描繪中，採用象徵暗示的方法，使風俗畫與風景畫轉換為小說中深邃幽遠的意象。原型批評家弗萊把原

────────────────────

〔註46〕《汪曾祺全集（3）》，北京師範大學出版社 1998 年版，第 324 頁。

型定義爲「典型的即反覆出現的意象」，它「把一首詩同別的詩聯繫起來，從而有助於把我們的文學經驗統一成一個整體」〔註47〕。在廢名的鄉土小說中，「桃園」、「翠竹」、「橋」、「樹陰」，沈從文鄉土小說中的「菊花」、「橘園」、「水」、「碾房」，蘆焚的鄉土小說中的「果園城」、「古塔」等，既是風俗畫與風景畫，又是反覆出現的意象。這些意象都具有很強的象徵性，其象徵意味又是多重的。一方面，這些意象中的大多數與中國的文化傳統相連，在它們所負載的文化意義裏已經積澱了民族傳統的文化價值體系和對之進行接受的文化心理。譬如，「翠竹」這一意象早已衍生出多層文化含義，它既可以象徵一種清靜淡和的人生態度，又可以喻示傲世獨立的人格信仰，同時也預先規定了後來者讀解這一意象時的審美體驗和情感體驗；另一方面，京派小說作家在營構這些意象時，賦予了自己的精神取向與價值選擇。譬如，廢名《竹林的故事》就把「竹林」這一意象同三姑娘聯繫起來，以竹的品性象徵三姑娘純眞、善良的天性。而「樹陰」這個意象則是廢名對現實感到不滿和失意，由現實退入內心，禪思生命的精神孤旅的象徵。簡言之，京派鄉土小說中的風俗畫與風景畫，特別是那些反覆出現的風俗畫與風景畫，大都被建構爲有象徵意味的抒情性意象，在與傳統文化和作者自己的文化訴求建立關聯的同時，拉開了與現實生活的距離，創造了一個朦朧美的藝術世界。

　　廢名曾說：「對歷史上屈原、杜甫的傳統都是看不見了，我最後躲起來寫小說乃很像古代陶潛、李商隱寫詩。」〔註48〕把小說當詩來寫，差不多是京派小說家共同的藝術追求。中國的詩騷傳統，不僅使京派小說家都講求小說與詩歌的結合，注重對「情調」、「意境」、「象徵」方式的把握，而且也爲這種小說的詩性追求提供了資源。廢名小說中的茅舍、桃園、竹子、廟塔等幾種意象的設置，在陶潛、李商隱的詩文中，都可以尋找到源頭。蕭乾的籬下、矮簷意象，蘆焚的廢園、荒村意象，都可以在《詩經》、《楚辭》以及唐詩宋詞中尋覓到它們的蹤跡。在注意京派鄉土小說借用中國傳統詩文資源的同時，還應看到京派小說家對傳統的改造與創新。實際上，不少評論家都注意到，沈從文的《邊城》頗有唐詩的意境。1934年《太白》第1卷第7期對《邊城》即有如下評價：「文章能融化唐詩意境而得到可喜成功。其中鋪敘故事，

〔註47〕張隆溪：《20世紀西方文論述評》，生活・讀書・新知三聯書店1986年版，第62頁。
〔註48〕《馮文炳選集》，人民文學出版社1985年版，第393頁。

刻鏤人物，皆優美如詩，不愧爲精心結構之作，亦今年出版界一重要收穫也。」
融化唐詩意境就是改造與創新，這使京派鄉土小說在承續傳統的同時，又具
備鮮明的時代與地域特徵。在京派鄉土小說的文化源流中，顯然還有外來文
化資源，這裡就不一一置論了。如廢名所說：「在藝術上我吸收了外國文學的
一些長處，又變化了中國古典文學的詩……我從外國文學學會了寫小說，我
愛好美麗的祖國語言，這算是我的經驗。」〔註49〕其實，這也可看作是京派
鄉土小說作家的共同經驗。

　　金介甫曾言，沈從文和「京派」文人在現代文學中的悲劇性「命運」，也
許正是其「價值」之所在。他指出：「他們在創作中崇奉的道德是，作品要出
自個人心聲。它不爲『關係』所左右，而要成爲抒寫自我完善的工具」，他們
這是在「另走新路」，是通過「爲自由歌唱，將自己的夢想與挫折作爲『原料』
來建設新文學」〔註50〕。此論說當是精闢的。京派鄉土小說家寄希望於重振
民族理想和人性信仰，要求在文化和道德的層面上進行變革在當時中國社會
風雲激蕩、階級矛盾異常尖銳的時局下顯然是不合時宜的，也是行不通的。
京派鄉土小說家最高的精神指向就是充滿愛、美和自由的理想人生狀態，這
也有著明顯的偏頗和不足。前現代性的農業文明讓位於現代工業文明是人類
歷史發展的必然趨勢，人性的變異在某種程度上講，也許是難以完全避免的
一種現象，他們所嚮往的理想社會恰恰與人類社會進程的現代化、都市化相
悖，這就是京派小說的孤獨和悲劇所在。他們的文化理想與文學理想雖然注
定是寂寞的，但是，如果不是懷抱過份偏激的歷史進步意識論或激進的功利
論，就可以認識到，他們的努力不是沒有意義的。

第七節　「京派」和「海派」的舊貌與新顏

　　因沈從文與蘇汶等人的那場爭論而引發的「海派」「京派」的劃分，乃至
魯迅先生也參與了論戰，最終卻演變成對文學流派的定性和定位，實乃二十
世紀的一場陰差陽錯、因禍得福的文化現象。

　　其實，魯迅先生對於這場爭論的總結是最有獨到見解的，他從宏觀的角
度來評判這種地緣文化的劃界，其所指是十分明確的——文人作家的文化與

〔註49〕《馮文炳選集》，人民文學出版社1985年版，第395頁。
〔註50〕金介甫：《沈從文傳》，湖南文藝出版社1992年版，第77頁。

文學價值立場是與其所依存的文化生態環境有著密切聯繫的。這也許就是他所寫那兩篇著名雜文《「京派」與「海派」》和《「京派」和「海派」》的初衷。兩篇文章只有一字之差，卻有相同的文化寓意——對兩種文化流派的弊端做出深刻的批判。

「北京是明清的帝都，上海乃各國之租界，帝都多官，租界多商，所以文人之在京者近官，沒海者近商，近官者在使官得名，近商者在使商獲利，而自己也賴以糊口。要而言之，不過『京派』是官的幫閒，『海派』則是商的幫忙而已。但從官得食者其情狀隱，對外尚能傲然，從商得食者情狀顯，到處難以掩飾，於是忘其所以者，遂據以有清濁之分。而官之鄙商，固亦中國舊習，就更使『海派』在『京派』的眼中跌落了。」〔註51〕為什麼魯迅先生的這段話在兩篇文章中反覆出現呢？顯然，它是魯迅先生判斷這一文化現象的核心觀念所在，其答案是明確的——「幫閒」是「京派」文人謀事的特權；「幫忙」則是「海派」文人謀食的責任。這種「帝都」文化心態和「租界」文化心態貫穿於二十世紀，其中「租界」文化現象雖然在 1949 年至 80 時代末有所消遁，但是那種文化心態卻作為一種文化基因保存在「海派」文人的體內，直到二十世紀末的 90 年代才又重新登上歷史舞臺。

無疑，1949 年以後開始的知識分子自我思想清洗運動是耐人尋味的，有沒有資格成為一個正統的「京派文人」則是一個重要的政治文化檢驗，無論是從「解放區」進京的，還是從「國統區」進京的「僑寓作家」，都將在天子腳下效命看作是自己政治生命的開始，因此，能否進入核心層似乎成為大家的共同追求。所以郭沫若等「先進知識分子」才會對沈從文、蕭乾那樣的「反動墮落」舊文人的思想進行無情的清算和批判，與其說是知識分子內部的清洗，還不如說是「帝都」「京派」文人之間的爭寵行為，說到底就是那種傳統文人為爭奪正宗地位而不惜清除「異己」，從而相互傾軋的慣用下流行徑而已，說其卑劣，是因為他們原來均為同類，而非「異己」。

為什麼他們會忘記了五四新文化的傳統？為什麼啟蒙主義者會變成扼殺啟蒙的劊子手？這個問題其實是關乎到知識分子現代性價值觀的根本問題。其實魯迅先生早就給出了答案：「而北京學界，前此固亦有其光榮，這就是五四運動的策動。現在雖然還有歷史上的光輝，但當時的戰士，卻『功成，名

〔註51〕魯迅：《「京派」與「海派」》，《魯迅著譯編年全集》第 16 冊，人民出版社 2009 年版，第 37 頁。

遂，身退』者有之，『身穩』者有之，『身升』者更有之，好好的一場惡鬥，
幾乎令人有『若要官，殺人放火受招安』之感。」〔註52〕這分明不就是預判
了 1949 年以後「京派」文人的種種行徑和必然命運嗎？！這種「京派」文人
的陋習在 1949 年以後的歷次政治和文化運動中得到了鮮明的彰顯。

　　比起「帝都」文化來，「海派」文化在共和國的禮炮聲中就必然開始走向
邊緣，「海派文人」也就自然成為銷聲匿跡的「身隱者」了。然而，這種情形
發展到「文革」時期，卻又是演變成另外一番文化景象了，那就是「京派」
文人集團和「海派」文人集團南北遙相呼應，成為這段歷史上的一對「政治
文化雙星」。除了「王、關、戚」這樣的「京派」發言人之外，更為長期出名
的卻是北大和清華的寫作班子「梁效」了，他們成為真正掌握當時中國文化
和文學發言權的「京派」御用大腕。而上海的「石一歌」則成為「京派」的
附庸與應聲蟲，徹底消除了作為文化和文學流派意義的對抗性存在了，只剩
下赤裸裸的政治企圖。

　　當歷史的時針轉到 20 世紀 80 年代的時間節點上的時候，被擱置了幾十
年，一直處在邊緣化、附庸化了的「海派」文化又浮出歷史的地表，成為一
種足以與「京派」政治文化抗衡的消費文化力量，這種力量積聚到 90 年代，
在「二次改革」的浪潮中，就爆發出了巨大的能量。「海派」文學在這樣的文
化語境下，才能造就出像《上海寶貝》那樣消費文化的身體寫作樣本，時尚
的消費文化心理成為中國文化和文學的流行色，「海派」文化與文學才真正恢
復了它在資本文化中的合法權力和位置，「海派」文人才成為 20 世紀末消費
文化宴席上的貴賓。

　　然而，當 21 世紀來臨之時，「京派」與「海派」卻又發生了極其微妙的
變化。因為「帝都」的「京派文人」也聞到了商業文化的銅臭給自身帶來的
巨大經濟利益；而「海派文人」也同樣嗅到了政治文化為其消費文化帶來的
成倍的利益回報。

　　「京派文人」已然脫去了舊日專門事主於政治的長衫，也不停地在消費
文化的泥淖中打滾，甚而就直接以一個所謂的「大眾文化」代言人的角色進
入現代媒體，既言官，又言商，成為「京派文人」重新披掛上陣的創新形象。
如果說 20 世紀的「京派文人」還在自己的專業上有所建樹的話，那麼，進入

〔註52〕魯迅：《「京派」與「海派」》，《魯迅著譯編年全集》第 16 冊，人民出版社 2009
　　　　年版，第 38 頁。

新世紀以後，其專業水平急劇下降，而混跡遊走於「官」與「商」之間的情商卻是出奇的優秀。因為「商」的誘惑太迷人了，以致他們沒有時間靜下心來坐冷板凳，在學術上有所造詣和建樹。用魯迅先生的話來說，就是「北京的報紙上，油嘴滑舌，吞吞吐吐，顧影自憐的文字不是比六七年前多了嗎？這倘和北方固有的『貧嘴』一結婚，產生出來的一定是一種不祥的新劣種！」〔註53〕如此神機妙算的畫像，不知會給如今的「京派文人」有所警醒否？！

同樣，那些復活了「商氣」的「海派文人」們在消費文化的語境之中，當是如魚得水、遊刃有餘了，可是，他們知道僅僅依靠這些，只能得到小利，如今社會若想成就大業，不依附於「官」的護祐，是難以成大器的。所以，「海派文人」也開始「近官」，甚至不惜以極左的面目出現，從「幫忙」到「幫閒」，他們也極盡「京派文人」之能事，甚至有過之而無不及，因為獻媚之手腕，「京派文人」是遠不及「海派文人」的，他們太知道自己的利益所在了。

魯迅說：「言歸正傳，我要說的是直到現在，由事實證明，我才明白了去年京派的奚落海派，原來根柢上並不是奚落，倒是路遠迢迢的送來的秋波。」「京海兩派中的一路，做成一碗了。」這儼然是對兩派文人的之所以合流的本質特徵——政治與商業的媾和做出的文化批判。「合流」其實就是消弭了文化在地域和空間的距離，使得文化的負效應朝著一個「大一統」的方向下滑。倘若對其不保持警惕，我們的文化就會連界限都沒有了。

〔註53〕魯迅：《北人與南人》，《魯迅著譯編年全集》第 16 冊，人民出版社 2009 年版，第 39 頁。

第五章　民國大家

　　民國文學史上大家眾多，群星璀璨。正是他們和他們的作品、理論共同構成了輝煌的民國文學史。有關他們的研究雖已很多，但偉大的作家是說不盡的，值得再次討論和重新發掘，以校正偏見，發掘新識。

第一節　魯迅

　　放眼 20 世紀和新世紀以來的這十數年，大約研究魯迅的文字早已超過他本人著作的百倍，然而至今，魯迅似仍是一道無解的難題。他的理性與悲劇、「兩間餘一卒，荷戟獨徬徨」的悲劇意識，以及他在理論和創作兩方面對中國鄉土小說的貢獻，都值得一說再說。

一、理性與悲劇的背反

　　作為思想家和文學家的魯迅，那種不被常人所理解的偉大「孤獨」造就了這位藝術家的精神悲愴。悲劇，在魯迅的小說創作中變成了一種難以接受的形式：反諷結構的運用對於五四讀者來說確是一層霧障。《狂人日記》雖帶有象徵主義的色彩，卻表現出作者那顆大悲大憫和憤懣呼號人性力量和人道精神，先生活畫出的是中國人的靈魂悲劇。如果說《傷逝》尚帶有濃鬱的抒情、悲劇色彩，尚可清晰地看到作者那副並沒帶上「人格面具」的面部表情的話，那麼，像《阿 Q 正傳》這樣的作品卻很容易被作者的「人格面具」所迷惑。一切非邏輯、反邏輯的人物設計，使得整個小說情調變得滑稽可笑，然而正是在這種幾近於「鬧劇」的描寫之中，魯迅將他那博大的人道主義情

懷，將他那「將人生的有價值的未西毀滅給人看」的悲劇精神深深地印刻在字縫之中。作者將自身的審美價值判斷作了隱匿的處理，癲狂的背後蘊藏著對那種死寂的吶喊與控訴，大「佯謬」之下冷峻地闡釋出理性的哲理。當我們細讀這些作品時，可能體味到的悲劇因素並不是「同情和憐憫」所能昇華到的審美高度，而是尼采所張揚的那種猖狂的「酒神」的悲劇精神，魯迅是以阿Ｑ為精神毀滅載體，表現出狂飈式的野性被困頓，以及想打破這個傳統的理性規範而又被它所吞噬的悲劇過程。作者的主體意識中裸露的是對舊秩序的破壞欲望而達不到時的宣泄憤懣。這種悲劇情緒正是魯迅理性世界最為閃光的那一部分。

然而，在魯迅的整個理性世界中還有一部分非常難以被人察覺的悲劇情感，它和魯迅先生的理性主體是格格不入、呈游離和背反狀態的。《故鄉》雖然帶著一種普泛的人道主義精神去試圖撫慰下層勞動人民的不幸，但那種深深的懷舊情感所營造的悲劇氛圍，表現出作者一種與自身理性世界遙遙相對的意緒——在閏土的形象上再造一個藍天白雲下少年的田園詩境，摧毀那楊二嫂醜陋的意象。正表現出作者對傳統理性秩序「重義輕利」、「重農輕商」的眷戀之情。歷史的進步恰恰證明一種新的秩序的建設是建立在對文化和文明的背叛和褻瀆之上的，醜和惡往往是社會進步的槓桿。這又恰恰是「五四』』先驅們要釋放人的「野性」的根由。說實話，魯迅先生的《社戲》寫得很美，作者試圖從中尋覓到一方「田園牧歌」式的心靈淨土，但這與先生那強烈的酒神悲劇精神形成了審美上的極大反差，如果不僅僅從藝術上來作比較，這種浪漫的詩意描寫卻看出了一個作家情感世界的人格分裂，與酒神悲劇精神的剝離。

大凡任何一個偉大的智者都不免要經受理性和情感的雙重誘惑的，否則，他不是成為一架思維機器，就是成為一個渲泄的狂人。我常常作一種近乎天眞的假設，倘使魯迅先生一直從事小說創作，他會不會成為中國泰斗式的小說巨子呢（我竊以為魯迅可稱為思想巨子，但不是小說巨子）？答案顯然是無解的。但從他的文學體裁的轉型來看，我以為先生創作心理的改變顯然是和他以為用「匕首和投槍」更能直接表現理性思維快感分不開的。因此，在兩種不同的思想表述形式中，魯迅最終選擇了直接表述的雜文來向舊世界營壘進攻的情感渲泄形式。我們讀魯迅的小說，可以清晰地看到魯迅先生時時想以「曲筆」，來構築一個「形下」情感世界時的猶豫，那種噴發的狂飈式的理性精神似乎通過形象的塑造而不能得以淋漓盡致的揮發，藝術能量的釋

放在「再現」和「表現」的擠壓下似乎變成了一種氣態現象，而作者需要表現的那種博大的「形上」哲理往往被形象所消解和弱化。那種強烈的孤獨使魯迅在「吶喊」之後只有陷於「徬徨」的苦悶之中。剔除外部世界（鐵屋子）的壓抑所造成的作家主體的精神悲愴以外，那種形象思維背後的理性精神被世人所曲解和誤讀的痛苦，那種渲泄快感被阻隔的抑鬱，那種來自對「再現」或「表現」藝術的一種本能的審美疲倦和排拒，是他直接轉向對痛快淋漓的理性表達形式的主要動因。這就完成了文學家的魯迅向思想家的魯迅的質的轉換過程。如果將魯迅先生幾百萬字的雜文都化作一種形象思維的表述，以小說的面目出現。那麼中國現代文學史上會不會出現驚人的奇觀呢？也許這樣的精神悲愴的表述會給中國文學帶來更大的輝煌，也許文學史上的軌跡可能改弦易轍，也許中國的悲劇審美觀的演變可能進入另一種境界。但如此下去，中國又似乎少了一個思想的巨子。

即便魯迅後期已經成為一個偉大的思想家，他仍然沒能擺脫孤獨的困撓，同樣也不能擺脫理性思維的悲劇，如果魯迅一直是用小說，散文這樣的藝術形象來表述自己的理性思維，大概是沒有人會把他的性格歸結於「情感上的病態」，「寧願孤獨，而不喜歡『群』」，有著一個「荒涼而枯燥的靈魂」（見李長之 1935 年著《魯迅批判》）的。然而，一旦拋棄了間接的藝術表現，進入了理性的直射階段，那種矛盾著的複雜內心世界脫去了「形象的外衣」，赤裸裸的暴露在人前時，就很容易遭到來自各方面的文化詰難。儘管這種自我解剖所暴露出的文化弱點並不影響魯迅成為文化偉人，但它的悲劇就在於：先生在把「苦悶的象徵」變成直接性理論敘述時，剝掉了那層藝術的幕紗，這不僅缺少了相應的審美距離，而且往往以一種偏激的情緒來獲得一種震聾發聵的理論反彈效應（當然，這在那個死寂的時代不失為一種好的方式），作為「灰色的」理論，它永遠不敵「常青的」形象生命力之長久，即便是再偉大的理論，它更接受漫長的歷史所考驗，終究會有不盡如人意的缺陷顯露，而好的藝術作品（諸如《阿 Q 正傳》這樣的傑作）卻往往以它的多解而隨著時代的更替而變幻，它的文化內涵是可以無限擴張的，阿 Q 之所以像「說不盡的莎士比亞」那樣永具魅力，恐怕是魯迅先生本身生前所未能預卜的。我想，由於魯迅本身所形成的文化品格，以及他豐富的內心世界不被世人所理解的諸多因素，使得這位文化偉人永遠處在一個自我封閉的精神苦悶世界裏，亦正因為這種孤獨的文化心境造就了一個天才式的思想家，而我們更奢

望這種孤獨的文化心境造就一個天才式的站在世紀巔峰上的文學巨匠。這難道僅僅是先生選擇體裁時所引起的一場歷史性的轉折嗎？

魯迅具備了一個天才藝術家的悲劇意識，面對著這個黑洞式的世界，他的全部靈感如果化爲審美的能量，將會產生本世紀無與倫比的巨著。正如一位當代美學家所意識到的：「魯迅對世界的荒謬、怪誕、陰冷感，對死和生的感受是那樣的銳敏和深刻，不僅使魯迅在創作和欣賞的文藝特色和審美興味（例如對繪畫）上，有著明顯的現代特徵，既不同於郭沫若那種浮泛叫喊自我擴張的浪漫主義，也不同於茅盾那種刻意描繪卻同樣浮淺的寫實主義，而且也使魯迅終其一生的孤獨和悲涼具有形而上學的哲理意味。……但正因爲有這種深刻的形上人生感受，使魯迅的愛愛憎憎，使魯迅的現實戰鬥便具有格外的深沉力量。」〔註1〕李澤厚對魯迅的悲劇意識以及這種悲劇意識疊化成藝術作品時超越他人超越時代的美學描述是十分準確的。然而，如果這種「形上的人生感受」一旦用直陳式的理性表述時，它就顯得較爲蒼白無力，儘管他有時能夠成爲箴言式的語錄。如果這種「形上的人生感受」一旦用藝術的間接表述方式加以實現，它就變成了一幅永不褪色的圖畫，一尊永放光輝的不朽雕塑。

二、魯迅的鄉土小說

其實，在探究魯迅思想時，如果離開了他對鄉土中國的本質認識，就不能更好地解讀他的小說；而如果不把他的小說首先作爲鄉土小說來讀解，我們就不能理解魯迅對鄉土中國的深切認識。魯迅鄉土小說的意義是多重的，僅就中國現代鄉土小說史而言，魯迅開創的現代鄉土小說模式，是五四鄉土小說及其後的重要鄉土小說作家和流派的被模仿式；魯迅開掘的現代鄉土小說母題是可不斷播撒拓展但難以超越的母題。

魯迅之所以用「鄉土」作爲「載體」，從本質上來說，正是一個現代智識者充滿著矛盾的思想與情感在特定文學形態上的反映。魯迅既是接受了西方文化薰陶的五四先驅者，同時又是與中國農民有著深厚血緣關係的「地之子」，在直面鄉土中國時，他的現代理性精神與關涉傳統的文化感情始終處在難以彌合的緊張之中。一方面，那種改造農業社會國民劣根性的使命感迫使他從一個更高的哲學文化層次上來審視他筆下的芸芸眾生，用冷峻尖刻的解剖刀去殺戮

〔註1〕李澤厚：《中國現代思想史論》，天津社會科學出版社2003年版，第111頁。

那一個個腐朽的魂靈，從而剝開封建文化那層迷人的面紗；另一方面，那種哀憐同情農民的大慈大悲的儒者之心又以一種傳統的情感方式隱隱表現在他的鄉土小說之中，其「深刻的眷戀」在表現出普世性的人道主義精神時，又制約著對封建王權和奴性教育的統治思想更有力的批判。魯迅對封建文化思想最猛烈的批判，根植於中西文化對照下的價值取向；對被損害者（亦即魯迅「童年記憶」中的「鄉土人」）傾注的懷舊式的同情，則是中國知識分子憂患意識的根由所在，也與中國農業文化有著不可分割的暗通關係。在魯迅的鄉土小說中，這兩種不同的價值取向，雖然有時能夠成為有機的整體（也就是人們所一直強調的「哀其不幸，怒其不爭」之主題內涵），但更多的是兩者衝突下形成的悖論。這使魯迅的鄉土小說呈現為兩種形態：其一是以《阿Q正傳》為代表的雖然不完全排斥情感內容但更具有積極主動批判意識的充滿著理性之光的形上之作；其二是以《故鄉》、《祝福》為代表的雖然不缺乏理性的燭光但更顯消極被動批判意識的充滿著情感形式的形下之作。

　　魯迅是站在五四啟蒙知識分子的立場來書寫鄉土的，其全部鄉土小說都滲透著對「鄉土人」那種無法適應現代社會與文化變革的精神狀態的真誠而強烈的痛心和批判態度。他筆下的「鄉土人」，雖然大都出自「魯鎮」、「未莊」等鄉野村鎮，但其精神特徵的普遍性是不容置疑的。而其普遍性的獲得，根源於魯迅獨有的文化氣質與思想視域。李長之認為：「魯迅不宜於寫都市生活，他那性格上的堅韌，固執，多疑，文筆的凝練，老辣，簡峭，都似乎更宜於寫農村。寫農村，恰恰發揮了他那常覺得受奚落的哀感、寂寞和荒涼，不特會感染了他自己，也感染了所有的讀者。同時他自己的倔強、高傲，在愚蠢、卑怯的農民性之對照中，也無疑給人們以興奮與鼓舞。」〔註2〕李長之強調魯迅的個性氣質與其鄉土小說創作之間的適宜性，並特別指出魯迅與其筆下的「鄉土人」在文化性格上的級差與悖反所帶來的審美衝擊力。李長之將魯迅置於「農民」之上，使其居於「俯視」的位置。與之不同，周立波突出魯迅的啟蒙批判立場，他說：「魯迅是直覺地感到了，半殖民地國家的國民性，帶著濃厚的農民色彩，要雕塑我們民族的典型，農民氣質，是他不可分離的部分。」〔註3〕不論是李長之還是周立波，他們各自都看到了魯迅極為重

〔註2〕李長之：《魯迅批判》，上海北新書局，1936年版，第118頁。
〔註3〕周立波：《談阿Q》，《周立波文集》第5卷，上海文藝出版社1985年版，第277～278頁。

要的一面。正是切近魯迅自身文化氣質的啓蒙訴求，使他的文化批判閃爍出具有穿透力的理性光芒。《阿Q正傳》能夠成為千古絕唱，正是魯迅理性之光閃射得最清晰之時。他站在人類學的高度，冷峻地剖析一個中國人生命衝突的政治、社會、經濟、文化等的根源，從而從哲學的意義上來對整個民族的文化心理積澱做出全方位的價值判斷。那種尖刻犀利的反諷，撕開了中國民族文化心理結構的最深層的幕紗，成為窺探幾千年中國人心理的窗口。它不僅是魯迅的具有積極主動批判意識的充滿著理性之光的形上之作的代表作，而且也是本世紀最有思想深度的小說。

　　以《故鄉》、《祝福》等為代表的鄉土小說，雖然也有魯迅無處不在的理性之光的燭照，但它們更其突出的是在一定程度上沖淡了批判意識的複雜的文化情感。像《故鄉》這樣的鄉土小說，雖是具有典型意義的鄉土小說，它更多地是流露出對閏土式農民自上而下的人道主義同情，它是在兩個人物——閏土和楊二嫂的對比下（即農和商的比照下）完成對「地之子」哀憐的母題的。顯然，那種傳統的「重義輕利」的農業社會觀念是制約知識分子審視社會的障礙，對「豆腐西施」楊二嫂的鄙視恰恰表現了作者對土地（這個「土地」是一個大的哲學文化範疇）的深刻眷戀。因此，與《阿Q正傳》相比，《故鄉》留下的僅僅是知識分子共有的人道主義精神的燭照，它的普泛意義並沒有超越古典文人的「意境」追求。《祝福》也是在這一視域下描寫人物的，它通過祥林嫂的一生遭際來完成對社會的抨擊，但它的主題視閾仍未脫離那種自上而下的人道主義精神眼光。當然，這並非是說，這些作品就沒有對封建文化進行猛烈的攻擊，尤其是《祝福》，它是間接地對封建文化的四大繩索提出了更深的思考，但是比起《阿Q正傳》來，這些作品則不能進行劃時代的超越，直接進入更高層次的文化批判。《社戲》同樣流露出深深的「鄉戀」情感和懷鄉意識，雖然這種美好的情感已被現實生活的黑暗所粉碎，但是，從中可以看到作家試圖在自己心靈中所留下的那塊情感的「淨土」，那種沒有等級的社會秩序，那種純樸平和溫馨的人際關係幾近成為魯迅的「童話世界」，這種美化帶有充分的童貞浪漫色彩，雖為理想，但多少體現出魯迅在「鄉戀」之情中所表現出的對傳統文化的不由自主的留連。然而，正是由於情感與理性衝突所造成的悖論，使《故鄉》、《社戲》一類的小說未能達到《阿Q正傳》的思想力度，其批判鋒芒之削弱是顯而易見的。後來的鄉土小說作家之所以不能與魯迅同日而語，也正是因為他們在思想上只能囿於《故鄉》、《祝福》

式的內涵表現，而達不到《阿 Q 正傳》那樣的思想力度。然而，決不能簡單貶抑這種情感。如此複雜的文化情感，顯然不止是魯迅一個人的，而是他那一代人所共有的。新文學的先驅者們所舉起的反封建大旗是指導新文學運動奮勇向前的一個目標和宗旨，它無疑拉開了中國新文化的序幕，開創了新的紀元，但倘若看不到這種每個中國知識分子，乃至於每個中國人所存在著的隱性文化情感，也就不能對新文化和新文學運動有個清醒的認識，如果每個人都能在兩種文化情感的包圍中掙脫出來，遴選出最優的文化情感規範，中國的新文化運動不是一蹴而就了嗎？

　　上述魯迅鄉土小說的兩種形態，是從其理性精神與文化情感的偏向性而言的。當理性大於情感時，作者所呈現出的是那種對王權意識統治下的國民劣根性與農民式的奴性的毫不留情的積極抨擊與尖刻嘲諷；然而當情感大於理性之時，那種「地之子」的鄉愁以人道主義的情感方式悄悄沖淡了批判的鋒芒而趨向於消極的悲憫。「療救」的「吶喊」往往從激越慷慨的情調而滑向低回纏綿的哀婉音符。這就是說，不論哪一種形態，理性精神與文化情感都同時存在，它們在魯迅意識結構中的碰撞與整合，使得魯迅的鄉土敘事鮮明地呈現出雙聲對話結構，即一種聲音言說的是啓蒙話語，另一種聲音言說的是個人話語。這種雙聲對話結構存在於魯迅的所有鄉土小說中。顯然，這種雙聲對話結構是就小說中的知識分子主人公和隱含作者的意識結構而言的，因而還不是魯迅鄉土小說內在精神結構的整體。全面考察魯迅鄉土小說的內在精神結構，尤其不能忽略「鄉土人」的存在。魯迅曾言，他從事文學活動的主旨就是要揭示「上流社會的墮落和下層社會的不幸」〔註 4〕。但是，實際上魯迅鄉土小說的藝術世界本身卻顯示出了比這種理性表述複雜得多的內涵。在魯迅鄉土小說的文本內部，敘述者和隱含作者與「墮落的上流社會」和「不幸的下層社會」形成了極爲複雜的現實社會關係和精神情感關係。作爲現代知識分子的敘述者和隱含作者，就其與「上流社會」的關係而言，既側身於其中，同時又是其叛逆者和批判者；就其與「下層社會」的關係而言，始終處在既趨近又逃避，既「哀其不幸」又「怒其不爭」的尷尬狀態。而處於社會下層的「鄉土人」，他們也有自己合理的生活欲求，有自己的精神需要，有自己的心理現實和生存現實，他們既有的知識系統和價值系統，使他們很難接納知識分子主人公和隱含作者所信奉

〔註 4〕魯迅：《英譯本〈短篇小說選集〉自序》，《魯迅全集》第 7 卷，人民文學出版社 1981 年版，第 389 頁。

和追求的那一套從西方「盜火」來的知識體系和價值體系。在後者感到前者「愚昧」、「麻木」、「冷漠」、「不覺悟」的同時，前者也感到後者對自己的眞正需要的「無知」、「冷淡」、「隔膜」乃至「逃避」。因此，魯迅鄉土小說中的「鄉土人」，就如巴赫金論陀思妥耶夫斯基小說中的主人公那樣，獲得了自己獨立的地位，擁有他們具有作爲一個人所應該擁有的種種相對獨立的感受、情感、心理及思維活動。雖然更多地處在沉默之中，但他們對現代智識者的反觀，也在一定程度上形成了對現代智識者及其所認同的現代社會文化變革的內在蘊涵的批判。巴赫金在論述陀思妥耶夫斯基的創作時說：「作者的觀點、思想，在作品中不應該承擔全面闡發所描繪世界的功能，它應該化爲一個人的形象進入作品，作爲眾多其他意向中的一個意向，眾多他人議論中的一種議論。」〔註 5〕在魯迅的鄉土敘事中，作爲現代智識者的隱含作者，其思想、觀點對於獲得了獨立地位的「鄉土人」來說，就是一種「聽不懂」的異質的「他人議論」，雙方因此處在「自說自話」的「複調」狀態之中。處於社會下層的「鄉土人」雖然與「上流社會」之間存在著不可抹煞的階級衝突，但並不構成魯迅鄉土敘事的主導面，架構起敘事空間的是啓蒙者與被啓蒙者之間的緊張與衝突。這正是魯迅作爲一個以文化批判與思想革命爲己任的現代知識分子型作家所必然要做出的敘事選擇。

「雙聲對話」透露的是自身的理性精神與文化情感之間的分裂與衝突，「複調」則已凸現出作爲現代智識者的敘述者與隱含作者僅是「餘」在上下社會階層「兩間」的「一卒」的尷尬的文化困境。這是現代智識者對自身文化處境的痛苦發現。而這種發現又加深了對中國長期的封建制度對人的精神世界的統治而造成的歷史文化積澱的認識。當他清晰而透徹地審視這滿目瘡痍的古老精神文化世界時，無疑是帶著萬分的驚異和悲哀蒼涼的情感來咀嚼人生的痛苦的。正因爲魯迅更深切的體味了封建文化精神對人的戕害——這種戕害足以造成中國民族文化心理的自戕力和自虐性，所以他的小說，尤其是鄉土小說更具有一種強烈的悲劇意識。然而，這種悲劇意識並不囿於古典的悲劇精神特徵，它更具一種現代悲劇精神特徵。

魯迅的鄉土小說是以內容的深廣而聞名於世的，就其悲劇形態特徵來說，受尼采的悲劇影響甚大，而且也很難以一種固定的悲劇模式來概括之。

〔註 5〕巴赫金：《陀思妥耶夫斯基詩學問題》，白春仁、顧亞鈴譯，三聯書店 1988 年版，第 147 頁。

或許像《狂人日記》這樣的象徵主義色彩很濃的作品，更多的是以狂放的酒神精神和佯謬的寫作方法來宣泄作者胸中對封建禮教戕害人性、扼殺情感的憂憤之情。在幾千年淤積的濃重封建霧靄下，魯迅作為一名反封建的戰士和先驅者，他要盡情地宣泄胸中鬱積的塊壘，一種猖狂的活潑之心激勵著他勇猛地掀開那黑暗的鐵屋子，放縱的情緒像決堤的洪水洶湧澎湃；而作者又不得不顧及到在這黑沉沉的大地上，作為一個清醒者的吶喊卻不會被更多的蒙昧者所接受，鑒於封建氛圍的壓迫之甚，他又不得不採用將主人公打扮成病態的「狂人」，以「佯謬」的非邏輯方式來闡釋深刻的主題和宣泄憂憤的情感。

不同的主題表現在魯迅的筆下呈現出不同的悲劇觀，這種現象並不奇怪。《故鄉》和《社戲》是兩篇不同悲劇內涵的作品，前者表現出的是更接近叔本華的悲觀主義的情緒，兵匪官紳的多重壓迫，層層的盤剝非但使閏土式的農民沒有痛不欲生的感受，而是使他們更加蒙昧麻木，作為人的墮落，精神的毀滅，其存在的意義又何在呢？魯迅欲哭無聲，欲罷不能，又找不到可以解脫的人生之路，高聲吶喊也無濟於事，《故鄉》的色調因此是陰晦的，格調也因此是低沉的。在尋覓三十年前那英俊少年的面影而不得時，魯迅那種「已經隔了一層可悲的厚壁障」的悲觀情緒攫取了一顆尋找夢幻世界的心。倘使僅僅局限於反封建和階級對立的主題發掘，而忽視了魯迅那顆徹底悲哀的大心，那已涼透的心境，則是很難體味到這篇作品更深的藝術情感的。《祝福》、《離婚》等作品都是作者「苦悶的象徵」，倘若硬以酒神精神和日神精神去分析這類作品，則是很牽強的。顯露在這類作品中的更多的是悲觀主義色彩，在這樣的作品中，才能真正體會到一位偉大先覺者的孤獨感，真正理解「兩間餘一卒，荷戟獨徬徨」的空寂、陰冷、孤獨、悲涼、憂憤和比死亡還要恐懼比恐懼還要動人心魄的悲劇情緒。相反，像《社戲》這樣的作品則是一幅充滿著日神精神的美麗圖景，一切美麗和諧，平靜而充滿著溫馨的畫面，以及人類的真善美情感的顯現，充分地表現出作者試圖擺脫現世痛苦的悲劇心理，這種僅存於魯迅作品中的藝術描寫的逆反現象，正是魯迅對於另一種悲劇心理經驗的嘗試。正如尼采在《悲劇的誕生》中所言：「他主張面對夢幻世界而獲得心靈恬靜的精神狀態，這夢幻世界乃是專為擺脫變化不定的生存設計出來的美麗形象的世界」〔註6〕。這種「淨化」的處理是拋棄了原始的藝術處理，它一方面意味著作者的思想呈起

〔註6〕尼采：《悲劇的誕生》，轉引自朱光潛《悲劇心理學》，人民文學出版社 1983年版，第 145 頁。

伏狀態；另一方面又顯示出作者悲劇美學觀念的變幻。

　　毫無疑問，在魯迅鄉土小說乃至所有魯迅作品中，最能打動人的作品還是魯迅糅合了兩種悲劇精神的《阿Ｑ正傳》這部傳世之作。魯迅賦予阿Ｑ這一形象的悲劇內涵完全是以喜劇的形式出現的，這就使小說具有「佯謬」、「反諷」、「調侃」的意味。一方面，阿Ｑ的那種流氓無產者的狂放性格，那種具有原始傾向的性欲需求和弱肉強食的生存競爭本能，被封建秩序的格局所壓抑；另一方面，他又以一個病態的形象出現，時時超越封建秩序的約束而做出出格的事情來，這就構成了人物的雙重悲劇因素。然而，從作者的悲劇視角來看，一方面，作者試圖創造一幅「人類的虛妄、命運的機詐，甚至全部的人間喜劇，都像五光十色的迷人的圖畫」，通過人物表象世界的虛擬性創造，來達到擺脫現實生存變幻的痛苦。這種典型的日神精神支配著人物，也支配著作者走向悲劇藝術的昇華。但不能忽略的是，作者在作品描寫的表象背後又時時地隱伏著一種無可名狀的酒神精神，使其有一種形而上深度的悲劇情緒。悲劇是把有價值的東西撕毀給人看，這作為一個審美判斷，魯迅所賦予的內涵與尼采的相同之處，就在於「肯定生命，連同它必然包含的痛苦和毀滅，與痛苦相嬉戲，從人生的悲劇性中獲得審美快感，這就是尼采由悲劇藝術引申出來的悲劇世界觀，也正是酒神精神的要義。」〔註7〕魯迅在創造阿Ｑ這個不朽藝術形象時正是採用了與痛苦相嬉戲的酒神精神。魯迅把這個有價值的生命痛心地粉飾成一個無價值的個體形象，本身就蘊含著巨大的悲劇性；而全篇附了阿Ｑ之身的「佯謬」、「調侃」筆調，正是藝術家「整個情豎系統激動亢奮」和「情緒的總激發」及「情緒的總釋放」〔註8〕的酒神狀態。作者試圖用一種難以言喻、難以名狀的痛苦和毀滅的情緒來闡釋一種對人進行否定之否定的生命哲學批判。魯迅的悲劇觀一直是建立在對人與生命的肯定基礎上的，他往往是通過否定的形式，在對人的劣根性進行揚棄的過程中來肯定人和生命之本體的。這種矛盾心理就決定了他在雕塑自己悲劇藝術形豁時採用了那種「曲筆」，「曲筆」構成了小說酒煞與日神精神的交融滲合。一種病態、變態的放縱意識和另一種清醒的擺脫現世痛苦的悲劇意識融合在這部小說中，成為作家主體和人物主體的有機和諧，這不能不說是小說藝術

〔註7〕周國平：《〈悲劇的誕生〉譯序》，〔德〕尼采《悲劇的誕生》，廣西師範大學出版社2001年版，第2頁。
〔註8〕尼采：《偶像的黃昏》，周國平譯，光明日報出版社1996年9月版，第61頁。

顯示的難點，正是在這一點上，《阿Q正傳》才更有其不同凡響的藝術造詣，才獲得普遍的無愧於「世界文學藝術」稱號的悲劇審美內容。

在魯迅鄉土小說的悲劇精神中，可以體會到一個懷著強烈的人道主義胸懷的哲人對於現世痛苦和「安命精神」的民族劣根心理的揭露和批判；同時亦可看到魯迅那種具有「超人」的悲劇精神──在咀嚼痛苦回味痛苦中把握生命把握民族把握人類的強力意志；它執著於人生，更具有酒神不迴避人生痛苦的形而上的悲劇精神。站在「世界原始藝術家」的角度來反觀人類的痛苦與毀滅，魯迅的鄉土小說呈現了「現實的苦難就化作了審美的快樂，人生的悲劇就化作了世界的喜劇。」〔註9〕這種二度循環所達到的悲劇境界是對人生的最高肯定。

魯迅具有濃鬱悲劇精神的鄉土小說寄寓了上述深邃的智慧和思想，其強烈的主體意識統攝籠罩著筆下的芸芸眾生，使其在鳥瞰這個世界時能夠高人一籌。魯迅之所以能夠成為大家，就在於他突破了一般作家所採用的與平民之間的等距離視角（也就是「平視視角」），而選擇「超人」式的「俯視視角」。日本學者伊藤虎丸在描述魯迅小說時說：「我們似乎可以看到形成了『精神界之戰士』（超人）的『心聲』直達『樸素之民』這樣一幅構圖。這個『二極結構』，在此後的魯迅作為小說家的活動的全過程中也得到確認。現在審視一下他的全部作品，以此觀點對照他所塑造的人物形象，我們仍可感覺到，作為一個現實主義小說作家，他的關心還是朝向同一個『兩極』」〔註10〕。毫無疑問，魯迅的小說是將改造民族文化心理結構的強大主觀意念（主體意識）融化在一種古老、凝滯、僵化、悲涼的習俗和愚鈍麻木靈魂的客觀再現之中，使之形成一種強烈的「文化反差」，這種看似冷峻，實則熾熱的內外反差情感，鑄就了現實主義小說的一種風範，它所包容的主客觀兩極，須得作者一方面具有強烈的主體意識，一方面又得在具體的創作中盡力隱匿情感的外露。魯迅的《祝福》、《孔乙己》、《故鄉》、《阿Q正傳》、《藥》等傳世之作，就是用「曲筆」來抒發自己那個高屋建瓴的哲學總命題的。

值得注意的是，作為倡導寫實主義文學的主將魯迅，在其自身創作中卻往往沒有採用純客觀的寫實主義創作方法，而是汲取和雜糅了多種藝術表現

〔註9〕周國平：《〈悲劇的誕生〉譯序》，〔德〕尼采《悲劇的誕生》，廣西師範大學出版社2001年版，第5頁。
〔註10〕伊藤虎丸，《魯迅早期的尼采觀和明治文學》，《文學評論》1990年第1期。

方法。這就使得僅用現實主義創作方法的批評框架去範圍魯迅小說創作時，難免顯得尷尬和窘迫，牽強和穿鑿。魯迅的《狂人日記》絕非是現實主義的產品，他也並沒想到要以現實主義的創作方法來構架小說，而是雜以時髦的現代派創作手法，使之在對新流派的模仿中呈現出小說的象徵主義、印象主義和神秘主義的韻味。或許當時無論對現代主義還是現實主義來說，中國的新小說家們是無所謂新和舊的，因爲批判現實主義對他們來說，同樣也是新鮮的。因此，魯迅的第一篇鄉土小說《狂人日記》充滿了現代派超越時空的創作手法，但它十分完滿精確地表述了作家所要進行的「吶喊」——詛咒封建社會的吃人本質，要求轟毀「鐵屋子」的憤懣。然而，這就使得後來的許多形而上學的文學史批評家們十分難堪，他們竭力把《狂人日記》描述解釋成現實主義創作方法的範本，從而達到把魯迅作爲現實主義旗幟之目的。殊不知，這不僅僅是對文學史的褻瀆，同時也是對魯迅小說藝術多元性的抹煞。在《狂人日記》之後的《孔乙己》、《藥》、《兄弟》、《明天》、《一件小事》、《風波》、《故鄉》等作品中，雖然描寫的筆法近乎於寫實，但可以明顯看出，這些小說淡化情節、淡化背景，突出和強化的是一種強烈的印象和意念。《阿Q正傳》是中國現實主義小說的奠基之作，至今能夠超越這部小說的尚不多見。然而，在反覆品味這部小說之後，也很難用寫實主義的客觀描摹來解釋作品。阿Q是一種民族精神的提煉，這絕非是能用單一寫實的方式方法即可抵達的，從中足可以看到那種誇張變形小說意念的透視，甚至那種荒誕意念和夢幻構織的民族病態的畸形的陰暗心理完全溢出了作爲一個農民阿Q的性格內涵，小說的複義性多義性模糊性造成的閱讀障礙和多解，致使它至今還有強大的生命力。這充分證明了魯迅成爲小說宗師所採取的兼容風度。很難想像，一個恪守一種創作方法的作家能夠成爲一流的文學大家，魯迅創作至少在形式上超越了既定的規範，才使其內涵更深廣遼遠。

這種多樣性的藝術探求，即使是在小說的敘事視角的選擇和運用上也有所呈現。一般來說，魯迅的鄉土小說多採用現在和過去時態並存的視角，只有《社戲》是「童年視角」的再現。《故鄉》、《祝福》等則是在不斷的「閃回」鏡頭中展現人的變遷，這種交錯時態似乎給現代「還鄉」小說開闢了一個敘述方式（也是敘述視角）的範型。這影響了以後許多鄉土小說的結構生成。當然，另一種進行時態的模式也成爲魯迅鄉土小說得心應手的做法，像《藥》、《阿Q正傳》這樣的進行時態，固然在結構藝術上顯得呆板些（《藥》的明暗雙線結構

則非視角構成因素），但它們主要是在哲學文化思想內涵上取勝，這種平實的穩態的敘述視角往往更適應小說的內容表達，尤其是漫長冷寂的中國窮鄉僻壤裏的「死水」般的生活，構成了小說外部形式無技巧的技巧，平實的風格正是與內容的對應。這種敘述視角所構成的鄉土小說風格特徵幾乎成為一種不可解脫的「敘述情結」，一直延續仿照至今。本來，中國鄉土小說自魯迅始，就明顯地顯示出多種不同的藝術方法和藝術格調，它大大地開拓了鄉土小說藝術延展的疆域。毫無疑問，魯迅的這種大家風範影響了二、三十年代的一些鄉土小說的中堅作家，諸如王魯彥、王統照這樣的佼佼者。然而一直到 20 世紀 80 年代，在近半年世紀的鄉土小說史中，人們幾乎放棄了表現型的藝術敘述形式，而沿著再現型的藝術敘述形式走向一個極端，導致了整個鄉土小說藝術的斷裂。這種情況一直延續到「尋根文學」的崛起才有所改變，應該說，「尋根文學」中表現主義藝術範式的弘揚，正是「魯迅風」的「復歸」。

　　作為一個鄉土小說的偉大實踐者，魯迅為鄉土小說提供的典範性作品不僅是深邃的哲學文化批判意識和敘述視角所形成的多元創作方法的生成意義，更重要的是他的小說所形成的「鄉土」審美形態幾乎成為以後鄉土小說創作穩態的結構模式。無疑，20 年代初，魯迅和周作人在藝術主張上是很諧調的。只不過魯迅並沒有像周作人那樣對鄉土文學理論進行過系統的闡釋。然而他的創作正是應和了周作人「鄉土藝術」的理論的。周作人在為劉大白《舊夢》作序時說：「我相信強烈的地方趣味也正是『世界的』文學的一個重大成分。」〔註 11〕而魯迅在 1934 年給陳煙橋的信中也稱：「我的主張雜入靜物，風景，各地方的風俗，街頭風景，就是為此。現在的文學也一樣，有地方色彩的，倒容易成為世界的，即為別國所注意。」〔註 12〕正因為如此，魯迅在創作鄉土小說時就非常注意表現有個性的小說特徵──地方色彩和風俗人情。這一點周作人在 1923 年 2 月的一篇《地方與文藝》的文章中就特別強調過，他認為文學的藝術生命就表現在它的三個特性中：「便是國民性、地方性與個性」〔註 13〕。我以為，魯迅的創作以此來概括則是非常合適的。正如

〔註 11〕 周作人《〈舊夢〉序》，收於劉大白著《舊夢》，上海商務印書館 1923 年版，第 4～5 頁。

〔註 12〕 魯迅：《致陳煙橋》，《魯迅全集》第 12 卷，人民文學出版社 1981 年版，第 391頁。

〔註 13〕 周作人：《地方與文藝》，《談龍集》（《周作人自編文集》），河北教育出版社 2001年 9 月版，第 12 頁。

上文所述，除了深邃的哲學文化批判意識（即對國民性的根本認識）外，就是周作人所倡導的個性，這個性也就是五四時期所表現的普泛的人道主義精神。這兩個要素在五四及其後的許多作家作品中都得到了體現。周作人所倡導的文學的地方性正是鄉土文學的美學特徵，可以說，魯迅是第一個在自己的鄉土小說中竭力表現這種美學特徵的。他的小說字裏行間滲透著一種被溶化了的濃冽風土氛圍。吳越農村的鄉土氣息不僅極有魅力地展示了人物的特定性格，同時給人的審美情趣也是韻味無窮的。《孔乙己》、《藥》、《風波》、《阿Q正傳》、《祝福》等傑作中對紹興古鎮的景物、風習、擺設、服飾等的描繪不斷給接受者以新奇滿足的審美刺激，以致使一些評論家為之傾倒。張定璜在1925年1月的《現代評論》上著文稱魯迅的《吶喊》中的「作品滿薰著中國的土氣，他可以說是眼前我們唯一的鄉土藝術家。」〔註14〕

總之，魯迅的鄉土小說的藝術風格之所以深刻地影響了幾代作家，正是它們開創了風土人情的異域情調的疆域，賦予小說強烈的地方色彩。儘管魯迅對「鄉土文學」下定義時認為：凡寓居他鄉來回憶故鄉、敘寫鄉愁者，無論他是用主觀或者客觀的方法，均可稱之為鄉土文學。但就他自己的鄉土小說來看，使用的方法是多元的：第一，視角並不限於「回憶」；第二，表現方式是多元的；第三，風土人情和地方色彩成為固定風格。可以毫不誇張地說，魯迅小說的重要貢獻多由鄉土小說所體現，而鄉土小說對20世紀的中國小說的貢獻則在於它除了宏大的思想力度以外，就是它閾定了鄉土小說以強烈的地方色彩和風土人情為這類小說根本的審美形態。

綜上所述，我們在魯迅鄉土小說的創作中不難發現的是：兩種文化價值在其中所形成的理念敘述的衝突，造成了作者對傳統的「鄉土中國」兩種情感——「深刻的批判」與「深刻的眷戀」的混合；從而，也使其鄉土小說創作的悲劇審美形態呈現出兩種不同的風格特徵——酒神的悲劇精神與柔美的田園牧歌相雜糅的表現形態交錯出現。

三、阿Q：強者形象文學傳統的顛覆

從《阿Q正傳》產生到現在，已經快一個世紀了。

「說不盡的阿Q」幾乎成為我們這個世紀的文學話題和思想話題。一千個讀者就有一千個阿Q，理論家們的見仁見智與阿Q的豐富性相比，總顯得

〔註14〕張定璜：《魯迅先生》，《現代評論》1925年1月。

那麼蒼白。很難期望有一天我們能完全窮盡阿 Q 的意義。然而面對阿 Q，又沒有誰能保持沉默，因為，言說阿 Q 某種意義上就是在言說我們自己。

也許，正是這種自身言說的誘惑與魅力阻礙了我們更進一步地深入阿 Q 這個文學形象，非常明顯的一點就是：尚未有學者認真地將阿 Q 置於我們的文學傳統中加以考察，更多的則是分析阿 Q 的自身結構，至多不過作些社會歷史性的延伸和現實性的反思。這當然很有必要。不過，人們有理由發問：難道阿 Q 形象在文學傳統中是無源之水嗎？

這種發問並不意味著傳統文學形象中必定有阿 Q 形象的先驅，與其作此理解，莫如認為：文學傳統尤其是敘事文學傳統是如何在它自身的整合變遷中最終產生出了一個阿 Q？

我們的文學尤其是大眾民間文學一直有一個不為人注意的強者形象文學傳統：它或是剛正不阿、不畏強權、正氣凜然的海瑞、包公、況鍾等清官；或是遊戲人間、捉弄權貴、濟貧救困的濟顛、八仙等神仙；或是「替天行道」、專與統治者作對的梁山泊好漢們。這些人物與他們所要拯救的弱者相反，總是所向無敵，堅不可摧。他們從野史再經由民間創造，成為各種敘事文本，千百年來深入人心，廣為流傳，而變為與正統文學形象分庭抗禮的傳統存在。

必須看到這些形象的民間性特點。民間文學形象往往是民間大眾的某種心態、願望、情感的投射，往往最能真實地揭示出大眾的隱秘處境。由於大眾在歷史上的弱者地位（處於層層封建統治之下），故而長期以來文學史家總喜歡這樣評論：包公、濟公乃至梁山好漢這些形象曲折地反映了人民的反抗願望和善良心願——希望有清官為他們作主，有神仙為他們撐腰，甚至有綠林好漢來殺死那些統治他們的可惡官僚。然而，正是因為創造這些形象的主體是弱者，正是因為評論家過多地只注意到這些形象所體現出來的弱者願望的意義，因而不約而聞地忽視了這一點：恰恰因為創造者是弱者，所以那種強者式的反抗與被強者拯救僅僅只能是純粹的願望而已。這種隱秘願望體現為如下邏輯：一開始在對立面中尋找力量，這是最直截了當也是最不費力的，於是便有種種包公式的清官大老爺，他們存在的唯一目的，便是為小民做主，澄清政治統治環節中的陰影。然而清官畢竟不多，況且，清官之上還有皇帝，他的不畏強權僅僅是不畏皇帝之下的官僚的權暴，因而這種強桿形象雖然現實，但顯然不盡如人意。這個局限被察覺出以後，人們（主要是那些在統治下喘息的弱者）又同時開始尋求新的能為他們撐腰的強人，這次作為補償，

他們找到了一個完美無缺、法力無邊、不生不死而且立場完全站在他們一邊的濟公、八仙，他們遊戲風塵的目的就是要解民於倒懸，救民於水火，他們以非人間的力量和非人間的方式痛快淋漓地幫助一切雪要幫助的窮人、弱者，對於孤助無援的小民來說，閱讀、傳播這些強者神話顯然有一種滿足的快感。然而美中不足的是這畢竟只是幻想，一旦小民們真的陷身於淒風苦雨的現實巨網中，這種世外神仙的虛幻性便昭然若揭。「從來就沒有什麼救世主」的真理一次次被凸現後，人們似乎變得激憤起來，不再把善良願望寄託在對他們溫情脈脈的包公濟公們身上了，而轉向自己的同類。於是，梁山泊好漢們出場了：這是一群無法無天、被生活逼上了絕路的綠林大盜，他們大塊吃肉，大碗喝酒，粗豪野蠻，敢說敢幹，殺人如麻，但更重要的是他們「替天行道」（因為「天」──代表皇帝的清官和代表天意的濟公們，業已缺場），濟貧救困，百姓見之則喜，惡人聞之膽寒。至此，強者形象回歸到了弱者之中──不過，他們絕非弱者本人；弱者只是他們砍砍殺殺場面的一個興奮旁觀者。

這些強者形象傳統在民間文學中根深蒂固，源遠流長，而中國古代的敘事文學又基本上流傳於民間──它們大都來自民間，又在民間繁衍，如元明戲曲和各種地方劇，以及白話小說。中國的敘事文學似乎很少個人獨創一個故事，而大都是加工型，原料是民間故事傳說。因而可以說，存在於民間文學中的強者形象傳統事實上也是中國古代敘事文學的傳統之一：清官形象一直被保存了下來，甚至連《竇娥冤》中最後也不得不求助於清官來為故事劃上一個圓滿的句號；而神仙形象則產生了種種變體，如《琵琶記》的前身《趙貞女蔡二郎》，以「馬踩趙五娘，雷轟蔡伯喈」結尾，將弱者的復仇願望交給不在場（因而也就可以處處在場時時在場）但卻人格化的「雷」。至於梁山好漢的形象，則有流散天下、為數眾多的水滸戲，將民間隱秘的「造反」情結不斷以藝術的方式渲泄出來。

不過，這種傳統是秘而不宣的：民間大眾對強者形象的渴求與嚮往一旦化成文字，便在藝術的敘事中變得非常含蓄。但作者和讀者都對此心照不宣，他們寧願聽任自己在這種含蓄的傳統中漂流，在漂流中將安慰與平衡帶給弱者，也帶給同樣是小民弱者的他們自己。

在引入阿 Q 以前，有必要先剖析一下這種強者形象傳統的實質。

傳統文學在復述強者傳統形象時，並沒有意識到：他們只不過是在復述

一種虛幻。所謂的一系列強者形象不過是命名之後的權力行使幻覺而已：當他們將代表公正、天理、關愛、抗暴……種種能給他們安慰、溫暖和幫助的因素命名爲清官包公、清官海瑞或神仙疥公、梁山好漢後，他們就開始對此一命名下的人物加以自由操縱，以文本的方式借他們之軀幹出一切他們希望能發生的事情，這也可能是民間和文學僅有的一種權力了。這種權力操作無疑使人興奮，更重要的是，它能使弱者在想像之境中實施報復的快感，從而曲折地使自己成爲勝利者：在這種勝利中，貪官污吏得到了清官和神仙的懲罰，黑暗不公的世界被李逵們的板斧砍成一片血海。

命名產生之後，命名者便充當了主人，對命名（能指）的對象（所指）進行「符合論」的改造：能指在這裡任意地驅遣所指，直至所指最後也變成能指的化身，於是，歷史上的包公、海瑞與民間命名中的包公、海瑞漸漸失去了對應性（據有的史料記載，海瑞是個霸佔民女、良田千畝的大地主大鄉紳），而成爲一個活躍在民間文學舞臺上的能指性人物：他們儼然已完全成爲公正、法理、剛直的代名詞，除了行使與之相應的功能，不再有其他含義和功能。至於濟公們，它們本身就是一些能指符號（是憑空創造的結果），代表神力與憐貧助困的合一。濟公的形象意味深長。他自身即一蓬頭垢面，披髮跣足的乞丐，這無疑是窮人與弱者的最典型造型。他來到人間，似乎天然地就是與窮人爲伍，充當窮人的憎富心理代表。民間將他命名爲一丐仙，顯然是一種集體無意識的外化：八仙雖也濟貧救困，但他們的目的似在於自身修煉，讓他們充當救星，多少讓人感到有點不塌實，因而民間便希望有一個一心一意爲他們而活著的神仙，他沒有個人的存在目的。於是，濟公便應運而生了。這樣的濟公，從各方面來說都是個合乎條件的萬能的能指符號：由於他沒有「自己」，因而可以被任意使用，不會產生任何障礙。梁山好漢的能指轉換或許要稍微艱巨些，因爲他們是民間的同類，具有某種近距離的眞實，但是民間的說唱藝人在一次次的添加復述中也成功地完成了這一使命：人們之所以願意去聽那些早已耳熟能詳的水滸故事，目的並不在於故事情節本身，而在於代表抗暴精神的人物的書場，以及那一種驚心動魄的殺戮氣氛：在此，梁山人物及造反故事均被符碼化了，成爲一種傾聽者們可以接受過來進行重新書寫所指的能指——幻想自己就是武松、林沖、李逵，自己像他們一樣殺人劫貨……。

能指的獨立意味著一種權力：它可以無限地派生出所指。當包公成爲一種符碼後，民間對他的操縱便變得不再有歷史限制：於是，在《包青天》這

樣的當代電視劇中，眞假包公、青龍珠等等荒誕不經的包公故事層出不窮；同樣，歸在濟公名下、由濟公繁衍出的故事也可以是無窮無盡的。這種能指操作無疑是種權力操作：包公、濟公們是一種命名結果，命名之「名」其實是尋找能指，而命名之「命」的過程也就是不斷爲能指配上所指的過程。

在少數民族文學中，「阿凡提」顯然也是一種這樣的強者形象命名：下層人民將他們的智慧命名爲「阿凡提」，然後讓這個人物騎著頭毛驢，去周遊世間，替他們捉弄權貴，幫助弱者。這種命名顯然暗含某種優越感：權貴雖然富有，卻愚不可及；窮人雖然一無所有，卻有用之不竭的智慧，因而，最終勝利者仍是窮人、弱者。這樣一來，弱者便通過阿凡提成爲了強者。同樣，阿凡提的故事也是永無盡頭的：只要阿凡提這個命名（能指）存在，那麼，阿凡提的故事（所指）便可以無節制地炮製出來。

事實上，強者形象的能指性質已經暗示了它的非眞實性，也就是說，相對作爲命名者的民間弱者而言，這些形象只能是一種「他者」：弱者將自己的反抗、求助願望命名爲一個個強者形象後，卻又下意識地在自己和這些形象間設置了鴻溝，讓他們成爲自己永不可企及的他者存在，這事實上也是讓自己逃避強者的可能角色，以免讓自己承擔充當強者的風險和義務，因而，如果說強者形象是及物動詞的話，那麼弱者便永遠只求能充當及物賓語，是個「被……」的對象。清官包公、海瑞雖然關心民間疾苦，但永遠是高高在上的廟堂使者，被統治著的人們有誰敢渴求自己有一天也成爲包公海瑞呢？至於濟公這樣的神仙，更是不可望不可求，只能飄遊於傳說之中。梁山好漢雖是活生生的同類，但誰眞的敢讀完水滸故事後拍案而起，從廚房抓起菜刀便殺向無惡不作的官僚衙門呢？武松們的故事依然可望不可及，令人悠然神注，卻只是一種語言敘事而已。因此，這些作爲弱者精神支柱的強者形象對民間讀者而言，都只能以「他者」軀殼出現，讀者自己永不可進入：「自我」只能在傾聽一個個「他者」故事的過程中神采飛揚熱血沸騰，而聽完後只能發出一聲迴腸蕩氣的歎息，復又低頭黯然。

由此可見，所謂的強者形象，其實不過是命名的幻覺，是語言的幻覺。一系列的強者敘事（勝利敘事）不過是種幻化的權力操作。千百年來，人們沉浸在這些敘事中自我陶醉，既充當作者又充當讀者，渾然不知他們所複製所閱讀到的只能是自己實際上孤立無援的弱者處境。命名的幻象猶如鴉片，在能指的推衍活動中蓬勃生長，乃至延及現代。

　　當強者形象經由清官的不可靠進到民間神仙，再由民間神仙的虛幻性進到梁山好漢時，不可跨越的問題出現了：強者形象已經一退再退（由現實性的清官退到非現實性的神仙再退到更現實性的綠林強盜），然而，如果梁山英雄的強者形象也破滅時，還將會有退處嗎？

　　這並非是假設：梁山泊造反者最終走向了招安，反戈一擊來鎮壓自己的同類——另一路造反英雄方臘起義軍。至此，弱者最後的寄託自動宣告幻滅了，他們仍沒能找到能真正為自己死心踏地作主的強者，他們弱者的處境再也無可掩飾，一如他們在現實中無法反抗的失敗地位無可轉換一樣。強者神話的敘事至此出現了停頓和空白。而長期以來文學史家們卻只是對在已有的強者神話敘事中的所謂勞動人民的反抗願望及熱情讚歎不已喋喋不休，卻無人對民間的這種人民精神困境及出路予以必要的關注。

　　在這種沉寂中，阿Q終於出現了：他無情地表明，在強者神話破滅之後，弱者於走投無路中只有從「他者」返回自身，以「精神勝利法」來支撐自己的生存。顯然，阿Q形象強勁有力地顛覆了漫長的強者形象文學傳統，斷然地否定了「他救」之途，把弱者可憐可笑的真實精神處境第一次不加掩飾地表徵出來，將千百年來秘而不宣的弱者生存法寶不無同情地抖露出來。至此，強者神話頓時萎然失色，它作為精神危機轉嫁化（「他者」）的本質暴露無遺。將弱者還原為弱者，這是阿Q形象最具傳統挑戰力的所在。它揭示了一種真實，一種民間弱者無路可走後的真實，一種被文學傳統所遮掩的存在真實。他與傳統文學中業已存在的被侮辱被損害者不同，後者如竇娥，如杜麗娘，如李香君，她們的弱者身份被配以剛烈、忠貞、善良……等等光輝品質，從而使她們由無助、虛弱、失敗的存在轉化為一個個光彩照人的動人形象，在這種轉化中，她們的反抗性被凸現出來，而作為不可反抗的弱者處境卻由此被忽視了：這其實是將弱者虛幻地轉換成了反抗的強者。這種文學傳統長期以來被大肆頌揚謳歌（它當然有值得謳歌頌揚的一面），然而這種頌揚謳歌的代價是對弱者普遍精神處境的漠視，乃至故意視而不見。人們完全有理由發問：當這些弱者並不處於劍拔弩張、忍無可忍、一觸即發的反抗邊緣時，他們是如何對待自己的弱者角色和弱者處境呢？要知道，弱者的生活中並不必然時刻充滿非呼天搶地、一怒拔劍不可的暴力壓迫，更多的是必須容忍的、瑣屑而無所不在的人格蔑視和小恥小辱，他們是以什麼方式去容忍的呢？千百年來，文學史家對此問題或茫然不察，或含糊其辭，或故意躲閃，甚至去營構新的強者神話，而只有魯迅對此作

了石破天驚的正面回答，那就是：阿 Q 主義，或曰精神勝利法。

倘若說這仍是一種命名，那麼，它也是將弱者命名爲弱者，將自我命名爲自我，是能指和所指的合一。阿 Q 成爲一個主語，阿 Q 故事乃是由阿 Q 自行產生，而非由命名者權力操作的結果。阿 Q 具有自我敘事的能力，勿須借助作者和讀者：因爲在阿 Q 的自動敘事中就已包含了每一位可能的民間作者和讀者。

歷史（尤其是民間史）就是弱者的血淚史，弱者其實生活在暗無天日之中，而強者神話似乎給了弱者一個救贖乃至幸福的許諾，就連《竇娥冤》中的千古奇冤都注定了必定能被昭雪。阿 Q 形象則徹底撕碎了這一神話，不僅如此，它還再次揭示出：所謂弱者的強者形象轉化，歸根結底，仍是語言的幻覺：語言是弱者唯一的擁有，因而操作語言也是他們唯一的權力。

這種權力似乎是天然的，就連阿 Q 這樣幾乎目不識丁的民間浪人也會使用，而且使用得相當出色。作爲一個到處被拒絕的無家可歸者（趙太爺不准他姓趙，從宗族譜系——縱向「類」的意義上驅逐了他；小 D、王胡看不起他，從橫向「類」的意義上拒絕了他，連自我的本能也被吳媽、小尼姑所排斥；「革命」更沒他的份，又堵塞了他叛逆、逃亡的可能道路），阿 Q 只能在語言的世界裏自我承認並取得對他者的勝利，他斥別人爲「兒子」，稱自己爲「老子」，開口閉口就是「兒子打老子」，得意時口唱「我手執鋼鞭將你打」等等，其實都是利用語言的能指權力來遮掩自己的弱者失敗處境，然而這種遮掩卻反弄巧成拙，漏洞百出，加倍暴露出他的弱者失敗性：因爲作爲能指的語言飄浮不定，既然可以爲阿 Q 所利用，那麼當然也能背叛阿 Q。於是，同樣是語言，又顚覆了阿 Q 的心造勝利：他不得不在強者面前自承「兒子」「蟲豸」以曾經肯定了自己的語言來否定自己，儘管過後他又會利用語言來奪回並不存在的勝利（「我總算被兒子打了，現在的世界眞不像樣」之類）。就這樣，阿 Q 在語言的縫隙間穿行，同時扮演著心內身外兩種相互解構的角色。

阿 Q 之所以無法以語言構築起一個牢固的強者神話世界供自己行使命名的權力，原因在於強者神話業已破滅，他無法找到一個力量強大的「他者」：他已不再有求助於清官、神仙的意識，而類似梁山好漢般的「革命軍」又拋棄了他，因而，阿 Q 只能面對自我，進行自我拯救。而自我能有什麼？只有語言，並且語言也只能成爲虛幻的擁有：它無法用以命名，因爲已不存在可命名的對象；它的所指和能指是分裂的，只能到能指爲止，因爲語言言說在

阿 Q 只不過是種自言自語，自說自話，只是種自我話語權力的「過癮」而已
——儘管，這顯得不無淒涼、無奈，而且實則上是一種永不間斷的自我消解，
戲劇性地指向永不可能化為現實的自我肯定和自我安慰。

至此，貌似強勁有力的強者形象傳統土崩瓦解了，文學第一次正視了幾
千年歷史中一批批命運相同的逃亡者的精神真面目。包公、濟公、梁山泊好
漢的形象依舊可以在民間文學中大放其光，然而作為一種弱者的強者轉化，
它們已經不再具有可信性了。也許，只有到此時評論家才可以煞有其事地評
論道：這些形象反映了勞動人民的……願望，而且，「願望」前面還必須加上
一個定語：昔日。

在我們的文學傳統中，「民間」一直是個隱秘的角落，它儘管是傳統文學
的強大源泉之一，並與傳統敘事文學關係親密，卻只能在正史的壓制下以變
形的方式出現。然而，到了本世紀三四十年代，文學傳統中的民間部分在一
次次的「大眾文學」、「民間文學」、「通俗文學」的討論提倡中逐漸浮出水面，
成為顯性存在。延安文學傳統甚至就是民間文學傳統的現代政治意識形態的
換形表達過程。

隨著民間文學傳統登上舞臺，並漸有成為文學正統之勢（「趙樹理方向」
其實是一種民間文學風格的政治化方向），民間文學文本再次被復述、改造，
強者神話敘事也隨之登臺，並與政治意識形態一拍即合：時代正需要重塑強
者神話，需要「造神」，需要轉化實際上的弱者處境（當時年輕的共和國正處
於四面楚歌般的外界封鎖中），也需要弱者樹立起強者意識和勝利意識。這種
努力差點成功——如果不是一系列的政治失誤以及十年文革的話（十年文革
使弱者們從另一向度重新發現了自己的虛弱地位無可改觀：在紅色暴力下，
連昔日的紅色英雄也紛紛成為孤助無援的弱者）。

毫無疑問，這種強者神話的漸漸復活必然會強硬地否定阿 Q 形象的否定
所定（表現為一次次「死卻了的阿 Q 時代」的口號），它無法容忍阿 Q 形象所
展示的自我消解性，它更不相信阿 Q 式的自言自語自我命名，蔑視阿 Q 在「兒
子」／「老子」的對立語言幻象中的左右逢源。然而，極其可笑的是，這個
新的強者神話其實依然是以語言的自我言說為支撐，只不過，這次的強者神
話自我敘事乃是全民的、有意識的，並且非常真誠。從「趕英超美」的國家
強者神話到「高大全」式的個體強者神話，和一次次諸如「大躍進」、「大煉
鋼鐵」、「大辦人民公社」乃至「文化大革命」這樣的集體性神話敘事，以及

對政治領袖拜神般的狂熱信仰，每一種的表現形式最主要最重要的都是言語表達：大鳴大放、大字報、標語、口號、宣誓效忠、背領袖語錄、宣傳機器的日夜運轉……語言構起了一個龐大的神話體系，而且引人注目的是它內部的不斷前後消解：在這個神話體系內層，下一個神話不斷否定上一個神話，明天的神話敘事掃除了今天的神話敘事，國家作為話語言說主體朝令夕改。語言同樣被當作一種能指功能看待：它只被要求用以維持強者神話敘事的不被間斷，維持全民的強者意識和勝利情緒。

這一切令人非常形象地想起被驅逐的阿 Q：整個國家和阿 Q 一樣，在民間式的思維中不斷地以語言炮製出自己的強者和勝利者自幻象。而文革將這一切發展到頂峰後又物極必反地結束了它們。

當這種強者神話敘事在新時期文學中的霸主地位喪失後，阿 Q 形象又浮現了出來。人們再次非常親切且深有感觸地閱讀阿 Q，然而，卻未能發現阿 Q 形象的否定性所在。而與此同時，新的強者神話敘事又隱隱出場了：如果說在傷痕文學和反思文學中僅露端倪的話（表現為對一批抗拒文革及其政治迫害的新英雄的溢美之辭），那麼，柯雲路的《新星》風靡神州就使這種傾向顯象化了：李向南無疑是個現代「清官」形象，他的出現目的就是為民請命，為民作主。這個形象的大受歡迎表明：作為「他者」的強者仍然是民間大眾「獲救」的潛在情俗所繫。大眾自身的弱者處境以及自救的可能性又在這種強者神話的轉換中被消解掉了，大眾仍然心甘情願地充任賓格名詞，跪待「他救」懶於行動的精神處境又一廂情願地被掩飾起來。

不過，新的強者神話一出臺便遭到有力的撕毀：阿 Q 們的本質又被作家們頑強地捕捉到了，其中最典型的就是陳奐生形象。這個弱者在上城之後成了村中的「強者」，受人尊敬，贏回了自尊。然而，陳奐生的勝利實質與阿 Q 一樣，都是語言的幻象：他不過是通過講述自己城中的經歷（在講述中重構出距離實際十萬八千里的新故事新主角及新的人物關係：他在招待所的奇遇；他與縣長的關係；他坐上了小轎車），從而切換出一個理想自我形象。這個形象只能存在於「講述」之中，只能存在於言說過程中，其虛幻性一如阿 Q 的強者形象自幻。

倘若說這種虛幻性的揭露在《陳奐生上城》中還顯得溫情脈脈，充滿善意的話，那麼到了余華的《1986 年》、劉恒的《白日蒼河夢》等中就不乏冷酷、激憤了。《1986 年》中，當象徵著災難歲月的「瘋子」闖入到浩劫過後的陽光

世界中時，他遭到的是大眾無情的拒絕。這裡，大眾力圖拒絕的不僅僅是那逐漸被忘卻的災難歷史，潛意識裏要拒絕的，更是自己曾經裸露無遺的弱者眞相──「瘋子」其實就是他們在那個歲月裏的縮影：他們也曾如「瘋子」一樣，在暴力下孤助無援，等待宰割。所不同的是，「瘋子」仍陷溺於受虐的心理境遇中不可自拔，以至於走向自虐，在殺戮的幻境中滿足強者報復的角色快感；而大眾一旦擺脫了弱者受虐的處境，就急忙求助於遺忘，寧願將災難當作一個永逝的噩夢。值得注意的是：大眾對「瘋子」的拒絕，借助的工具依然是語言：他們將歷史災難的象徵命名爲「瘋子」後，就心安理得地獲得了對他加以驅逐、漠視的社會權力（只有他的妻子膽戰心驚，良心深受譴責，然而她依然不敢挺身而出，正視歷史眞相）。這無疑是一種社會集體無意識：大眾隱秘的虛弱處境一旦被窺視到，他們便毫不猶豫地祭起社會語言（社會秩序、規範……）的法寶，將任何能對他們生活勝利的處境造成顛覆性後果的侵入因素瓦解掉。大眾在此點上達成了如此驚人的一致與和諧，以致人們往往忽視了他們滿臉安祥閒適後的阿 Q 陰影。

　　阿 Q 寓言就是這樣頑強地顛覆著伺機而動的傳統強者神話敘事。事實上，魯迅並不是一概反對強者神話（他早年曾對尼采式的超人形象寄予厚望），而是反對充滿虛僞、由弱者所幻化出的強者神話。因爲這種神話對弱者而言，乃是異己的存在。阿 Q 形象呼喚的眞實是一種自我正視中自救的勇氣與行爲，它所要摒棄的是以語言的幻象進行精神自欺和欺人（當下文學的日常敘事、平民敘事和正興起的人文敘事正是對此的回應）。在這個意義上，阿 Q 形象對強者神話敘事傳統的顛覆將是長久而有力的，它將伴隨我們的精神處境，至少，20 世紀的我們注定了走不出站在阿 Q 身後的魯迅的視野。

第二節　郭沫若

　　幾乎連中學生都知曉：郭沫若，作爲中國新詩的一座巍峨的「女神」雕塑，他將永載文學史冊：中國現代新詩，它是和郭沫若的名字連在一起的。《女神》以其雄渾奔放、洶湧潮湃的浪浸主義格調殉了五四人道主義之情和個性解放之情，殉了至眞至善至美之情。詩人以博大的胸懷詛咒一箇舊時代和舊世界的滅亡，而昭示和呼喚一個新時代和新世界的復蘇。試圖以「鳳凰涅槃」的詩情去擁抱那個和美的人類世界。郭沫若是五四的詩魂，郭沫若是一代詩

風的諦造者，郭沫若是新詩的巨擘……。他的殉情是應和著五四的人文主義精神的，實則上也是一種士大夫赤子式的殉道意識。然而，這種殉道意識一旦與之強烈的個性意識融合在一起，便充分釋放出其巨大的藝術潛能，使其在五四時代的星空劃出了一道耀眼的光弧。五四時期的郭沫若高擎著普羅米修士的火炬，點燃了人世間人性和人道主義的火海，雖然這「火海」只是灼熱燒烤著一代五四知識青年，但它留給幾代人的精神刺激卻是難以平復的，這種瀟灑和浪漫的殉情姿容，激活和深深影響著中國 20 世紀的文學。Romance，不僅是創造社的代名詞，而且簡直就是這位放浪不羈的大詩人的驕傲的桂冠。個性被壓抑的苦悶、憂鬱、孤獨、悲哀，通過狂放的表現手段，予以直接宣泄。一瀉如注，大氣磅礴。

《女神》充盈著「泛神論」的色彩，而詩人的解釋「泛神就是無神」，便充分表現出一個自由主義戰士破壞權威偶像、追求個性解放蓬勃的朝氣。詩人以其奇詭的想像和奔放的激情，撼動了天地鬼神。正是「女神」奠定了郭沫若在中國新詩史上牢不可破的地位，在一代詩風的照耀下，有多少詩人傾倒在匍伏在這位詩壇泰斗的足下，郭沫若幾乎成為中國現代「詩神」偶像，那時候，他是代表著一個時代，代表著鮮活的青春，代表著瘋狂的革命向著一個隱形而龐大的舊世界和舊勢力挑戰。如果說郭沫若的詩歌是一曲曲「頌歌」的話，那麼，它們是叛逆和反抗的「頌歌」，以氣吞山河、縱橫決蕩的魂魄塑造著一座叛逆者的不朽雕像。連同郭沫若近四十部短、中、長篇（長篇為殘篇兩種）小說，尤其是早期短篇小說，像《牧羊哀話》、《殘春》、《葉羅提之墓》、《落葉》、《喀爾美夢姑娘》、《陽春別》、《月蝕》等；連同郭沫若四十年代的部分歷史劇，尤其是詩劇創作，如「女神三部曲」（包括《女神之再生》、《湘累》和《棠棣之花》）、《卓文君》、《王昭君》、《聶嫈》、《屈原》等，構成了一個獨特的郭沫若精神和藝術世界。可以說，郭沫若在寫這些作品時，心境是自由瀟脫的，是毫無政治功利性的，因此，作品所表現出的思想力度和深度顯得自然而合理，放浪中實現個性，抒情中呈示無畏。

然而，同樣是這一肉身的郭沫若，被新中國隆隆的禮炮聲震落了詩魂歌魄。一曲《新華頌》宣告了郭沫若「侍臣文學」的開始。「鳳凰」的翅膀折斷了，「女神」的歌喉窒息了，「天狗」的雞吠嗚咽了。

「一切的一，一的一切」的吶喊幻迭出的是「萬歲！萬歲！萬萬歲」的跪頌。如果說詩人的天真使他誤以為一個「現代化、氣如虹」的共產主義桃園仙

境已經到來，因此，當他一遍又一遍歌呼領袖萬歲時，聯想到的是連最犀利尖刻不苟言笑的魯迅也「已經再不像平常的那樣苦澀／而是和暖如春地豁朗而有內涵地在笑」的話。那麼，到了五十年代末，在大躍進的浮誇風的鼓躁下，詩人政治上的天眞卻是難以容忍的了。這時候，除了編輯《紅旗歌謠》外，詩人身體力行，抒寫了著名的慘不忍睹的「大白話」詩歌《百花齊放》，以及像《火燒紙老虎》、《學文化》、《防治棉蚜歌》、《春暖花開》等等不忍卒讀的「詩」篇（這些詩歌均收在《郭沫若全集》文學編・第三卷中）。我無意指責詩人「在人民的疾苦面前閉上了眼睛」，也無意指責詩人政治上的功利主義。我是想追問：詩人的個性和人性到那裏去了？詩人的詩魂和膽魄到哪裏去了？詩人的技巧和意境到哪裏去了？這一時期，郭沫若似乎變成了一個初學詩歌而又俗不可耐的政治傳聲筒。沒有豪氣、沒有想像、沒有思想、更沒有精魂。從五四時期的「崇拜偶像破壞者」和「崇拜創造的精神」到製造新的偶像和宣揚馴良精神，郭沫若以他那蒼白的精神面目爲新一代知識青年雕塑起一尊建築在沙漠中的精神偶像。五四時期覺醒了的詩歌先驅爲青年一代訴說著一首首動人的蒙昧的現代「神曲」。難道詩人沒有痛苦，沒有悲哀，沒有憤懣，沒有那種詩人氣質的偉大孤獨嗎？有！但是它被詩人強烈的政治功利色彩所淹沒，致命的誘惑使詩人放棄了個性，而放棄了個性的詩人只能是一個戴著「人格面具」的末流文人。這是詩人的悲哀，也是一個詩歌時代的悲哀。

其實，詩人是有思想的，那種五四時代狂飆突進的個性精神在郭沫若的潛意識和無意識區域內是根深蒂固的。在他生命的暮年，寫就了詩考性的論著《李白與杜甫》，在那個沒有書讀的時代裏，我曾購得一冊，如獲至寶地一氣讀完。彷彿覺得五四個性精神又一次在郭沫若體內燃燒，作者只不過是借「揚李抑杜」表述來抒發鬱積在胸中的塊壘，再次揚起個體生命的風帆。郭沫若所描述的李白正像是他本人思想歷程的寫照，李白的悲劇一生正是由於他用一種詩人的「天眞」來參與政治，這就難免帶來政治上的幼稚和失意，李白的懷才不遇和「明珠暗投」之歎與郭沫若有時得意有時失意，既有相似之處，又有不同之處。郭沫若說「他生在這樣的時代，而又不能『摧眉折腰事權貴』，儘管他有『兼善天下』的壯志，要想實現，豈不完全是一個夢想？」其實，李郭同樣具備了士大夫文人那種渴望企盼被重用的心理積習，正因爲李白在自己政治命運的轉折點上沒能很好地把握自己，表現出詩人放浪不羈的浪漫個性，才被統治者偏廢不用。而郭沫若卻是一方面表現自己的桀驁不

馴個性（寫下了《試看今日之蔣介石》），竟能穿著拖鞋別妻拋子獨往東瀛；又一方面俯首稱臣（回國後充當三廳廳長），可見官本位對他的吸引力還是超越個性張揚的，郭沫若寧願為政治而浪漫的殉情，而不願為藝術而浪漫的殉情。他的青年時代和中老年時代形成了極大的反差。雖然他的心靈深處很苦很累。正像他總結李白「一高興起來便容易在幻想中生活」，是不易搞政治那樣，詩人郭沫若晚年一高興起來便容易在獻媚中生活，是不易搞藝術的。政治上的反覆無常使他名譽掃地（他曾在 1967 年 6 月 6 日《人民日報》上發表詩作稱「親愛的江青同志，你是我們學習的好榜樣」），藝術上稚拙又使他失卻了詩人的才情。當然從另一個角度來說，郭沫若在政治上同樣是個失敗者，因為帶著詩人的天真心性去搞政治，只能是兩者皆空。

我們不是感喟中國 20 世紀失去了一個殉情的政治家，而是慨歎 20 世紀的中國失卻了一位殉情的浪漫詩人。

在中國 20 世紀文學史長河中有過許多郭沫若式的詩人浪漫悲劇，我們在浪漫和殉情中可以尋覓到一些什麼東西呢？

第三節　茅盾

隨著許多史料被發掘和披露，人們開始用驚異的眼光來重新認識這位文學巨匠。他在政治上的動搖，他在生活中的風流韻事，他在文學理論上的先鋒性，他在文學創作上的成就和缺憾，顛覆了許多文學從業者舊有的想像。

一、茅盾的人格「矛盾」

大約從 1983 年開始，我有幸參加了《茅盾全集》的編輯工作，在浩如煙海的史料鉤沉中，在決決千萬言的茅盾著作閱讀中，我讀了十多年的茅盾，終於算讀出了個中的些許真諦。茅盾之所以為「矛盾」（他在第一部創作時的署名就是如此，「矛」字的草子頭是葉聖陶所加），這便是其人格內涵使然，換言之，他在矛盾的時候能夠寫出最出色的作品，而他在不矛盾的時候卻才思枯槁，不得不放下他那支創作的筆。

作為中國共產黨的創始人之一，茅盾在五四新文化運動中充當作理論的先鋒，從社會角色的不斷變換中，在大量的社會問題論文的撰寫中可以看出他政治上的遠大抱負。但 1927 年大革命失敗後的脫黨造成了他的人格分裂。血腥和污穢構築起的小布爾喬亞悲觀情緒大大激發了他那奔湧的創作思潮，

那份真實的情感儘管不被當時左翼的文人以及後來的茅盾所認可和承諾，但在 20 世紀文學史上卻應該清晰地鐫刻下《蝕》三部曲和《野薔薇》（包括《創造》、《自殺》、《一個女性》、《曇》、《詩與散文》五個短篇）這樣的時代寫真。剔除一切政治和社會的偏見，恐怕茅盾能夠長留於文學史的作品還是這些在靈魂的顫抖和人格的搏殺中用血和淚寫成的文字，雖然它們都穿著華采的「戀愛的外衣」（茅盾語）。正如陸定一在總結茅盾思想時說《蝕》三部曲的次序應該調換一下那樣。當時小布爾喬亞所經歷的確實是「追求、動搖、幻滅」的思想歷程。茅盾正是在這極度的悲哀中去尋覓精神的逃路，因此，在濃重的憂鬱陰影的籠罩下，在靈與肉的搏殺中，茅盾作品中表露出的人格分裂是顯而易見的：一方面是革命失敗後不甘墮落的政治誘惑；企圖重振雄風的心願在作祟，另一方面又投入肉欲和情慾的海洋中，試圖以新的刺激來消解革命失落的痛苦，逃到表象的世界裏去。這種人格的分裂幾乎成為茅盾終生的政治和寫作情緒。正是在這人格分裂進入不可解脫的高潮時，他的創作達到了頂峰。同時，在他的人生的愛情歷程中抒寫了最為浪漫的一頁。從風格和人格上來說，這段歷程卻很近似創造社同仁的所作所為。離我們所認識的文學研究會嚴謹的現實主義風格相去甚遠。對於某個流派的作家和作品往往是很難用一種風格加以統一規範的。茅盾表面上是以嚴謹的現實主義方法來創作小說，實際上他又不可能擺脫「新浪漫主義」（「現代派」）對他的創作的影響，《蝕》和《野薔薇》，乃至到日本後寫就的那組散文，都明顯帶著「象徵主義」的色彩。這種背反的悖論成為茅盾揮乏不去的個體無意識。在個人戀愛問題上的鬱悶和惆悵，他不能像郭沫若、郁達夫那樣的浪漫主義才子以「私小說」的形式予以大膽地暴露。亦只能閃爍朦朧地寄寓作品中人物的行狀，《蝕》中孫舞陽、章秋柳式的人物對諸如史循們的靈與肉的誘惑，很難說不表述了茅盾內心深深的苦痛。最能體現茅盾在靈與肉的抉擇中二律背反心境的作品可能還是《創造》和《詩與散文》這兩個短篇小說。葉公好龍的矛盾心理在兩位男主人公的困獸猶鬥中表現得淋漓酣暢，很難說沒有茅盾潛意識中的思想火花的迸發。大而言之，作為一個試圖成為，亦極可能成為中國革命和政治風雲人物的茅盾，正因為在他的人格中潛伏著太多的雙重性格的矛盾，才致使他陷入了一生的政治悲劇的表演之中。他既不能像毛澤東式的典型傳統政治文人那樣富於極度的冒險精神，用歷史的眼光去對待政治上的每一次大變動；又不可能像郭沫若那樣既能功利而瀟灑地進入政治領地，又能

戲謔而無忌地揮手告別政治。因此，他的一生只能在憂鬱的精神煉獄中苦苦熬煎。他和他筆下的許多小布爾喬亞一樣：在大革命風起雲湧之時抱著極度的幻想進入政治，一俟革命失敗，便陷入世界末日的悲劇恐慌之中。他只能選擇「從牯嶺到東京」，而不可能選擇「從牯嶺到南昌」的冒險之路。正由於這種人格上的矛盾和缺失，使茅盾在政治上錯走了關鍵的一著棋，也使他在今後的政治道路上更加小心翼翼。當然；簡單地用「膽小怕事」來概括其一生則亦顯得膚淺。其實，在茅盾的內心深處，那個永遠揮之不去的政治情緒始終縈繞其中。但他不可能，魯迅那樣用雜文形式直陳，亦就只能在小說之中加間接地表現。說實話，革命的苦悶、戀愛的悲劇，兩者的揉合，成為茅盾小說的最基本模式，只不過它們比「革命＋戀愛」模式化的小說更具藝術性，這就是茅盾為之「穿上外衣」的結果。

　　《虹》是茅盾在進行心理調適後，想重新進入政治領域的外化。所以，許多研究者以為它充滿著對革命的信心。而《子夜》卻是茅公對中國政治的一次鮮明的間接介入。在這裡，我無意於陷入對這部巨著的文化討論，我只想說明的是，無論這部作品在文學史上的地位如何，從客觀的事實來看，茅盾整天泡在交易所裏，並非是像巴爾扎克那樣去寫人物的種種行狀，而是要通過這浩瀚的洋場描繪，來參加「中國究竟走沒走上資本主義道路」的政治討論。作為一次政治性的介入，我們應該清醒地看到茅盾此時又一次高漲的政治熱情。須得說明的是，五四文學（尤其是小說）走完了 20 年代後，基本上被導入了政治化、社會化的模式，它一直延續至七十年代末。而《子夜》式的鴻篇巨製則更加堅固了這一模式的基石。茅盾作為五四新文學運動的理論倡導者，他對文學的影響力不僅僅是直接的理論指導；更重要的是他為文壇提供了最有影響力和說服力的形象範本，它的深遠性是貫穿於 20 世紀文學之中的。像這樣的作品，我們只能從兩個角度去閱讀，一是看到其政治文化影響的層面；二是看到其藝術技巧和方法的層面。這兩個層面，無論缺少那一部分都是一種曲解和誤讀。其實，以此類推，本世紀的大多數作品不都是如此嗎？我們是不能苛求用一個新的歷史要求來衡量一個過去時代的作品的。即便如此，它們也有其歷史存在的合理性。正如他後來的典範散文《白楊禮讚》成為解放後，尤其是像楊朔散文創作方法的最基本模態一樣。我們不能說這種文學就沒有存在的歷史必要和必然性。所謂歷史的「生命力」並不是個人欣賞的好惡而能取捨的。但是，如果要將茅盾本人的前後期作品來進行比較的話，那麼，我以為，作家越是處於

極度的人格分裂和矛盾心理高潮的時候，寫出來的作品就越有思想的深度，就越有藝術的魅力，就越能顯示出本質性的「眞」來。究其緣由，或許，作爲藝術的辯證法，它也應是一種悖論吧。

建國以後，隨著茅盾這種矛盾心理的逐漸弱化，他的創作欲望亦就減退了，況且文化部長的頭銜使他的言行更加謹愼化和政治規範化。從表面上來看，茅盾的一言一行都與黨的文藝政策保持著高度的統一性，這尤其表現在他解放以後的文藝批評活動中。但從深層的無意識來說，茅盾的人格分裂仍是不能解脫的，只不過是更加隱蔽而已。在某種時空下他還是難以抑制情緒迸發的。比如對五六十年代文壇大量公式化、概念化作品泛濫的現象的指責，他出於一個老資格的藝術家口吻來進行深刻的理論評則是中肯的。但這些批評（以其對一些作家作品的獨到評論）必須建立在黨的文藝政策的允許之下，建立在「放」的基礎之上。一俟稍有政治氣候的變化，他就會馬上加以修正和說明。有些研究茅盾的專家甚至找出茅盾修改日記的例證來說明茅盾人格，我以爲這只是人格的表層結構，其深度心理模式則是他對政治「剪不斷、理還亂」的眷戀情緒所致。由此看來，我們就不難理解，作爲一個與中國共產黨同歲黨齡的老一代作家，自一九二七年脫黨之後，卻一直在苦戀著黨，苦戀著政治的拳拳之心。但可悲的是，由於人格的矛盾與缺陷，他又不敢向黨捧出內心的另一面赤誠，造成了他不找黨，黨也不找他的政治格局，所以直到臨終前遺願才得以實現——恢復黨籍，黨齡從一九二一年算起——的悲喜劇場景。從茅盾的身上我們不是可以看到 20 世紀許多作家的面影嗎？

我不知道這人格的矛盾，矛盾的人格會不會在下一個世紀的作家中遺傳下去。

二、茅盾與自然主義

對於茅盾早期的自然主義理論主張及早期作品中的自然主義傾向，早在 20 年代末和 30 年代就有一些批評家作過爭論。建國以來亦有些文學史家和茅盾研究專家們提出過這個問題。然而由於種種原因，人們似乎都忌諱深入探討這個問題。隨著思想解放運動的發展和茅盾研究工作的深入，似乎全面評價茅盾的歷史條件已經成熟，因此有些同志逐步把它又重新提到學術討論的日程上來了。對這個問題的看法無非存在著三種意見：一種意見認爲早期創作是現實主義爲主，其中夾雜著自然主義；另一種意見認爲早期創作是批判

現實主義；又一種意見認為早期創作就是自然主義。究竟怎樣看，只有深入
剖析當時文壇的歷史背景，探討形成其創作主張以及這種主張是否付諸於創
作實踐的全過程，方才能從歷史唯物主義的評論方法中求得妥善的結論，方
才能拂去歷史的塵封，還其本來面目。我認為，茅盾早期大力推崇自然主義
是一個不可否認的歷史事實，而且他也時時用自然主義的創做法則去進行藝
術實踐，但他的作品卻顯示出現實主義的力量，這在當時無疑是推動了文學
藝術的急驟變革，是有著一定進步作用的。至於自然主義或多或少留下的歷
史局限，我們也應予客觀的評判。總之，這一論題的探討事關重大，它涉及
到茅盾早期所接受的文藝理論以及它對創作的影響，乃至於牽連到其創作思
想的演變與發展的重大課題。而本文試圖盡力說明這個問題，但因水平和資
料的局限，掛一漏萬，貽笑大方。不當之處，懇請專家和讀者指正。

　　眾所周知，自然主義是 19 世紀後半葉在實證主義哲學基礎上產生於法
國的文學流派，其代表人物是左拉，他要求藝術家對生活作出準確的實際
的描寫而不對生活作任何思想評價，主張在文學創作中運用遺傳學、臨床
病理學的原理表現人的生物本能。這在當時的社會條件下雖有其局限性，
但仍有著不可忽視的進步意義，因為在某種程度上，它們無遺地暴露了資
本主義社會的黑暗現象。倘使自然主義的理論忽略社會的發展規律，把生
活看成是僵死的、凝滯不前的，這顯然是錯誤的。但是，我們不能不清楚
地看到，自然主義的理論是難以付諸創作實踐的，它們之間的脫節現象卻
是異常鮮明的。左拉宣揚藝術家不要對生活進行思想評價，然而這根本就
不以藝術家的意志為轉移，藝術家們對生活的思想評價都是悄悄地滲透於
自己作品的畫面之中，這就造成了理論與實踐大相徑庭而永遠不能吻合的
「遺憾」。就連左拉本人也毫無能力掙脫這個羈絆，他所創建的自然主義理
論體系一旦付諸實踐就自然崩潰，無形中異化了，最後成為批判現實主義
的變種，放射出它特有的奇光異彩。正因如此，在五四文化革命浪潮裏苦
苦尋覓的文學創作方法的茅盾就首先相中了自然主義的文學主張。他從來
就沒有否認過自己「鼓吹過左拉的自然主義。」〔註15〕20 年代初期，他就
大聲疾呼：「須得提倡文學上的自然主義」。〔註16〕其實，關鍵就在於他那

〔註15〕茅盾：《從牯嶺到東京》，《小說月報》1928 年第 19 卷第 10 期。
〔註16〕茅盾：《自然主義與中國現代小說》，《小說月報》第 13 卷第 7 號，1922 年 7
　　　　月 10 日。

時還不能亦不可能在自然主義和現實主義之間劃一條鮮明的界限（即便是今天，我們也很難予以準確的劃分），在那個藝術理論紛陳的時代裏，自然主義和現實主義尚無界說。正如茅盾在 1963 年給曾廣燦的一封信中所說的那樣：「在寫《子夜》之前的十年，我曾閱讀左拉之作品及其文學理論，並讚同其自然主義之主張，但彼時中國文壇實未嘗有人能把自然主義，現實主義之界限劃分清楚」。在茅盾眼裏，自然主義和寫實主義（即現實主義）是同義語：「『自然主義』——或稱他是寫實主義也可以。」〔註 17〕這一概念的混淆是文學理論在歷史上的紊亂，其責任並不能歸咎於年輕的茅盾，因為自然主義理論本身與批判現實主義理論就有許多容易混淆的相同點（它們之間的不同點是馬列主義文藝理論發展到後來才得以分清楚的）。自然主義倡導者左拉及莫泊桑等人本身的創作實踐就證明了他們的創作方法與批判現實主義的創作方法有著不可分離的血緣關係。如左拉在他的《盧貢一馬卡爾家族史》這部用千千萬萬風俗事件的細微末節刻畫出的時代風貌的巨廈裏，就著有象《小酒店》這樣引起過文壇強烈反響的「自然主義」實驗性小說；亦著有受到列寧熱愛的描寫工人鬥爭的現實主義傑作《萌芽》等。由此可見，自然主義鼓吹者們儘管想創造出和自己創作理論相吻合的作品來，但這又是一個不可能實現的幻想，就連左拉自己的所謂「自然主義」創作中，也在很大程度上跳不出批判現實主義的窠臼。所以他的作品無形中就具有揭露黑暗現實社會的巨大力量，因此它們客觀存在的進步意義以及在文學史上的地位是不可抹煞的。

　　列寧對自然主義作家左拉關於婦女分娩時描寫的藝術真實性就抱肯定和讚許的態度。他說：「就拿那些描寫分娩情形的文藝作品來看吧，拿那些想把分娩的一切艱難、痛苦和可怕的情景真實描繪（重點由筆者所加，下同）出來的作品，如艾米爾·左拉的《人生樂趣》（《La Joie Vivre》）或維列薩也夫的《醫生隨筆》來看吧。人的誕生是會使婦女遭到極大的損失，痛苦昏迷，血流如注，半死不活。」〔註 18〕有些同志在引證列寧這段話時，卻誤解了這一論斷，認為列寧是在批評左拉的自然主義創作方法，恰恰相反，列寧的意思是要用婦女分娩的「長久的陣痛」來比喻革命艱難；因而才選擇了左拉小說中具有高超藝術性的真實的客觀描寫來加以形象的說明，以增強論文的說服

〔註 17〕茅盾：《「曹拉主義」的危險性》，《文學週報》1921 年第 50 期。
〔註 18〕列寧：《預言》，《列寧選集》第 3 卷，人民出版社 2012 年版，第 555 頁。

力。所以我們應把它看作是對左拉「眞實性」描寫的贊揚，而決非是貶抑。
不僅於此，列寧對左拉的小說有著偏愛，甚至還珍藏著左拉的照片。可見這
令人費解迷惑的自然主義也並非是「洪水猛獸」毫不足取的東西。

　　當然，我們也不能不看到自然主義創作理論的二重性。它提倡作品的眞
實性，卻又要按史實資料來寫小說，追求圖像的眞實；它提倡作品的科學性，
卻又要按照病理學、遺傳學的觀點來塑造人物形象，使其形象的涵義變得太
狹隘；它強調細節描寫的精確性，卻又忽視了典型化的更高藝術概括。眞理
往往向前跨一步便會成爲謬誤，自然主義理論愈是與之盛行的時代相距愈
遠，其弊端就愈是顯而易見。但是我們不能苛求上一世紀的作傢具有比之更
爲先進的創作方法，從某種意義上來說，自然主義在文學史的進程中本身就
是一種可貴的進步；而它在二十世紀初流入中國時，也是對陳腐的反現實主
義創作的反動和衝擊。那麼，我們就更不能要求當時在單調、枯燥、沉寂的
中國文壇裏尋求探索更新藝術道路的茅盾不去大力鼓吹他以爲最得法的自然
主義創作理論了。因爲他認爲，倘若沒有一個新的創作方法去衝擊一下陳舊
的小說做法，是不能夠給新文學運動帶來生機的，於是他要用自認爲先進的
自然主義創作方法去衝擊那種「處處呆板牽強，叫人看了，實在起不了什麼
美感」〔註 19〕的舊派小說的陳腐格調。──這種思想也是與「文學研究會」
的宗旨相吻合的，因爲「文學研究會」的同仁們都認爲：「整理舊文學的人，
也須應用新的方法，研究新文學的更是專靠外國的資料」；只有這樣，才能「助
成個人及國民文學的進步。」〔註 20〕所以，爲了正面開展對「鴛鴦蝴蝶派」之
類舊小說的批判，茅盾才大張旗鼓地鼓吹自然主義，無形中強調了自然主義在
當時文壇上的作用，誤以爲只有自然主義才能補救當時新派和舊派小說中描寫
的弱點。因爲這些新舊小說家都是憑著「直覺」感受來杜撰文章的，根本就不
去體驗生活，其作品都顯得造作虛假。茅盾認爲它們的不眞實，「這都是因爲
作者對於一樁人生，始終未用純然客觀心理去看，始終不曾爲表現人生而描寫
人生。」〔註 21〕而「……自然主義最大的目標是『眞』；在他們看來，不眞的

〔註 19〕茅盾：《自然主義與中國現代小說》，《小說月報》第 13 卷第 7 號，1922 年 7
　　　　月 10 日。
〔註 20〕茅盾：《文學研究會宣言》，收入《茅盾論文學藝術》，鄭州文學出版社 1979
　　　　年版，第 110 頁。
〔註 21〕茅盾：《自然主義與中國現代小說》，《小說月報》第 13 卷第 7 號，1922 年 7
　　　　月 10 日。

就不會美，不算善。」〔註 22〕茅盾認爲要寫出作品的「眞」來，就得「經驗人生」；就得寫自己親身體驗的生活——這可能就是他理解爲自然主義所提倡的「依據文獻。而寫小說依據的文獻，就是生活」（龔古爾兄弟語）理論的演繹。把生活——親身經歷的社會生——作爲創作的第一源泉，這是自然主義和現實主義創作方法的最根本的相同之處，所以茅盾將它們納入了同一軌道。他甚至還把巴爾扎克等亦稱之爲自然主義的先驅者，這種混淆只能說明茅盾把自然主義和現實主義劃了等號。爲什麼茅盾將巴爾扎克也說成是自然主義大師呢？這是因爲巴氏的文學主張和自然主義理論有酷似的相通之處，巴氏說過：「法國社會將要作歷史家，我只能當它的書記。」這就是說，作家的任務只是忠實地把歷史生活記錄下來。所以茅盾以爲：「自然派的先驅巴爾薩克和佛羅貝爾等人，更注意於實地觀察，描寫的社會至少是親身經歷過的，描寫的人物一定是實有其人（有 Model）的。」〔註 23〕只有深刻地去體驗生活，才能把「同情於『被損害者與被侮辱者』……精神灌到創作中」。〔註 24〕這一實際上是批判現實主義的創作思想非常鮮明地表現在《蝕》和《野薔薇》的創作裏，茅盾經歷了大革命前後的大波大瀾，在革命的漩渦激流中滾翻過，這成爲他創作的契機，甚至他直接就把生活中女性的模特兒拿來移植到作品中，這在他的小說《牯嶺之秋》和回憶文章中不止一次地得到證實。

我以爲自然主義和現實主義的共同點就表現在它們對創作方法和世界觀之間關係的認識的一致性上——創作方法上的眞實性（儘管前者有些地方是非本質的）使它們能夠克服世界觀上的偏見，彌補世界觀上的不足，「同情」是自然而然地滲入於藝術畫面之中，而不是作者主觀意念的強加。我想，這也可能就是茅盾爲什麼把自然主義和現實主義混爲一談的重要因素之一吧。

茅盾不僅把巴爾扎克和福樓拜作爲自然主義的先驅；而且他更推崇左拉的「藝術革命」。他認爲「左拉的自然主義則惹起藝術方面的革命。左拉將科學的研究法，運用於文學創作，他以研究物質的態度來研究人生。……以純

〔註 22〕 茅盾：《自然主義與中國現代小說》，《小說月報》第 13 卷第 7 號，1922 年 7 月 10 日。

〔註 23〕 茅盾：《自然主義與中國現代小說》，《小說月報》第 13 卷第 7 號，1922 年 7 月 10 日。

〔註 24〕 茅盾：《自然主義與中國現代小說》，《小說月報》第 13 卷第 7 號，1922 年 7 月 10 日。

粹的唯物觀爲出發點。」〔註25〕因此，他甚至從題材角度來分析左拉自然主義的功績。「十九世紀後半，因著自然主義的興起，無產階級生活乃始成爲多數作者汲取題材的泉源。自然主義的創始者，法國的曹拉（Zola），寫了一巨冊的『勞動者』，分明就是無產階級生活描寫的『聖書』」。〔註26〕

誠然，茅盾的這些看法難免帶有一定的歷史局限。但是綜上所述，不難看出茅盾對當時自然主義的認識以及自然主義在這位尚未動筆進行創作的文學理論批評家心目中的地位。因此，我們決不能責備茅盾不在那種各種思潮交匯的時代裏選擇一個當今認爲最好的創作理論作爲旗幟，更不能用今天批判「自然主義」的眼光去分析彼時彼地的特定文學現象，要看到它進步意義的一面。否則，亦就不能正確地評價茅盾早期的創作實踐，仍舊依著皮相的認識來曲解他的作品。

茅盾在創作實踐中是力圖採取自然主義的「純然客觀的描寫」手法的。人們認爲自然主義的客觀描寫是機械的照相，我卻以爲並不盡然，只要描寫得當，同樣可以反映出生活的本質，因爲許多好的作品是依靠自身的畫面釋出其藝術光彩的。從某種意義上來說，它就好像是一幅藝術的攝影，而它的認識意義和美學價值可以由讀者從各個不同的角度去解釋，無須作者外加，它的藝術性就表現在它的多義性上，這大概就是形象大於思維的說法吧。實際上，自然主義的作品不能亦不可能做到不或多或少地滲透進作者的思想評價的。茅盾欣喜地宣佈：「自然主義者帶來了兩件法寶──客觀描寫與實地觀察」。〔註27〕這就是左拉所提倡的要在描寫中嚴守中立和客觀，不摻雜作者的主觀的意念。正因爲當時盛行的「鴛鴦蝴蝶派」小說是太多的 Romance 式的主觀意念的強加，因此他主張：「現在我們應該記著的，就是左拉主義是以純客觀的態度（科學的態度）觀察，解剖人間的事項，把現實眞象，照原有的描寫出來。」〔註28〕那麼，茅盾的出世之作《蝕》三部曲以及早期的一些短篇小說，是否遵循了這一描寫法則呢？我以爲這是無可非議的，作者是力圖去這樣做的。正因爲《蝕》等作品以客觀科學的創作態度描寫了大革命中五光十色的人物和光怪陸離的小資產階級知識分子生活，所以，無論是從反映

〔註25〕茅盾：《「曹拉主義」的危險性》，《文學週報》1921 年第 50 期。
〔註26〕茅盾：《論無產階級藝術》，《文學週報》1925 年第 172 期。
〔註27〕茅盾：《自然主義與中國現代小說》，《小說月報》第 13 卷第 7 號，1922 年 7 月 10 日。
〔註28〕茅盾：《「曹拉主義」的危險性》，《文學週報》1921 年第 50 期。

生活的廣度和深度上來說，它是任何一部反映大革命動蕩時期知識分子題材的作品不可比擬的，從作者的描寫角度——行文的視覺點——來看，一切奔放激昂的熱情也好，一切悲觀頹廢的情緒也好，作者是儘量力避以自己的情感取而代之。作品中感情起落消漲則完全是屬於人物形象本身的，決不能機械地將它和作者的情緒劃等號。要知道，作者是在盡力克服著主觀意念對作品的滲透。但是，我們亦不否認作者有意無意地尚會流露出一點自己的情感來，因為他根本不可能按自然主義的創做法則如願以償地進行創作的，尤其在《蝕》三部曲的第三部《追求》中，感情的流露更為明顯些，這也許可能是作者對自然主義理論中兩種不同創作流派的寫作方法的嘗試吧，但這仍然屬於茅盾自以為的自然主義的描寫範疇。因為他認為：「左拉等人主張把所觀察的照實描寫出來，龔枯爾兄弟等人主張把經過主觀再反射出的印象描寫出來；前者是純客觀的態度，後者是加入主觀的。我們現在說自然主義是指前者。」〔註 29〕顯然，茅盾的第一次創作實踐就採用了自然主義的藝術描寫手法，正如他在給曾光燦的那封信中所說的那樣：「一九二七年我寫《幻滅》時，自然主義之影響，或尚存留於我腦海。」《蝕》的創作正式茅盾對自然主義理論的第一次成功的藝術嘗試，可以說它初步奠定了茅盾創作的藝術風格——盡力佔有大量的生活原始素材，採用較為客觀、科學、穩妥的藝術描寫態度進行藝術實踐。

　　雖然茅盾曾在《從牯嶺到東京》一文中說「然而實在我未嘗依了自然主義的規律開始我的創作生涯。」雖然亦在臨終前的回憶錄裏再次申說：「我提倡過自然主義，但當我寫第一部小說時，用的卻是現實主義。我嚴格地按照生活的真實來寫，我相信，只要真實地反映了現實，就能打動讀者的心，使讀者認清真與偽，善與惡，美與醜。對於我還不熟悉的生活，還沒有把握的材料，還認識不清的問題，我都不寫。我是經驗了人生才來做小說的，而不是為了說明什麼才來做小說的。」〔註 30〕茅盾在二十年代末直至八十年代初都力圖把自然主義和現實主義劃開來，但我認為茅盾起初的創作實踐是想依著自然主義的法則進行的，因為把握材料，經驗人生則是自然主義創作方法的第一要義，這不能不說是自然主義創作原則的可貴性，從某種意義上來說，左拉之所以獲得巨大的成功，不能不歸功這種創作方法的優越。雖然茅盾後

〔註 29〕茅盾：《「曹拉主義」的危險性》，《文學週報》1921 年第 50 期。
〔註 30〕茅盾：《創作生涯的開始——回憶錄（十）》，《新文學史料》1981 年第 1 期。

來一直說自己來試作小說的時候，更近於帶感情色彩的批判現實主義大師托爾斯泰；但事實上他在創作中是更傾向於純客觀描寫的左拉。「我是用了『追求』的氣氛去寫《幻滅》和《動搖》；我只注意一點：不把個人的主觀混進去，並且要使《幻滅》和《動搖》中的人物對於革命的感應是合乎當時的客觀情形。」〔註31〕誠然，這是茅盾剛剛從處女作的創作中解脫出來是所得出的切身體會，我以為它是中肯的、襟懷坦白的、不帶偏見的深刻感受，憑著第一次新鮮的、準確的藝術經驗，他無意中闡述了不以自己意志為轉移的自然主義創作傾向。而今天還有一些研究者忽視了這一基本事實，認為「《蝕》不僅沒有做到『不把個人的主觀混進去』，恰恰相反，它強烈地表現著作者主觀的思想感清。」〔註32〕這些同志把在困頓中的作者也許是不甚詳盡、顯得抽象的論斷作為論據，加以反駁，從而全盤否定茅盾早期創作中自然主義傾向，這就又跳向了另一個極端。我們說，茅盾當時是完全想按照自然主義的創做法則去從事創作實驗的，然而，他也和左拉一樣是個不成功者，正因如此，他才和左拉一樣，終以《蝕》為發韌而奠定了自己在文壇上的地位。他早期的作品由於上述種種原因被蒙上了一層似乎是神秘莫測的「自然主義」色彩。以致引起了文壇上持續半個多世紀的爭執。但是，我以為問題的根本焦點仍然是在於分清人物形象本身的情緒與作者感情流露之間的分歧，否則就難以看清茅盾自然主義理論在實踐中的試驗和運用。

茅盾一再強調，他描寫的角度是從側面，即冷靜地站在局外進行描寫，儘量不以自己的情感來替代人物情感，而使作品憑添一些亮色或拖上一條光明的尾巴，他要使人物成為生活中真實的人，這是因為自然主義（也是作者心目中的現實主義）的創作方法對世界觀的制約。作者力圖通過人物形象的折射，反映出歷史的真實、時代的真實、社會的真實來。可是，有些持不同意見的同志可能會舉出茅盾後期論文中承認對《蝕》和其他一些早的創作思想不是受自然主義約束的；更不能否認他前期作品裏所確確實實存在著的自然主義傾向。這種傾向是表現為他汲取了自然主義的精華部分——描寫的真實性。但是從二十年代就出現在文壇上的左傾幽靈，使人們一提到自然主義就頭皮發慌，這就導致了對茅盾早期作品採取較為貶抑的態度，過多地談論它們的消極面，在某種程度上掩蓋了它們的藝術光輝和可貴的現實意義，甚

〔註31〕茅盾：《從牯嶺到東京》，《小說月報》1928年第19卷第10期。
〔註32〕樂黛雲《〈蝕〉和〈子夜〉的比較分析》，《文學評論》1981年第1期。

至連他本人有時也不得不做一些不切實際的表白。任何一個作家都不可能不
在自己的作品中不露出一點主觀精神的蛛絲馬蹟，任何一個讀者也都要帶一
雙含著世界觀偏見的眼睛去讀作品的。《蝕》為我們所提供的廣闊生活畫面，
包孕著作者對黑暗社會的憤怒詛咒和有力的掊擊，它所釋出的藝術光彩是恒
久而不易泯滅的，這是因為作者忠實於當時的社會現實，如實地做了這一歷
史的記錄者，當然這種記錄是需要更高更典型的藝術概括的。

正是因為這種客觀中立的側面描寫——它依照生活的原樣來描寫人物，
既不拔高，亦不貶低，讓人物形象闡釋出自身的內涵，因此，茅盾筆下的那
些革命者：李克、徐曼青、王仲昭、曹志方等，就很難用一個概念能說清楚；
而像方羅蘭和孫舞揚這樣的「革命者」就更加難以鑒別其身上的革命基因了；
至於那一大群作者著力描寫的放浪形骸的「時代女性」便更加使人們難以揣
摸了。所有這些就不能不成為人們爭論的焦點。其實，只要我們始終抓住一
點——茅盾彼時彼地所運用的左拉的自然主義的描寫方法——要求作者不要
對自己所描寫的對象作政治的、道德的和思想的評價，而讓作品釋出自身的
藝術光彩——使觀點隱蔽的更深沉，我們就可以透過霧靄，認清其本質了。
這不能不說是「自然主義」創作方法對那些陳腐的主觀意念式作品的有力衝
擊。這不僅在寫作的當時有著不可懷疑的進步意義，同時它也為開拓三十年
代文學新的描寫領域起著一定的積極作用。由此可以作出這樣的結論：茅盾
的「自然主義」創作實際上就是不自覺地以現實主義創作方法為指南的藝術
實踐過程，他用自然主義的創作理論寫出了具有現實主義意義的優秀作品。

過去，有些研究者一提到茅盾的自然主義傾向，無疑就會把它同茅盾早期
作品中的性欲描寫聯繫在一起。當然，這似乎是茅盾「自然主義」寫實手法的
一個最為鮮明的體現。但究竟怎麼來看待這個客觀存在的事實呢？我覺得應該
首先來看一下茅盾是怎樣認識和理解這個問題的。他認為：「自然派作者對於
一椿人生，完全用客觀的冷靜頭腦去看，絲毫不攙入主觀的心理：他們描寫性
欲，但是他們對於性欲的看法，簡直和孝悌義行一樣看待，不以為穢褻，亦不
輕薄，使讀者只見一件悲哀的人生，忘了他描寫的是性欲。」〔註33〕誠然，作
者首先是把這種描寫歸於為人生的總的創作意圖之中的，完全是為了反映出
生活的「真」來，進而反映出時代浪潮中人物形象的「真」來。這和左拉的

〔註33〕茅盾：《自然主義與中國現代小說》，《小說月報》第 13 卷第 7 號，1922 年 7
月 10 日。

自然主義理論中生物學的決定論又有著本質的區別，左拉強調人的生物本能支配其社會行為，而茅盾卻恰恰相反，認為要從性欲描寫中看到悲哀的人生，透視出社會的黑暗。從而表現在其創作實踐中亦是與左拉的自然主義理論相悖逆的——它們以人們的社會存在決定支配著其生物本能的性欲衝動，反映出大革命失敗後的一些青年在精神苦悶的絕境中去尋求感官刺激的陰暗心理。這就反叛了自然豐義的遺傳論的純生物學理論，代之以社會性和階級性。倘若孤立起來看作品的細節描寫，它們可能都是純自然屬性和生物本能的表現。但是將它們和全文連貫起來看，和作品特定的環境、背景、情境聯繫起來看，你就不難找出它們的寓意來；在寓意的背後，你也就不難尋覓出人物行為與心境和社會現實之間相互溝通的內在聯繫來。無論是靜女士的性恐懼到性開放的描寫，還是孫舞揚 Romantic 式的性關係描寫；無論是史循和章秋柳那樣的赤裸裸的性衝動的細節描寫，還是王詩陶那樣的賣淫描繪，都不失那個時代小資產階級思想和行為的最忠實的描摹，可以清楚地看到，作者力圖使自己「忘了他描寫的是性欲」。所以，它們的認識意義是不可抹煞的。這種種情態的性欲描寫，正是注進了人物各自不同的社會屬性，表現出人物各種不同的思想狀態。顯而易見，人物都在性欲之中追求著不同目的的人生觀，希求精神上的解脫。作者只不過是作一個客觀如實的歷史記錄而已。它不摻雜作者的主觀意念，同樣亦是「冷觀的」描寫態度，性欲描寫中釋出的社會內容是由人物本身所決定的，須得聯繫起一系列的人物行為，聯繫起整個人物性格發展的歷史軌跡來分析，才能得出他（她）們社會屬性的真正答案。正如早期短篇小說《創造》、《詩與散文》、《曇》等篇裏的性欲描寫一樣，倘若不加以認真分析，孤立地看待細節描寫，就會使你墜入雲霧之中而發生誤解；只有當你將它和人物的思想變遷以及社會環境聯繫起來看時，你才能深入挖掘，從而發見其深刻的社會意義（即主題內涵）來。這批「時代的女性」正是企圖通過打破舊道德的陳腐觀念，沖決封建網羅，勇敢執著地走上追求人生新道路的「性革命」行為，來宣佈自己個性解放的要求。由此，作品的時代精神便通過性欲的表面描寫，自然而然地呈現既於讀者面前——「五四」時期，在反封建的潮流當中，許多「新女性」就是用這種病態的喪倫的充滿著偏激的「性革命」行動來衝擊封建黑暗勢力，以獲得個性解放的。這樣，時代性和階級性不都是有機地滲透在性欲的描寫之中嗎？一言以蔽之，作為出現在茅盾早期作品中的性欲描寫並非游離於社會矛盾之外，並非是純動物

性或自然屬性的描寫，它帶有特定的社會進步意義，具有一定的認識價值。它的創作過程是按照自然主義提倡的描寫方法去進行的，然而它所呈現的社會意義卻是對於自然主義生物學理論的一次有力的背叛。

總之，茅盾早期作品中「自然主義」傾向的表現是有其特殊性的。不可否認，茅盾在理論上是比較自覺地接受了自然主義的創作方法，而在實踐中又不能按照自然主義理論去進行實踐，以至給人們帶來了極大的困惑，但是從整個美學意義和歷史價值上來看，《蝕》和早期的一些短篇作品至今仍不失其藝術的光輝。從某種意義上來說，這種「自然主義」也顯現出其頑強的生命力，無可否認，它證實了自然主義（包括理論與實踐兩個方面的矛盾體的整個自然主義）在某些方面亦不無可取之處，不僅左拉的創作證明了這一點，茅盾的《蝕》在藝術上的成功也說明了它的可取性。即使是被人們一致視為茅盾創作的鼎盛時代，也同樣是受著自然主義積極面支配的，也不曾放棄過自然主義的描寫手法。那三十年代的扛鼎之作《子夜》不也或多或少地受了左拉《盧貢—馬卡爾家族史》第十八部《金錢》的影響嗎？不也是受了他當時認為的「自然主義先驅」的巴爾扎克的創作方法的影響嗎？過去把自然主義看作「洪水猛獸」，看作是僵死的資產階級的創作原則，這是缺乏歷史唯物主義的應有態度的。應該承認其歷史作用及其作品的藝術價值。

此外，尚須贅述的是，由於茅盾在許多不同時期論文中涉及自己早期創作理論和實踐時作出的往往是前後相悖的緒論，這就給他的研究者們帶來了迷亂。但我們只要看到作者思想本身就處在一個「矛盾」和發展之中，就不難理解這個現象了。我以為，茅盾之所以成為現代文學領域內的文學大師，正是因為他善於、敢於表現自己真實的思想動機和創作動機，表現出一個藝術家特有的「真率」來。然而，我們也只有從歷史唯物主義的觀點出發，按照作者思想發展的過程和創作方法的變遷來研究他，才能得出一個真正合乎客觀歷史的茅盾來。

三、茅盾與中國鄉土小說

作為中國現代小說的兩大題材——知識分子題材和農民題材——的描摹者，人們似乎更看重茅盾對於小資產階級知識分子的心理描寫。就總的質量而言，除去長篇以外，就短篇小說（因為茅盾鄉土題材的小說均為短篇）來說，成就較大的還是鄉土小說。

其實，茅盾小說一旦進入「鄉土」視閾，就顯現出思想和藝術的深邃與精湛，我們當然不能簡單概括爲「鄉土的童年視角」給小說帶來的新鮮感。但是有兩點則是肯定的：一是由於「爲人生」的思想觀點撥動著五四反封建主題的琴弦，作者在這一悲涼的封建土壤上看到了革命後的更深刻的悲劇，於是，那種以一顆拯救民族和農民於危難之中的憂患之心，促使作者把時代的選擇和農民的悲劇置於描寫的中心。二是由於鄉土小說給人以風土人情之饜足，最能滿足一種風俗民情的審美需求，這種審美形態對於發掘整個民族文化心理結構恰恰又呈一種和諧的對應關係。

基於上述兩點，茅盾的鄉土小說題材作品之成就是頗爲驚人的，同時也是令人惋惜的。就鄉土小說題材的作品來看，茅盾的這些短篇是篇篇珠璣，可謂名篇佳作：《泥濘》、《小巫》、「農村三部曲」、《林家鋪子》、《當鋪前》（這兩篇屬於小城鎮題材，與「都市題材」相比較，仍爲「鄉土題材」，因爲它從側面描寫了農村經濟的破產和農民的悲劇命運）、《水藻行》。這些僅有的七八篇「鄉土題材」小說應視爲茅盾短篇小說的珍品。我們設想，如果茅盾在大革命後直捷轉向鄉土小說的創作，那將會是怎樣的一個結局呢？如果茅盾在《子夜》這部巨構之中沒有象現在這樣將農村土地革命後的情形進行縮略描寫，而是充分地展開和深入，那將會給《子夜》帶來的是怎樣的一個恢弘的景觀呢？那將給中國整個社會的剖析引入到怎樣一個深層的境地呢？而茅盾放棄了這類描寫，這不能不使人惋惜，倘使這一題材的描寫繼續和深入下去，茅盾四十年代的短篇小說創作就不會逐漸平庸。

也許茅盾在自己的生活道路上和藝術創作道路上的選擇是「身不由己」的話，那麼他在自己的理論闡述上是相當清醒的。上世紀 20 年代初期，茅盾與鄭振鐸一起倡導「鄉土文學」，他們受到文學研究會中堅周作人的影響，竭力將《小說月報》、《文學週報》辦成倡導鄉土文學的有力陣地，中國的許多優秀鄉土小說作家正是在這兩個刊物的扶持下走上文壇的。20 年代初，作爲文學研究會的理論家，茅盾只是把魯迅的《故鄉》、《風波》之類的小說歸納爲「農民文學」，「文學上的地方色彩」。然而，對於地方色彩這一概念又是作何解釋呢？在茅盾與劉大白、李達編寫的《文學小辭典》中，其「地方色」之詞條是這樣說明的：「地方色就是地方底特色。一處的習慣風俗不相同，就一處有一處底特色。一處有一處底性格，即個性。」〔註34〕當然，這種概括

〔註34〕《民國日報》1921 年 5 月 31 日副刊《覺悟》，轉引自嚴家炎著《中國現代小

未必就準確，但是可以看出，茅盾等人在鄉土小說尚未形成之前就特別強調了作為「農民文學」題材的藝術特徵，因此，當他在一九二八年撰寫《小說研究 ABC》時就特別為「地方色彩」這一鄉土小說的重要特徵作了詮釋：「我們決不可誤會『地方色彩』即是某地的風景之謂。風景只可算是造成地方色彩的表面而不重要的一部分。地方色彩是一地方的自然背景與社會背景之『錯綜相』，不但有特殊的色，並且有特殊的味。」〔註35〕顯然，這裡的詮釋是符合文學研究會「為人生」創作宗旨的。只不過，論者尚未將「世界觀」當作先行的條件。隨著階級觀念的逐漸強化，茅盾在給鄉土文學進行最後規範時，把重心移向了作家世界觀和人生觀這一主體，他說：「關於『鄉土文學』，我以為單有了特殊的風土人情的描寫，只不過像看一幅異域的圖畫，雖能引起我們的驚異，然而給我們的，只是好奇心的饜足。因此在特殊的風土人情而外，應當還有普遍性的與我們共通的對於運命的掙扎。一個只具有遊歷家的眼光的作者，能給我們以前者；必須是一個具有一定的世界觀與人生觀的作者方能把後者作為主宴的一點而給與了我們。」〔註36〕我以為，即便在理論上，茅盾也同樣陷入了一個「怪圈」：一方面是在倡導寫實主義時所要求作者採取的對生活冷峻，客觀、中性的創作態度；另一方面又在「表無產階級之同情」的世界觀的促動下，作者又不得不時時想跳將出來進行「表白」式的演說，這一矛盾的背反現象困擾著茅盾，這就不得不使作者在夾縫中去尋覓一種得以解脫的中介力量。於是，在他自己的鄉土小說創作中，我們似乎時時看到先生窘迫尷尬的面影。然而，我們又不得不佩服先生在二者之間穿梭時遊刃有餘的藝術功力和技巧。

　　研究茅盾的鄉土小說，首先應看看在寫三部曲前的兩篇作品《泥濘》和《小巫》。《泥濘》是 1929 年 4 月在日本所作，茅盾曾在回憶錄中作過檢討：「不過那是寫得失敗的，小說把農村的落後，農民的愚昧、保守，寫得太多了。」〔註37〕平心而論，這篇小說作為農村鄉土題材小說的第一次嘗試，茅盾採用了魯迅式的「曲筆」，深刻地揭示了大革命失敗的根本原因就是沒有充分的發動起最廣泛的農民階級，使他們從自發的革命走向自覺的革命道路。

說流派史》》，人民文學出版社 1989 年 8 月第 1 版。

〔註35〕沈雁冰（茅盾）：《小說研究 ABC》，上海書店 1990 年版。

〔註36〕茅盾：《關於鄉土文學》，《文學》1936 年 2 月 1 日版。

〔註37〕茅盾：《〈春蠶〉、〈林家鋪子〉及農村題材的作品》，《我走過的道路》（中），人民文學出版社 1984 年版，第 137～141 頁。

就小說的藝術描寫來看，《泥濘》的技巧相當圓熟，作家試圖以不帶情感色彩的筆墨去描摹一場帶有鬧劇成份的悲劇。整個作品不斷幻化出黃老三對那幅標致的裸臂女人畫像的饞涎——這就充分地揭示出農民革命動機的盲目性，「共妻」只作爲一種動物本能的需求和欲望，它促使農民只是淺表性的擁護革命，而根本沒有認識到革命的本質究竟是什麼？因此當反革命力量在絞殺革命力量時，將這些尙未覺悟的農民的糊裏糊塗的頭顱一起砍殺時，黃老三竟如阿 Q 一樣仍在做他的性欲之夢，這樣的悲觀情緒當然和大革命後茅盾的心境相吻合，但這種悲劇性的揭示無疑是一帖革命的清醒劑。爲什麼反革命的軍隊到來後燒殺姦淫反而被農民視爲「正常」，而共產黨游擊隊發動農民（包括婦女）革命卻被視爲異端邪說，這正是革命沒有更深入地發動起農民而導致悲劇性失敗的根本緣由。儘管 80 年代初茅盾仍以爲此篇寫得太陰暗悲觀，但我們仍可從中看到客觀歷史的足音。然而，在整個技巧手法的運用上，作者採用了背景（包括政治社會與作品環境背景）的淡化描寫，這樣便增強了小說的多義層面。那麼最值得注意的是作者採用了部分的「現代派」手法，用「幻覺」來組接黃老三的意識流動，非常巧妙而深刻地去觸及主題內涵，整個小說的隱喻層面，似乎就懸繫於黃老三這不斷浮現出的「畫像」，把革命動機與個人本能欲望之間的聯繫勾連得絲絲入扣。在整篇行文中，作者幾乎是以完全中性的客觀描寫來結構全篇的，倘使讀者不對當時的各種複雜的背景以及作者的心境加以考察，單憑直覺亦難以解讀作品的語碼可是，當你打開整個小說的隱喻層面，你就能愈加體味到作者世界觀和人生觀滲透於其中的悲苦哀號。當然，我不認爲這悲苦的哀號就是悲觀失望的情緒，它終比那種盲目的極左情緒更高明得多。這種對於大革命前後農民革命運動的評價，用一種冷靜低調的處理方式進行藝術曝光，看似客觀中立，實則上是飽含了作者血和淚的情感的。我們不能因爲種種政治原因，亦像茅盾那樣，對《泥濘》這部作品不作眞誠客觀的歷史的和美學的分析茅盾在寫《子夜》的同時，於 1932 年 2 月間寫了一篇農村題材的鄉土小說，《小巫》，這部作品也是歷來不被人們所注意，連茅盾亦很少提及它，究其原因，當然是多方面的，然而總的說來，它是與被世人所公認和矚目的《子夜》總構思不甚吻合的，我們知道，「爲什麼我正好在一九三二年轉向了農村題材，而且以後幾年又繼續寫了不少農村題材的作品呢？這也有它的機緣：其一，在最初構思《子夜》時，如上所述，我原是打算其中包括一個農村三部曲的，因此，也有意識地注意

和搜集了一些農村的素材；現在《子夜》既已縮小範圍，只寫都市部分了，農村部分的材料就可以用來寫其他的東西。……」〔註38〕茅盾和茅盾研究者們似乎只注意《林家鋪子》、《當鋪前》以及「農村三部曲」的主題格調與《子夜》總主調的和諧統一，它們彌補了《子夜》未能完成的農村線索的構圖，帝國主義的經濟侵略導致了農村經濟危機，引發了農村各種矛盾的日益尖銳化，這都是回答了中國的命運和前途的理論命題的。而《小巫》在其發表前後的「革命文學」高漲的年代裏，當然要被打入「另冊」，難怪當時羅浮評《小巫》只用一句話：「在意識上，這篇是比較模糊，」。〔註39〕其評斷為「在茅盾作品的意識上，關於封建意識的階級意識的對比，常是前者非常濃厚而後者像煙一樣的輕淡。」〔註40〕茅盾自己對這部小說的感情當然也是隨時而變的，可以看出，在他的心靈深處還是喜愛這部作品的，因為在茅盾的選集、文集中這部小說屢被選中。後來他接受了「階級意識模糊」的說法，將其「失敗」之原因歸咎於是在回鄉以前未經實地考察而作，則是很難圓說的。一部作品的創作高下並非是以實地考察為準繩，相反，許多優秀作品的成功恰恰在於對某種情感和對某種社會本質現象的深刻把握和揭示。《小巫》所揭示的是封建主義殘餘彌漫農村而扼殺人性的事實，同時愚昧、盲目的封建統治氛圍也遏制著農民的真正覺醒。從表面上來看，作者沒有用階級分析的眼光去描寫書中的人和事，但人們卻不知道批判封建主義本身就是一種階級意識，正如茅盾所言：「在這裡，羅浮似乎把封建意識和階級意識看作兩個東西，其實封建意識也是一種階級意識——封建社會的統治階級的意識。」〔註41〕從中，我們可以看出，80年代茅盾在臨終前唯一透露出的對《小巫》的辯解。那麼，寫《小巫》的動因究竟是什麼呢？

從寫作日期上來看，寫《小巫》亦正是作者為華漢（陽翰笙）寫再版「序」——《地泉讀後感》之時，在這篇文章中，茅盾借題發揮，批判了「革命文學」的失敗乃是作家「（一）缺乏對社會現象全部的非片面的認識，（二）缺

〔註38〕茅盾：《〈春蠶〉、〈林家鋪子〉及農村題材的作品》，《我走過的道路》（中），人民文學出版社1984年版，第137～141頁。
〔註39〕茅盾：《〈春蠶〉、〈林家鋪子〉及農村題材的作品》，《我走過的道路》（中），人民文學出版社1984年版，第137～141頁。
〔註40〕茅盾：《〈春蠶〉、〈林家鋪子〉及農村題材的作品》，《我走過的道路》（中），人民文學出版社1984年版，第137～141頁。
〔註41〕茅盾：《〈春蠶〉、〈林家鋪子〉及農村題材的作品》，《我走過的道路》（中），人民文學出版社1984年版，第137～141頁。

乏感情的去影響讀者的藝術手腕。」「一個作家應該根據他所獲得的對於社會的認識，而用藝術的手腕表現出來。」而不是靠「臉譜主義」去描寫人物，靠「方程序」去布置故事情節，正由於茅盾滿懷激情批判了非文學性、非藝術性的小說傾向後，才把這種對於文學的見識溶化在他精心刻畫的《小巫》身上：總體把握全部社會現象，抽象出具有本質內容的主題；用熾烈的感情去藝術地描寫人與事件。這一嘗試，使我們今天的讀者從中看到了《子夜》中吳老太爺的靈魂，看到了曾家駒的面影、看到了農村到處在殺戮淫亂之中的混亂場面……，這些都是後來《子夜》「方程序」所不能見到的影像。同樣，小說並沒有明顯點出背景，尤其是後半部分，作者採用的是在現實與幻覺的交叉中進行人物的意識流動描寫，讀來撲朔迷離，但整個小說的總體意向是十分清楚的，它完成了作者用「間接」的藝術手腕來表達自己對農村社會的本質認識。作者在整個敘述過程中所採用的是作者（等於敘述者）在中性客觀的描寫中不斷「閃現」和人物意識（即人物視角）活動交叉描寫的方法，這就構成了整個作品若隱若現、若即若離的藝術效果—既有觀點的「閃現」，又充滿了魅人的藝術力量。

　　茅盾作為一個政治和文學的「狂亂混合體」，他的政治觀念和文學觀念亦是一個「矛盾體」，當他興奮於政治運動時，往往會忽略文學的特殊規律，而當他在政治場上失意時，則又沉緬於文學的藝術性和審美性。《子夜》和「農村三部曲」所要表現的主題卻是明擺著的，連我們今天的讀者也一目了然，但在「革命文學」時代裏，一些社會批評家們仍然不滿意小說中所顯現出的「無時代性」和「狹小範圍的觀照式的自然主義」，以及「超階級的、純客觀主義的態度。」〔註42〕我以為「農村三部曲」之所以成為不朽之作，就是因為茅盾在「革命文學」的浪潮中，恪守了現實主義小說盡力隱蔽觀念的精義，將觀念隱藏在畫面、場景、人物、事件的背後。尤其是《春蠶》，它之所以成為「農村三部曲」的上乘之作，就是因為作者非常巧妙地尋找到了「再現」與「表現」的最佳中介值，這就是用象徵和隱喻來貫穿整個作品，使人和事，場和景充滿著「寓意」效果，我們知道，茅盾許多有成就的小說創作多取名於自然景觀，以此來象徵隱喻一種觀念，也即主題內涵的高度濃縮：從《蝕》三部曲到《夕陽》（《子夜》原名），從《虹》、《路》到《腐蝕》等，均為一種

〔註42〕茅盾：《〈春蠶〉、〈林家舖子〉及農村題材的作品》，《我走過的道路》（中），
　　　　人民文學出版社 1984 年版，第 137～141 頁。

自然現象，而其中之深刻藝術內涵卻是令人深思的。「農村三部曲」亦不例外，《春蠶》、《秋收》、《殘冬》本身就寓意著農民從破產而走上自發革命的整個過程，而每一單篇則又爲一個獨立事件的過程，這一過程則又形成一個整體的象徵：如《春蠶》則是農民在充滿著綠色希望的蠶事中走上悲劇道路；《秋收》則是農民在金色的希望田野上幻滅的現實；《殘冬》則是在飢寒交迫之下的農民的最後掙扎。作者在總體構思中就異常明確地試圖以象徵隱喻作中介來完成對農村悲劇現實的概括。其中最下工夫的要算《春蠶》，有人以爲作者對於整個小說風俗描寫的鋪排只是完成作者倡導的「異域情調」之饜足，這無疑是一種偏見。我以爲《春蠶》的一切描寫中都滲透著作者強烈的意圖，老通寶一家在蠶事活動中的表現，以及荷花偷蠶等情節所構成的意義恰恰是一種本體的象徵內容：單憑勤勞儉樸能夠得到應有的補償嗎？而整個作品每一個場景，每一個景物，每一個細節動作都孕育著活的「內在動作」，開篇時作者通過老通寶的視角所看到的那幅絕妙的情景足以回答了農民必將遭受滅頂之災的最後的悲劇命運歸宿，那小火輪經過時，那條赤膊船上的農民緊緊地抓住岸邊的茅草，試圖在湧來的衝擊波中得到那怕是一點微弱的平衡，難道這僅僅是一種純自然景物的描繪嗎，難道它不是隱喻和象徵著帝國主義（小火輪）的經濟侵略已滲入到中國的內陸（官河）而造成毫無依託的中國農民（赤膊船）在飄搖之中本能的求生欲望（抓住岸邊的茅草）嗎？作品一開頭就把這種充滿著深刻涵義的視覺畫面推在讀者面前，其用心當是良苦的。就連兩岸農民用石頭砸小火輪的細節描寫也不是「閒筆」，它道出了農民對於「小火輪」的一種本能的、直覺的、也是盲目的反抗情緒。總之，整個小說的氛圍的渲染都是緊扣著暗示農民命運這一主旨展開的，在闡釋觀念時，作者不採用自己跳出來進行「旁白」和以「畫外音」的形式插足於作品的行動，而是「借景抒情」，把藝術想像的空間留給讀者。象徵和隱喻幫了茅盾的大忙，這也是茅盾熟諳的藝術手法，這在他的早期作品《蝕》和《野薔薇》中已表現得尤爲鮮明。而這一時期，茅盾在批判「革命文學」時，把唾棄「戀愛與革命」的結構，唾棄「宣傳大綱加臉譜」的公式，唾棄向壁虛造的「革命英雄」的羅曼司，唾棄印板式的「新偶像主義」的文學主張和觀念運用於「農村三部曲」的創作，應該說是對於鄉土小說創作的一種具有指導意義的建樹。起碼，在這一領域的創作中，茅盾「農村三部曲」的嘗試，在一定程度上是把鄉土小說的創作正在向蔣光慈那樣的「革命文學」口號式傾向迅速滑坡的

危險傾向作了適時恰當的調整，使鄉土小說向 20 年代的寫實主義方向皈依，這就是它在文學史上佔有地位的重要意義所在。

　　茅盾寫過「農村三部曲」以後，除《當鋪前》和《林家鋪子》外，只寫過一部短篇鄉土小說，這就是《水藻行》。《水藻行》是茅盾一九三六年二月中旬受魯迅先生之約，爲日本改造社的山本實彥先生在《改造》雜誌上介紹中國現代文學作品所特地撰寫的，本來說好由魯迅先生譯成日文的，後因魯迅病體纏身，就由山上正義代譯成日文發表，這亦是茅盾唯一的一篇先在外國發表的作品。茅盾之所以珍愛這部作品，恐怕亦不漢僅是珍愛他和魯迅的這份友誼，其中還有一個重要的因素就是：「我寫這篇小說有一個目的，就是想塑造一個眞正的中國農民的形象，他健康，樂觀，正直，善良，勇敢，他熱愛勞動，他蔑視惡勢力，他也不受封建倫常的束縛。他是中國大地上的眞正主人。我想告訴外國讀者們，中國的農民是這樣的，而不像賽珍珠在《大地》中所描寫的那個樣子。」﹝註43﹞這段話是茅公 80 年代所補充的創作目的，這和創作《水藻行》的初衷究竟有多大的距離呢？後人難以判斷。但有一點可以相信：作品的主旨是在描寫農民的積極的生存態度，反對封建倫常，崇尚健康的自然的兩性關係；同時弘揚扶助嬴弱之民風的可貴，將這部小說的主題內涵引向於重返大自然。這種返樸歸眞的社會觀念，在茅盾的小說中是很少出現的，民族精神不是以固態的，多以劣根性狀態而出現於作品之中，那種在逆境中表現出的豁達的生存意識，以及執著於現實生活本身的向上意識，支撐著民族繁衍的力量，使人讀後爲之一振。然而，這一與茅盾許多優秀作品大相逕庭的作品卻很少受人注意，其重要原因就在於左的思潮制約著人們對它難以進行客觀的評價。茅盾固然是一直主張首先具備先進的世界觀和人生觀的，那麼這篇作品的世界觀和人生觀似與傳統相背，也與無產階級世界觀和人生觀似有格格不入之處，與前期茅盾和後期茅盾都有人格上的分離，我不敢妄斷這是作者二重性格的另一面呈現。但這種返歸自然之心從他不挑一篇舊作發表，而特意要「趕寫一篇新的，而且專門寫給外國讀者的」，以及有別於賽珍珠的《大地》來看，作者是有意識來寫中國人身上存活著的充滿著壯年氣息的精和力的。因而，根據這一主題的需求，作者完全淡化了背景。而且，「我沒有正面去寫農村尖銳的社會矛盾，只把它放在背景上。我

﹝註43﹞茅盾：《抗戰前夕的文學活動》，《我走過的道路》（中），人民文學出版社 1984
　　　　年版，第 355 頁。

著力刻畫的是兩個性格、體魄、思想、情感不同的農民。」〔註44〕從這兩個反差很大的農民性格的衝突中，茅盾尋覓到了正常的自然的性愛要求和在逆境中的共同生活的契機，這不是一個「三角戀愛」的公式，財喜、秀生、秀生娘子三者之間的衝突，終於在茅盾刻畫的生存逆境和人的生存需求中得到了和諧的統一。全文充滿著風俗野趣的描寫，尤其是民謠中的性饑渴描寫，作者並沒站在一個批判的視角上去描寫，而且與全文的情節線索緊緊相扣，表達了作者對於這種自然本能屬性的某種認可的態度，它闡釋的是中國人的另一種超越背逆封建倫常的活法，當然這與中國邊遠山區的「拉邊套」則是兩碼事，因為故事之背景是發生在文化經濟發達的江浙地區，其涵義就大不相同了。整個小說似乎是站在客觀中性的立場上來敘述故事的情節，但是其表現的觀點卻是清楚的。其現實主又和自然主義的寫作狀態是很難加以區別的，但作品的總體意向卻是超常的。茅盾鍾愛此篇作品不僅可以在回憶錄中尋覓蹤跡；即便是五十年代《茅盾文集》中也可看出作者選其時的心境，有些地方風俗，茅盾還特地為之加注。

綜觀茅盾的鄉土小說實踐，可以看出，茅盾雖然在每一篇什中表現出的「客觀」和「主觀」之間的矛盾狀態是有所不同的。但他基本上是遵循了寫實主義創作方法的，與 20 年代的鄉土小說流派的創作情形相一致。難能可貴的是，茅盾在整個創作過程中，試圖將象徵隱喻等手法變成一種中介，以緩衝主客觀之間的矛盾，減少兩者之間在作品中的「磨擦係數」，從而架起兩者之間不可逾越的橋梁。這些有益的嘗試和貢獻，將是後人永可借鑒的地方。

五四以來的任何文學理論家都沒有象茅盾那樣注重於作家和作品的理論建設。然而，幾乎是在評論魯迅小說開始，在整個世紀的文學評論活動中，茅盾對於鄉土小說的評論恐怕要占絕對優勢。

當茅盾開始接手《小說月報》時，首先就以編輯的身份對一些鄉土小說加以評點和張揚。在 1921 年 8 月 10 日出版的《小說月報》第 12 卷第 8 號上，茅盾寫了著名評論文章《評四、五、六月的創作》，他在宏觀分析魯迅、葉聖陶等人的作品時感歎：「就實在的情形而論，現今從事創作者和農民生活倒還時常有點接觸，做起小說來，應該比描寫勞動者生活的作品要好一些；不謂比較成績，兩者還是相差不遠。這恐怕是近年來文學界提倡『自然美』的流

〔註44〕茅盾：《抗戰前夕的文學活動》，《我走過的道路》（中），人民文學出版社 1984 年版，第 355 頁。

弊。因為有了一個贊美『自然美』的成見放在胸中，所以進了鄉村便只見『自然美』，不見農家苦了！我就不相信文學的使命是在贊美自然！」由此可以清楚地看到茅盾在鄉土小說理論的闡述中，首先將世界觀、人生觀放在首要位置，而將風俗與地方色彩放之次要位置的主張是異常鮮明的。在眾多的作家作品之中，《中國新文學大系・小說──集導言》可謂茅盾對第一個十年小說創作的經典性概括，尤其是對鄉土小說的準確評價，應該說是具有歷史眼光和科學態度的。如在評價鄉土小說作家彭家煌獨特風格時，首先贊揚的是作者「純客觀」的態度，然後就是大加贊美作者「濃厚的『地方色彩，活潑的帶著土音的『對話』，緊張的『動作』，多樣的『人物，錯綜的故事的發展，──都使得這一篇小說成為那時期最好的農民小說之一。」這些切中肯綮的評論，不僅僅是對單個鄉土小說的理論建設作出了很大貢獻又如在《關於鄉土文學》一文中對馬子華小說《他的子民們》的評論，導致了作者對於鄉土小說那個經典性的解釋，儘管這種理論的概括還存在著許多偏頗之處，然而，它對後來幾十年的鄉土小說的建設起著不可估量的影響力。茅盾常常是在「散點式」的評論中，總結概括出具有普遍意義的理論命題來，具有大理論家之風範，這是毫無疑問的。

在茅盾生花的評論淘洗下，二、三十年代走出了一個「鄉土小說流派」，像王西彥、王魯彥、許地山、彭家煌、丁玲、蕭紅、艾蕪、沙汀……等一大批作家的勃興都是與茅盾的扶植分不開的。解放後一大批農村題材小說作家亦是在茅公的「鼓吹」之下走進文壇的。茹志鵑、管樺、馬烽、杜鵬程、李準、李滿天、馬烽、王汶石、瑪拉沁夫、……這些當年文壇新秀無一不是在茅公的獎掖之下更加出息的。也許是由於茅公解放以後不再搞創作而專注於評論，在他的精心培養下，中國鄉土小說作家在整個創作領域內發揮了最大的能量，其重要的作品多出自於鄉土小說創作，雖然在整個三十年間（1944～1979）的鄉土小說創作中出現過重大的失誤，但是，這與倡導鄉土小說創作本身沒有多大關係。當然，茅盾在五十年代末的那組關於現實主義理論的闡釋（如《夜讀偶記》等）為「假大空」文學的發展起了推波助瀾的作用，這倒是一個批評家的悲劇，但又有誰能逃脫這「歷史的必然」呢？六十年代後期茅盾緘默不語，這就是一種無聲的反抗了。這些當是另一篇文章所闡述的問題，在這裡就不贅了。

作為一代宗師，茅盾和魯迅在實踐和理論上培植了中國的鄉土小說，而

茅盾更是在長達半個多世紀的歲月裏一直堅持著對鄉土小說的實踐嘗試和理論弘揚，在文學史上寫下了一頁又一頁的不朽篇章，這是茅盾研究工作者和文學史家值得深入研究的課題。本文倉促成文，只不過是提出這一論題而拋磚引玉罷了。不當之處，當請學人批評指正。

四、茅盾早期創作的二元傾向

　　19 世紀末現葉派文學爆炸的碎片，似乎是在一個世紀後才衝擊到中國文壇上來，這無疑是一種誤解。即以本文所要討論的，後來譽爲「心理現實主義」大師的茅盾而言，他第一次握筆寫小說時，便採用了局部的現代主文描寫方式。也許是因爲茅盾當時所遭受的心靈的創傷與表現主義作家的心靈歷程有著相同之處，他才看中了這樣的表現方式。在那大動蕩的年代裏，茅盾的思想是一個「狂亂的混合物」，與現代主義所處的時代背景的相似點表現爲：沉重的社會外力，使小資產階級知識分子（革命者）陷入了深刻的精神危機——走投無路，絕望、徬徨、痛苦、孤獨成爲時代的流行病。於是，他們只有用文學的形式進行渲泄，在精神的煉獄中尋找慰籍。正如茅盾所說；「我是眞實地去生活，經驗了動亂中國的最複雜的人生的一幕，終於感得了幻滅的悲哀，人生的矛盾，在消沉的心情下，孤寂的生活中，而向受生活執著的支配，想要以我的生命力的餘燼從別方面在這迷亂灰色的人生內發一星微光，於是我就開始創作了。我不是爲的要做小說。然後去經驗人生。」〔註45〕這一創作緣由，亦正是與十九世紀末興起的現代主義作家們的心境何等相似，又與俄國陀氏所面臨的那種「雙重人格」的絕望矛盾的，甚至半瘋狂的心境相像。從這一視角去進行創作，茅盾必然在創作方法上與之有著相通的描寫靈感。

　　綜觀茅盾早期的創作，他筆下所塑造的人物幾乎全是被扭曲了的性格，和現代派文學的主人公一樣，他們大多是「非英雄」，甚至是「反英雄」，可以看出，茅盾筆下的芸芸眾生都是被社會被革命鬥爭所擠壓的弱者、冤魂、失敗者，被污辱和被損害的魂靈，他們都是走向沉淪的末路鬼，每一個人物心靈都有一部從亢奮走向孤獨的性格史，每一個人物都在困獸猶鬥中擺脫不了悲劇命運的籠罩。與卡夫卡相像的是，茅盾在大革命失敗後所強調的是革命的失落，採取的是否定性判斷而非英雄頌歌式的肯定性判斷。茅盾在他早期作品中很用心地渲染了一個困頓的具有濃鬱象徵意蘊的變異環境，像《動搖》中方太太眼裏的

〔註45〕茅盾：《從牯嶺到東京》，《小說月報》1928 年第 19 卷第 10 期。

幻覺，像《追求》中屢屢出現的「黑影子」，像《自殺》、《創造》中的昆蟲的描寫，都十分精彩地表現出一種畸變的、狂亂的、令人窒息的、無可名狀的環境氛圍，從而將濃重的黑暗社會縮略在怪誕的具象描摹之中，這種近於荒誕的表現手法是將生活的原型打碎，進行主觀意象的重新組合，將現實與幻覺交織、倒錯，更真實地渲染出那不可思議的荒誕年代的荒誕性。

人們一貫只注重對茅盾早期作品的客觀性，而忽略了作家的主觀性。我以為，把茅盾早期的作品說成是「心理現實主義」的並不過份。因為它們在開掘個人的直覺、本能、潛意識、夢幻、變態心理、瘋狂和半瘋狂意識過程中，真實地傳達出一代革命者革命「理性」的「幻滅」。表現出一個時代所呈現出的複雜、狂亂、多變的豐富精神世界。倘使說茅盾早期的作品傾向自然主義，這倒是一種誤解，還不如說它們更具有現代主義的文學精神。它是一個「失去理智的世界」的描繪。

由於大革命的失敗，由於愛的深切和恨的刻骨所產生出的一種極為混亂的情緒，使茅盾陷入了悲觀，從理智上他並非不懂得「悲觀頹喪的色彩應該消滅了」[註46]，但從感情上來說他又不得不尊重客觀事實和藝術的規律，「所以我只能說老實話：我有點幻滅我悲觀，我消沉。我都很老實的表現在三篇小說裏。」誠然，將茅盾早期的作品與現代派文學的頹廢性劃等號是不公平的，茅盾在頹廢的情緒中還包孕著一種企圖反抗、企圖掙扎、拼命詛咒的「革命情緒」，而非「頹廢文學」中所表現出的純粹憂鬱窒息的情調和玩世不恭、茫然無措、無法解脫的厭世傾向。同樣是悲觀的、虛幻的、痛苦的現實心理世界描寫，茅盾不是要表現世界的荒謬性，而是要表現對醜惡世界的控訴，雖然這個控訴是病態和消極的；同樣是表現人性，現代派主張人性是醜惡的，而茅盾表現的是人性在外力壓迫下的變異，是把有價值的靈魂撕毀給人看，從而喚起同情和悲憫的藝術情感，他不是闡釋對人類的絕望，而是想使革命失敗者警醒；同樣是對前途的茫然，茅盾並沒有在尋找自我失敗中實行投降主義態度。並沒有把沒有意義的死亡和世界末日看作是人類的唯一歸宿，相反，在詛咒中，他把美麗靈魂的毀滅當作一種反抗的武器，來闡釋對黑暗社會不共戴天的仇恨。當時有些評論家說茅盾的作品浸潤著「世紀末」的情緒，我以為，這只是看到了茅盾作品「頹廢性」的負面，而未看到它與現代派文學中「世紀末」情緒相異之處。茅盾作品所表現的正是社會制度的荒誕，人

[註46] 茅盾：《從牯嶺到東京》，《小說月報》1928 年第 19 卷第 10 期。

的「異化」正是社會制度的罪惡和黑暗使然，他的哲學觀念是建立在懷疑和否定現行社會制度的馬克思主義哲學基礎上的。

基於上述的闡釋，我們不難看出茅盾在創作觀念上與現代主義文學相交與相斥的現象。據此，也就不可能看不到十九世紀末到 20 世紀初現代派文學的爆炸碎片覆蓋整個世界，乃至中國現代文學的現實，於是，茅盾作品中的許多描寫方式也呈現出現代主義因素的斑斕色彩。

茅盾在通過文學本體來達到為人生之目的時，表面上與左拉和托爾斯泰相近，然而其骨子裏更與陀思妥耶夫斯基相像，其中最為明顯地是，茅盾早期的小說，尤其是《蝕》，運用了陀氏式的人物主體性的描寫視點。因為《蝕》和《野薔薇》等早期作品不完全是「獨調」小說的模式，它更帶有濃厚的「複調」小說的情致，是一個二重視角的「狂亂混合物」。由於茅盾在《蝕》的創作中時而採用「獨調」小說的描寫視點，時而又採用「複調」小說的描寫視點，所以，半個世紀以來，茅盾研究者們一直對它把握不定，即便是茅盾本人也由於「矛盾」思想的使然，不斷地變幻著描寫視點，所以亦說不清哪些是屬於他自己的思想，哪些是屬於人物的，在「狂亂的混合物」面前，任何偏執的闡釋都顯得無能為力。

其實，不獨西方小說，就連中國的古典小說亦都不外乎三種描寫視角：A、敘述者〉人物（被稱為「後視角」或「非聚焦或零聚焦」），這種是全知全能的描寫視角。B、敘述者=人物（被稱作「同視角」或「內聚焦」），也就是巴赫金所說的人物主體性的「複調」小說形態。敘述者只述說人物所知道的事情，只轉述這個人物從外部接受到的信息和可能產生的內心活動，敘述者始終跟著人物走，可以由一個人物擔任，也可以由幾個人物輪流擔任，不斷轉點。敘述者〈人物（被稱作「外視角」或「外聚焦」），敘述者比人物知道的少，他像一個不肯露面的局外人，僅僅向讀者敘述人物的言行，而不進入人物的意識，它給讀者的想像開闢了無數的空地。這種描寫視點的哲學基礎是不可知論。綜上所述，茅盾的早期作品主要採用的描寫視點是以「後視角」與「同視角」交替使用的方式進行的。如果說《幻滅》採用的描寫視點大多是「同視角」中的「固定內聚焦」方法，由靜女士作為敘述者觀察外部世界的視角來描寫革命前的「幻滅」意識的話；那麼，《動搖》則是將「後視角」（全文的描述過程基本是按全知全能的視角進行藝術結構的）的傳統手法與「同視角」的描寫方法相結合的產物，如方太太在叛軍佔領縣城後所產生的幻覺意象：死灰的復燃、大廈的傾

塌、廢墟的狼煙，掙扎，奔逃、投降的影像……所化出的血腥世界正是「同視角」中「多重內聚焦」的藝術效果；而到了《追求》中，茅盾則完全採用了「同視角」中「多重內聚焦」的描寫方法，每一個人物都形成了一個自己獨立的內心悲劇世界，每一個人物都有一個「中心意識」，眾多人物的內心悲劇形成了一組「悲愴交響曲」，使整個小說具有立體感。茅盾之所以被譽為描摹中國現{文知識女性心理的大師，則不能不說是與採用與眾不同的描寫視點有著很直捷的血緣關係。我們設想，如果茅盾的這種描寫視點不向後（即向「後視角」）發展，而是向前（即向「同視角」和「外視角」）的方向發展，恐怕他《子夜》以後的創作會是另外一番景象了。

倘若說中國現代小說史上出現過真正的現代主義流派的話，那麼，以劉吶鷗、穆時英、施蟄存為代表人物的「新感覺派」大概要算是正宗的派別了。但如果將他們的作品與比他們早一年多和同期的問世茅盾的早期作品相比較，最起碼，我們可以找出兩者之間藝術技巧運用的驚人相似之處。甚至還可以找到創作觀念上的相通的淵源。《野薔薇》中的所有篇什都充滿著夢幻、意識和無意識，它們像經線和緯線一樣纏繞在小說的描寫之中，由夢和象徵去表現撲朔迷離的夢幻意識，以心理的意識流程來結構全篇，這幾乎成為《野薔薇》的一大特點。它們中間的任何篇什都不乏心理分析小說的特質，倘若施蟄存的《梅雨之夕》是代表著心理小說典範，那麼，茅盾的《野薔薇》心理小說的特質比之只有過之而無不及。那種精微的心理獨白描寫，那些變幻無窮的內心「二重人格」的生動表現，那些虛實相間，不可捉摸的意識流動……幾乎使每個人物斑斕雜駁的內心世界得以最維妙維肖的表現與再現。甚至，茅盾早期作品中還出現了陀氏小說中的自虐形象」，與陀氏一樣，茅盾對於殘酷的自虐描寫不僅停留在外在的行為描寫上，而是深入地探究自虐者的心理世界：《自殺》和《一個女性》就是最好的證明。值得注意的是，茅盾筆下的每一個人物似乎都表現一種對那個時代革命者的普遍性精神的抽象：即由「個人無意識」的描寫積澱成的一種普遍的「集體無意識」描繪。由此而顯示出它對歷史方向的決定作用，比起集體心理的汪洋大海來，個人心理只像是一層表面的浪花而已。集體心理強有力的因素改變著我們整個的生活，改變著我們整個的世界，創造著歷史的也是集體心理。《蝕》和《野薔薇》就是通過量的變數來達到對一種普遍的小資產階級革命者的「集體心理」的「雙重人格」的狀態的深刻描繪。這一現象也是值得注意的。

　　總之，考察茅盾早期的創作，我們既不能以現實主義加以涵蓋，又不可用現代主義簡單冠之，這些作品是現實主義與現代主義相交融的「狂亂的混合物」。這諸多的創作因素中包含著五四時期，乃至茅盾個人的許多時代的創作特質，它與後來的文學創作有何姻緣關係？發生過什麼樣的影響？這些課題都有待我們去探索。

五、《蝕》的人物主體性

　　半個多世紀以來，人們對《蝕》的評價莫衷一是，然而許多評論者總是拘囿於作者主觀情緒的分析，而或多或少地忽視了作為一部藝術作品一旦脫離作者的思想母胎後，它所存在著的獨立的審美價值和客觀的審美效果。誠然，分析一部作品最終不能離開它歸宿——社會運動的軌道。但忽視作品自身所釋放出的審美功能，而一味簡單地將作品的內容和社會現象相聯，或企圖從作者現成的解釋中找到最準確無誤的答案，這只能是貶低作品的藝術審美價值，至少也是大大縮小了作品的藝術涵蓋面和多義的美學內涵。鑒於此，我想就《蝕》三部曲的藝術結構形態作一膚淺的探索，庶幾能有些微發現，以就教於國內外學人。

　　巴赫金在論述文學作品形態時，曾把它分為兩種類型：「第一類是傳統的，即在作者單一的意識統攝下形成的小說，他稱之為『獨調』的或『同調』的小說；第二類是『複調』的小說。」「傳統小說的作家通常是獨調式地介紹、敘述、描繪、評論主人公的品格特點、社會地位，社會的性格的典型性、習慣、精神面貌等等，從而塑造出一個穩定的完成了的形象。而主人公的自我意識僅僅是構成他整個形象的諸因素中的一部分，它超脫了整個形象的框框。因此，主人公只是作者意識的客體。」而「複調」小說的「主人公成為觀察他自身和他的世界的視點，主人公的自我意識構成了在其形象中佔優勢的成分。……主人公不只是作家意識的客體，而且也是自我意識主體。」「複調小說的作者不是直接描繪客體形象，而是經由主人公的自我意識去描繪形象。」〔註47〕

　　倘使茅盾認為自己試作小說的時候更近於托爾斯泰，而非左拉的話，我們以為尚不夠十分準確。應該說：作者沒有完全擺脫左拉的影子，近於托爾斯泰，但更近於陀思妥耶夫斯基。因為《蝕》帶著濃厚的「複調」小說情致，

〔註47〕 樊錦鑫：《陀思妥耶夫斯基藝術世界中的時間和空間》，《國外文學》1983 年第3 輯，北京大學出版社。

難怪有些學者認爲它是心理現實主義的作品。

同是以現實主義爲基調，然而魯迅和茅盾的小說創作爲何風格迥異呢？人們認爲魯迅是用更冷峻更客觀的現實主義筆調去處理他筆下的人物和環境的。而茅盾是將自己起伏的情緒注入到人物的血液裏和環境的氛圍中去的。我們以爲這種說法尙不夠完滿。魯迅的《狂人日記》、《阿Q正傳》、《祝福》等之所以成爲傳世之作，恐怕不僅僅是作者以冷峻客觀的態度描寫出了有個性特徵的典型形象，還在於這些小說採用了以人物爲主體的描寫觀點，而把作者本人的意識埋藏很深，幾乎達到使人難以發掘的程度，因而它的內涵之廣大眞是令人歎爲觀止。《狂人日記》是以狂人心理世界爲主體去看待那個變形的時代和社會；《阿Q正傳》是以阿Q豐富的心理和愚鈍的眼光去觀察革命，從而把那一場革命的本質內容包容在一個狹隘的心理世界裏，而其深廣的社會涵義卻是無窮無盡令人望洋興歎；《祝福》卻以祥林嫂的靈魂自覺來呈示封建壓迫罪孽之重的多重涵義……難怪半個多世紀以來魯迅小說研究浩如煙海，各種說法層出不窮，遠遠超出了作者本人所料。這正是阿Q們擺脫了作者意識統攝下的一定客觀世界範疇，進入一個以人物爲主體的自由王國，才形成了審美的多元世界。

我們無意把魯迅說成是陀思妥耶夫斯基式的心理現實主義作家。但就以人物爲主體的描寫視點來豐富現實主義的創作世界這一點上來說，它使小說更具有輻射性的審美功能。魯迅本人對陀思妥耶夫斯基的描寫方法是頗爲贊賞的：「他寫人物，幾乎無須描寫外貌，只要以語氣、聲音，就不獨將他們的思想和感情，便是面目和身體也表示著。又因爲顯示著靈魂的深，所以一讀那作品，便令人發生精神的變化。靈魂的深處並不平安，敢於正視的本來就不多，更何況寫出？因此有些柔軟無力的讀者，便往往將他只看作『殘酷的天才』。」〔註48〕其實，即使在魯迅先生描寫知識分子題材的小說裏也充分顯示出人物主體性的特點來。《傷逝》尤其突出，《在酒樓上》等不也是充分表現出以小資產階級知識分子主人公爲主體內容的複雜心理世界嗎？

那麼，當茅盾的《蝕》一經問世後，就有許多人說作者是中國最擅長描寫小資產階級知識女性心理的作家。就連錢杏邨也不止一次地讚歎茅盾小說心理描寫的淋漓盡致。可見茅盾早期的小說創作（包括《野薔薇》在內的短

〔註48〕 《〈窮人〉小引》，《魯迅全集》第7卷，人民文學出版社1981年版，第103頁。

篇小說）更具有心理現實主義小說的情韻。

　　然而，當你經過仔細體察後，就會發現茅盾早期的小說創作則是一個由人物主體和客體的「狂亂的混合物」。在《蝕》三部曲裏，有的篇什人物主體性較強，有的篇什人物客體性較強，形成了彼此之間的不平衡狀態。而在早期的短篇小說的創作（包括 1929 年駕的《泥濘》等）卻明顯地表現出強烈的人物主體性的結構形態。這一點恐怕是造成歷來學人對茅盾早期小說創作主客觀難以分辨的重要因素。為了更益於考察茅盾的創作思想和方法，我們不妨將茅盾和陀氏小說創作態度作一比較。

　　茅盾在進行小說創作時與陀思妥耶夫斯基的心態有著驚人的相似之處。當進入創作境界時，他們的頭腦裏始終有一對矛盾著的思想在相互鬥爭，一個是以政論家的面目出現，一個是以作家的面目出現。這一點盧卡契在分析陀思妥耶夫斯基創作時作了非常精闢的論述。盧卡契認為，陀思妥耶夫斯基的創作是採用了一種「提問方式」，政論家的言論思想往往是受著作家創作速度和節奏所控制。如果「政論家陀思妥耶夫斯基有時戰勝了作家陀思妥耶夫斯基，他的書中的人物原有一種自然的，受作者的幻想而不是受他的願望所指使的，不為他的自覺的目的所左右的力量，但這種力量有時受到了壓制，並被迫遷就作者的政治見解。對這種情況來說，高爾基的尖銳批評是對的，他說陀思妥耶夫斯基誹謗了自己創作的人物形象。」「但是最常見的卻是與此相反的結果。書中人物獨立起來了！（著重號為筆者所加，下同。）把自己的生活進行到底。一直達到他們天賦本性的極限結果為止，而他們的生活發展的和世界觀的鬥爭的辯證規律所走的方向和政論家陀思妥耶夫斯基所設定的目的完全不同。文藝創作中正確的提問方式戰勝了政治意圖，戰勝了作者對社會所作的答案。」「這種越軌行動的正確路線連創作者陀思妥耶夫斯基也不知道，他也沒法知道；因為政論家和哲學家陀思妥耶夫斯基所指出的方向是錯誤的。」〔註 49〕這種混亂正恰恰是一個作家的偉大之處。而茅盾在大革命失敗後進行藝術創作時的心境也正是如此。政論家的沈雁冰和作家沈雁冰鬥爭的產兒是帶著濃厚「矛盾」色彩的《蝕》三部曲創作。因而人物主客體描寫的起落消長，便導致《蝕》的結構形態的不穩定性。

　　《蝕》的第一部《幻滅》基本上是人物主體性的描寫，正如羅美（即沈

〔註 49〕盧卡契：《陀思妥耶夫斯基》，《盧卡契文學論文集》（二），中國社會科學出版社 1981 年 11 月第 1 版。

澤民）在給茅盾的信中所說的那樣：「論體裁方面，你是很客觀的敘述自武漢以至南昌時期中的某一部分的現象。中間的人物如慧，靜，王女士，李克等等，各人有各自的觀點，而你對於他們不加絲毫主觀的批評，將他們寫下來。」〔註50〕沈澤民所說的」各人有各自的觀點」，「不加絲毫主觀的批評」正是人物主體性所必具的要素。確實，這時茅盾筆下的人物是作家的藝術錘鍊，你看不到作者過多地對人物的評價，這樣就造成了這些人物是非的模糊性，呈中間狀態。因而就使許多讀者難以辨別出人物孰好孰壞，倘使是單從政治標準去衡量他們，就很難說得準確。只有深入到人物的心理世界中去，才能找到人物與時代社會之間的衝突線。即使是像抱素那樣的特務走狗，作者也並不著意加以評論，只是讓人物與人物之間的衝突來表現各自的政治立場，由各自的主體性去揭示對方，把評判權讓給讀者。我們以爲《幻滅》中的開頭和結束的主體性觀念最強。主人公靜女士微妙的心理變化寫得維妙維肖，使你走進了一個變化起伏的豐富內心世界，而忘卻了讀者的旁觀者立場。

當然，作者在人物主體性的描寫中，不能也不可能完全擺脫批判現實主義乃至自然主義描寫技巧的影響，甚至也不能不情不自禁地發出主觀性的評判，哪怕是幾個極少的字眼也隨時能把作者的主觀情緒透露出來而使人物主體性的多元世界受到破壞。這一點錢杏邨先生也看出來了。錢杏邨認爲《幻滅》描寫小資產階級革命者的自覺衝突的心理很細緻，他說作者的技巧「有的地方寫得很好，有的地方寫得太隨便。主觀的字眼還可以舉出一例，在下卷十二章裏就有這樣的句子：『但是解開了軍毯著時，咦，左乳部已無完膚』，這裡的一個『咦』字用得實在太糟糕了。全部還有許多幼稚不當的句子，如：『姓強名猛，表字惟力』……」〔註51〕像錢杏邨所舉事例在《蝕》中是很多的，這些不能不說是對人物主體性的整體結構的戕害。因爲「複調」小說採用的是不由作者直接表述的藝術技巧。

如果說《幻滅》的人物主體性描寫存在的薄弱環節還不明顯的話，那麼，《動搖》這部作品就顯得十分突出了。可以斷定，人物主體性描寫遭到最嚴重破壞的章節也在於此；這才是一部最狂亂的混合物。方羅蘭、方太太、孫舞陽等人物完全形成了一個異彩紛呈的多元心理世界的血肉之軀。方羅蘭作爲一個動搖不定的改良主義者的象徵，他內心世界的衝突完全是由人物主體性的描

〔註50〕 羅美：《關於〈幻滅〉》，《文學週報》1929年3月3日第8卷第10期。
〔註51〕 錢杏邨：《茅盾與現實》，《現代中國文學作家》第2卷，泰東圖書局1930年版。

寫技巧作為穩固的支撐的。當方羅蘭和梅麗吵架以後，又想重新估價方太太時，看著方太太肉感美的身體各部位，他的心理活動的顯示極有層次，極有變化，也極有起伏跌宕。這樣的人物主體性的描寫是心靈在潛意識支配下選擇的主觀形象，它異常深刻地顯示出一幕戀愛心理發展的全過程，而這演變的過程是由於什麼契機或外力壓迫所致呢？這一點作者是不該說出的，那是政論家的事，也是要由讀者頭腦中的政論家來補充完成的。作家如果闡述出來，將是對藝術觀照的最大褻瀆。方太太也是這部作品中人物主體性描寫最成功的一個。這不僅僅表現在她平時對方羅蘭的懷疑嫉妒心理描寫上最為精彩的一節（也是整個三部曲中最出神入化的筆墨）是以方太太的幻象來結束《動搖》。作者用人物主體性描寫為結構狀態的軸心，採用象徵、幻覺、意識流等手法，把一個多元的心理世界引向了一個多層次的主題結構的意向。方太太面前所呈現出的幻想應該說不僅僅是主人對於現實世界的惶惑、悲哀、恐懼；也不僅僅是代表著某一階級或某一民族的心理意識，它所顯示的多元世界是無窮大的，可以作出無數種主題意念的臆測。但它所象徵著的那個時代意識卻是很明顯的，那浪線後的一個個實體引出的幻象，所象徵的正是世界宇宙的轟毀，正是古老的封建意識沉淪後又死灰復燃的狂亂，大廈的傾塌，廢墟的狼煙，掙扎、奔逃、投降的意象……，一切都是人物心境所化出的腥血世界形象的外在藝術觀照，給人以巨大的壓迫感，似乎這些只能神會而不能宣傳。

　　如果上述形象完全是由人物主體性描寫所達到的藝術高度的話，那麼，像胡國光這個人物的描寫就顯出了人物客體性描寫的不足。作者幾乎是把這個人物漫畫化了，人們一眼便可看出作者對他的貶意，也就是說作者以「獨調」的傳統描寫技巧來刻畫他，使他成為作者單一意識統攝下的客體人物。我們並不是反對在作品中摻入作者的主觀意念而贊成自然主義的純客觀描寫。但是，一部好的作品正如恩格斯所說的那樣，觀點愈隱蔽，這對作品來說就愈好，隱蔽得愈深，只露出一點意向，作品的涵蓋面就愈大，其主題的層面就愈多。而愈淺愈露則會是破壞了可以被多次分割的藝術層面，甚至把主題引向很狹隘的死胡同裏去，這種描寫技巧是與主題內涵成反比的。

　　同樣，錢杏邨在分析《動搖》的寫作技巧時仍然指出了它「主客觀的敘述的不調劑。我們認定一三身稱的夾敘是可能的，不過這裡所採用的方法，十之八是純客觀的，事實上調劑不起來，不如痛快地用純客觀的描寫法」〔註52〕

〔註52〕錢杏邨：《茅盾與現實》，《現代中國文學作家》第2卷，泰東圖書局1930年版。

誠然，錢杏邨所說的客觀並不是指自然主義（或舊寫實主義）的純客觀描寫，而是涉及到人物主體性的問題，如果是這樣的話，錢的看法是中肯、切中要害的，因爲他兩次都涉及到這個問題，並非出於偶然，不過只是沒有系統地用人物主體性的分析方法展開而已。

當茅盾提起筆來寫《追求》的時候，一股完全沉溺於人物主體性的巨大牽引力致使茅盾改變了創作《追求》主題旋律的初衷，使這部作品基本成爲「沒有指揮」的複調小說。茅盾說：「《追求》原來是想寫一群青年知識分子，在經歷了大革命失敗的幻滅和動搖後，現在又重新點燃希望的火焰，去追求光明了。」〔註53〕當然，觸發茅盾改變初衷的媒介也許是那「親愛者的乖張」——「『左』傾盲動主義所造成的各種可悲的損失。」〔註54〕但就整個創作過程來看，小說中的人物擺脫了作者單一意識的統攝，主人公們逐漸把周圍的世界置於主人公的自我意識之中，成爲一個個獨立的主體，組成了一個多元的世界。「小說似乎是由若干個作家以他們各自的觀點寫成的。所以，小說便獲得了複調的特徵。」〔註55〕我們以爲，《追求》則是茅盾《蝕》三部曲中人物主體性最和諧最成功的一部作品。這部小說描寫了每一個人物理想憧憬毀滅的悲劇，每一個人都形成了自身的豐富世界——與其他人物並不相干的獨立心理世界。《追求》中的每一個人物都在執著地追求自己心理世界的那一個理想憧憬，然而每一個人物都形成了自己內心的悲劇世界，這就是追求的結局，而整個內心世界的發展變遷、轉化都以人物爲視點向前推進的，一種是人物自身內心反省過程的描述；一種是以另外一個人物的視點來對主人公內心世界進行描述。如《追求》開頭的幾段便是用這兩種方法的交替使用，來描述張曼青和王仲昭的內心世界，這樣的描述形成了明顯的落差對比，淋漓地描繪出兩者的內心世界的變化。當然，每一部傑作都不可能保持著作者的絕對冷觀態度。尤其是茅盾處在那一段奔突動蕩的年代裏，處在熱血沸騰的環境之中，更容易流露出偏激之辭，這在《幻滅》、《動搖》裏是顯而易見的。但在《追求》中茅盾的抒情介入方式有所改變，他採用了象徵的手段來闡述自己的觀點，這種闡述是很隱蔽的，很容易被一般讀者所忽略，仔細體味一下，

〔註53〕茅盾：《創作生涯的開始——〈回憶錄（十）〉》，《新文學史料》1981年第1期。
〔註54〕茅盾：《創作生涯的開始——〈回憶錄（十）〉》，《新文學史料》1981年第1期。
〔註55〕樊錦鑫：《陀思妥耶夫斯基藝術世界中的時間和空間》，《國外文學》1983年第3輯，北京大學出版社。

整個《追求》都籠罩著一個「黑影子」，這「黑影子」，成為了一種恐懼的氛圍，每當人們歡呼憧憬時，它便像幽靈一樣出現了——這就是史循的觀點。這「一個枯瘠的人形」，不但形成了一個自身的主體世界一代表看透一切的頹廢觀念；更重要的是這個人物的主體是對另一部分狂熱人物主體的抑制，反動。誠然，我們並不是說應該把史循和茅盾之間的思想觀念用等號來連結。但這確是茅盾把深刻的思想用深邃的藝術形式表現出來的一種方式。我們以為，茅盾之所以沒有把《追求》寫成追求的成功或希望的不滅，就是對當時「左」傾思想的最大反抗。於是用史循的冷靜、頹廢、出世、來衝擊那種盲目狂熱的「左」傾幼稚病，雖然下藥過重，但一瓢冷水也許能遏止一下那些幾乎發昏的頭腦。在對盲目狂熱的「左」傾幼稚病的蔑視打擊這一點上，作者的態度是站在史循這一邊的，儘管史循亦太頹廢。值得欣喜的是，茅盾沒有把這個觀點圖式化，而劫是用一個人物的主體去衝擊另一部分人物主體，而且僅用象徵手段來作為兩者之間的衝突電磁場，這就把它提高到含蓄的美學層次上供人玩味，同時使它具有多義的美感。我們說，茅盾是在處處表達著自己的觀點，但高明的是他不直接闡述（包括用抒情議論式的旁白等藝術說寫手段），而是借一個人物主體和另一個人物主體之間的心靈衝突形成的落差來隱表達自己的觀念，但又不完全和人物思想觀念相吻合。這種造成藝術空間的廓大性，就致使許多只從社會學角度分析作品的人們的某方面的偏頗。總之，《追求》是三部曲中人物主體性最強的作品，主人公們追求的心靈歷程的明晰再現，構成了一個個自身的小世界，而相互之間的衝突和與時代社會的高度落差所形成的內心悲劇，深刻地反映出一代青年知識分子心靈在潛意識下的主觀形象。再生復蘇的希望在哪裏？這不應該是作品要回答的問題。

其實，很多學者已經注意到了茅盾早期作品不注重具體的自然環境的描寫，但是卻不能說茅盾小說沒有「環境」描寫。如果用傳統的眼光來衡量，那就是要求自然環境的描寫要成為人物和主題的有機部分（補充、鋪墊作用），然而傳統的描寫往往把自然環境的描寫和人物表面地分割開來，形成一種斷裂，給人以雕琢感。而茅盾在經過一段文藝理論的探索後，似乎有意識地運用了反傳統的手法。《蝕》裏的景物畫面的描述就完全失去了它本身的獨立性而與人物的心理和命運緊緊地結合在一起。仍然是《動搖》最後的景物描寫，但此時此刻的景象全是方太太主觀意念統攝下的幻敘實體（即物象畫面是真實存在的，人物卻由這一個畫面連帶出更多更大的場面，而它的象外

之意卻無限延長），眞是充滿著神韻，它打破了現實主義傳統的描寫景物的格局，使其容量加大，藝術空間感陡增，概括和包容著整個時代，社會以及那狂亂的混合物——一代小資產階級知識分子的思想顛狂……在《追求》裏，原版本第二章裏的王仲昭在「實現他的美滿的戀愛的憧憬」計劃時，後面那段以人物爲視點的景物描寫是極有層次的：「光明的路燈」代替了「光明的太陽」，似乎王仲昭一直是在憧憬走一條光明的路；而「一群烏鴉」「惋惜著白日又已逝去」。「猶頭鷹的察察的呼哨聲在宣告它的時代已經到臨」，也正是他憧憬中幾經起伏的無形障礙物。於是，「在這輝煌的落日的殘照裏，大自然中的一切也表示十分動亂和矛盾。」成爲心中的煩惱心境的眞實反射，他的第四版的改革的艱難直接關係到他的戀愛大計。此時此刻的景物描寫完全是通過人物的視覺表現的現實物象畫面，它又成爲人物心理畫面的象徵、投射。王仲昭最後憧憬的破滅，作者只穿插了兩個景物描寫，只一句話：「牆壁在他眼前旋轉，傢具亂哄哄地跳舞」，這種強烈的人物主體性景物描寫，完全是非現實的，但卻是人物心理的最眞實的現實畫面，人物主體的視點是外部現實世界和內心世界的一根鏈條，那是傳統描寫方法無法達到和企及的。像這樣的人物主體性的景物描寫在《蝕》三部曲中甚多（在他的短篇小說中表現則更是強烈）。我們以爲這是對傳統描寫手法的衝擊，同時也是茅盾對於開拓五四以後新的描寫藝術領域的貢獻。

　　人物的即時反應是增強人物主體性的重要手段。茅盾早期小說創作中也是用兩種方法來進行描述的。一種是運用作者的直接引語敘述；另一種是運用非己性直接引語的描述。如《幻滅》第二章開頭幾段（直到抱素到來前）對靜的心理描寫，作者在物象描寫的過程中不斷呈現出人物的即時反應，由一件舊紅衫所引起的條件反射；由課堂上的話和慧的話所引起的心靈微妙變化；在曬臺上的一個人頭所引起的震顫恐懼；由一封信所引起的憐憫；由「對於被壓迫者的同情」的畫到音引起的對於友誼的渴望；由牌聲、嘩笑聲引起的心靈的紊亂。……這一切靜態的描繪被人物的即時反應所切割，它的「頻繁使用能積極地驅動讀者的想像連續不斷地在客觀物象世界和人物內心世界之間來回躍動，從而打破通常的物象描寫的靜態時間，使靜態獲得動勢。」〔註56〕當然，就整個《蝕》來看，作者多採取的是直接引語的敘述，而非己性直接引語都是很微

〔註56〕樊錦鑫：《陀思妥耶夫斯基藝術世界中的時間和空間》，《國外文學》1983年第
　　　　3輯，北京大學出版社。

弱的，像陀思妥耶夫斯基的那種典型的描寫方法是少見的。但茅盾小說在觀照外部物象時確實採用了以人物的點位去描述的方法，使人物作出及時反應，獲得了流動的美感。這種描述方法幾乎貫穿著整個三部曲以及早期的短篇創作之中。正如別林斯基在評論陀思妥耶夫斯基時所說的：「作者以自己的名義敘述主人公的遭遇，可是完全用主人公的語言和想法：這一方面顯出他才能中有極多的幽默感，客觀洞察生活現象的無限強大的能力；所謂鑽到和他不相干的旁人的皮膚下面去的能力；可是，另一方面，這就使得小說裏的許多情況變得模糊不明。」〔註57〕別林斯基一方面贊揚這種方法所長，另一方面又站在現實主義立場上否定了它的模糊性。我們以為，如果按照現代意識冷靜地觀察這種模糊性，可能其審美層次更多，更合乎藝術的本質規律。

隨著當代審美意識變遷，人們從橫向的角度觀察借鑒本世紀以來國外小說的變化，發現諸如拉美新現實主義小說的美學原則也有和陀思妥耶夫斯基的小說美學觀念相仿之處，如他們所強調的「群體意識」的表現。「非個性化」的立場，就是主張作家退出小說而進入角色，用書中人物的眼光來描述一切。因為他們強烈地意識到作家一旦擔任了敘述者，小說的語言就染上了作家本人的個性色彩，而削弱了以人物為主體的個性語言，唯有人物自己擔當起敘述者的任務，小說才能獲得擁有眾多個性色彩的人物語言，才能使小說的色彩音調更加豐富多彩而富有變化的語言立體形象。其實，這些描述方法在早期的茅盾小說創作中不是可以看出其端倪嗎。

從「混合物」的角度來看，確實，《蝕》三部曲基本上還保持著現實主義描寫方法，儘管作者試圖用開放的胸懷去包容其他一些主義的藝術表現手法。

如果現代派重要的表現方法還包括指示符號的消失的話（陀思妥耶夫斯基的心理現實主義小說亦如此），那麼，茅盾的小說卻保持著明確的直接指示詞。現代派的描述方法往往不預先（甚至亦不過後）指示出主人公的行為方式。例如夢境、幻象、意念等，作者並不有意識地把讀者和主人公的時空距離拉開，讓讀者和主人公一道進入莫名其妙的幻夢境界中去，這樣，便使得一般讀者不能適應，但這種描寫方法的紊亂卻可以使讀者本人在混沌中朦朧感覺到作者的主觀意念，從而去拼命挖掘其深邃的涵義，使得作品無形中增質，加大了人物主體性的多層次藝術效果。而茅盾卻沒有採取這種描寫方法，

〔註57〕 樊錦鑫：《陀思妥耶夫斯基藝術世界中的時間和空間》，《國外文學》1983年第3輯，北京大學出版社。

仍然用傳統的方法來指示時空的變化，至多亦不過是暗示出而已。這樣寫，無疑是迎合當時一般知識分子傳統口味的，否則《蝕》的結構形態決不會如現在一樣有條理。

《蝕》採取的結構大致是按照時間的流程順序安排的，次序毫不紊亂。而像陀氏小說和現代派卻有意識地不講究時空的次序性，表現出極大的顛倒性、非邏輯性。它們要表現出的是一個「沒有時間的世界」，但當讀者自己理出了邏輯頭緒，便自然而然地進入了一個「時間中的世界」。這種時間感覺的消失和混亂無序，正是超越作為日常生活的時間流程，使讀者進入夢幻世界的氛圍。「敘述的過去時態轉換為人物正在意識著、體驗著的現在時態」〔註58〕成為人物主體意識活動的藝術依據，從而獲得奇妙的藝術效果。《蝕》之所以沒有成為陀氏式的小說的結構形態，不打破時空觀念的次序性則不能不說是主要因素。可以說，共時效果消融了作者與讀者之間的心理屏障，而使兩者趨於共同進入人物內心世界。而歷時效果卻是把作者與讀者之間的心理距離拉開，使之更冷觀地審視作品中人物的內心世界。兩種不同效果的運用完全是由作者藝術素質和選擇決定的，而茅盾選擇了後者。

當然，茅盾的《蝕》之所以不能和現代派的描述方法完全吻合，其差異處還不啻於此，但就主要方面還取決於指示性和時空觀念上。

半個多世紀後，我們用當代意識來分析這部小說，多多少少與茅盾當時的創作心境是有距離的。但茅盾畢竟受到陀氏小說影響沒有，這一點當是應作肯定回答的。早在 1922 年茅盾主持《小說月報》編輯工作期間，就撰寫過《陀思妥耶夫斯基的思想》一文，說陀氏是表現「病的心理」和「現代人心中的靈肉的衝突」。同時又撰寫過《陀思妥耶夫斯基在俄國文學史上的地位》，他認為「陀思妥耶夫斯基偉大的思想與深刻至骨的描寫已經把我們的心靈全佔領了！」陀氏的「特殊的作風，在近代俄國文學史上開了新紀元的」。30 年代又撰寫過《陀思妥耶夫斯基的〈罪與罰〉》，這以後在許多文學論文中不止一次地提及陀氏的小說。這些，我們無意於進行闡述，那是另外一篇論文的題目。我們要證明的是茅盾對於陀氏小說所抱有的肯定性態度，以及在他本人的小說創作中所受到的潛移默化的影響。

〔註58〕樊錦鑫：《陀思妥耶夫斯基藝術世界中的時間和空間》，《國外文學》1983 年第
　　　　3 輯，北京大學出版社。

六、茅盾小說創作的象徵色彩

　　作爲開拓中國新文學的一代師宗，茅盾是在思想上、生活上和藝術上都作了充分準備以後才步入文學創作舞臺的。特別是在藝術上，他繼對中國古典文學作了一番「探本窮源」之後，又對西方文藝思潮的歷史演進過程進行了令人欽敬的「窮本溯源」工作，他斷言，我們只有「取精用宏，吸取他人的精萃化爲自己的血肉，這樣才能創造劃時代的新文學」。〔註59〕準此，他鼓吹過寫實主義、自然主義，更倡導過表象主義（象徵主義）、新浪漫主義。儘管後來由於「接觸馬克思主義的文藝思想」〔註60〕和蘇聯文藝理論方面的經驗，他的文藝觀有了發展和變化，對早期的某些觀點有所揚棄和過濾，然而，早期所形成的文藝觀，誠如他自己所說，「顯然強烈地影響了我以後的文學活動。」〔註61〕綜觀茅盾所走過的一條艱苦探索的創作歷程，我們可以清楚地看出他由舊寫實主義到革命現實主義的軌跡。當他縱橫馳騁於小說天地裏時，其路標始終指向現實主義的康衢大道。然而，現實主義作家又不是可以用一個模式來範圍的，他們在眞實地描寫現實生活的原則下，各有自己特殊的表現技巧，形成了區別於其他作家的獨特風格。那麼，茅盾的現實主義創作具有哪些特色呢？由於茅盾具有「取精用宏」、兼收並蓄的慧眼，他的藝術視野是十分高遠遼闊的。正如許多研究者所說，茅盾的小說創作包含著自然主義、心理派小說（意識流）藝術方法上的若干因素，在散文創作中亦受到象徵主義的強烈影響。但是，人們在有意無意之間卻忽略了茅盾在其小說創作中也從象徵主義那裏汲取了大量藝術營養的事實。本文試圖對茅盾小說創作中象徵主義色彩的形成、表現，及其主要特點作一粗略探討。這對於繼承茅盾留給我們的寶貴遺產，對於總結五四以來新文學發展的有益經驗，以繁榮當代現實主義的小說創作，庶幾能有些微作用。

　　茅盾注目於象徵主義最早可以追溯到 1919 年，他在這一年十月十五日的《解放與改造》上翻譯發表了比利時作家梅特林克（M‧Maeterlinck）的五幕象徵劇《丁泰琪之死》，接著在 1920 年 1 月 6 日的《時事新報》上寫了《表象主義的戲曲》。進而在二月二十五日的《小說月報》上發表了《我們現在可

〔註59〕茅盾：《商務印書館編譯所》，《我走過的道路》（上），人文學出版社 1981 年10 月第一版。

〔註60〕茅盾：《商務印書館編譯所》，《我走過的道路》（上），人文學出版社 1981 年10 月第一版。

〔註61〕茅盾：《商務印書館編譯所》，《我走過的道路》（上），人文學出版社 1981 年10 月第一版。

以提倡表象主義的文學麼？》，在這篇文章裏，他開宗明義地指出，象徵主義是一種全新的文學流派，「在中國是一向沒有的」，他批評當時有人把「毛詩上淫奔之詩」、《離騷》中的「香草美人的詞頭兒」以及《石頭記》、《儒林外史》、《花月痕》等稱為「表象主義」，是「中國人不求甚解好附會的天性」。茅盾認為，我們現在完全有必要提倡象徵主義，因為「我們要曉得，寫實主義文學的缺點，使人心灰，使人失望，而且太刺戟人的感情，精神上太無調劑，我們提倡表象主義，便是想得到調劑的緣故，況且新浪漫派的聲勢日盛，他們確有可以指人到正路，使人不失望的能力。我們定然要走這條路的，但要走路先得預備，我們該預備了。表象主義是承接寫實主義之後，到新浪漫的一個過程，所以我們不得不先提倡。」在這裡，茅盾以西方「所謂『文藝思潮發展程序』的公式」，〔註62〕即文藝思潮的「進化」觀立論，對象徵主義、新浪漫主義的認識雖不無偏頗之處，但他在與寫實主義的比較中，肯定象徵主義、新浪漫派把文學「從冷酷的客觀主義解放到熱烈的主義」是「一步前進」〔註63〕的觀點是有其積極意義的。我們從他這一時期的許多文學論文以及譯著中結識了他心目中的許多象徵主義作家，其中以梅特林克為最。在西方文學史中，梅特林克是以神秘主義而著稱於世的，但是他又是一位象徵主義大師。他是詩人，又是戲劇家。他把象徵主義的藝術方法由詩歌引進戲劇，確定了「他的象徵主義的戲曲」，〔註64〕在茅盾的心目中，「象徵主義作家中以梅特林克最為重要。」可以這樣說，茅盾對象徵主義的研究是從梅特林克開始的，他對象徵主義藝術技巧的汲取和借鑒，在很大程度上得力於梅特林克。他翻譯了梅氏的戲劇《丁泰琪之死》（1919 年 10 月）、《室內》（1920 年 6月），散文《「蜜蜂的發怒」及其他》（1935 年 9 月）等，他還著述了《梅特林克評傳》（1921 年 2 月 16 日《東方雜誌》第 18 卷第 4 號），發表了論文《看了中西女塾的翠鳥以後》（1921 年 6 月 10 日《民國日報·覺悟》），對梅氏的藝術方法和獨特風格有極深湛的研究。他認為「注意了實地觀察，描寫的社會至少是親身經歷的，描寫的人物一定是實有其人（有 Model）」這樣的一種工夫「不但自然派講究，新浪漫派的梅特林克等人也極講究。」〔註65〕他告

〔註62〕茅盾：《夜讀偶記》，百花文藝出版社 1979 年 5 月第 3 版。
〔註63〕茅盾：《為新文學研究者進一解》，《改造》第 3 卷第 1 號 1920 年 9 月 15 日。
〔註64〕茅盾：《為新文學研究者進一解》，《改造》第 3 卷第 1 號 1920 年 9 月 15 日。
〔註65〕茅盾：《自然主義與中國現代小說》，《小說月報》第 13 卷第 7 號，1922 年 7月 10 日。

誠翻譯「梅特林克的《一個家庭》與《侵入者》時，必不可失卻他靜寂的神氣」。〔註66〕

誠然，茅盾後來對象徵主義，新浪漫主義的看法是有變化的。他在一九二〇年底給周作人的信中說，我「曾說新浪搜主義的十分好，這話完全肯定的弊端，我也時時覺著」。〔註67〕此後在《論無產階級藝術》中也曾重點批評了新浪漫派的代表作家羅曼・羅蘭的「民眾藝術」，甚至把「未來派意象派表現派等等」「蔓草般的新派」斥為「一無所用」。但是，我們對此應取具體分析的態度。即以他後期的重要文學理論著作《夜讀偶記》來說，雖然寫在動亂的一九五七年，而且有明顯的針對性，然而對象徵主義仍是從馬克思主義的歷史唯物主義和辯證唯物主義的高度作了實事求是的評價。一方面，他否定了象徵主義「唯美」、「神秘」和「悲觀厭世」的傾向，另一方面，卻在對待現實的態度上把它和繼之而起的五光十色的「現代派」諸家相區別。他說，儘管象徵主義「是現實主義的主要反對派。但其實，象徵主義這一流派，最初也不是完全反現實的，而被稱為象徵派的作家也不是一個面目，某一作家（例如梅特林克）的作品也不是全然一樣的。」我們認為茅盾的這一看法是一貫的，是他所以接近象徵主義並從它那裏借鑒技巧的一個重要原因。

茅盾在《讀〈吶喊〉》中，曾對《狂人日記》有「淡淡的象徵主義的色彩」的著名論斷，常為魯迅研究者們所樂於引用。如果我們讀了茅盾所翻譯的象徵主義先驅、美屬著名作家愛倫・坡的小說《心聲》，以及魯迅在《朝花夕拾》中所提及的愛倫・坡跑另一篇小說《黑貓》，不管是誰都會對此表示首肯的。由此我們也可以從另一個側面來把握茅盾與象徵主義之間的淵源關係。

茅盾在其創作的發軔期，仍然懷著極大的興致探討著象徵主義的創作理論。《從牯嶺到東京》為我們留下了他寫作《蝕》三部曲的極其珍貴的背景材料，也同時留下了他注目於象徵主義的印跡，就在這篇文章的第二部分開頭，有一段抒情性的回顧：「靜聽山風震撼玻璃窗格格地作響，我捧著發脹的腦袋讀梅特林克（M.Maeterlinck）的論文集《The Buried Temple》，短促的夏夜便總是這般不合眼的過去。」總而言之，由於茅盾對象徵主義的理論和技巧進

〔註66〕茅盾：《新文學研究者的責任與努力》，《小說月報》第 12 卷第 2 號 1922 年 2 月 10 日。

〔註67〕茅盾：《翻譯文學書的討論》，《小說月報》第 12 卷第 2 號，1921 年 2 月 10 日。

行了長期的執著追求，這就給今天的茅盾研究者們一個重要的啓迪：當我探尋茅盾現實主義小說創作的藝術風格時，決不能忽視他的藝術根須所延伸到的各個領域，不能忽視他從象徵主義那裏汲取水分和養料的事實。茅盾現實主義創作的獨特風格，在很大程度上是得力於象徵主義。

記得美國著名作家海明威在有人問及他在作品中是否用了象徵手法時，曾這樣回答道：我想有象徵手法，因爲評論家們不斷發現了它。可是他又認爲，對於一個作家來說，談論自己怎樣寫作是很不好的。作品寫出來是讓人用眼睛看的，作家自己來作解釋和發議論都沒有必要。茅盾也是這樣，也在文章中很少涉及到自己小說創作的表現技巧問題。他甚至覺得作品的「背景材料」，作家本來也「可以不寫」。〔註68〕這就給我們探討茅盾小說創作的象徵色彩增加了困難。然而，眾所周知，象徵主義在表現技巧上的最重要特徵之一就是象徵加暗示。凡成功的作品，在其迷離恍惚的「象徵的森林」之中，備有其「暗示點」，只要我們細心地閱讀作品，捕捉到這些蛛絲馬蹟，便能豁然心動，悟出個中奧妙，得到一種不可言傳的藝術享受。那麼，茅盾小說創作的象徵主義色彩究竟有哪些具體表現形態呢？我們以爲大致可分以下幾個方面。

以抒發作家主觀的思想和情緒爲主，使作品的情節、人物、環境統統成爲作家思想的「客觀對應物」和「情緒的方程序」（象徵體），這是茅盾小說象徵主義色彩最重要的表現形態。我們知道，象徵主義最初崛起於詩歌。在象徵主義者著來，自然界的山水草木都是向人們發出信息的「象徵的森林」，外界事物與人的內心世界能互相感應、契合。正如茅盾在論及新浪漫主義（象徵主義）的藝術觀時引用德國 Hofmansthal 的話所說的那樣：「你跳出一個高車的某種姿勢，一個酷熱的無星的夏夜，山道上濕石的氣味，泉水沖在你手上，你對於冰冷的水的感覺；——這許多外界的物質的動靜都和你的精神生活縛得很緊……，從這裡合成出來的字，像燧石上的火花一般都在靈魂的背景裏。」〔註69〕在茅盾小說創作中，《追求》就是這樣一部以「外界的物質的動靜」爲描寫對象，來表現作家主觀思想情緒起伏變化的象徵主義小說，作品中的每一個「字」都是作家苦悶「靈魂」的躍動和呼喚，整個情節都是作家爲表現苦悶情緒而建立的「方程序」。誰都知道，《追求》原來的構思是想寫一群青年知識分子，在經歷了大革命失敗的幻滅和動搖後又重新點燃希望

〔註68〕茅盾：《〈茅盾文集〉第八卷・後記》，人民文學出版社 1959 年 6 月版。
〔註69〕茅盾：《爲新文學研究者進一解》，《改造》第 3 卷第 1 號，1920 年 9 月 15 日。

的火炬，去追求光明的前途。可是在寫作的過程中卻完全背離了原來的計劃，書中的人物個個都在追求，然而都失敗了。實際上作者把「追求」寫成了「幻滅」。造成這種狀況的原因是什麼呢？這一改變又意味著什麼呢？最好先看看茅盾的自述吧。在《從牯嶺到東京》一文中，茅盾說他在寫《追求》的時候，「會見了幾箇舊友，知道了一些痛心事，——你不爲威武所屈的人也許因親愛者的乖張使你失望而發狂」，由於該文寫在一九二八年七月，茅盾不可能明確說出「痛心事」的具體內容，而在他晚年的回憶錄中對此作了補充說明：「這就是在革命不斷高漲的口號下推行的『左』傾盲動主義所造成的各種可悲的損失。一些熟識的朋友，莫明其妙地被捕了，犧牲了。」茅盾說他「完全被這些不幸的消息壓倒了」，產生一種悲觀失望的情緒，這種「實在排遣不開」的情緒的外現形態便是《追求》——這一經過陣痛分娩出來的產兒。誠如他自己「自白」〔註70〕的：「《追求》的基調是極端的悲觀」，「這極端悲觀的基調是我自己的」，「我自己很愛這一篇，並非愛它做得好，乃是愛它表現了我的生活中的一個苦悶的時期。」〔註71〕這就產生了一個值得我們研究的問題。一般地說，即使是舊現實主義的創作方法，也是允許作家在作品中攙入主觀的，但那只是對人物和事件本身的褒貶評價，並且應該符合人物和事件自身的發展邏輯。但是，茅盾在《追求》中的主觀性卻不完全是遵循這一創作原則的。他一方面「嚴格地按照生活的眞實」〔註72〕來組織情節、刻畫人物，使我們看到了一群有血有肉的青年在「不滿於現狀，苦悶，求出路，」但這並不是茅盾寫作《追求》的目的（或者說是主要目的），他的目的並非由形象自身直接顯示出來。茅盾是「實在排遣不開」自己的悲觀和苦悶，才「讓它這樣寫下來，作一個紀念」的。作品中所寫的王仲昭、張曼青、章秋柳、史循、曹志方等人物，可以說沒有一個與茅盾自己在大革命失敗後的經歷相吻合的，而茅盾卻偏偏說《追求》由於「表現了我的生活中的一個苦悶的時期」而「寫下來，作一個紀念」，這無疑是象徵主義的尋找思想的「客觀對應物」和建立「情緒方程序」的間接表現法。很明顯，《追求》中「青年的不滿於現狀，苦悶，求出路」，雖然「是客觀的眞實」，但對於作家的創作意圖來說，他們統統是一種象徵，是茅盾在 1928 年四五月間

〔註70〕茅盾：《從牯嶺到東京》，《小說月報》1928 年第 19 卷第 10 期。

〔註71〕茅盾：《從牯嶺到東京》，《小說月報》1928 年第 19 卷第 10 期。

〔註72〕茅盾：《創作生涯的開始——回憶錄（十）》，《新文學史料》1981 年第 1 期。

「苦悶的象徵」。〔註73〕

　　現在，我們可以進一步研究《追求》的情節和人物跟茅盾的思想情緒之間的「對應」關係了。茅盾在《從牯嶺到東京》中說：「我的思想在片刻之間會有好幾次往復的衝突，我的情緒忽而高亢灼熱，忽而跌下去，冰一般冷。……這使得我的作品有一層極厚的悲觀色彩，並且使我的作品有纏綿幽怨和激昂奮發的調子同時並在。《追求》就是這麼一件狂亂的混合物。我的波浪似的起伏的情緒在筆調中顯現出來，從第一頁以至最末頁。」這便是打開《追求》奧秘的一把鑰匙，限於篇幅，這裡重點以第一、二兩章爲例作一初步探討。

　　一般評論者在論及《追求》時，總是從寫實的角度來強調王仲昭、張曼青、章秋柳等人在表現主題思想上的作用，其實茅盾自己倒是更加重視史循這一角色的。由此可見，史循在「表現」茅盾生活中的一個苦悶時期的《追求》中占著特殊的位置。應該承認，史循這一形象也是「客觀的真實」，他有自己的獨特的性格，他跟周圍的人們有著錯綜複雜的聯繫，但同時，正如他的名字所具有的暗示性一樣，他在作品中充當了一種精神現象的象徵體。他彷彿是一個預言家，預示了書中所有追求著的人們不可避免的失敗命運；他好像是一個神秘的幽靈，自始至終在作品中的每一章裏遊蕩，使整個作品籠罩著一層令人窒息的壓抑的悲觀氣氛。如果說書中各種人物的執著追求演奏的是茅盾「高亢灼熱」、「激昂奮發」的情緒協奏曲的話，那麼，每當史循這個「黑影子」的出現，旋律便陡然轉向「纏綿幽怨」，於是我們便彷彿觸摸到了茅盾「冰一樣冷」的心房。

　　作品的第一章寫張曼青、王仲昭、章秋柳等人正在同學會裏聚會。其時，張曼青十分興奮，「額上滲出幾點汗珠，蒼白的面頰也微泛紅色。」他準備從事教育工作，對青年的覺悟充滿了信心，正當他高談「教育救國」闊論時，史循出場了！作者筆鋒一轉，寫了「從客廳門邊來了這一串冷冷的聲音。」「曼青的心突然一縮，平舉的左手，不知不覺垂了下來。」你看，正處於「高亢灼熱」、「激昂奮發」情緒頂端的張曼青的心理逆變寫得多麼細緻生動，然而，這哪裏是在寫張曼青，分明是茅盾在發抒著積鬱在心頭的塊壘。張曼青的語言、行動和心理變化只不過是茅盾苦悶情緒的肉身化、具象化而已！

　　現在再回過頭來看史循。當時在座的王詩陶稱他爲「我們這懷疑派哲學家」的「黑影子」！章秋柳則稱他爲「懷疑的聖人」！而徐子材卻大聲地喊

─────────

〔註73〕葉子銘：《論茅盾四十年的文學道路》，上海文藝出版社1978年版。

道:「我們來打破這懷疑的黑影子罷！」用我們旋風般的熱情來掃除這懷疑的黑影子罷!」於是出現了「五個人把史循包圍在核心；笑著，嚷著，跳著，攪成了一團」的場面。章秋柳他們的這一行動意昧著什麼呢？茅盾借著張曼青的心理活動暗示道:「孩提時受到黑暗和恐怖的侵襲時正也是這麼大叫大喊著以自壯的。他覺得完全瞭解章秋柳他們對於這位懷疑的史循的畏懼的心理了。」就是這樣，茅盾把這一群飽嘗了幻滅悲哀的年輕人對悲觀失望情緒的畏懼心理具象化了，史循成了他們思想情緒障礙的一個「黑影子」。如前所述，張曼青等人實際上也都是一些象徵性的人物，因此，張曼青等對史循這個「懷疑的黑影子」的畏懼，實際上也就是茅盾將自己的精神氣質和感受灌注於有靈有肉的人物形象之中去的獨特形態，這樣便使之形成了更具有實感形象的藝術畫面。茅盾是為了抒發自己內在的思想和情緒才構思出這樣的人物和情節的。這種用帶有強烈主觀色彩的客觀實體為推寫對象，從而暗示出作家「思想和情緒」的方法，正是象徵主義最顯著的特徵。我們不能被茅盾「客觀的真實」描寫而迷惑，誤認為《追求》為純粹的現實主義的小說，而忽視了茅盾在借鑒象徵主義的藝術方法時對象徵體的獨特處置。茅盾是一位現實主義者，他對客觀現實總是採取嚴肅的態度，他決不似象徵主義者那樣一味從所謂內心的「最高真實」出發，不惜扭曲、割裂客觀形象，甚至故意把外在形象弄得似是而非，使讀者無從捉摸。史循在第二章中的第二次出場與第一次不同。茅盾沒有讓他直接地、正面地站在讀者面前，而是讓他在王仲昭由「一步」計劃退而為「半步」計劃時出現在王仲昭的意念之中。起先，王仲昭為了「要實現他的美滿的戀愛的憧憬」，立志要改革自己編輯的第四版新聞，可是他碰了總編輯的一個軟釘子。正在這時，「像是腦子裏翻了個身，一切聲音都沒有了，只有史循的聲音冷冷地響著」，於是他「把身子一抖，似乎想揮去那個悲觀懷疑的黑影」。這裡的史循，顯然是王仲昭的幻滅情緒的化身，也是茅盾自己的「纏綿幽怨」情緒的具象化、肉身化。

　　總之，隨著作品情節的展開，人物性格的發展，我們感受到了茅盾寫作《追求》時思想情緒的起伏變化，其主導面是悲觀失望，有明顯的命運不可抗拒的宿命論色彩。這種悲觀失望的情緒貫穿在作品的始末，也顯現在作品的每一細微末節，而其高峰則是出現在史循自殺的第三章和史循婚禮的第七章。前者是寫史賴追求死而不得，後者寫史循追求生而不能，形成了作品「極厚的悲觀色彩」，整個作品像一首抒情的交響詩，具有起伏的旋律和鮮明的節

奏，抒發了茅盾纏綿低回的苦悶情緒。《追求》是茅盾創作上結出的一隻奇異
的果子。無論是思想傾向，還是表現技巧，都有明顯的象徵主義色彩，雖然
在對待現實的態度上與西方象徵主義作家有著顯著的區別。茅盾說：「我很抱
歉，我竟做了這樣頹唐的小說，我是越說越不成話了。……我決計改換一下
環境，把我的精神蘇醒過來。」在此後的小說創作中，除了《自殺》之外，
茅盾確實沒有再寫出這樣頹唐」的小說，儘管早期的許多小說仍流露出一些
悲觀苦悶的情緒。

　　《創造》寫在《動搖》與《追求》之間，思想傾向卻與《追求》截然不
同，但在整體構思上用的仍然是「象徵手法」。〔註74〕《創造》的情節，人物，
乃至每一個細節描寫都是茅盾某一政治思想見解的「客觀對應物」。茅盾說：
「我寫《創造》是完全『有意為之』的」。〔註75〕《幻滅》發表以後，有些評
論者認為作品的調子太低沉了，一切都幻滅，似乎革命沒有希望了。對此，
茅盾認為批評雖然「中肯」，卻不是他的「本意」。《幻滅》是一部寫實的小說，
寫的是「一九二七年夏秋之交一般人對於革命的幻滅。」〔註76〕在茅盾看來，
作家對革命前途的看法，不是「幻滅」這個題目所應做的文章。為了辯解，
也為了表白，他寫了《創造》。可是奇怪得很，作品只寫了一對青年夫婦——
君實和嫻嫻之間的戀愛故事。君實是「創造者」，嫻嫻是「被創造者」，君實
要把嫻嫻「創造」成自己理想的愛人。可是「創造」的結果卻大出君實之所
料，嫻嫻竟毫無牽掛地要繼續前進。作品在結尾處設置了頗含寓意的暗示性
對話。於是，整個作品的外在形象便與作家的主觀意象在象徵這個「交點」
上統一融合起來了。

　　設置象徵性人物，以表現某種抽象意念或人物複雜的內心世界，這是茅
盾創作中所經常採用的象徵主義手法。當象徵主義由詩歌而滲入戲劇、小說
領域的時候，一個極待解決的問題就是如何刻畫人物，組織情節，從而表現
抽象的思想和情緒。象徵主義的戲劇家、小說家為此作了艱苦的努力，取得
了許多「新的前人未經探索過的成就。」〔註77〕就拿確定了「象徵主義戲曲」
的梅特林克來說，他的三幕象徵劇《喬賽兒》中的阿麗埃便是一個抽象概念
的化身，他代表巫師邁爾蘭的一切無意識的思想，「那種在心靈中沉睡的被遺

〔註74〕 茅盾：《茅盾短篇小說集序》，人民文學出版社1980年4月版。
〔註75〕 茅盾：《創作生涯的開始——回憶錄（十）》，《新文學史料》1981年第1期。
〔註76〕 茅盾：《從牯嶺到東京》，《小說月報》1928年第19卷第10期。
〔註77〕 茅盾：《夜讀偶記》，百花文藝出版社1979年5月第3版。

忘的力量。」〔註78〕她跟邁爾蘭的對話代表著這個老頭兒內心兩種傾向的鬥爭，邁爾蘭出於明智的父愛，想爲孩子犧牲掉他在世上的最後一次幸福的機會，然而「內心的力量」不由自主地反抗他，形成一種強烈的心理衝突。茅盾對於這種設置象徵性人物的手法是十分注意，並加以深入研究的。1929 年 3 月 10 日，茅盾發表了一篇散文《虹》，其中有這樣一段話：「我坐在南窗下看 N・Evréinoff 的劇本。看這本書，已經是第三次了！可是對於象徵了顧問和援助者，並且另有五個人物代表他的多方面的人格的劇中主人公 Paraclete，我還是不知道應該憎呢或是愛？」一部象徵主義戲劇，茅盾竟讀了「三次」！可見其中之奧妙。就在寫作《虹》之後，他寫了富有濃厚象徵主義色彩的《色盲》，我們不妨以此爲例來探討一下茅盾設置象徵性人物的一些特點。茅盾在《亡命生活──回憶錄（十一）》中說，《色盲》的「故事採用戀愛的外衣，林白霜在反覆地徘徊遲疑之後，下決心向李慧芳和趙筠秋求愛，這表明這個政治上的色盲者終於想從投靠『新興資產階級』或者封建官僚以解除他的苦悶了。」這是茅盾對《色盲》的主題思想和藝術手法所作的重要注釋。它首先告訴我們，這是一篇「解剖小資產階級知識分子的思想意識的作品」。作品中的林白霜便是在大革命失敗後，中國革命處於低潮時期，小資產階級知識分子的某種政治動向的象徵，他跟《創造》中的君實是一個象徵性人物一樣，林白霜的象徵意義也是很明顯的。其次是李慧芳和趙筠秋這兩個人物。這兩個人物的象徵性不是人們一眼可以看出的，倘使不從象徵的角度來理解這兩個人物，作品的主題思想幾乎也就無法把握，基於這兩個人物在作品中的特殊地位，茅盾向我們點明了她們的象徵涵義：一個是「新興資產階級」的女兒，一個是封建官僚家庭的大小姐，林白霜向她們求愛，就「表明這個政治上的色盲者終於想從投靠『新興資產階級』或者封建官僚以解除他的苦悶了」。原來，李惠芳和趙筠秋這兩個性格迥異的少女竟是兩個抽象概念的化身，一個代表「新興資產階級」，一個代表「封建官僚」，她們是兩股政治勢力的象徵。茅盾煞有介事地描寫了林白霜和她們之間的戀愛故事，其目的卻是在表現中國小資產階級知識分子右翼在革命低潮時政治上的苦悶和墮落。然而，值得令人費解的是作品中的何教官到底是個什麼角色呢？茅盾在回憶錄裏沒有提及他，因爲對於正確把握作品的思想內容，何教官並不具有決定的意

〔註78〕金志平：《梅特林克》，《外國名作家傳》，中國社會科學出版社 1979 年 10 月第一版。

義，但是，當我們探討茅盾在小說創作中設置象徵性人物特點時，卻很有必要弄清他的「廬山眞面目」。何教官這個「貓兒臉」式的神秘人物，在林白霜的政治抉擇中是個不折不扣的「教官」。他在作品中的兩次出現，對於林白霜的政治抉擇都是至關重要的。第一次林白霜是在弄不清自己「苦悶」的原因的時刻，這位「貓兒臉」式的神秘人物一語道破了他「苦悶的原因是戀愛」！何教官第二次出場的暗示性更強。當時林白霜正「站在公園外的十字街頭」徘徊，在一陣遲疑之後，終於下定決心「大踏步直向南京路去」。恰恰在這個時候，何教官也正在收拾行李動身「到南京去」。於是他們的談話便在行色匆匆之中進行。經過何教官的二番教誨，林白霜「接收了何教官的戀愛觀」，同時向李、趙二人求愛了。由此可見，何教官這個形象也不是很有實感的，他是茅盾爲了形象地揭示林白霜「反覆地徘徊遲疑」的內心世界而設置的象徵性人物。他是林白霜的另一個「自我」，是林白霜右的政治傾向的具象化。象徵主義作家爲了表現人物的內心衝突，常將一個人剖爲兩個甚至幾個人，並使之互相論辯鬥爭。如像我們把梅特林克的《喬賽兒》中的阿麗埃與何教官作一比較，其相似之處不是很明顯嗎？我們跟《虹》中所記述的 N‧E-vreinoff 的劇本中人物之間的多重象徵關係相比較，其相似之處不是很明顯了嗎？

通過以上分析，可以作這樣的結論，茅盾在設置象徵性人物方面，大致有兩種類型：一種是直接表現主題思想或作家情緒的，如林白霜、君實、嫻嫻以及《追求》中的眾多人物等；一種是爲刻畫人物、表現人物複雜的內心世界的，如李惠芳、趙筠秋、何教官以及《追求》中的史循等。

那麼，我們再就茅盾另外一些小說創作中的象徵性人物作一些簡略分析。先看早期的短篇。《自殺》是茅盾亡命日本時所作，關於寫作緣由，茅盾在《回憶錄（十一）》中寫道：「我覺得『五四』以來的思想解放運動，喚醒了許多向來不知『人生爲什麼』的青年，但是被喚醒了的青年們此後所走的道路卻又各自不同。……寫這些『平凡』者的悲劇的或暗淡的結局，使大家猛省，也不是無意義的。」如果我們把這段話和《自殺》對照起來看，那麼，與環小姐戀愛、在發生了肉體關係後使她懷孕卻又「很大方的」離開了她的那位「捨棄一己的快樂，要爲人類而犧牲」的「大丈夫」，並不是一個眞正現實的人，而是「『五四』以來的思想解放運動」的具象化、肉身化。作品所詳細描寫的環小姐對於這位「大丈夫」的複雜的心理，實際上是大革命失敗後一些受革命影響而參加過革命的「性格軟弱」的人們在革命處於低潮時對革

命產生的疑慮和恐懼。他們中的許多人跟環小姐一樣，經不住白色恐怖和習慣勢力的壓迫，而走上了肉體的或精神的「自殺」道路。茅盾在寫作這篇小說時，大概只考慮到解剖小資產階級的「階級的『意識形態』」，便設置了「大丈夫」這個象徵性的人物罷，所以當小說寄到國內來準備發表時，猛然從另一個角度想到「人家將以為我是藉此影射創造社和太陽社的人們」的時候，竟十分耽心因此而「成為攻擊的目標」（這是象徵的曖昧性所常有的現象）。其實，即使是在今天，如果不從象徵的意義上來理解作品的情節和那位「大丈夫」，也會得出茅盾「侮蔑」革命和革命者的「結論」。《詩與散文》在藝術構思上與《色盲》有許多相似之處。它以青年丙的動搖性格為情節線索，作者在結尾處寫道：「還不如到老同學處，『幫』他的『忙』罷；──那便是『史詩』的生活呢！」。從而暗示出這段「兒女私情」的象徵性含義，以及青年丙在動搖後的政治抉擇。跟《色盲》中的李蕙芳、趙筠秋一樣，桂奶奶和表妹也是兩個抽象概念的化身。我們更透過靈與肉角逐的外象，看到更深的思想內涵──前者代表衝破了傳統觀念的力量；後者代表了封建傳統。茅盾在《寫在〈野薔薇〉的前面》中曾為桂奶奶辯白，他說只要環境轉變，像桂奶奶這樣的女子「是能夠革命的」。對此，有些人感到困惑不解，其實，從象徵的角度來看，茅盾的辯白原是一點也不錯的。

再看早期的中長篇。《動搖》是一部寫實性的作品，方羅蘭也是一個寫實性很強的人物。他是一個國民黨「左派」，在大革命中他經常動搖於左右之間和成功與失敗之間。茅盾從正面對方羅蘭這種在政治上的動搖作了許多精彩的藝術描寫。而我們現在首先要研究的是與方羅蘭有婚姻和戀愛糾葛的兩個女性人物陸梅麗和孫舞陽。陸是方羅蘭的結髮妻子，她「婉麗賢明」，「沒新派女子咄咄逼人的威棱」，她與方羅蘭生活得很美滿。可是孫舞陽的「豔影」總像魍魅一樣闖了進來，方羅蘭再也按捺不住自己動搖的心。一個聲音很清晰地在耳邊響：「舞陽，你是希望的光，我不自覺地要跟著你跑。」作品自始至終都貫串著這一婚姻和戀愛的糾葛。茅盾安排這條線索決不是為寫戀愛而寫戀愛，誠如他在《從牯嶺到東京》中所說的：「現在我們還可以從正面描寫一個人物的政治態度，不必像屠格涅夫那樣要用戀愛來暗示；但描寫《動搖》中的代表的方羅蘭之無往而不動搖，那麼，他和孫舞陽戀愛這一段描寫大概不是閒文了。」由此可見，孫舞陽和陸梅麗是兩個象徵性人物，她們分別代表新舊兩種勢力，代表方羅蘭人格的兩個側面，從而進一步刻畫出方羅蘭「無

往而不動搖」的性格。《虹》中的梅女士是一個被五四思想喚醒的青年。作品的前一部分寫她在「個性解放」思想啟發下，與封建傳統觀念和改良主義思潮決裂的過程。為了使這一過程成為可感知的藝術形象，茅盾設置了兩個象徵性人物：一個是柳遇春，他代表根深蒂固的封建傳統；一個是韋玉，他象徵了托爾斯泰的「作揖主義」。他們之間的婚姻和戀愛糾葛，正是五四初期思想解放運動的縮影。對於《動搖》和《虹》中的人物形象的象徵含義，國外某些學者也有類似論述，我們覺得這是頗有些見地的藝術分析。

至於茅盾在其成熟期的小說創作中設置象徵性人物的例子，最明顯不過的便是《子夜》中的吳老太爺。在小說的第一章，吳老太爺從農村來到都市，突然患腦溢血而死。這個人物的象徵含義在《子夜》的最初構思中就已確定了的，作者在回憶《子夜》創作過程時曾說：「這部分的內容梗概如下：古先生在三十年前得了半肢瘋，臥居一樓，與世隔絕，日惟誦《太上感應篇》。……」〔註79〕這裡的「古先生」就是後來的吳老太爺，他很容易使我們聯想到魯迅筆下的「古久先生」。茅盾說：「吳老太爺好像是『古老的僵屍』，一和太陽空氣接觸便風化了。」〔註80〕《林家鋪子》中的林大娘也是一個有象徵意義的人物，她患有一種打呃病，正如她對女兒說的，「我這毛病，呃，生你那年起得了這個病痛，呃，近來越發凶了！呃——」。在作品情節發展過程中，只要我們聽到「呃！呃!」的聲音，就會預感到林老闆的鋪子出了問題。林大娘的癥結成了林老闆多舛運命的微妙象徵。

組織象徵性的情節和細節，以暗示作品的主題思想或人物複雜的內心世界，也是茅盾小說創作中經常採用的象徵主義手法。一般地說，象徵主義作家在環境描寫、故事編排等方面是不夠嚴肅的，他們為了表現作家或人物複雜的內心生活和精神狀態，常常有意對客觀對象作扭曲、變形、割裂的描寫，弄得「可見的世界不再是一個現實。」〔註81〕茅盾作為一個現實主義作家，他在組織象徵性情節和細節方面是有所取捨的。

在總體結構上，茅盾十分注意象徵性情節的真實性和完整性，他總是通過一個真實完整的故事來寄寓自己的某種思想和情緒。就拿象徵主義色彩極濃的《追求》來說，即使撇開作家發抒內心苦悶情緒的創作意圖——正如人

〔註79〕茅盾：《〈子夜〉寫作的前前後後》，《新文學史料》1981年第4期。
〔註80〕茅盾：《茅盾論創作》，上海文藝出版社1981年5月第1版，第61頁。
〔註81〕轉引自《西方現代派文學資料選輯》，安徽大學中文系編1981年版。

們常常這樣處理的——我們也能從客觀描寫的角度，透過書中人物各自的追求，分析出王仲昭、張曼青等人物的思想性格，儘管這樣做的結果並不能完全探究出茅盾寫作《追求》的真意。《子夜》中的第一章從吳老太爺來上海一直寫到他中風身亡，所有人物的語言、行動、心理無不切合人物的身份和性格，寫得維妙維肖。然而在這些真實、完整的藝術描寫背後，卻蘊含著茅盾對中國封建社會制度在資本主義的衝擊下必然滅亡的深刻見解。不過茅盾在整體結構上組織象徵性情節用得最多的要算戀愛。給作品穿上戀愛的外衣，是茅盾組織象徵性情節的最大特色。《虹》中的梁剛夫曾經對梅女士說過一句很深刻的話：「你們做了一首很好的戀愛詩，就可惜缺乏了鬥爭的社會的意義。」茅盾也曾獨具慧眼地指出，徐志摩的「許多披著戀愛外衣的詩不能夠把它當作單純的情詩來看的；透過那戀愛的外衣，有他的那個對於人生的單純信仰。」〔註 82〕他對於王統照的《微笑》、許地山的《綴網勞蛛》，也不以低劣的「觀念化」、「概念化」的愛情小說目之。〔註 83〕因為這些作品的戀愛情節只是外衣，在其象徵性情節的背後，鎔鑄著作家的深刻思想。同樣，茅盾自己在他小說創作中也做了許多「戀愛詩」，而且篇篇都有深刻的「社會意義」。他在《寫在〈野薔薇〉的前面》中說：「這裡的五篇小說都穿了『戀愛』的外衣。作者是想在各人的戀愛行動中透露出各人的階級的『意識形態』。這是個難以奏功的企圖。但公允的讀者或者總能夠覺得戀愛描寫的背後是有一些重大的問題罷。」這段自述道破了這些作品情節與主題思想之間的象徵關係，《野薔薇》中的五篇小說以及《宿莽》中的《色盲》、《陀螺》，對它們「戀愛」的情節都應從象徵意義上，也就是從解剖「各人的階級的『意識形態』」上來把握，方才能夠得出較確切的主題內涵來。如《陀螺》中的五小姐整天嚷著「什麼都是假的」，「什麼都是空的」，而當中秋節，她過去的戀人送來蘋果和月餅時，她便驟然恢復了「元氣」。倘若有誰真以為茅盾是在寫「戀愛」帶給五小姐的神奇力量，那顯然是曲解了作者的命意。他是在揭示五小姐這種類型的小資產階級知識分子在事實上「並不能真正勘破一切，她的內心深處還是執著於生活」〔註 84〕。這樣一種階級的「意識形態」。

為了形象地顯示人物複雜的內心世界、或者寄寓作者的某種深刻的思

〔註82〕茅盾：《茅盾論創作》，上海文藝出版社 1980 年版，第 172 頁。

〔註83〕茅盾：《中國新文學大系·小說一集·導言》，上海良友圖書印刷公司 1935 年
　　　5 月 15 日初版。

〔註84〕茅盾：《亡命生活——回憶錄（十一）》，《新文學史料》1981 年第 2 期。

想，茅盾在作品的局部上往往通過形象的生活畫面、人物的幻覺以至夢境來組織象徵性的細節。《子夜》的第六章寫范博文與林佩珊在兆豐公園發生齟齬。范又耐不住寂寞，想到了「死」。在池塘邊，范看到了幾個西洋小孩放玩具帆船的景象。很顯然，這幅畫面正是這位小資產階級頹廢詩人對人生感到空虛和憂慮的象徵性描寫——「人生的旅途中也就時時會遇到這種不作美的轉換方向的風，將人生的小帆船翻倒！人就是可憐地被不可知的『風』支配著！」《春蠶》中老通寶「坐在『塘路』邊的一塊石頭上」，他看到的那幅小輪船衝擊「赤膊船」，人們「揪住了泥岸上的樹根」，企圖尋求保護的生動景象，是一幅具有實體形象的畫面，實際上是作者在回答老通寶何以敗家的緣由，其中「小輪船」與「洋鬼子」、「赤膊船」和「鄉下」連在一起，其象徵的寓意是不言而喻的了。

　　《自殺》的第二節可以說是根據 S·弗洛伊德《夢的理論》〔註85〕而編織成的一段象徵性情節。環小姐「坐在電燈光下，左手托住了頭，讓自己浮泛在雜念中」。忽然，傳來了「表哥嫂房裏的笑語聲」，由此竟透露出一句很熟悉的話「環，我們望這裡走」。環小姐「便恍惚已在飛來峰下的石洞裏。」於是作者便通過夢境來表現環小姐心靈上的「創傷事件」〔註86〕：她與一個男子戀愛，但半個月前這男子卻「不知去向」，「撇下她在孤寂怨艾中」。環小姐與這男子熱戀的令人激動的情景是怎樣在夢境中再現的呢？原來環小姐「在睡眠時偶然受到外界的刺激」〔註87〕，一個花腳蚊子落在她的手腕上吸血。作者把現實的和歷史的畫面勾通起來，用夢幻來包裹，這就使我們從這一實感性很強的畫面中充分地把握其特定的象徵內涵。他把「『五四』以來的思想解放運動，喚醒了」一代青年的歷史過程，通過「戀愛」的外衣，用夢幻的形式象徵性的表現出來了。

　　如前所述，《動搖》中的陸梅麗和孫舞陽是兩個象徵性的人物，正是在這種象徵主義手法的處理下使作品更加撲朔迷離。在小說結尾，情節和人物放在一座尼庵裏展開，茅盾用濃彩重筆描寫了這座古廟的環境，以及方太太由

〔註85〕弗洛伊德：《夢的理論》，《文藝理論譯叢（1）》，中國文聯出版公司1983年6月版。

〔註86〕弗洛伊德：《夢的理論》，《文藝理論譯叢（1）》，中國文聯出版公司1983年6月版。

〔註87〕弗洛伊德：《夢的理論》，《文藝理論譯叢（1）》，中國文聯出版公司1983年6月版。

一隻懸掛在半空的蜘蛛所引起的一系列幻覺。很顯然，這尼庵既是實體生活的場景，又是中國古老封建制度的象徵，而從方太太那「蜘蛛的眼」中所看到的，正是在中國大地上所演出的一幕幕驚心動魄的階級鬥爭活劇。其中的「牛頭馬面」、「古老腐朽的那一堆」、「苔一般的小東西」、「一團黑氣」等，無不具有豐富的象徵性內涵。我們認為方太太作為一個「完全沒有走進這新局面新時代」〔註88〕的舊式女性對眼前的大反動固然有她自己的看法，但像作品中所揭示的那般深刻卻令人懷疑。這裡顯然包含著茅盾自己的若干見解，他是有意通過方太太的幻覺，用象徵主義的手法來曲折地控訴以蔣介石為首的反動派對革命人民的血腥屠殺，與此同時，也流露出茅盾對革命前途的悲觀失望的情緒。

茅盾還常常賦予物體、自然景物，以及色彩、聲音等以特定的內涵，使他的小說創作從多方面呈現出絢爛的象徵主義色彩。與吳老太爺形影不離的《太上感應篇》這部道教經典，為刻畫作為封建制度的象徵的吳老太爺起了特別引人注目的作用。它是吳老太爺的精神支柱，又是他的「護身法寶」，當這「黃綾套子的《太上感應篇》拍的一聲落在地下」的時候，就宣告這一僵屍的徹底風化，茅盾賦予這一特殊道具以封建主義意識形態的特定內涵，使作品的象徵色彩更加濃厚了。物體的擬人化也是茅盾小說象徵主義色彩的重要構成因素。翻開《創造》，這方面的例子是不勝枚舉的。

從很早的年代起，而且幾乎在任何民族的文學作品中，用借景傳情、寓理於景、託物言志等象徵手法來表情達意的可說是普遍存在的，在我國古典作品中亦屢見不鮮。這也是茅盾在小說創作中常用的手法。《蝕》、《虹》、《子夜》、《霜葉紅似二月花》等都是以「自然現象」命名的，其中都寄寓著極其精警、深刻的思想。這些都是顯而易見的。

《幻滅》第六章寫靜女士正在「無事生氣」，作者用一頭蒼蠅撞擊玻璃窗的聲音和情景來象徵出這位女士內心世界的煩躁不安；隨著蒼蠅不再撞擊玻璃窗，她的情緒又復歸於平靜，這都是極妙的傳神象徵手法。《子夜》第七章在寫吳蓀甫一天活動時，為了更生動地描繪出吳蓀甫內外交困的心境，作者始終伴以自然景象的描繪：灰色的雲塊、閃電、雷鳴、雨吼、濃霧、金黃色的太陽、綠色的樹林、琴韻似的水滴……構成了吳蓀甫內心起伏情緒的交響曲，與整個情節和諧統一，達到了爐火純青的藝術境地。

〔註88〕茅盾：《從牯嶺到東京》，《小說月報》1928年第19卷第10期。

　　用色彩、聲音等有物質感的形象直接表現思想情緒和心理狀態是象徵主義在藝術手法上的重姿表現，茅盾也有所嘗試。《色盲》中林白霜眼前不斷出現「尖銳地對立著」的五光十色、雜沓紛陳的色彩，後來又剩下紅黃白三色。這無疑是象徵著林白霜「精神上的色盲」，這三種色彩具體是象徵著三股政治勢力，這點茅公在回憶錄裏已闡述得很清楚了。《子夜》的第一章中也有此類描寫，不過這裏的色彩和聲音的象徵性內涵已經明朗得多了。無疑，茅盾是特別重視色彩和聲音的藝術作用的，在《子夜》寫作提綱中的六條裏就有五條是關於色彩和聲音的，例如第一條色彩與聲浪應在此書中占重要地位，且與全書之心理過程相合。這些對於研究茅盾小說象徵色彩是有啟發的。

　　誠然，茅盾不是象徵主義者，他屬於現實主義作家範疇，他那些具有象徵主義色彩的作品也都具有強烈的現實性和真實感，在思想方法上決不像象徵主義者那樣，完全把外在的客觀世界看成主觀思想和精緒的「客觀對應物」，任意扭曲，割裂現實，弄得「可見的世界不再是一個現實」。在這類作品中，茅盾雖然十分注重形式，講究含蓄、暗示，甚至帶有一點神秘的意味，但決非是象徵主義的形式主義、唯美主義，更不是宿命論的神秘主義。魯迅曾稱贊俄國作家安特萊夫的作品「都含有嚴肅的現實性以及深刻和纖細，使象徵印象主義與寫實主義相調和。……消融了內面世界與外面表現之差，而現出靈肉一致的境地。」〔註 89〕我們覺得用它來概括茅盾這些具有象徵主義色彩的作品也是異常確切中肯的。茅盾對象徵主義表現技巧的極取和借鑒是在不斷探索中演進而臻於成熟的。從早期的《蝕》、《虹》，以及一些短篇到《子夜》、《春蠶》，象徵主義的表現技巧逐漸完美地融合在現實主義的創作方法之中，形成了茅盾運用象徵的一種獨特形態。

　　恩格斯為現實主義下了一個經典性的定義：「現實主義除了細節的真實之外，還要真實地再現典型環境中的典型性格。」〔註 90〕茅盾早期的作品的人物可說是典型的，而其環境卻不能說是典型的，在藝術描寫上，不要說社會環境，就是自然環境的描寫也是很少的，我們看到的只是「心理的現實」。而其成熟期卻不同，人物完全融合在典型的環境之中，突現了典型性格。不妨

〔註89〕　魯迅：《〈黯淡的煙靄裏〉譯後附記》，《魯迅全集》第 11 卷，人民文學出版社
　　　　　1973 年版。
〔註90〕　恩格斯：《致瑪‧哈克奈斯》，《馬克斯恩格斯選集》第 4 卷，人民出版社 1995
　　　　　年，第 683 頁。

將《色盲》中的趙筠秋和《子夜》中的吳老太爺作一比較分析，或許能夠窺一斑而見全豹。趙筠秋這個人物照茅盾看來是代表「封建官僚」，而我們卻很難看出她所具有的「封建官僚」的特徵，站在我們面前的只是一位和林白霜逛公園的「幽怨嫵媚」的少女，作者甚至還寫了她曾經「脫下了繡衣換穿灰布的制服」參加過大革命!然而，這個「封建官僚」的叛逆卻變成了「封建官僚」的代表，如果用典型環境中的典型性格來衡量她，是無法對上號的。但是作為一個象徵性人物，茅盾對她所作的藝術描寫是令讚歡的。《子夜》中吳老太爺被作者賦予深刻的象徵涵義，而作品對他的各方面描寫為我們描繪出一個具體生動的封建地主階級的典型。他的一言一行、一舉一動都和他周圍的環境相應合，這是形成他悲劇結局的必然性。總之，他既是象徵性人物，又是典型環境中的典型性格，這是前期作品所不具備的。

　　另外，在運用象徵的具體手法上，前期和後期也有顯著的不同。前期重「暗示」；後期重「點化」。前期中《創造》結尾裏嫺嫺留下的話；《色盲》中那些「貓兒臉」、「南京路」、「南京」等名詞，都無不是「暗示」的手法。而30年代後的作品卻明顯的採用「點化」的手法。象徵主義者是竭力反對指明對象的，法國象徵派詩人馬拉美說：「說出一個事物，就毀掉了四分之三的詩意。」〔註91〕從重視作品的含蓄蘊藉、依賴讀者的想像聯想能力來看，馬拉美的這番話確為名言。然而許多象徵主義者卻走向了極端，使得作品朦朧晦澀，迷茫一片。茅盾也是主張作品要含蓄和蘊藉的，他以為不要把讀者想像得太低能，「作家所要表達的意思應當巧妙地保留一二分，以引起讀者的思索。」〔註92〕然而他不走向極端，這是一種成熟的馬克思主義美學觀點，這種「巧妙地保留一二分」的美學觀點體現在象徵的運用上，便形成了和一般暗示有所區別的「點化」手法。所謂「點化」，有點類似我國古典詩詞中的「議論入詩」，它給人一種與詩情相輔佐的「理趣」的審美感受。或許茅盾從中獲得某種啟示，所以他在後期運用象徵的時候，經常把被象徵的抽象觀念通過形象化的路徑，在作品中「點化」出來，使讀者聯想的翅膀順著一條比較確定的航道飛翔，從而深化由象徵所造成的藝術境界。例如在《春蠶》中，作者推現出那幅「小輪船」與「赤膊船」搏鬥的象徵性畫面以後，作者又通過老通寶內心的獨白來代替議論性的描寫，這顯然是「點化」手法的高明之處，

〔註91〕王義國：《象徵主義概述》，引自《作品與爭鳴》1983年第4期。
〔註92〕茅盾：《茅盾論創作》，上海文藝出版社1980年版，第485頁。

它將讀者引入定向的思考，使你把握住上述象徵性畫面的內涵：自從資本主義的經濟魔爪伸進古老的封建中國以後，自給自足的自然經濟失卻了平靜，風雨飄搖，廣大農民處於水深火熱的困境之中。我們覺得讀這樣的章節並不感到枯燥而顯得概念化。恰恰相反，得到的是一種豁然貫通的「理趣」享受。又如《子夜》中的吳老太爺在中風身亡之後，作者便通過張素素、李玉亭、范博文等年輕一代的資產階級分子之口「點化」出這具「古老社會的僵屍」的象徵涵義，同樣是令人信服的。茅盾從文藝大眾化的馬克思主義文學觀出發，在追求含蓄蘊藉的同時，而不使作品失之於朦朧晦澀，這當是今天的創作者們應效法的藝術方法。

第四節　廢名

　　廢名是一個氣質內向深沉，愛談禪論道，有隱士氣，卻又古道熱腸的作家。他把苦茶庵主周作人恬淡平和的美學風格，心領神會地拓展到小說領域，追求平淡古雅、簡約樸訥和略帶澀味的美，風格獨特卓異，因此得到周作人的激賞。周作人在 20 世紀 30 年代曾說過，他的得意門生只有二三人，這就是俞平伯、馮文炳和冰心，然而真正能夠得其真諦和要領者，恐怕還只有廢名。廢名的幾部小說集出版時都由周作人作序或跋。周作人一再稱許說：馮文炳君的小說是我所喜歡的一種」，「我所喜歡的第一是這裡面的文章」，「我覺得廢名君的著作在現代中國小說界有他獨特的價值者，其第一的原因是其文章之美。」〔註93〕可謂獎掖備至。

　　廢名是前期「京派小說」的中堅作家，他的那些被稱為「田園牧歌」、「鄉土抒情詩」的鄉土小說，與五四後鄉土文學的主流敘事大異其趣。譬如，同樣是具有濃鬱地方色彩和風俗畫面的鄉土小說創作，同樣是用「童年視角」來審視流寓者的「精神還鄉」，同樣是充滿著人道主義的情懷，廢名的鄉土小說與同時期的王魯彥的鄉土小說，其格調就大相逕庭。有人認為「他的作品是一種非寫實、非浪漫、似寫實、似浪漫的田園詩，是淡薄的現實主義和素雅的浪漫主義的交融」，「橫吹出我國中部農村遠離塵囂的田園牧歌」〔註94〕雖然我們尚

〔註93〕周作人：《竹林的故事序》、《桃園跋》、《棗和橋的序》。止菴校訂《苦雨齋序跋文》，河北教育出版社 2002 年版，第 101、103、107 頁。

〔註94〕楊義：《中國現代小說史》（上），《楊義文存》（第 2 卷），人民出版社 1998 年11 月版，第 462、469 頁。

不能爲廢名的小說做出創作方法上的定性，但廢名的小說顯然開創了現代鄉土小說的「田園詩風」。「鄉土寫實派」中的諸多作家在五四精神和原始人道主義的雙重視角的觀照下，其鄉土小說的描寫還只是局部地呈現出田園牧歌的情調，而使之成爲鄉土小說之整體審美傾向的，廢名當數第一人。廢名與京派同仁一樣追求「返樸歸眞」，追求原始的人性美和人情美，甚而表現出一種超階級的原始的道德審美價值判斷，從《竹林的故事》、《桃園》、《棗》、《菱蕩》到長篇小說《橋》，廢名的小說是將清新淡雅的自然景物、悠揚婉轉的田園牧歌與溫情脈脈敦厚樸素的鄉村風俗人情相融合，橫吹出農耕文明籠罩下的宗法鄉村社會寧靜幽遠、情韻並致的牧歌，其傳達的文化意蘊是頗爲複雜的。

　　廢名鄉土小說中的敘述者和隱含作者，是直接受過西化教育的現代知識分子（如《橋》中的「我」）但在回望故鄉的時候，敘述者和隱含作者收起了「現代知識」的價值評判標準，用以打量故鄉的眼光是東方的和中國傳統的價值評判標準。在這樣的文化審視眼光中，前現代的中國傳統宗法鄉村，完全是和諧、眞善、靜美的幸福所在。魯迅及其影響下的「鄉土寫實派」作家所發現和書寫的那個衰敗、凋零和落後的中國鄉村，在廢名的鄉土小說中悄然隱退了，古老的鄉村顯露出盎然生機和絕美情致，充滿著永恒的生命律動與天人合一的神韻。在《浣衣母》、《竹林的故事》、《河下柳》、《菱蕩》、《橋》等作品中，那生生不息的小河，河裏的清清流水，與人們洗衣、淘米、洗菜、撐船等日常生活須臾不可分開，也與人們的恩怨福禍和人生際遇息息相關。小林、琴子、細竹等鄉鎮小兒女的俊秀與靈性得自於小河，得自於小河清清流水的浸潤與養育。那竹林、桃林、菱蕩、綠樹、青草，還有遍開於鄉村自然的桃花、杜鵑花、金銀花、玫瑰花、野花、花紅山，無不充滿無限生機和生趣。生活在如此和諧美好的自然環境中的鄉村人，善良忠厚，充滿古風厚德。民風淳樸的「史家莊」、「陶家莊」等鄉鎮社會，有如陶淵明筆下的桃花源。生活於其中的鄉村人，一切皆依照自然和傳統禮俗行事，從中傳達出溫柔敦厚的古樸人情。在這樣的化外之境裏，絲毫不見上下尊卑的差別，也不見地主與長工、主人與僕人之間的對立和衝突，在五四以後的中國文學中被不斷凸現和強化的「階級矛盾」、「階級剝削壓迫」和「階級鬥爭」等現代性敘事，幾乎消失了蹤影。在《橋》中，史家莊的史奶奶一家與長工三啞之間，所凸現的不是「階級」關係，而是一種古樸純厚的人倫關係。三啞當年是一個乞兒，被史奶奶帶回家並收留撫養。此後三啞一生不離史家，勤勉做事，

樸訥有趣，雖爲長工，實是家人。主人慈祥善良，僕人忠厚知恩，彼此毫無芥蒂，其樂融融。《浣衣母》中的李媽，則幾乎是「神聖」的「公共母親」。她常年接納照看來家裏玩耍的鄰居孩子，下河洗衣的姑娘及她們的父母也都把她的茅屋當作最好的休憩之處，她爲在家門前樹下乘涼的鄉民送上大杯涼茶，爲城中士兵洗衣縫衣。城裏的太太們對李媽亦顯客氣慷慨，李媽去送洗好的衣服時總要強留用飯。雖然後來因允許一個單身漢子在門前賣茶，情有所繫，惹來一陣風波，李媽由「公共母親」變成「城外老虎」，從前的良好人緣都中斷了，但也無大波大瀾，依舊安詳寧靜，鄉村社會總體上仍舊是一片和諧景象。《竹林的故事》中的三姑娘與母親相依爲命，屋內打掃，屋外種菜，處處顯出乖巧孝順。對鄉人講信修睦，寬恕淳厚，賣菜時也從不爭利，反倒在稱好的菜裏多添一把。在這桃花源般的化外之境中，男女情愛也「發乎情，止乎禮」，儼然君子之風。在《橋》中，小林與琴子兩小無猜，遊戲歲月；及至情竇初開，小林愛與自己有婚約的琴子，也愛細竹。小林時常與所愛的兩個姑娘日則同遊，夜則同歸，看兩個姑娘房間的燈光人影，聽少女喃喃細語，雖然心中也有欲念，但能像柳下惠坐懷不亂，也就波瀾不興，不悲不喜，本色天然。這就是廢名編製的既「眞」且「幻」的化外牧歌世界。

　　比較而言，同是描寫「異域情調」，「鄉土寫實」作家們是以悲涼冷酷的筆調寫出農村的蕭條和農民的苦難，而廢名選擇的是以優雅恬淡的筆調來寫鄉間的詩境和鄉民的超然；同是描寫「地方色彩」，「鄉土寫實」作家們點染的是悲劇色調的哀怨惆悵，而廢名渲染的是喜劇色調的詩情畫意；同是描寫「風俗畫面」，「鄉土寫實」作家們是以五四時期強烈的反封建意識去燭照自己筆下的人物和情節，而廢名卻基本拋開這一命題，以更強烈的「風俗畫」效果來取得對原始文化的某種認同。當然這些美學內涵的呈現大概更多地是受老莊哲學的影響。有人說：魯彥是以憤懣的態度引導人們與宗法制農民告別，廢名則以恬淡的態度引導人們向宗法制農村皈依。〔註95〕這句話只說對了一半，因爲廢名是明顯地看到了封建宗法制農村社會的黑暗與殘酷，然而又不甘心被「物化了」的「城市文明」所侵擾，不甘心被資本主義的拜金主義將靈魂薰黑，更不甘心傳統的倫理道德價值觀念沉淪，於是，和「鄉土寫實派」的「入世」相反，他從「出世」的角度來呼喚一個理想的王國──沒

〔註95〕楊義：《中國現代小說史》（上），《楊義文存》（第2卷），人民出版社1998年
　　　11月版，第462、469頁。

有剝削和壓迫、沒有階級等級的樸素自然境界。正如廢名與周作人有著共同的審美情趣的一致性：「『漸近自然』四個字，大約能以形容知堂先生，然而這裡一點神秘沒有，他好像拿一本『自然教科書』做參考。」〔註96〕向自然回歸，這是自浪漫主義到新浪漫主義（即現代主義）一直追尋的藝術夢想。作為一個政治傾向異常鮮明的文學家，廢名「終於是逃避現實，對歷史上屈原、杜甫的傳統都看不見了，我最後躲起來寫小說乃很像古代陶潛、李商隱寫詩。」〔註97〕也就是說，廢名捨棄的是傳統現實主義意義上的創作傾向，即把農民的苦難化作一種理想主義的境界來進行某種間接性的情感「宣泄」。這也就成為他的小說在內容上對五四反封建主義母題的背叛和消解，倘若簡單地分析這種背叛與消解，那麼廢名的作品當然在以往的文學史上是沒有什麼地位的。其實，廢名特立獨行的文化選擇也是不難理解的。五四新啓蒙的失敗，使現代知識分子中的一部分走上徹底的悲觀主義道路，世紀末的情感彌漫於文壇，這就一方面招致了以廉價的樂觀主義情緒來盲目地抵禦悲劇陰影的籠罩；另一方面又招致了以遁世的理想主義情緒來自足地完成浪漫情緒的宣泄。如果說前者是一種常態的話，那麼後者則是一種變態，是作家為悲觀主義所穿上的華麗「外衣」，是作家越是不能達到而越想在「白日夢」中得以實現的「戀美情結」，作家正是想驅逐現實生活中的醜惡和悲哀，用沖淡平和、恬靜優雅的格調消除心底的悲慟，從而擺脫現實生活中的精神困惑。

在特立獨行的鄉土小說創作中，廢名消弭了宗法農村社會的階級性，構築出一個頗具象徵意味的夢幻桃花源，這在上世紀20年代中期前後「無產階級文藝」日趨高漲的年代，顯然是不合時宜的選擇，這大概也是他在身後長時間被文學批評家和文學史家們編入「另冊」的緣由。然而，如若不能深入而全面地來看待廢名複雜的文化態度與價值選擇，我們是難以理解作為現代小說史上第一位「田園詩風」小說家的心態和真貌的。魯迅曾說：「後來以『廢名』出名的馮文炳，也是在《淺草》中略見一斑的作者，但並未顯出他的特長來。在一九二五年出版的《竹林的故事》裏，才見以沖淡為衣，而如著者所說，仍能』從他們當中理出我的哀愁』的作品。可惜的是大約作者過於珍惜他有限的『哀愁』，不久就更加不欲像先前一般的閃露，於是從率直的讀者

〔註96〕廢名：《知堂先生》，《人間世》1934年7月號。

〔註97〕廢名：《廢名小說選·序》，《馮文炳選集》，人民文學出版社1985年版，第393頁。

看來，就只見其有意低徊，顧影自憐之態了。」〔註98〕在這裡，魯迅首先肯定的是廢名前期作品在沖淡的外衣下的哀愁，也就是前期作品所折射出的五四文學精神內容，同時又否定了廢名後期小說的「有意低徊，顧影自憐」創作傾向。從中可以看出，魯迅對沖淡平和的美學精神的哲學批判是異常尖銳的，對「田園詩風」小說愈來愈偏離新文學精神軌跡的藝術傾向的否定，也因此一時成為「多數」施予「少數」的話語暴力。然而，如魯迅所指出的那樣，即便是在如詩如畫的描寫之中，廢名也自然而然地流露出引人深思的淡淡的哀愁。《浣衣母》是廢名的代表作，作者所描繪的是一幅在「母愛」融化下的宗法農村社會的風俗畫面，而非蹇先艾在《水葬》中以「母愛」來點綴冷酷的風俗畫面，「美」中包含著對封建道德倫理的普遍性認同。然而，一俟李媽容納了一個中年漢子，其道德偶像就被完全打碎，「公共的母親」也就突變為「城外的老虎」，「存天理，滅人欲」的封建秩序就這樣完成了對人性的壓抑。對此，作者不能不對宗法農村的封建禮教發出雖然隱晦卻也是最悲哀的慨歎。而正是在這個意義上，小說在田園詩的描繪中更加貼近對五四人文主義啓蒙思想母題的揭示。因而，「田園詩風」的靜態描寫並不能說明「京派小說」作家是完全脫離時代和社會的產物，它有時是以「曲筆」間接地滲透著五四人文主義啓蒙精神的。《竹林的故事》是一曲悠揚婉轉、情韻並茂的田園交響詩。竹林、茅舍、菜畦、少女、鳥語花香、小橋流水，盡入畫中。但在這濃鬱的風俗畫和田園詩的描寫之中，卻能隱隱地體味到宗法農村的封建氛圍對生活在最底層的農民的迫害。同樣，在《柚子》中所表現出的對舊的婚姻制度的憤懣情緒也透露出五四新啓蒙的思想亮色。由此可見，「京派小說」家們並不是要徹底消滅時代精神，沉潛到古典的或原始的「世外桃源」的哲學意蘊中去，雖然他們表面上是這樣努力地去追求，但實質上他們逃脫不了時代思想的籠罩。這便使他們的小說有時隱現著哲學、社會學和美學之間的悖反現象。

廢名的鄉土小說創作應該說是開了中國現代小說「散文化」和「詩化」的先河。這首先表現在他的小說有濃鬱的抒情色彩，把景物描寫作為抒寫自然的本體象徵。與許多「鄉土寫實派」的作家所不同的是，廢名小說的色調是明朗豁亮的，而非前者的陰晦蒼涼。作者為自己的鄉村風俗畫塗抹的底色往往是青翠嫩綠的，青山翠竹、小橋流水、菱蕩碧波、林蔭垂柳……，構成了廢名小說

〔註98〕魯迅：《中國新文學大系・小說二集導言》，《魯迅全集》（第六卷），人民文學出版社 1981 年版，第 244 頁。

景物象徵的原色，同時也顯露出了作者鮮明的美學追求。在這樣的景物描寫的烘託下，作家點染出的人物則更具神韻，給人的美感往往有古典詩歌中的空靈、空朦之境界。如《菱蕩》中的景物描寫，可謂神來之筆。廢名以錯落有致的語言，寥寥數語便勾勒出了一個空朦的詩境，那陶家村帶有原始風貌的自然風光就真如陶潛《桃花源記》所描繪的幻境，給人以心曠神怡之感。正如作者在其抒情詩中所議論的那樣這樣的人，總覺得一個東西是深的，碧藍的，綠的，又是圓的。這道出了作者在風景中寫人的真正目的——追求無處不在的「禪趣」，這種追求在《竹林的故事》、《河上柳》、《桃園》、《橋》等鄉土小說中表現得非常充分。由此可以看出，廢名的鄉土小說是非常講究風景描寫的。而大量的自然景物描寫使一些人認為廢名是受了哈代小說的影響，我以為兩者是不同的，前者受傳統美學思想的支配，更貼近陶淵明的超然美學境界，就連廢名在選擇篇名和為鄉村命名時都流露出對陶詩和「桃源」意境的模仿痕跡；而後者雖然非常擅長景物描寫，而且其景物描寫亦呈現出輝煌的亮色，但這正和作者的人物命運以及題意的闡釋呈反向對照，也就是說，廢名的景物描寫完全是「烘託」和「點染」，而哈代的景物描寫則是「反襯」和「突現」。由此可看出，在景物和人的融合方面，廢名是走向「天人合一」的返歸自然的美學途徑。其在平和恬淡的勾畫中蘊含輕靈飄逸的詩意，鍾靈毓秀的描摹中深藏著超然瀟脫的神韻，樸素俊逸的人物點染中飽蘸著返樸歸真的情致。

廢名鄉土小說的「散文化」和「詩化」，還表現在處理人物和情節時使用「淡化」的手法上。廢名的鄉土小說並不注重情節的曲折性和緊張性，一般來說，小說情節的力度往往被作家所稀釋。作者絕不借助於「外力」的矛盾衝突來強化人物的悲劇性或喜劇性，也不用「突轉」的手法將情節推向高潮，他的鄉土小說基本上突破了情節小說按照開端、發展、高潮、結局的「有序格局」向前推進的程序，而將景物描寫、風俗畫描寫、清淡的人物點染、抒情和議論等眾多藝術元素雜糅進作者反覆吟誦的那個悠然瀟灑的詩境中，使之形成了一個「散點」式的「無序格局」。這種小說藝術形式的探討也許可以從中國古典「筆記體散文」——文人隨筆中找到其淵源，而這在五四以後的現代小說史上是具有首創意義的。

在淡化情節和淡化人物以後，廢名的鄉土小說還能比古典筆記體散文有更多的藝術內涵嗎？我們知道，五四新文化運動給中國文壇送來的不只是現實主義創作方法的鮮花，同時也給中國文壇吹進了現代主義創作方法的芬芳氣息。

廢名在 20 世紀 20 年代中期的創作無疑受到了西方現代派技巧的影響。也就是說，他的鄉土小說在傳統現實主義（包含浪漫成分，但與「兩結合」無緣）框架下，融進了部分現代主義（或曰「新浪漫主義」）的方法技巧。廢名的鄉土小說雖無誇張變形的西洋技法，但充滿著「寫意」韻味。廢名說自己的小說是「與當初的實生活隔了模糊的界」。〔註 99〕顯然，這個「界」就是寫實和寫意的界線，是再現與表現的界線，是真與夢的界線。亦真亦幻，似夢非夢的情節和細節描寫常使小說進入「意識流」的境界，用沈從文的觀點來說就是將「現實」和「夢」的兩種成分相混合。《莫須有先生傳》中的人物心理活動的流程就是非寫實非常態的，具有心理小說的特徵。廢名寫得最好的有「意識流」味的小說當然是《桃園》，周作人在為這篇小說作《跋》時曾說書中的人物具有心理現實因素：這些人與其說是本然的，無寧說是當然的人物，這不是著者所見聞的實人世的，而是夢想的幻景的寫真這「幻景的寫真」表現在阿毛在病態中的跳躍性的「幻覺」、「幻視」、「幻聽」之中，不僅使小說的涵量增值，而且給人以比現實描寫更「真」的藝術感覺。像這樣的將「再現」與「表現」相混合，且達到與整個敘述渾然一體的妙篇佳作，可以說是廢名對鄉土小說具有開創性意義的新建樹。它使鄉土小說不只是在「寫實」的軌跡上運行，而且使其在「寫實」和「寫意」、「表現」與「再現」的兩條軌道上同時進行。

　　文學作品在某種意義上都是象徵，如果失卻了象徵的意味，那麼它的藝術生命亦就中止了。廢名的鄉土小說雖不能說是形成了整體象徵的象徵主義作品，但是，在這些鄉土小說中，作者在有意識地將自己的寫意小說拉入一定的情境規範時，採用了許多象徵和隱喻的藝術手段，試圖使小說具有更多的「象徵」意味。小說中的多重意象疊加是建築在具有象徵意味的描寫之中，即便是為小說命名，也不忘總體象徵的提煉，《河上柳》、《桃園》、《菱蕩》、《橋》這些題目都具有苦心孤詣的營造其象徵意味的痕跡。尤其是廢名擅長的景物描寫，更是滲透了作者對「意境」追求的象徵性底蘊。廢名鄉土小說中風俗畫、風景畫的描繪是人和自然契合的寫照，作者往往是通過象徵的藝術手法來達到這種美學風範的，但是這又與西方現代派鼻祖的「象徵主義」的手法有所區別。綜觀廢名的鄉土小說，其「象徵」的表現手法除了傳統意義上的賦比興的運用，以及「散點」式的象徵以外，還局部運用了現代派的「夢幻」（「意識流」）手法，有時也運用時空的跳躍來切割寫實的有序性描述。然而，

〔註 99〕廢名：《說夢》，《語絲》第 133 期 1927 年 5 月 28 日。

廢名的鄉土小說所採用的「象徵」並非是對「象徵主義」的全盤借鑒，而是只在局部採用了「意識流」的夢幻「表現」技巧，更多的則是對傳統意義上的象徵藝術手法的自如運用。這些都是廢名鄉土小說與「鄉土寫實流派」小說相異的技術描寫成分。複雜的文化意蘊與多樣的小說敘事藝術實驗，使得他的部分鄉土小說具有「別創新體」的意味。

廢名雖然沒有將其小說完全營構成「寫意」和「仿夢」的典範，但他對於現代主義藝術技巧的借鑒和容納，為日後的鄉土小說創作多元化格局起到了不可忽視的開創作用。自 20 世紀 20 年代中期始在廢名鄉土小說創作的藝術影響下沉從文、孫犁、周立波、汪曾祺、劉紹棠、古華、葉蔚林等眾多的鄉土小說的藝術家麇集到沖淡樸實的田園牧歌風格的旗幟下，創作出了不少優秀的經典之作。這些作家作品作為「後來者」，雖然與廢名的藝術傾向有所差別，但在「田園詩風」的格調上卻是一致的。沈從文是受廢名影響極大的作家之一，沈從文凡是寫鄉土小說均採用其抒情的田園詩格調，他說：「自己有時常常覺得有兩種筆調寫文章，其一種，寫鄉下，則彷彿有與廢名先生相似處。由自己說來，是受了廢名先生的影響，但風致稍稍不同，因為用抒情詩的筆調寫創作，是只有廢名先生才能那樣經濟的。」〔註 100〕沈從文也寫過城市和知識分子題材的小說，但遠不能與其鄉土小說成就相媲美，當他來到北京這個大城市時，「物」的壓迫和拜金主義的「城市文明」使他更加要以「鄉下人的眼光」來看世界。20 世紀 40 年代開始寫小說的汪曾祺也深受廢名的影響。汪曾祺認為，廢名「不寫故事，寫意境。但是他的小說是感人的，使人得到一種不同尋常的感動。」他直言：「我是確實受過他的影響，現在還能看得出來。」這個「現在」已是 20 世紀 80 年代了，汪曾祺也正是在這個年代寫出了「有廢名氣」的鄉土小說佳構。確如汪曾祺所說，「廢名的影響並未消失。它像一股泉水，在地下流動著。也許有一天，會婦婦地流到地面上來的。」〔註 101〕

「從『五四』新文學發展的歷史來看，有可以稱之為也寫實、也寫意的抒情小說，魯迅的《故鄉》、《社戲》開其端，廢名有意地在這一路徑上進行開闢、營造、前行，在廢名之後，沈從文、蕭紅、師陀、孫犁、汪曾祺等也走這個路子，於是這一路小說好看煞人，其共同的特點是他們的小說不同程

〔註100〕沈從文：《夫婦·附記》《沈從文文集》（第 8 卷），花城出版社 1984 年版，第 393 頁。

〔註101〕汪曾祺：《談風格》，《文學月報》1984 年第 6 期。

度地詩化和散文化，而不論其哲學背景和政治傾向的異同。這一路風景實好，廢名先行。」〔註102〕廢名在小說文體創新「先行」之外，其田園歸隱情結這種反現代性的審美現代性的文化追求也是「先行」，這些就是廢名在中國新文學史上的地位和意義。

第五節　沈從文

　　沈從文這位「中國的大仲馬」由於歷史的偏見和人們觀察事物的視角所限，曾經長期受到貶抑而被有意忽視。直到 20 世紀 80 年代，在文學史家的眼裏，他的文學聲名才日漸上升，成為人們競相研究的對象。沈從文自詡其文學風格與廢名相同，是「不講文法的作者」在《論馮文炳》中，沈從文說「把作者與現代中國作者風格並列，如一般所承認，最相近的一位，是本論作者自己。一則因為對農村觀察相同，一則因背景地方風俗習慣也相同……，同一單純的文體，素描風景畫一樣把文章寫成。」〔註103〕沈從文的自詡是恰切的，這個血管裏流淌著苗、漢、土家各族血液的風俗畫小說大家，應該說是獨樹了鄉土小說創作的另一幟。如果說魯迅是「寫實派」鄉土小說的旗手和導師，那麼，沈從文就是「寫意派」風俗畫鄉土小說的槓鼎人物。

　　沈從文生活經歷的豐富，或許現代文學史上任何作家都無法與之相比。他的早期經驗與社會知識，最初是在鄉野與從軍的經歷中積澱下來的。在湘西土著軍隊任司書時，與形形色色的人物廝混，親見的殘酷殺戮成千上萬，這成為他逆向思考人性與人類文明的最深隱的「心結」沈從文是在那個與漢儒文化思維格格不入的文化氛圍中長大的，其童稚、率真、質樸使他對自己闖入的另一種文化有些隔膜，甚至仇恨。沈從文最初沒有發現自己文化積存的優長，他進入北平以後曾模仿別人寫文章糊口，他那時還不明白一俟用自己的筆來展示與自己生命最切近的獨特文化時，其文學的美學價值便會顯得格外令人矚目。

　　沈從文即使是在成名之後，也始終以「鄉下人」自居，這其實就是聲明自己是站在五四文化精神的逆反方向來構築自己的鄉土社會，以此來與城市文明相抗衡。沈從文說：「我實在是個鄉下人……鄉下人照例有根深蒂固永遠是鄉

〔註102〕馮健男：《夢中彩筆創新奇》，艾以等編《廢名小說》（上），安徽文藝出版社 1997 年 9 月版，第 21 頁。

〔註103〕沈從文：《論馮文炳》，《沈從文文集》（11），花城出版社 1984 年版，第 100 頁。

巴佬的性情，愛憎和哀樂自有它獨特的式樣，與城市人截然不同！」〔註104〕於是，「鄉巴佬」的獨特視角，以及對「城市文明」侵擾的排拒，使沈從文筆下的湘西世界成爲一個具有神話模態的異域世界。沈從文不肯用對世界的新的認知方式來介入自己的小說，似乎想小心翼翼地保持這塊淨土不受任何外來文化氛圍的浸潤。一種具有老莊哲學意蘊的理想化的「田園詩風」同樣出現在沈從文的鄉土小說中。雖然五四文化一再試圖打破這種凝固的農業社會的死寂和寧靜之態，以魯迅爲代表的文化先驅者一再批判農民身上的痼疾可恨可悲可憐的愚昧性格和冥頑不化的民族劣根性——這成爲20世紀文化的必然選擇，但沈從文選擇了另外一條頗爲不同的文化路徑，他筆下寧靜和諧的鄉村社會滲透著原始道德美感，他筆下的「鄉下人品格」更富有人情味，他筆下的風土人情描寫更能給人以理想化和浪漫化的審美饜足。

　　嚴家炎認爲：「京派作家和絕大多數中國現代作家一樣，他們的基本思想是現代的。他們是一些民主主義者和人道主義者。」〔註105〕這是頗有見地的。我們並不否認沈從文小說的「現代性」，即五四的民主主義和人道主義思想，但沈從文的思維方式和認知方式與在漢民族氛圍中長大的作家不同，具有新人文主義特徵的「自上而下」的五四人道主義精神沒有成爲他抒發自己胸臆的唯一的價值尺度，他的審美經驗是內在的「超越悲劇」的，因此表現出極爲複雜的文化態度與價值選擇。沈從文的鄉土小說也寫湘西部落社會在外來政治、經濟壓迫下的崩潰，也寫農民在生活中的掙扎，如《丈夫》、《菜園》、《長河》中的許多描寫均觸及到農民的悲劇問題，但他並不像「鄉土寫實派」作家一樣，盡力用悲劇反映出生活在鄉土社會底層的農人的不幸和悲苦，以引起同情和療救的注意，其格調竟是如此的委婉，似乎充滿著「勿抵抗主義」的意味。《丈夫》所寫的題材，在鄉土寫實的小說作家那裏，一定是《賭徒吉順》（許杰）、《生人妻》（羅淑）、《負傷者》（臺靜農）、《爲奴隸的母親》（柔石）那樣充滿著悲劇的「吶喊」，而沈從文在這一短篇小說中所裸露的並非是階級批判意識，也不是一般意義上的道德批判，而是以一種泰然灑脫的「鄉下人」視角來抒寫他們視爲正常的生存狀態。這與其說是美學觀念使然，毋寧說是對一種痛苦的超越。沈從文

〔註104〕沈從文：《〈從文小說習作選〉代序》，《沈從文文集》（11），花城出版社1984年版，第43頁，第46頁。

〔註105〕嚴家炎：《中國現代小說流派史》，人民文學出版社1989年8月版，第244頁。

從小就在血泊和屠刀下生活，他說，僅在湘西軍隊「六年中我眼看在腳邊殺了上萬無辜平民」〔註 106〕，「這一份經驗在我心上有了一個份量，使我活下來永遠不能同城市中人愛憎感覺一致了。」〔註 107〕這些悲劇為什麼反而使沈從文「不能同城市中人愛憎感覺一致了」呢？或許他經歷過的苦難是超常的，也就淡漠了普通人那種對悲劇的驚訝。他從悲劇中解脫出來，所要尋覓的是生命力的張揚，是那種超文化的生命野性思維，是那種超階級的「人性」和「人類之愛」。

沈從文說「我是個鄉下人。走到任何一處照例都帶了一把尺，一把秤，和普通社會總是不合。一切來到我命運中的事事物物，我有我自己的尺寸和份量，來證實生命的價值和意義。我用不著你們名叫『社會』代為制定的那個東西。我討厭一般標準。尤其是什麼思想家為扭曲蠹蝕人性而定下的鄉愿蠢事。」〔註 108〕於是逃逸到自然的綠島成為其鄉土小說的主旋律。「要血和淚嗎？這很容易辦到，但我不能給你們這個。」〔註 109〕而是將悲苦掩藏起來，因為「神聖偉大的悲哀不一定有一攤血一把淚，一個聰明的作家寫人類痛苦是用微笑來表現的。」〔註 110〕因此，在沈從文的鄉土小說中，「不管是故鄉還是人生，一切都應當美一些！醜的東西雖不全是罪惡，總不能使人愉快，也無令人由痛苦見出生命的莊嚴，產生那個高尚情操。」〔註 111〕沈從文的這種「擇美」而「遮醜」的美學觀念，或許正是尼采所闡述的日神精神的最佳體現。尼采「主張面對夢幻世界而獲得心靈恬靜的精神狀態，這夢幻世界乃是專門為擺脫變化不定的生存而設計出來的美麗形象的世界。」〔註 112〕沈從文的「擇美」觀所表述的也正是這種意念。

沈從文還說「時代的演變，國內混戰的繼續，維持在舊有生產關係下面

〔註 106〕 沈從文：《從現實學習》，《沈從文文集》（10），花城出版社 1984 年版，第 300
頁。

〔註 107〕 沈從文：《懷化鎮》，《沈從文文集》（11），花城出版社 1984 年版，第 162 頁。

〔註 108〕 沈從文：《水雲》，《沈從文文集》（10），花城出版社 1984 年版，第 266 頁。

〔註 109〕 沈從文：《〈從文小說習作選〉代序》，《沈從文文集》（11），花城出版社 1984
年版，第 43 頁，第 46 頁。

〔註 110〕 沈從文：《廢郵存底·給一個寫詩的》，《沈從文文集》（11），花城出版社 1984
年版，第 303 頁。

〔註 111〕 沈從文：《〈看虹摘星錄〉後記》，《沈從文文集》（11），花城出版社 1984 年版，
第 48 頁，第 50 頁。

〔註 112〕 〔德〕尼采：《悲劇的誕生》，轉引自朱光潛著《悲劇心理學》，人民文學出版
社 1983 年版，第 145 頁。

存在的使人憧憬的世界，皆在爲新的日子所消滅。農村所保持的和平靜穆，在天災人禍貧窮變亂中，慢慢的也全毀去了。使文學，在一個新的希望上努力，向健康發展，在不可知的完全中，各人創作，皆應成爲未來光明的頌歌之一頁，這是新興文學所提出的一點主張。」這「新的希望」就是沈從文爲理想的夢幻世界設計出的美麗形象。而陶醉於夢幻世界的美麗形象，也多少有點逃遁現實世界的痛苦的意味，這就是叔本華和尼采悲劇哲學的逃逸「我們只有一條路可以逃避意志所固有的痛苦，那就是逃到表象世界中去。現實的創作要靠外表的美來醫治」〔註113〕。沈從文在現實世界中難以尋覓正義和幸福時，就在他生長的「邊城」中尋覓美麗而寧靜的藝術風景畫、風俗畫和風情畫，就在翠翠（《邊城》）、三三（《三三》）、夭夭（《長河》）這些「湘西世界」裏的純美小女人身上寄寓自己美的理想。當然，現實生活中的「邊城」並不可能是一塊超階級的眞空地帶，沈從文鄉土小說中的「邊城」是作者用「夢」與「眞」構築出的一個超階級的「神話世界」，是作者夢幻中的美麗形象的呈現。雖然沈從文的這種探求不是沒有意義的，但顯然不是最積極的。同樣是醫治痛苦的創傷，魯迅敢於用帶血的皮鞭抽打那「美如乳酪」的充盈著膿血的創口，用狂放而自虐式的酒神精神來剖析民族文化的劣根性，以療救魂靈爲要義；而沈從文卻用美麗的夢幻去構築與「現實人生」遙遙相對的理想宮殿，以日神精神來給人生的苦難注射一支止痛的嗎啡，這是一種「心理變形」的審美方式。

當然，沈從文的美學理念中也有在酒神精神的影響下盡情地放縱自己原始本能的一面，在放縱中消弭人與人的界限與隔膜，投入到原始生活中去，以求獲得人與自然的合一。沈從文說過：「吾人的生命力，是在一個無形無質的『社會』壓抑下，常常變成爲各種方式，浸潤泛濫於一切社會制度，政治思想，和文學藝術組織上，形成歷史過去而又決定人生未來。這種生命力到某種情形下，無可歸納挹注時，直接游離成爲可哀的欲念，轉入夢境，找尋排泄，因之天堂地獄，無不在望，從挫折消耗過程中，一個人或發狂而自殺，或又因之重新得到調整，見出穩定。這雖不是多數人必經的路程，也正是某些人生命發展的一種形式，且即生命最莊嚴一部分。」〔註114〕這種被沈從文

〔註113〕朱光潛：《悲劇心理學》，人民文學出版社1983年版，第150頁。
〔註114〕沈從文：《〈看虹摘星錄〉後記》，《沈從文文集》（11），花城出版社1984年版，第48頁，第50頁。

說成是「情感發炎」的生命過程，在作者的筆下往往成為崩毀舊的傳統世俗的生命意識形態，創造一種新的狂放的生命意識形態，增強中國民族文化心理中的「野獸氣息」，也就是用一種野性思維的人生形式來解構原有的生命形式感，正如沈從文所說「憎惡這種近於被閹割過的寺宦觀念，應當是每個有血性的青年人的感覺。」〔註115〕從這一點上來說，五四前後的許多政治家、思想家都異常鮮明地提出了要改變中國民族文化心理內容的宏論，但在文學領域內，除了魯迅先生披著「狂人」的外衣表現出了這種原始的野獸般的生命情緒以外，這種尼采所一再弘揚的「酒神精神」在悲劇中逐漸消融。這種審美理想被閹割，使沈從文這個從「邊城」走來的青年鬱鬱寡歡，於是他便以另一種生命的體驗來喚起「酒神精神」，試圖以野蠻的氣息來衝破「死水」一般的保守生命意識。蘇雪林敏銳地注意到並且深刻地分析了沈從文的這一文學理想，她說「沈氏雖號為『文體作家』他的作品不是毫無理想的。不過他這理想好像還沒有成為系統，又沒有明目張膽替自己鼓吹，所以有許多讀者不大覺得，我現在不妨冒昧地替他拈了出來。這理想是什麼？我看就是想借文字的力量，把野蠻人的血液注射到老態龍鍾，頹廢腐敗的中華民族身體裏去，使他興奮起來，年青起來，好在 20 世紀的舞臺上與別個民族爭生存權利。」〔註116〕確如蘇雪林所說，沈從文的許多鄉土小說表現出一種合乎於五四文化精神的「獸性」「他很想將這份野蠻氣質當作火炬，引燃整個民族青春之焰。」但這種「獸性」並非是五四先驅者陳獨秀所倡導的「獸性」——推翻舊有的民族封建文化的「狂飆性格」。在沈從文的鄉土小說中，這種「獸性」是化作一種潛在的「夢幻情蹤」來達到張揚人與自然合一的生命力量，是對戰亂演變下的「城市文明」的反動。我們不能說沈從文小說的哲學和思想是完全背離了時代，脫離了五四文化的母胎，而是說他試圖從逆方向來達到五四文學所不能企及的哲學思想境界。當沈從文小說時代過去半個世紀以後，他的這種文化追求，在莫言那裏得到了並不遙遠的歷史回應。莫言像沈從文一樣，他的「紅高粱家族」小說，要弘揚的就是那種敢愛敢恨、敢生敢死、敢歌敢哭的非文化規範狀態下的生命原動力，而這種生命的原動力是超越道德標準及其相應的價值判斷的。

〔註115〕沈從文：《〈八駿圖〉題記》，《沈從文文集》（6），花城出版社 1984 年版，第166 頁。

〔註116〕蘇雪林：《沈從文論》，《蘇雪林文集》（3），安徽文藝出版社 1996 年版，第300 頁，第 292 頁，第 293 頁。

　　毋庸置疑，沈從文在把這種野性思維的「反文化」傾向推向極致，試圖「超越文化」的同時，陷入了一種「文化悖論」的怪圈：「一方面，文化包括無意識文化，使自然的人成了社會的人、文化的人，『有意義、有價值』的人；另一方面，文化仍然包括無意識文化，又使人成了窒息自身價值的超理性或反自然動物，成了籠中之物，成了部分的非人。」〔註117〕我以爲，沈從文的小說凡是鄉土小說部分均表現出一種「反文化」意識，力求回歸自然；凡是描寫城市人的小說和描寫小資產階級知識分子的小說，均表現出對前現代性的封建文化和現代性的工業文明的雙重恐懼，具有一定的批判力度。不能說沈從文的小說全無理性色彩，問題就在於沈從文陷入「超越文化」怪圈時被無意識的文化所包裹，自覺地銷蝕了自身小說的反封建文化的能量。《邊城》、《連長》、《野店》、《丈夫》、《柏子》等小說中的理性思維最終是被具有原始生命力的自然人形態的生存意識所取代，作者崇尙自然的「力和眞」，以此來與矯揉造作的「城市人」情感相抗衡。有些論者把這些說成是沈從文在更高視野上的「憂患意識」，是試圖重構民族文化心理的深層思考，這未免誇大其辭了。如沈從文在《長河・題記》中所說：「把這點近乎於歷史陳跡的社會人事風景，用文字好好的保留下來，與『當前』嶄新局面對照，似乎也很可以幫助我們對社會多有一點新的認識。」並非是作者用現代哲學思想返觀原始風貌，試圖重新建構民族文化的佐證。相反，這正是作者試圖以「陳跡的社會人事風景」來對抗被「閹割」了的變形的民族文化。在這一點上，沈從文缺乏一個「思想巨子」的頭腦，他不能像魯迅那樣在歷史的進程中去清醒地看到集體無意識對於民族心理結構的殘酷戕害。沈從文甚至陷入了殘酷文化的「自娛」和「自戀」中不能自拔而甚感歡欣。這一點不能不說是沈從文鄉土小說的思想局限，雖然它並不妨害其小說成爲卓然獨立的「田園詩風」的文體典範。眞正意義上的「文化超越」應標誌著人類文化的進步，「人類現在必須踏上超越文化的艱難歷程，因爲人所能實現的最大的分離業績，就是漸漸地把自身從無意識文化的桎梏中解放出來。」〔註118〕

　　沈從文的文化理想注定是寂寞的，他在探求過程中體驗到的只能是孤獨與悲哀。魯迅鄉土小說的主題內涵有著「兩間餘一卒，荷戟獨徬徨」的意蘊，那

〔註117〕居延安：《中譯本序》，〔美〕愛德華・T・霍爾：《超越文化》，上海文化出版社 1988 年版，第 3 頁。

〔註118〕〔美〕愛德華・T・霍爾：《超越文化》，居延安等譯，上海文化出版社 1988 年版，第 238 頁。

種對民族文化的憂患意識是一般人難以理解的，它帶有一個五四先驅者的孤獨和悲哀情緒。雖然同樣是對民族文化劣根性的思考，沈從文是從逆向的角度進行的，他的鄉土小說作品「浸透了一種『鄉土抒情詩』氣氛，而帶著一份淡淡的孤獨悲哀，彷彿所接觸到的種種，常具有一種『悲憫』感。這或許是屬於我本人來源古老民族氣質上的固有弱點，又或許只是來自外部生命受盡挫傷的一種反應現象。」〔註119〕由此可見，沈從文「反文化」的孤獨悲哀感就在於試圖重建「理想的樂園」而不得。他不敢面對悲慘的世界和人生發出憤世嫉俗的吶喊和呼號，而是想抹去這慘痛的回憶，不使自己的童心遭受苦難的摧殘。如果說五四先驅們常常是在自虐式的痛苦中完成對民族文化劣根的解剖和批判，那麼，沈從文則往往是在自娛式的嬉戲中拋棄羸弱的民族文化劣根的侵襲。他主張：「不要爲回憶把自己弄成衰弱東西，一切回憶都是有毒的。不要盡看那些舊書，我們已沒有義務再去擔負那些過去時代過去人物所留下的趣味同觀念了。在我們未老之前，看過了過多由於那些先前若干世紀老年人爲一個長長的民族歷史所困苦，融合了向墳墓鑽去的道教與佛教的隱遁避世感情而寫成的種種書籍，比回憶還更容易使你未老先衰。」〔註120〕這便是他自我解脫的良方，也是他的小說追求平和沖淡的「鄉土抒情詩」的根由所在。

沈從文鄉土小說的「異域情調」和「地方色彩」應和著其濃鬱的浪漫抒情色彩，所構成的風俗畫面具有音樂的旋律美，詩歌的韻律美，繪畫的意境美，因而比一般意義上的鄉土小說更具有藝術的魅力。他筆下的「湘西世界」有著特殊的風韻，空濛的沅水上漂流的一葉小舟，苗鄉山寨中嫋嫋升騰的炊煙，原始森林中的鳥語花香，清秀古樸的水鄉弔腳樓屋，「邊城」中白塔之下的老人、女孩和黃狗，那富有別一樣詩情畫意的「月下小景」還有多情的苗族女子、粗野的水手、放浪的流浪漢、愚鈍的鄉民、蘊情極深的妓女，還有土匪、山大王、下層軍官、賭徒之流……凡此種種，均浸潤著作者對鄉土文化眞善美的謳歌和寄託。

沈從文鄉土小說的風景畫描寫是和人物情境、作品寓意相契合的。試以《邊城》的「風景畫」爲例「那條河便是歷史上的知名的酉水，新名叫白河。白河下游到辰州與沅水匯流後，便略顯渾濁，有出山泉水的意思。若溯流而

〔註119〕沈從文：《散文選譯‧序》，《沈從文文集》（11），花城出版社1984年版，第89頁

〔註120〕沈從文：《廢郵存底》，《沈從文文集》（11），花城出版社1984年版，第298頁。

上，則三丈五丈的深潭清流見底。深潭爲白日所映照，河底小小白石子，有花紋的瑪瑙石子，全看得明明白白。水中游魚來去，全如漂在空氣中。兩岸多高山，山中多可以造紙的細竹，長年作深翠顏色，逼人眼目。近水人家多在桃杏花裏，春天時只需注意，凡有桃花處必有人家，凡有人家處必可沽酒。夏天則曬晾在日光下耀目的紫花布衣褲，可以作爲人家所在的旗幟。秋冬來時，房屋在懸崖上的，濱水的，無不朗然入目。黃泥的牆，烏黑的瓦，位置則永遠那麼妥貼，且與四周環境極其調和，使人迎面得到的印象，實在非常愉快。一個對於詩歌圖畫稍有興味的旅客，在這小河中，蜷伏於一隻小船上，作三十天的旅行，必不致於感到厭煩，正因爲處處有奇跡，自然的大膽處與精巧處，無一處不使人神往傾心。」這段文字描寫看似平淡，沒有極富文采的詞藻堆砌，也無十分動情的抒情穿插其間，但流溢著淡雅清秀、雋永明快的藝術韻味。從視覺效果上看，它完全具備文人山水畫的「寫意」風格。作者的用色甚爲講究，充滿著古樸之氣，雖不耀眼醒目，卻滲透著清雅的韻味。更令人欽佩的是，作者在平淡的描寫中透露出靈動之氣，那「水中游魚來去，全如漂在空氣裏」將幻覺化作意境，若眞若幻。文人山水畫般的色彩調和尚不足爲奇，更奇的應是隱現其中的詩情，作者寫「春」，則大有「借問酒家何處有？牧童遙指杏花村」之意境；寫「夏」，則大有「白雲生處有人家」之意境；寫「秋冬」則寫泥牆烏瓦築在懸崖上的景觀，眞有「綠樹村邊合，青山郭外斜」之致。

　　沈從文鄉土小說之所以重視景物描寫，還在於他試圖在這景物描寫中寫出人的複雜心境。沈從文研究專家，美國聖若望大學歷史系副教授金介甫在《沈從文傳》中說：「1947 年有人向他請教該怎樣寫一部蒙古草原風情的鄉土小說時，沈對作品的故事安排就曾提出具體方案。說要注意景物描寫；對四季和早晚有所不同的風景刻畫，寫些康藏情歌，增加草原游牧的抒情氣味；發掘人的心理情緒，特別寫他們發瘋後的心情；寫內地商人和蒙人的交易習俗，表明各種交往中人的心情。」由此可見，沈從文的風景描寫是與其人物關係休戚相關的。此外，景物描寫還是他在兩種不同文化的巨大落差和反差中特有的抒情手段和闡釋意念的中介物。像周作人和廢名一樣，平淡中和，清新素雅成爲他的藝術追求。隱伏其中的抒情議論亦不顯山露水、慷慨激昂，彷彿作者始終是以平靜的眼光來觀察自然景物。沈從文說自己和廢名一樣「用

同一單純的文體，素描風景畫一樣把文章寫成」〔註121〕。風景畫不僅僅作爲
點綴和裝飾而使讀者獲得賞心悅目的通感審美歡愉，更重要的是，它作爲鄉
土小說「風俗畫」和「異域情調」的重要構成，更能顯示出鄉土小說的田園
牧歌式的文化特徵。當然，沈從文在其景物描寫之中更多地是注入了老莊哲
學的意蘊，且滲透著不同於正統文化的「野趣」。沈從文的鄉土小說注重景物
描寫的營構，不能不說是爲鄉土小說的風俗畫描寫增添了藝術的魅力。

　　沈從文鄉土小說還注重其苗族的風俗禮儀和充滿著宗教色彩的習俗的詳
細描述。他不厭其詳地在其小說中大談風土人情，「異域情調」所形成的風俗
畫的美學饜足是被人們所公認的。蘇雪林說，沈從文的小說「情節原平淡無奇，
不過我們讀著時很能感覺得一種新鮮趣味。這因爲我們普通人生活範圍仄狹，
除了自己階級所能經驗到的以外，其他生活便非常隔膜，假如有一個作家能於
我們生活經驗以外，供給一些東西，自然要歡迎了。所謂屬於『異國情調』的
詩歌小說得人愛好，也是一個道理。」〔註122〕沈從文以他優厚的少數民族的
生活經歷來開拓這一領域，當然是要比從「老遠的貴州」走進北京的蹇先艾，
以及江浙一帶的鄉土作家們更具「異域情調」的藝術魅力了。而且沈從文鄉
土小說與其他鄉土小說作家的不同就在於「黎錦明有《水莽草》，《黃藥》等
篇，論者謂足以表現湘西的地方色彩。但黎氏以寫故事爲首要目的，表現地
方色彩爲次要目的，所以成功不大。至於沈從文則不然。他的《旅店》一名
《野店》，《入伍後》，《夜》，《黔小景》，《我的小學教育》，《船上》，《往事》，
《還鄉》，《漁》，對於湘西的風俗人情氣侯景物都有詳細的描寫，好像有心要
借那陌生地方的神秘性來完成自己文章特色似的。有些故事野蠻慘厲，可以
使我們神經衰弱的文明人讀之爲之起栗。」〔註123〕顯而易見，沈從文與「鄉
土寫實派」所不同的是，在描寫風俗畫時，前者並不首先考慮到世界觀的表
現，後者則首先是要考慮風俗畫背後的題旨，正如茅盾所闡述的那樣：「關於
『鄉土文學』我以爲單有了特殊的風土人情的描寫，只不過像看一幅異域的
圖畫，雖能引起我們的驚異，然而給我們的，只是好奇心的饜足。因此在特

〔註121〕沈從文：《論馮文炳》，《沈從文文集》（11），花城出版社 1984 年版，第 100
　　　　頁，第 100 頁。
〔註122〕蘇雪林：《沈從文論》，《蘇雪林文集》（3），安徽文藝出版社 1996 年版，第
　　　　300 頁，第 292 頁，第 293 頁。
〔註123〕蘇雪林：《沈從文論》，《蘇雪林文集》（3），安徽文藝出版社 1996 年版，第
　　　　300 頁，第 292 頁，第 293 頁。

殊的風土人情而外，應當還有普遍性的與我們共通的對於運命的掙扎。一個
只具有遊歷家的眼光的作者，能給我們以前者；必須是一個具有一定的世界
觀與人生觀的作者方能把後者作爲主要的一點而給與了我們。」〔註124〕這一
經典性的概括，道出了「爲人生」而寫作的鄉土小說家的共性。同樣是被生
活驅逐到異地的人們，「鄉土寫實派」的作家喊出了農村衰敗農民悲苦的呼
號，是在悲涼的鄉土風俗畫中隱現出感傷的鄉愁，雖然其間「點綴著冷酷的
野蠻習俗」，雖然在悲涼的背景中摻入了美麗，然其強大的「爲人生」的人道
主義主題內涵折射在每一個情節、人物、細節和風土人情的描寫之中，其社
會、道德的價值判斷是鮮明突出的。而沈從文鄉土小說則如蘇雪林所言，是
首先將其風俗畫描寫放在首要位置，而非鄉土寫實小說家那樣，放在次要位
置。我以爲這就形成了沈從文（包括廢名）小說「鄉土味」更濃的重要原因，
「風俗畫面」的大量描寫沖淡了主題內涵的表現，但這正契合了作家的創作
主導意念。沈從文們本身並不是要求表現一種強烈的濟國救民意識，而是注
重表現一種人生的生存方式和生命意識的過程，雖然這種幻影是縹渺的，但
作者絕對是具有一種虔誠的宗教式的情感。

　　實際上，無論寫實主義還是浪漫主義，對風俗畫的描寫都十分注重，從
最早的現實主義開始就把風俗人情描寫放在首要位置，而浪漫主義也更爲器
重這樣的描寫成分。正如勃蘭兌斯在描述法國浪漫主義文學時所說「他們以
『尊重地方色彩』爲口號。他們所謂的『地方色彩』就是他鄉異國、遠古時
代、生疏風土的一切特徵，而這一切當時在法國文學裏都還沒有獲得適當的
地位。」〔註125〕如果說，作爲浪漫主義的主流已把法國文學中的「地方色彩」
和「風俗畫面」描寫推到了高潮，那麼巴爾扎克爲首的現實主義作家則又用
「風俗描寫」把「地方色彩」推向了極致。一部《人間喜劇》就是一部法國
社會的風俗史，這個評價當是中肯的。中國的沈從文是非現實非浪漫的鄉土
小說家，他的「風俗畫」描寫究竟是呈現出何等的意義呢？我以爲這仍是和
作者宣揚生命的力和眞，渲染原始的人性美，高揚那種帶著野性思維特徵的
人類非規範化理性的情感有關。沈從文鄉土小說不同於廢名鄉土小說的地方

〔註124〕茅盾：《關於鄉土文學》，《茅盾論中國現代作家作品》，北京大學出版社 1980
　　　　年版，第 19 頁。
〔註125〕〔丹麥〕勃蘭兌斯：《法國的浪漫派》，《19 世紀文學主流》（5），李宗傑譯，
　　　　人民文學出版社 1982 年版，第 19 頁。

就在於，同樣是寫田園牧歌，前者洋溢的是非正統的山俗野趣，是不入傳統道德規範的「反文化」、「反文明」現象的再現；而後者多半是傳統士大夫歸隱田園後的灑脫情境，是與傳統的道家思想、佛教思想暗通，基本上是「文化」和「文明」的反饋和折射。同樣是寫自然，寫風土人情，沈從文鄉土小說所流露出的是生命的力和真，而非道德的演繹。

在風景畫、風俗畫上描摹各式各樣的人等，這在沈從文的小說中表現得尤為突出。他筆下的人物三教九流，龐雜而多樣，他們活動在一幅幅畫面中，都富有難以言表的神韻，這是其他現代小說作家難以比擬的。我們知道，沈從文的鄉土小說並不注意故事情節的曲折、緊張和離奇，往往是寫景抒情和風俗描寫沖淡了寫人敘事，人物描寫彷彿只是山水畫中隱現的淡淡的「寫意」人物而已。有人認為沈從文是受了「泛神論」的影響，這固然有一定道理，但其根本原因還在於他對那種原生狀態下的生命原始之美的崇尚。沈從文要的是「野美」、「俗美」、「非文化之美」，而非傳統意義上的優雅之美，淡泊之美，寧靜之美。沈從文說「我歡喜同『會明』那種人抬一籮米到溪裏去淘，看見一個大奶肥臀婦人過橋時就唱歌。我羨慕『夫婦』們在好天氣下上山做呆事情。我極高興把一支筆畫出那鄉村典型人物臉同心，好像《道師與道場》那種據說猥褻缺少端倪的故事。我的朋友上司就是《參軍》一流人物。我的故事就是《龍朱》同《菜園》，在那上面我解釋我生活的愛憎……我太與那些愚暗、粗野、新犁過的土地、同冰冷的槍接近，熟習，我所懂的太與都會離遠了。」〔註126〕顯然，沈從文和下層人物的情感交流不是出於所謂階級意識的覺醒，也不僅僅是對一種善美的追求，更主要的是抒寫原始自然性欲所導致的蓬勃生命力，從而賦予小說以本體象徵的意蘊。從《邊城》到《長河》，甚至到沈從文後期寫就的一些短篇小說，其鄉土小說藝術幾經變遷，但在風俗畫、風景畫的描繪中始終未忘記對原始生命力的張揚與禮贊。

沈從文作為一個非寫實非浪漫的作家，其鄉土小說所採用的藝術技巧與廢名一樣，有時是融合了「再現」與「表現」兩種成分。人們往往注意到沈從文中後期城市題材小說中的「表現」成分，並歸因於受弗洛伊德之影響和受象徵派的影響。而在同一時期，「他寫的鄉土文學作品，不像他的寫都市生

〔註126〕沈從文：《生命的沫・題記》，《沈從文文集》（11），花城出版社 1984 年版，第 8 頁。

活的作品那樣，被朋友和讀者認爲是受到西方現代派感染，被人指謫爲『朦朧費解』和『畸形反常』那種土生土長的晦澀成分如湘西方言之類，沈早就不再採用了。最後，沈從文只好選定自己的創作道路，福克納的小說證明，鄉土文學作品同現代派文學能夠在同一個作品裏並存。沈從文也在他鄉土文學作品中運用過先鋒派技巧，但可惜還未起步，1949 年以後就不再動筆了。」〔註 127〕撇開沈從文城市小說中的先鋒派技巧不論，就其鄉土小說來說，沈從文雖然沒有像福克納那樣用整體的先鋒派技巧來融合鄉土的描繪，但其鄉土小說不乏採用和嵌入「表現」的成分。《邊城》所造成的空濛之境，並不完全是傳統的賦比興之意境，還帶有早期神秘主義和象徵主義的色彩。翠翠微妙的心理變化過程，那種似夢非夢的對歌、迎娶、劃龍船、彈琴，以及翠翠的「白日夢」描寫，頗得弗洛伊德「析夢」的精髓，明顯地帶有「意識流」色彩。作品往往從幻聽、幻覺、幻視中來描寫人物心理，構成了小說的空濛神秘之美境。採用象徵手法來預言人物命運，這種當時頗爲流行的「表現」手法，在沈從文的鄉土小說中亦不少見。《邊城》中翠翠去摘「虎耳草」，《鳳子》中也寫「虎耳草」，這都成爲一種悲劇性的象徵預兆。在景物描寫中，寄寓作者所要表達的意念，構成隱喻，使景物描寫不止於傳統的「香草美人」式的賦比興，而具有象徵意味，這其實就是現代爾（尤其是象徵主義）慣用的構成小說局部象徵意義的技法。

　　沈從文和現代派詩人徐志摩過從甚密，徐志摩也是在文學上給沈從文幫助最大的朋友之一，其詩歌的「表現」技巧也對他有很大影響。金介甫注意到「正是在徐志摩的詩歌中，人們可以察覺到他在詩中借用那些宇宙的比喻只是寫詩的一種技巧。沈從文也用過宇宙作象徵，他這樣寫是鄭重其事的，儘管不能說有多深刻」〔註 128〕。確實，外在空間的「宇宙」作爲一種表象，它是與人物內在空間（心理空間）的「宇宙」緊密相聯的。這成爲沈從文鄉土小說的一個重要特徵。正如金介甫所言：「《鳳子》是沈從文的《追憶逝水年華》普魯斯特），至少在精神上是相通的。首先，《鳳子》不單是作者也用第一人稱比喻手法來回憶自己過去年華，它還是一部研究心理學與象徵性特

〔註 127〕〔美〕金介甫：《沈從文傳》，符家欽譯，中國友誼出版社 2000 年版，第 357頁，第 327 頁，第 327 頁。

〔註 128〕〔美〕金介甫：《沈從文傳》，符家欽譯，中國友誼出版社 2000 年版，第 357頁，第 327 頁，第 327 頁。

徵的複雜作品，把回憶和比喻結合起來。」〔註129〕金介甫看到了沈從文鄉土
小說的這種特徵，也就應該承認沈從文在早期鄉土小說作品中的這種現代意
義上的「表現」探索，雖然它們透露出的先鋒派意味並非像徐志摩、戴望舒、
李金髮那樣濃鬱和充分，也並非像同期的「新感覺派」小說家施蟄存、穆時
英（沈從文曾著文論及過穆氏的創作）、劉吶鷗那樣的「都市風景線」式的「現
代 modern）」。但作為象徵的描寫（尤其是景物描寫的抒情特色）始終貫穿於
沈從文的鄉土小說創作中，直到長篇田園詩小說《長河》中，這種藝術傾向
仍舊存在。儘管這部小說與前期小說不同，採用了多線索並進的敘事方式，
強化了情節效果，但其象徵的抒情風格依然存在。

　　沈從文在鄉土小說創作中對先鋒派技巧的運用和探索，並不如他在城市
題材小說中那樣用心。譬如，在《水雲》中，沈從文採用了「複調小說」的
做法，用「人物主體性」的寫法，寫出三個不同女性的心理世界，作品所採
用的三種不同的敘述「語調」形成了具有「內心獨白」的現代小說特徵。像
陀思妥耶夫斯基小說一樣，主客觀描寫的交替、沒有統一的情節、內心獨白、
散點式的描寫、夢境描寫、即時性的旁白等，這些技巧都得到了探索，只可
惜沒有在沈從文的鄉土小說中更多地展開，也就使這位開創田園詩風的鄉土
小說大家失掉了某種藝術探索的契機。否則，沈從文的鄉土小說將會出現更
加美妙的藝術景觀。

　　概言之，沈從文在承繼周作人、廢名的美學觀念的時候，有自己特立獨
行的文化觀念與價值選擇，他用自己大量的鄉土小說創作實踐，構建了中國
現代鄉土小說中的「田園詩風」風格的小說體系，形成了與「魯迅傳統」的
鄉土寫實風格相對峙的小說格局。這兩種風格成為一種隱形的創作規範，制
約著後來的許多不同流派和風格的創作群體與個體作家，幾近成為他們創作
的「集體無意識」。蘇雪林曾預言沈從文不如當時魯迅、茅盾、丁玲這樣的第
一流作家，然而要看清一個事物的真實本相，處在同時代的同一視野上，是
難以辨析的，只有在這個歷史過程以後，才能看清其真正的價值。沈從文的
「田園詩風」小說只有在文學史的不斷淘洗中，才能領略其思想的精義與弊
端，才能考量其藝術的存在價值。沈從文的思想和藝術世界是一個難解的「迷
宮」，對它們的研究還是遠遠不夠的。

〔註129〕〔美〕金介甫：《沈從文傳》，符家欽譯，中國友誼出版社 2000 年版，第 357
　　　　頁，第 327 頁，第 327 頁。

第六章　民國文學的「革命」語境

　　隨著 1928 年無產階級文學的倡導和 1930 年「左聯」的成立，「革命小說」一時風起雲湧，成為中國現代小說史上雖然持續時間不長，但至今還眾說紛紜、毀譽參半的文學潮流。

第一節　「革命＋戀愛」式的鄉土小說

　　一些革命者在經歷過浪漫蒂克的現實革命鬥爭生活以後，用筆來抒發自己內心的情感，創作出了一批充滿「革命的浪漫蒂克」的作品。「革命」與「戀愛」是其中一些小說的重要敘事元素，「革命」的欲望在「革命小說」的文本建構中，由原來「非存在」的狀態「折回到自然狀態」，文本將這「趨於未來和趨於根本變化的衝動系統地物化」，改造成「感覺」和「心理屬性」〔註1〕。而「革命」的欲望與「個性解放」的欲望（這裡主要體現為「戀愛」）可以相互置換，即「革命」成為「情慾」得以滿足的承諾，後者對前者又有絕對的依賴性，從而形成被人詬病的「革命＋戀愛」的敘事模式。在這類小說中，有一部分是反映鄉村鬥爭生活的鄉土小說，如蔣光慈的《咆哮了的土地》，陽翰笙的長篇小說《地泉》的第一部分，柔石的《二月》，葉紫的《豐收》、《火》、《電網外》，丁玲的《田家沖》等。這些「革命＋戀愛」式的鄉土小說有異有同。

　　由於對中國社會和中國革命缺乏更本質的認識，一些「革命＋戀愛」式

〔註1〕〔美〕弗雷里克・詹姆遜：《政治無意識》，中國社會科學出版社 1999 年版，第 179 頁。

的鄉土小說的產生，大多是作家的主觀意念的復現。他們脫離了鄉土現實生活的土壤，將小說情境的營構和人物的塑造，懸置於一個浪漫的充滿著小資產階級情調與狂熱的理想空間，致使小說大都有著概念化的弊端。從這一點上說，是背離了五四新文學的精神的，與「鄉土寫實」作風的小說也相去甚遠。這些傾向受到了當時許多革命家和作家的批評。瞿秋白認為，像《地泉》這樣的作品，正是新興文學所要學習的「不應當這麼樣寫」的標本。茅盾認為，《地泉》一類小說失敗的原因有二：「（一）缺乏社會現象全面的非片面的認識，（二）缺乏感情地去影響讀者的藝術手腕。」〔註 2〕同時，茅盾還批評了蔣光慈小說由於機械主觀主義的弊病而給小說帶來的用「臉譜主義」的方法去描寫人物，以及用「方程序」去布置故事情節的通病。「作家們還當更刻苦地去儲備社會科學的基本知識，更刻苦地去經驗複雜的多方面的人生，更刻苦地去磨練藝術手腕的精進和圓熟。」〔註 3〕儘管有人為蔣光慈和陽翰笙等人的作品尋找其歷史存在的意義，認為「這些作品就單個說，只反映農村社會的一個方面，或者是山村一隅，或者是革命的一個橫斷面，但合起來，就是一幅農村破產、革命發生發展的壯麗圖畫。這些作品沒有停留在客觀的表述，而是進一步挖掘造成災難的根源，從根本上接觸到了反帝反封建的主題，從中揭示了人民所以要革命的原因。」〔註4〕但我們不能不說這些「革命小說」開了「主題先行」、「概念化」、「臉譜化」的先河，給後來的主流話語系統的小說創作和理論批評留下了深遠而巨大的影響。

這類小說可以稱之為「革命的鄉土小說」。它們與以魯迅為首的「鄉土寫實派」以及以沈從文為代表的「田園牧歌」鄉土小說不同的是，忽視了小說的一個最本質的特徵，即作為「間接」的藝術表現，與「直接」的理念圖解是有著本質區別的，它們中間這條鴻溝是不可逾越的，這就是馬克思、恩格斯一再強調的不能成為「時代簡單的傳聲筒」，而是時代和社會的複雜的藝術折光。蔣光慈、陽翰笙等作家的政治思想觀念，積極而狂熱的情緒，以及他

〔註 2〕 茅盾：《〈地泉〉讀後感》，《茅盾論中國現代作家作品》北京大學出版社 1980 年，
　　　　 第 169 頁。

〔註 3〕 茅盾：《〈地泉〉讀後感》，《茅盾論中國現代作家作品》北京大學出版社 1980 年，
　　　　 第 172 頁。

〔註 4〕 馬良春、張大明：《左翼文藝創作的巨大成就》，《中國現代文學研究叢刊》1980
　　　　 年第 2 輯。趙遐秋、曾慶瑞在《中國現代小說史（下）》中也對馬、張一文的
　　　　 觀點持讚同意見。

們試圖反映的大革命後風起雲湧的土地革命鬥爭的現實內容，都是與時代同步的。但是，他們在試圖來解釋革命鬥爭時，從根本上忽視了具有新人文主義內涵特徵的人道主義精神的體現，也忽視了無論寫實主義和浪漫主義都注重的鄉土小說的本質特徵，即「異域情調」和「地方色彩」的風俗畫面的再現與表現。當然，這些「革命的鄉土小說」中也不是全無「地方色彩」的蛛絲馬蹟，而是作者們根本就沒有將這「悲涼的圖畫」放在眼中，沒有以之作爲「藝術的手腕」去感染讀者。在《地泉》中，且不說「左」傾幼稚病的影響，就作者對於農民暴動的描寫的失實來說，便可以看出作者充滿著小資產階級浪漫蒂克的情調的主觀理想成分對小說真實性的侵襲。小說中那種幻想的革命手段是何等的幼稚可笑，彷彿一夜之間就把一個充滿悲涼氛圍的異常頑固強大的封建農村社會摧而毀之。這其實就是對五四反封建的深刻性與中國社會革命的艱巨性認識不足。更重要的是作者並不是用「藝術手腕」來進行「間接」的表現和再現，而是將作者的思想直接宣泄出來，這正是「普羅文學」最突出的藝術缺陷。

　　蔣光慈認爲：「革命這件東西能給文學，寬泛地說的藝術以發展的生命；倘若你是詩人，你歡迎它，你的力量就要富足些，你的詩的源泉就要活動而波流些，你的創作就要有生氣些。否則，無論你是如何誇張自己呵，你終要被革命的浪潮淹沒，你要失去一切創作的活力。」〔註5〕「革命就是藝術，真正的詩人不能不感覺到自己與革命具有共同點。詩人一羅曼諦克更要比其他詩人能領略革命些。」〔註6〕蔣光慈從詩的角度來理解和想像社會革命，將主要存在於政治和經濟領域的社會革命，與「心靈」、「情緒」等連接起來。「革命」的作用是供給作家源源不斷的創作靈感，激發天才的力量來創造文學藝術，後者又反過來推進革命。蔣光慈的「革命小說」就是這種理念的形象演繹。在蔣光慈的諸多「革命小說」中，《咆哮了的土地》是以鄉村鬥爭生活爲題材的有代表性的小說。這部作品所關注的是鄉村社會階級之間的衝突，注意發掘的是年輕革命者在「革命」與「愛情」中的轉變與成長。茅盾曾就這個問題批評蔣光慈說：「作品中人物的轉變，在蔣光慈筆下每每好像睡在床上翻一個身，又好像是憑空掉下一個『革命』來到人物的身上；於是那人物就

〔註5〕蔣光慈：《十月革命與俄羅斯文學》，《蔣光慈文集》（第4卷），上海文藝出版社1988年，第57頁。
〔註6〕蔣光慈：《十月革命與俄羅斯文學》，《蔣光慈文集》（第4卷），上海文藝出版社1988年，第68頁。

由不革命而革命。」〔註7〕茅盾的批評是有道理的。譬如，小說中的毛姑由一個懵懂羞澀的村姑「轉變」成為堅強的女戰士，就顯得過於容易也過於輕鬆。突變式的精神轉換，把政治革命中的一些複雜因素簡單化或虛化，體現了作家急進樂觀的青年心態。但並不是所有的人都能如此完成這一過程，主人公李傑的「轉變」，就經過了一番殘酷的「考驗」。在撤退時，李傑面臨著革命與親情的劇烈衝突，為革命他必須忍看同伴放火燒死自己的生身父母與胞妹，但生命深處又隱隱湧動著一股強大的抗拒力。此時不論作何種選擇對李傑來說都是殘酷的。蔣光慈很好地抓住了這一藝術契機，對李傑的這種錯雜心態予以展露：「李傑在絕望的悲痛的心情下，兩手緊緊地將頭抱住直挺挺地向床上倒下，他一半失去了知覺……」。李傑這種株連無辜、大義滅親的壯舉，雖然表現出了一種極「左」式的大無畏的無產階級徹底革命精神，但從反封建的視點來看，這種「轉變」方式是與五四人道主義母題相悖的，它本身就是非無產階級的封建意識的體現。毫無疑問，在主人公李傑甚至還有張進德的身上，都有作者自己的思想的影子。對於蔣光慈和他的話語，我們也可以理解。然而必須指出的是，革命是一個由各種各樣政治、經濟和社會因素構成的複雜機制，不應該以如此主觀的方式予以描述，不能把它僅僅看作是一種極為有趣和富有浪漫色彩的現象。」〔註8〕《咆哮了的土地》儘管存在許多顯而易見的不足，但它標示著蔣光慈的創作由此迅速走向成熟，也顯示出了他橫溢的才華與極大的藝術潛質。如郭沫若所說，蔣光慈「可惜死得早了一點，假如再多活得幾年，以他那開朗的素質，加以藝術的洗煉，中國為什麼沒有偉大作品的呼聲怕是不會被人喊出的罷。」〔註9〕

　　《咆哮了的土地》等小說特別關注的是現實社會的政治經濟乃至軍事鬥爭問題，是革命者意識形態觀念的轉變，而很少注意風景畫、風俗畫、風情畫的描寫，鄉土小說最基本的特質從這裡消失了。或許是這些革命家不屑於此吧，或許他們認為這是小布爾喬亞的情調。與之有所不同的是，柔石等作家試圖從「普羅文學」的弊病中掙脫出來，創造出一個既不失革命色彩，又更合乎歷史邏輯的鄉土現實。

〔註7〕茅盾：《關於創作》，《北斗》創刊號1931年9月20日。

〔註8〕〔斯洛伐克〕瑪利安・高利克：《中國現代文學批評發生史》社會科學文獻出版社1997年，第142～143頁。

〔註9〕郭沫若：《〈創造十年〉續編七》，《蔣光慈研究資料》，寧夏人民出版社1983年，第200頁。

　　柔石的《二月》寫大革命前後的農村社會，同樣還具有抹煞不掉的「革命的浪漫蒂克」的痕跡，但是其主題的表現，卻是魯迅所說的「曲筆」式的。雖然作者在設計人物時用了「三角戀愛」的公式，但在蕭澗秋、陶嵐和文嫂之間形成的糾葛正是五四以後青年的心境描寫。我以爲《二月》最成功的一筆就在於蕭澗秋在追求五四個性解放的同時，沒有忽視五四最基本的命題：即人道主義精神成爲人的個性解放的根本起點。顯然，蕭澗秋救文嫂而不得不棄陶嵐而去，正表現了這一代人反封建的任重而道遠，也體現了這一代青年的徬徨情緒。這部小說與「革命的鄉土小說」的分道揚鑣就在於小說在情節的波瀾起伏中展開了風情畫、風俗畫的描寫，回復了鄉土小說的藝術特徵。因此魯迅也稱讚這部小說是「用了工妙的技術所寫成的」〔註10〕。這種試圖回復鄉土小說藝術特徵的意圖更鮮明地表現在柔石1930年創作的《爲奴隸的母親》裏。同樣是寫「典妻」，《爲奴隸的母親》在思想藝術上比許杰的《賭徒吉順》、羅淑的《生人妻》等作品都要高，其原因就在於作者的階級意識在被進一步強化的同時，依舊沒有拋卻五四人道主義精神的燭照。這只要深入分析小說中春寶娘的人生遭際及其情感歸屬，就可以得到印證。毫無疑問，春寶娘被「典」的人生遭際，揭示了貧富懸殊的階級地位所帶來的人的不平等，是對階級壓迫下的罪惡的暴露，但柔石的敘事視角顯然超越了這一意識形態層面，而是站在以人爲本，尊重人，特別是尊重女性的現代文化的角度，在浙東地域「風俗畫」的描繪中揭露與批判「典妻」這種反人性的地方文化惡習。於是，這個「典妻」的民俗故事就有了複雜的現代倫理內涵，從下面這段表意複雜的心理描寫文字，就可見一斑。「在孩子的母親的心呢，卻正矛盾著這兩種的衝突了：一邊，她的腦裏老是有『三年』這兩個字，三年是容易過去的，於是她的生活便變做在秀才的家裏的傭人似的了。而且想像中的春寶，也同眼前的秋寶一樣活潑可愛，她既捨不得秋寶，怎麼就能捨得掉春寶呢？可是另一邊，她實在願意永遠在這新的家裏住下去，她想，春寶的爸爸不是一個長壽的人，他的病一定是在三五年之內要將他帶走到不可知的異國裏去的，於是，她便要求她的第二個丈夫，將春寶也領過來，這樣，春寶也在她的眼前。」

　　春寶娘作爲被「典」者，她明白自己的身份和地位，知道自己不過是替

人生子的工具，同時也是「傭人」；但作爲女人，她已隱約地生出了對「第二個丈夫」的「戀情」；而作爲母親，她對自己兩個家庭的孩子都充滿了難以捨棄的親子之愛。顯然，她的「戀情」與「母愛」是超階級的「人」的生命願望。柔石沒有讓她把這種「人」，的生命願望轉移到「左翼」作家所推重的集體性的社會願望中去，而是始終讓她保持個體性，並進一步展露她既無法實現而又不願放棄自己的生命願望的痛苦與哀傷。如果說時尚的「革命＋戀愛」的小說敘事，其革命的主題實際上常常遮蔽了對人自身的關注，那麼，柔石所注目的是個人在現實重重圍擊下的現實遭際與倫理困境。由此，柔石表現出了自己小說創作的複雜性，一方面，他有了「左翼」作家觀察理解社會的意識形態觀念；另一方面，他以自我生命體驗的積存爲憑藉，傾聽來自生命深處的呼喚，從而與五四啓蒙話語保持著鏈接。簡言之，當「左翼」文學在整體上表現出意識形態化的創作傾向時，柔石雖然未能免俗，但他尊重生活的邏輯不爲宣傳自己的政治觀念隨意拔高人物，不塑造突變式的時代英雄，也不去尋找或編造革命的反抗故事，因而其作爲一種詩性活動的小說敘事，既深刻體現了新的時代特點，又與五四啓蒙文學有著深刻的精神聯繫。柔石的複雜性及其獨有的小說敘事，在當時雖爲一些革命文學理論家所不屑，但得到了魯迅的肯定：「我從作者用了工妙的技術所寫成的草稿上，看見了近代青年中這樣的一種典型，周遭的人物，也都生動……大概明敏的讀者，所得必當更多於我，而且由讀時所生的詫異或同感，照見自己的姿態的罷？那實在是很有意義的。」〔註11〕柔石的鄉土敘事既有個人話語的獨特性和豐富性，同時也使「左翼」文學顯現出別一種風致，確實是很有意義的。

　　丁玲 20 世紀 30 年代的一些作品亦帶有「革命的浪漫蒂克」的色彩。可以說，丁玲在自覺接受這一創作模式時，就明顯地拋棄了像《夢珂》、《莎菲女士的日記》那種「主觀」（即人物主體性）的「表現」手法，在思想大於形象的描寫中徜徉。在丁玲的「革命的鄉土小說」《田家沖》中，同樣犯有蔣光慈和陽翰笙那樣的概念化弊病，這篇小說的發表正值「左聯」成立時期，它帶有明顯地圖解農村革命的印痕。而那篇人物性格寫得很突出的《奔》，雖然要比《田家沖》高明得多，描寫了農村破敗的圖景，但仍不免留下了圖解當時革命「眞理」的痕跡。丁玲在 1931 年發表的《水》歷來被人們奉爲「新現

〔註11〕魯迅：《柔石作〈二月〉小引》，《魯迅全集》（第 4 卷），人民文學出版社 1981年，第 150 頁。

實主義」的實績，說它是標誌著「革命＋戀愛」的公式被清算，而使小說進入了表現工農鬥爭的新視野的境界：是「從離社會，向『向社會』，從個人主義的虛無，向工農大眾的革命的路」；「《水》的最高價值，是在最先著眼到大眾自己的力量，其次相信大眾是會轉變的地方。」〔註12〕不錯，這部以1931年十六省水災爲背景的鄉土小說充滿了農民鬥爭的色彩，農民階級革命化在小說中得以盡情的表現。但是，我們不能不深深地惋惜作品在塑造中國農民時依舊存在著隔膜，整個農民群像的描寫雖然頗具性格特點，但畢竟這是在圖解某種概念。我以爲這部小說最大的特點就在於作者在渲染氛圍上有獨到之處，它起著烘託人物的重要作用，人物群像依託著氛圍描寫才有了些活氣，否則，這部小說完全是一種當時理論的圖解。需要提出來加以特別討論的是，這部小說之所以不同於《田家沖》、《奔》，乃至於《咆哮了的土地》和《地泉》之處，就在於它具有鄉土小說的「地方色彩」和「風俗畫面」，形成了某種程度上的「異域情調」。當然，這不僅僅表現在小說的方言描繪上，也不僅僅體現在對鄉土社會人際關係的傳統習俗的描寫上，小說中的景物描寫也是構築「異域情調」的藝術要素，如：「沸騰了的曠野，還是吹著微微的風。月亮照在樹梢上，照在草地上，照在那太陽底下會放映點綠油油的光輝的一片無涯的稻田，那些肥滿的，在微風裏噫噫軟語的愛人的稻田。」顯然，作爲一種「反襯」的景物描寫，它增強了小說表現的張力。可以這樣說，《水》是丁玲小說的思想和藝術的「定型」和「定格」，也就是說它給丁玲的小說創作帶來了兩種固定的「情結」：一種是爲表現某種主題思想而設置的人物行動路線圖，即人物模式圖；另一種是作者盡力使用「藝術的手腕」加強小說中的「地方色彩」描寫，把「風俗畫」、「風景畫」作爲一種表現主題的「對應物」和「潤滑劑」。前者往往會使其小說陷入概念化的模式之中不能自拔；後者則又往往將其拉入鄉土小說特有的情境之中，使其藝術魅力掩蓋著圖解思想的蒼白。這兩種「情結」的相互矛盾，使得作家陷入一種兩難的「怪圈」，它成爲作家的一種潛在的「創作情結」，一直表現在她的鄉土小說創作之中，如《我在霞村的時候》就明顯還帶著這種創作的痕跡。即便是到了作者小說創作的最輝煌時期，如寫作《太陽照在桑乾河上》時，仍舊保留著這樣的創作心態。

〔註12〕 馮雪峰：《關於新的小說的誕生》，《馮雪峰選集》（論文編），人民文學出版社2003年，第8頁。

　　葉紫卻是「革命鄉土小說」的一個另類。魯迅在給葉紫的小說集《豐收》作序時說：「作者還是一個青年，但他的經歷，卻抵得太平天下的順民的一世紀的經歷，在轉捩的生活中，要他『為藝術而藝術』，是辦不到的。」〔註13〕葉紫是和著自身的血淚進行創作的，在短暫的人生與文學活動中，留下了短篇小說集《豐收》、《山村一夜》，中篇小說《星》等作品。同樣是從湖南走出來的鄉土小說家，葉紫作為「無名文藝」的中堅，他所創造出的 20 世紀 30 年代農村的悲慘生活情態以及農民反抗的鬥爭畫卷是令人矚目的。魯迅和茅盾非常看重葉紫的小說創作，在「豐收成災」的眾多鄉土寫實作品中，茅盾認為：「『豐災』是近來文壇上屢見的題材，但是我們要在這裡鄭重推薦《豐收》，因為此篇的描寫點最為廣闊；在二萬數千言中，它展開了農事的全場面，老農落後意識和青年農民的前進意識，『穀賤傷農』以及地主的剝削，苛捐雜稅的壓迫。這是一篇精心結構的佳作。」〔註14〕葉紫的小說並不從概念出發，而是從那種具有原生狀態的真實生活出發來寫農民自發性的反抗鬥爭。區別於「革命的浪漫蒂克」鄉土小說的特徵主要表現在這樣幾個方面：首先，由於作者一生苦難的經歷，使他對於下層農民有著更深刻的本質性認識，所以在他的小說中沒有英雄人物出現，多是那些悲涼鄉土上農民苦難生活的剪影。從《豐收》到《火》和《電網外》，再到《偷蓮》、《魚》、《山村一夜》、《湖上》、《星》、《菱》等，葉紫雖然描寫了農民的鬥爭，但這並不是那種在無產階級政黨領導下的有自覺意識的鬥爭，而是在不能活的情況下採取的個體性的自發革命行動，它真實地反映出大革命失敗前後農村土地革命的情形，正如作者在《星》的後記中所說：「因了自己全家浴血著一九二七年底大革命的緣故，在我的作品裏，是無論如何都脫不了那個時候底影響和教訓的。我用那時候以及沿著那時候演進下來的一些題材，寫了許多悲憤的、回憶式的小品，散文和一部分的短篇小說。」從這個意義上來說，葉紫的這些鄉土小說中所涉及到的農民革命內容，揭示了大革命失敗的原因正在於沒有更充分地發動起農民，而五四的啟蒙主義思想根本就沒有進入農民的文化心理。因此，葉紫鄉土小說的總主題是異常深刻的。和茅盾 1929 年寫的《泥濘》一樣，葉紫的中篇《星》揭示出大革命和五四的狂潮根本就沒有進入農民的文化圈。

〔註13〕魯迅：《葉紫作〈豐收〉序》，《魯迅全集》（第 6 卷），人民文學出版社 1981 年版，第 219 頁。

〔註14〕茅盾：《幾種純文藝的刊物》，《葉紫文集》（上），湖南人民出版社 1983 年版，第 5 頁。

正因為如此，梅春姐才從那個浮淺的革命憧憬中又回到了悲慘如故的生活逆境中去，而「革命」也如許多謠言一樣，在農民心裏是將女人進行「裸體遊鄉大會」，是殺掉老人和兒童。從中不是可以看到「阿Q式」和「假洋鬼子式」的「革命」的「疊印鏡頭」了嗎？葉紫小說的深刻之處就在於他在描寫農民的苦難時，想到的是用魯迅的筆法來總結革命的慘痛教訓，而非廉價樂觀地去圖解理想化的革命幻影。當然，作者也常常在自己的小說結尾添上一個預示光明的尾巴：如王伯伯（《電網外》）在家破人亡之際，卻終於「放開著大步，朝著有太陽的那邊走去了！」又如《星》的結尾是梅春姐在死去的兒子呼喚的幻聽中走向了光明：「你向那東方走吧！……那裏明天就有太陽啦！……」這些描寫只是表現作家的一種確信人類必將走向光明的理想，當是無可非議的，雖有硬性植入之嫌，但於整個小說結構並無大的妨害。作家寫農民的反抗並不採用如火如荼的鬥爭場面，有時甚至是採用具有詩情畫意的場面和諧趣的喜劇手法來寫農民自發的帶有原始色彩的反抗。如在《偷蓮》中，地主少爺設計玩弄少女桂姐兒，反而被村姑們綁在船上晾了一夜，文筆清新諧趣，輕描淡寫。小說中的鄉風民俗的描繪也是頗有趣味的。當村姑們愚弄並捆綁了地主少爺，「每隻小船都裝滿了蓮蓬，心裏喜洋洋的」滿載而歸時，她們低聲而歡快地唱起了有趣而感傷的民歌：「偷蓮……偷到月三更啦……／家家戶戶……睡沉沉……／有錢人……不知道無錢人的苦……／無錢人……卻曉得有錢人的心上……」在美麗如「荷塘月色」的風景畫裏，聽到這樣一陣陣清脆的歌聲，看到這樣一群潑辣機智的婦女，就彷彿又感受到了《江南　採蓮弄》的情致。在《魚》中，農民對偷魚的湖主黃六少爺的調侃、諷刺和嬉笑怒罵，都是在輕鬆詼諧的筆墨中展開。凡此種種，作者之所以能夠描寫出如此真實生動的農村生活圖景，主要還有賴於作者深厚的苦難農村生活的經驗，以及作家選取生活的美學態度。其次，葉紫鄉土小說的濃鬱鄉土氣息，不僅表現在對悲涼鄉土上的苦難的摹寫，而且與前期寫實的鄉土作家一樣，能夠描摹出洞庭湖的山光水色。一片碧綠的荷葉點綴著的朵朵嫣紅的荷花，菱角的芬芳，蓼花的清馨……，這些大自然的景物描寫作為一種情緒的「對應物」展現在葉紫的鄉土小說中，更增添了魅人的色彩。如《魚》中有這樣的擬人化風景描寫：「駝背的殘缺的月亮，很吃力地穿過那陣陣的雲圍，星星頻頻地眨著細微的眼睛。在湖堤的外面，大湖裏的被寒風掀起的浪濤，直向漫無涯際的蘆葦叢中打去，發出一種冷冰冰的清脆的呼嘯來。湖堤內面，小湖的水已

經快車乾了，平靜無波的浸在灰暗的月光中，沒有絲毫可以令人高興的痕跡。雖然偶然也有一兩下彷彿像魚兒出水的聲音，但那卻還遠在靠近大湖邊的蘆葦叢的深處呢。這段描寫不但和全文情境相合，而且其敘事的視點完全是站在一個漁人的立場上來進行由外向內掃描的，像這樣的景物描寫在葉紫的鄉土小說中比比皆是，無疑是增加了其鄉土小說的美學品位。它往往使我們想起了廢名和沈從文「田園抒情詩」的描寫筆法。

從葉紫鄉土小說的成功中，我們可以看出，同是革命作家，由於農村生活功底的深淺不同，也由於作者的美學觀念和世界觀的不同，所寫出的作品格調就不同，在反映生活的真實性上也就形成了差距。由此可見，革命作家光有革命的熱情，並不能寫出好的作品，倘使沒有一個正確對待藝術的認識方法，是難以贏得讀者的。

概而言之，「革命＋戀愛」式的鄉土小說是 1928 年前後對革命文學主題和寫作方式的一次大膽的探索，真實地表現了在時代的震盪下知識分子由「小布爾喬亞」向普羅列塔利亞的靠攏和轉向。這種創作模式，凸現了文學功能中的工具性和功利性，它在一定程度上形成了文學創作上審美效果的負面化，使小說敘事流於「公式化」、「概念化」、「臉譜化」乃至「口號化」，失去了鮮活生動的形象，從而損害了「左翼」文學的藝術價值。因此，它從誕生起就受到「左翼」內部的嚴厲批評。但要看到的是，「革命＋戀愛」式的鄉土小說不是沒有成功之作，柔石、葉紫等作家的「革命的鄉土小說」不僅含有豐富的政治、歷史文化內涵，在某種意義上也是一種源於生命內在體驗的青春書寫。還要看到的是，「左翼」文化陣營在以後的文化運動尤其是延安文學運動中，事實上充分吸收了它的成功經驗。革命文學運動與延安的工農兵文學運動可以看成兩次性質相當的革命啟蒙運動，只不過前者面對的是小資產階級知識分子，後者面對的是廣大農民。因此，「革命＋戀愛」式的鄉土小說自有其既不能簡單肯定也不能一概抹殺的認識價值與歷史意義。

第二節　「社會剖析派」的鄉土小說

20 世紀 30 年代伊始，茅盾、吳組緗、沙汀、艾蕪等作家，創作出了一批對社會人生世相加以冷峻剖析的作品。對這些風格相近但並無社團聯繫的作家及其創作，學術界一直沒有一個確定的指稱，嚴家炎首倡「社會剖析派」

這一提法，是有其學理意義的。嚴家炎從發生學的角度，闡釋了「社會剖析派」出現的必然性，他認爲：「應該說，社會剖析派在中國產生，是有其歷史必然性的。只要以托爾斯泰、巴爾扎克爲代表的重視社會解剖的歐洲現實主義能夠傳入中國並在這塊土地上生根，只要馬克思主義唯物史觀的社會科學能夠傳入中國並在這塊土地上生根，只要這兩種思潮能夠在文學實踐過程中相互結合併確實造就出一批社會科學家氣質的作家，那麼社會剖析的形成就是不可避免的。」〔註15〕現在，「社會剖析派」已被文學史界的部分研究者所認同，我亦基本同意這種提法。這批作家的小說有相當一部分是寫鄉土的，本文因此將這批作家創作的鄉土小說指稱爲「鄉土社會小說」。

「社會剖析派」的代表作家是茅盾，這是毋庸置疑的。茅盾一生創作豐富，而在其全部小說創作中，鄉土小說是他的短篇小說創作中最有成就的部分。他的「農村三部曲」和《當鋪前》、《林家鋪子》（城鄉交叉點上的鄉鎮題材）以及《泥濘》、《水藻行》等作品，堪稱「社會剖析派」的「鄉土社會小說」的代表。其實，茅盾小說一旦進入「鄉土」視閾，就顯現出思想和藝術的深邃與精湛。我們當然不能簡單概括爲「鄉土的童年視角」給小說帶來的新鮮感，但有兩點則是肯定的：一是由於「爲人生」的思想觀點撥動著五四反封建主題的琴弦，作者因此能在悲涼的封建土壤上看到革命後的更深刻的悲劇。拯救民族和農民於危難之中的憂患之心，促使作者把時代的選擇和農民的悲劇置於描寫的中心。二是由於鄉土小說給人以風土人情之饜足，最能滿足一種風俗民情的審美需求，這種審美形態對於發掘整個民族文化心理結構恰恰又呈現出一種和諧的對應關係。三是有自覺的鄉土小說理論作指導。茅盾是鄉土文學的積極倡導者之一，其鄉土文學理論在不同的歷史時期有所改變。20 世紀 20 年代初期，茅盾與鄭振鐸在周作人的影響下一起倡導「鄉土文學」。他把魯迅的《故鄉》、《風波》之類的小說歸納爲「農民文學」「文學上的地方色彩」。在茅盾看來，「地方色彩就是地方底特色。一處的習慣風俗不相同，就一處有一處底特色，一處有一處底性格，即個性。」〔註16〕當然，這種概括未必就準確，但可以看出，茅盾等人在鄉土小說尚未形成之前就特別強調了作爲「農民文學」題材的藝術特徵。1928 年，茅盾在撰寫《小說研

〔註15〕嚴家炎：《中國現代小說流派史》，人民文學出版社 1995 年版，第 179、204 頁。

〔註16〕《民國日報》副刊《覺悟》1921 年 5 月 31 日。

究 ABC》時，特別為「地方色彩」這一鄉土小說的重要特徵作了詮釋：「我們決不可誤會『地方色彩』即是某地的風景之謂。風景只可算是造成地方色彩的表面而不重要的一部分。地方色彩是一地方的自然背景與社會背景之『錯綜相』，不但有特殊的色，並且有特殊的味。」隨著階級觀念的逐漸強化，茅盾在給鄉土文學進行最後規範時，把重心移向了作家世界觀和人生觀這一主體，他說：「關於『鄉土文學』，我以為單有了特殊的風土人情的描寫，只不過像看一幅異域的圖畫，雖然引起我們的驚異，然而給我們的，只是好奇心的饜足。因此在特殊的風土人情而外，應當還有普遍性的與我們共通的對於運命的掙扎。一個只具有遊歷家的眼光的作者，能給我們以前者；必須是一個具有一定的世界觀與人生觀的作者方能把後者作為主要的一點而給與了我們。」〔註 17〕筆者以為，即便在理論上，茅盾也同樣陷入了一個「怪圈」一方面是在倡導寫實主義時要求作者對生活採取冷峻、客觀、中性的創作態度；另一方面又在「表無產階級之同情」的世界觀的促動下，作者又不得不時時想跳出來直接「表白」，這一矛盾現象困擾著作者。於是，在茅盾的鄉土小說創作中，我們似乎時時看到他窘迫尷尬的面影，但又不得不佩服作者在二者之間穿梭時遊刃有餘的藝術功力和技藝。

茅盾鄉土題材的短篇小說《泥濘》、《小巫》、「農村三部曲」（《春蠶》、《秋收》、《殘冬》）、《林家鋪子》、《當鋪前》、《水藻行》等，皆可謂名篇佳作。茅盾曾在回憶錄中提到《泥濘》，自認為「那是寫得失敗的，小說把農村的落後，農民的愚昧、保守，寫得太多了。〔註 18〕」這篇小說雖然是茅盾創作農村鄉土題材小說的第一次嘗試，但技巧相當圓熟，作家試圖以不帶感情色彩的筆墨去描摹一場帶有鬧劇成分的悲劇。整個作品不斷幻化出黃老三對那幅標緻的裸臂女人畫像的饞涎——這就充分地揭示出農民革命動機的盲目性，他們根本沒有認識到革命的本質究竟是什麼。作品從中傳達出的悲觀情緒當然和大革命後茅盾的心境相吻合。在技巧手法的運用上，作者淡化了背景的描寫，增強了小說的多義性。而最值得注意的是作者採用了「意識流」等「現代派」手法，用「幻覺」來組接黃老三的意識流動，以此來揭示主題內涵。整個小說的隱喻層面，似乎就懸繫於黃老三不斷浮現幻化出的「畫像」，從而把革命

〔註17〕茅盾：《關於鄉土文學》，《茅盾文藝雜論集》（上集），上海文藝出版社 1981年版，第 576 頁。

〔註18〕茅盾：《〈春蠶〉、〈林家鋪子〉及農村題材的作品》，《我走過的道路》（中），人民文學出版社 1984 年版，第 137～141 頁。

動機與個人本能欲望之間的聯繫勾畫得絲絲入扣。作者幾乎是以中性的客觀描寫來結構全篇，卻又讓人體昧到作者世界觀和人生觀滲透於其中的悲苦哀號。這種悲苦的哀號並不就是悲觀失望的情緒，它終比那種盲目的極左情緒要高明得多。茅盾後來因各種政治原因對《泥濘》所作的否定性評價，顯然既不真誠，又不客觀，不是應有的歷史和美學的分析。

　　茅盾的《小巫》歷來不被人們注意，茅盾自己亦很少提及它。究其原因，當然是多方面的，而最主要的是因為它與公認的名作《子夜》不甚吻合。茅盾說：「為什麼我正好在 1932 年轉向了農村題材，而且以後幾年又繼續寫了不少農村題材的作品呢？這也有它的機緣：其一，在最初構思《子夜》時，如上所述，我原是打算其中包括一個農村三部曲的，因此，也有意識地注意和搜集了一些農村的素材；現在《子夜》既已縮小範圍，只寫都市部分了，農村部分的材料就可以用來寫其他的東西。」〔註 19〕茅盾和茅盾研究者們似乎只注意《林家鋪子》、《當鋪前》以及「農村三部曲」的主題格調與《子夜》的和諧統一，它們彌補了《子夜》未能完成的農村線索的構圖——帝國主義的經濟侵略導致了農村經濟危機，使農村各種矛盾日益尖銳化，這些都回答了中國的命運和前途的理論命題。而《小巫》在其發表後的「革命文學」高漲的年代裏，當然要被打入「另冊」。茅盾自己對這部小說的感情當然也是隨時而變的，但在他的心靈深處還是喜愛這部作品的，因為在茅盾的選集、文集中，這部小說屢被選中。從寫作日期上來看，寫《小巫》亦正是作者為華漢（陽翰笙）的《地泉》寫再版序（《地泉讀後感》）之時。在這篇文章中，茅盾借題發揮，批判了「革命文學」的失敗乃是作家「（一）缺乏對社會現象全部的非片面的認識，（二）缺乏感情的去影響讀者的藝術手腕」。「一個作家應該根據他所獲得的對於社會的認識，而用藝術的手腕表現出來。」而不是靠「臉譜主義」去描寫人物，靠「方程序」去布置故事情節。正由於茅盾滿懷激情地批判了非文學性、非藝術性的小說傾向後，才把這種對於文學的見識溶化在他精心創作的《小巫》中，即總體把握全部社會現象，抽象出具有本質內容的主題，用熾烈的感情去藝術地描寫人與事件。作品由此既有觀點的「閃現」，又充滿了魅人的藝術力量。

　　茅盾作為一個政治和文學的「狂亂混合體」，他的政治觀念和文學觀念亦是一個「矛盾體」，當他興奮於政治運動時，往往會忽略文學的特殊規律，而

────────────

〔註 19〕茅盾：《〈春蠶〉、〈林家鋪子〉及農村題材的作品》，《我走過的道路》（中），
　　　　人民文學出版社 1984 年版，第 137～141 頁。

當他在政治場上失意時，則又沉湎於文學的藝術性和審美性。「農村三部曲」之所以成爲不朽之作，就是因爲茅盾在「革命文學」的浪潮中，恪守了現實主義小說的精義，將觀念隱藏在畫面、場景、人物、事件之中。「農村三部曲」《春蠶》、《秋收》、《殘冬》前後相續，寫農民從破產走上自發革命道路的過程，而每一單篇又爲一個獨立事件，構成一種象徵：《春蠶》是農民在充滿著綠色希望的蠶事中走上悲劇道路，《秋收》是農民在金色的希望田野上幻滅的現實，《殘冬》則是在飢寒交迫之下的農民的最後掙扎。作者在總體構思中就異常明確地試圖以象徵、隱喻來完成對農村悲劇現實的概括。其中最下工夫的要算《春蠶》，用象徵和隱喻來貫穿整個作品，使人物、事件、場景等都具有寓意。譬如，老通寶一家在蠶事活動中的表現，以及荷花偷蠶等情節所構成的意義恰恰是一種本體的象徵：單憑勤勞儉樸能夠得到應有的補償嗎？再如，開篇時作者通過老通寶的視角所看到的那幅絕妙的情景足以回答了農民必將遭受滅頂之災的最後的悲劇命運；兩岸農民用石頭砸小火輪的細節描寫也不是「閒筆」，它道出了農民對於「小火輪」的一種本能的、直覺的、也是盲目的反抗情緒。總之，整個小說緊扣著農民命運這一主旨展開，在闡釋觀念時，作者不採用直露的「畫外音」或「旁白」的形式，而是用象徵表意，把藝術想像的空間留給讀者。茅盾在「農村三部曲」創作中的成功嘗試，在一定程度上把正在向蔣光慈那樣的「革命文學」迅速滑坡的鄉土小說創作的危險形勢作了適時的調整，使鄉土小說向 20 世紀 20 年代的寫實主義方向皈依。這就是它在中國鄉土小說史上的重要意義。

在「農村三部曲」之後，除《當鋪前》和《林家鋪子》外，茅盾只寫過一篇短篇鄉土小說，這就是《水藻行》。《水藻行》是茅盾 1936 年 2 月中旬受魯迅先生之約，爲日本改造社的山本實彥先生在《改造》雜誌上介紹中國現代文學作品所特地撰寫的，這亦是茅盾唯一的一篇首先在外國發表的作品。茅盾之所以珍愛這篇作品，恐怕不僅僅是珍愛他和魯迅的這份友誼，還有一個重要的因素就是「想塑造一個眞正的中國農民的形象，他健康，樂觀，正直，善良，勇敢，他熱愛勞動，他蔑視惡勢力，他也不受封建倫常的束縛。他是中國大地上的眞正主人。我想告訴外國讀者們，中國的農民是這樣的，而不像賽珍珠在《大地》中所描寫的那個樣子。」〔註20〕這段話是茅盾在 20

〔註20〕茅盾：《抗戰前夕的文學活動》，《我走過的道路》（中），人民文學出版社 1981 年版，第 355 頁。

世紀 80 年代所補充的創作目的，這和創作《水藻行》的初衷究竟有多大的距離，難以判斷。但有一點可以相信，即作品的主旨是在描寫農民的積極的生存態度，反對封建倫常，崇尚健康的自然的兩性關係，同時弘揚扶助羸弱之民風的可貴，將這部小說的主題內涵引向於重返大自然。全文充滿著風俗野趣的描寫，尤其是民謠中的性饑渴描寫，作者並沒有簡單的予以批判，而是與全文的情節線索緊緊相扣，表達了作者對於這種自然本能屬性的某種認可的態度。這種返樸歸真的社會觀念，在茅盾的小說中是很少出現的。那種在逆境中表現出的豁達的生存意識，以及執著於現實生活本身的向上意識，支撐著民族繁衍的力量，使人讀後為之一振。

綜觀茅盾的鄉土小說創作，可以看出，茅盾雖然在每一篇什中表現出「客觀」和「主觀」之間的矛盾狀態有所不同，但他基本上遵循了寫實主義創作方法，與 20 世紀 20 年代的鄉土小說流派的創作情形相一致。難能可貴的是，在整個創作過程中，茅盾試圖將象徵、隱喻等手法變成一種中介，以緩衝主客觀之間的矛盾，減少兩者之間在作品中的「摩擦」，從而架起兩者之間不可逾越的橋梁，做出了有益的嘗試和貢獻。

在茅盾之外，「鄉土社會小說」中成就較為突出的要算吳組緗。吳組緗能用多種筆墨寫他運用社會科學理論細加剖析的鄉土，有巴爾扎克式的現實主義方法，冷峻、客觀而細膩地摹寫社會生活的原生態，也有現代派的技巧，不乏反諷與詭異的筆調。《樊家鋪》、《一千八百擔》、《竹山房》、《黃昏》等作品，大多都彌漫著「冷觀」的近於自然主義的色彩，作者通過異常冷峻客觀的描寫來展示農村社會畸變、衰敗和醜惡的圖景。《官官的補品》從第一人稱的敘述角度來寫一個地主大少爺把人奶當補品來吃的故事，創造出了「反諷」的藝術效應。敘述者的情感似乎是站在體面人家一邊，但讀者卻讀出了一個「吸血鬼」的形象，讀出了農民和地主不可調和的階級矛盾，讀出了農民生活在水深火熱之中的悲涼圖景。這便是作者「反諷」的筆調所起的作用。像這樣的小說非但在吳組緗的小說中是少見的，即便是在同期的許多鄉土小說家中也難有這樣的「曲筆」在這一點上，吳組緗繼承了「魯迅風」。吳組緗的鄉土小說注重風景畫的描繪，這是其突出的藝術特點之一。在風格詭異奇崛的《竹山房》中，大量的景物描寫真乃一幅幅絕妙的圖畫。那段「邀月廬」的夜景，不是田園牧歌式的寫景，而是充滿了陰森恐怖的「鬼氣」。二姑姑和蘭花在風雨大作中「低幽地念著晚經」，給人的感覺是「秋墳鬼唱鮑家詩」的

情境；「加以外面雨聲蟲聲風弄竹聲合奏起一支淒戾的交響曲，顯得這周遭的確鬼氣殊多。」對「鬼氣」的渲染，絕不是與小說情感和意境游離的孤立的文人志趣，而是與人物孤寂壓抑的悲淒心境相契合。小說像一篇寫景狀物、細描人物的散文詩，給人一種視覺美享受，在視覺美中又透露出隱晦的知覺美來。景物描寫的增強，無疑是使吳組緗完全不同於消弭風景畫描寫的「革命的鄉土小說」的藝術特質。風景畫的描繪，一直延續到他1940年代的小說創作，如長篇小說《鴨嘴澇》（後由老舍改名為《山洪》）。這部長篇一開始就以很大的篇幅展開景物描寫，這種風景畫所造成的藝術效果彌補了小說在某種程度上的激情顯露的弊端，「當時憑的是一點抗戰激情和對故鄉風物的懷念或回憶，勉強寫下去。」於是，吳組緗認為「這本小說是個次品」〔註21〕。但我以為這部小說比之當時的一些概念化的作品來說，還是一部「上品」，這是由於小說的景物描寫和風土人情描寫形成的「故鄉風物」色彩補救了概念稍嫌顯露的情節和人物塑造。

風俗畫在吳組緗的鄉土小說中也顯得異常鮮明豁亮。無論是在寫景、寫物、寫人，還是寫事上，作者均流露出濃鬱的故鄉風土人情的描寫風韻。這首先表現在作品對山鄉口語土話的運用上。「原稿用山鄉土話過多。我過去總想從對話的言詞語調和神情意態多多表現人物內心性格以及生活氣氛；所以放手摹擬說話人的聲口。」〔註22〕失度的村言俚語之描寫固然會造成藝術的反效果，但倘若沒有這樣的描寫，其「地方色彩」和「異域情調，」的風俗畫特徵就會受到影響。風俗畫的另一特徵就是小說中所採用的鄉俗描寫，例如《一千八百擔》開始時對祠堂上下左右的景物描寫，以及人物的言行描寫都滲透了鄉間的風土人情和習俗情調。《鴨嘴澇》（《山洪》）的描寫重點之一，也是「地方色調或山鄉風貌」。即便是在為這部小說起名時的動機不同，也能體現出不同作家的不同審美風格。吳組緗自己起《鴨嘴澇》這個又平淡又土氣的書名，本身就蘊含著對特定「異域」鄉土社會的風俗化描寫；而老舍所起的《山洪》這個文氣又蘊藉的書名，則是他著意以這一自然景觀來隱喻象徵風起雲湧的革命鬥爭要掃蕩舊世界的必然性。由此可見吳組緗風俗畫描寫目的之一斑。

在藝術手法的運用上，與現實主義大師魯迅一樣，吳組緗的「鄉土社會

〔註21〕吳組緗：《山洪·後記》，人民文學出版社1982年版，第210頁。
〔註22〕吳組緗：《山洪·後記》，人民文學出版社1982年版，第210頁。

小說」在「再現型」的結構框架下，有時也融入現代的「表現」技巧。例如《竹山房》對於神秘恐怖氛圍的描述，充滿著「表現主義」的象徵、神秘色彩，作者試圖從「感覺」上造成一種特定的視、聽、味、嗅的立體效果。這都呈現出了小說的「表現」特色。由此不難看出，著重於社會剖析的「鄉土社會小說」，由於借鑒了某些現代派的「表現」技巧，其小說的批判力度和藝術魅力也因此而得到增強。在魯迅以來的鄉土寫實小說作家中，有很多人在自己的小說中作了這種嘗試，吳組緗的這些鄉土小說也不例外。事實證明，這種嘗試多半是成功的。現實主義的鄉土小說也只有在「取精用宏」中才能得以發展。

茅盾在為吳組緗的《西柳集》寫評論時，批評吳組緗的鄉土小說「太客觀」和「純客觀」了，他認為：「一個作家的寫作態度倘然是純客觀的，他就會使得他作品所應有的推進時代的意義受到了損失。」〔註23〕因此他要求作家把自己「正確」的世界觀、人生觀加進去，「再現在作品中」。有意味的是，與吳組緗鄉土小說有著相似的「純客觀」特點的沙汀鄉土小說，也受到了胡風等批評家的批評。在胡風等人看來，沙汀小說缺乏那種「主觀戰鬥精神」和「革命的熱情」，是「典型的客觀主義」作品。因為只是用一種「靜觀」的態度、「含著一種淡漠、嘲弄的微笑」來看待沸騰的鬥爭生活，所以沙汀的小說「不能給你關於那個高度的強烈的人生的任何暗示」〔註24〕。胡風派批評的主觀精神理論是令人欽佩的，但作為正統的現實主義理論家，他們恰恰忽視了一個最根本的藝術事實，這就是沙汀小說並不是直線型的寫實小說，而是具有強烈「反諷」意味的「鄉土社會小說」。

沙汀作為一個把自己感情隱藏得極深的藝術家，其「鄉土社會小說」呈現出的是純然的場面描寫和具有力度的人物性格刻畫。值得注意的是，沙汀的「鄉土社會小說」規避了以往現實主義常常用到的抒情和議論等表達手段，即便是面對著最慘淡的人生悲劇，作者也能抑制內心的情感，不作任何即時性的議論和抒情。這無疑是對「革命的浪漫諦克」小說的一個強烈的反動，而這種反動的意義卻是合乎藝術發展規律的。

〔註23〕茅盾：《西柳集》，《茅盾論中國現代作家作品》，北京大學出版社1980年版，第221頁。
〔註24〕轉引自嚴家炎：《中國現代小說流派史》，人民文學出版社1995年版，第197頁。

沙汀的「鄉土社會小說」與艾蕪的「鄉土社會小說」的不同點可能就在於前者只重人物和場面的描寫，而後者則注重景物和情節、人物的融合。沙汀鄉土小說的濃重「地方色彩」和「異域情調」的顯露，主要來自於作者對於四川鄉鎮和農村生活中人物性格的活靈活現的描摹。作者將「風俗畫」的基點放在富於戲劇性的人物性格刻畫中，具有表現力的豐富的四川口語和鄉村俚語的運用，以及特定場景的氛圍渲染，為其鄉土小說染上了濃鬱的「川味」沙汀的前期小說還帶有一些抒情色彩，他的《法律外的航線》在景物描寫上尚有「主觀」的滲入，但《土餅》以後的作品則很少有景物描寫出現，其鄉土風俗畫的地方色彩主要體現在人物性格的描寫和場面描繪之中。如《在其香居茶館裏》，邢麼吵吵、聯保主任、新老爺、張三監爺、黃犛牛肉等人在相互衝突中的各種情態表演，充滿著粗魯的惡俗和爾虞我詐的幫會色彩，以及四川鄉間的富有表現力的口語和行幫黑話，真可謂繪聲繪色。再者，作者在進行場面設計和描寫時，往往用一個固定的然而又最能體現民俗風情的場所，如茶館、祠堂、鎮公所等這一類人物集散地作「風俗畫面」的載體，將故事放置在這種特定的環境中，使其具有豐富的民俗內涵。作為對一種頑劣的民族文化形態的批判，沙汀的情感鋒芒確實被這種生動的人物性格表演和富有濃鬱「地方色彩」與鄉土氣息的風俗畫面所湮沒。但是，作為對民族文化心理深層結構的批判，沙汀將自己飽含血淚的情感化作更加深隱更加尖銳而犀利的解剖法，將文明與野蠻的反差、人性中觸目驚心的廝殺，用「冷笑」的方式予以再現，用「輕喜劇」的手法來寫悲劇題材的鄉土小說，形成了沙汀鄉土小說更為深刻的現實主義風格。其實，沙汀的鄉土小說從思想內涵到藝術精神的表現，都與魯迅的鄉土小說有著血緣上的聯繫，它們像魯迅小說一樣，深沉、冷峻、辛辣、尖刻，做到了「無一貶詞而情偽畢露」。《在其香居茶館裏》作為這種小說的範型，它為中國現代小說的歷史發展進程提供了多樣化的範例。

20世紀40年代以後，沙汀的長篇「三記」（即《淘金記》、《困獸記》、《還鄉記》）中的《淘金記》和《還鄉記》都是鄉土小說。前期的「魯迅風」在這兩部小說中逐漸消褪。但是，很明顯的是，作者對充滿了血污的鄉村原始情景的客觀描寫，對內地「土著」人物與國民黨勾結起來大發國難之財的社會現實進行了深刻尖銳的諷刺，其批判的鋒芒較為直露。《淘金記》這部小說一發表就受到各方的贊揚。沙汀在這部長篇小說的結構中加強了情節的衝突，

其人物性格描寫尚保留著前期小說那種濃鬱的川西風味，其諷刺藝術仍然魅力不減，其場面描寫蘊含著的風土人情的「異域情調」仍然雋永綿長，眞有美國西部小說之風韻，可稱爲較早的中國西部小說。1946 年寫成的《還鄉記》卻明顯地背離了沙汀鄉土小說的那種獨特的解剖社會的視角和方式，融進了大量的「主觀情緒」。我們對小說所表現的思想內容是無可指責的，但爲沙汀在這個長篇中失卻了自身的藝術風格而惋惜。諷刺的消弭，文化批判力的減弱，人物和場景生動性的削弱，風土人情描寫的隱退，都是這部小說較爲遜色的原因。

沙汀「鄉土社會小說」卓然獨立的現實主義品格，奠定了他的小說在中國現代鄉土小說史上應有的地位。艾蕪作爲「雙子星座」的另一顆星，也以自身獨特的藝術風格開創了鄉土小說的新領域。

艾蕪的那段漂泊生活充滿傳奇色彩，如此獨特異常的生活經歷爲他的小說創作提供了富有「異域情調」的豐富素材。在工筆描摹具有「異域情調」和「地方色彩」的風景畫和風俗畫時，艾蕪選取了與廢名、沈從文大致相同的敘事視角。艾蕪認爲文學是要認識人生、評論人生和描寫人生的，他描寫人生，常以自己的經歷爲參照。艾蕪喜歡唐詩宋詞寄情於景、以景抒情的藝術方法，認爲文學不能只描寫人和他的生活，還要把所見到的各種各樣的自然風景寫進去，要把風俗畫和風景畫，綜合在一道，畫成畫卷。與沙汀的現實主義有所不同的是，艾蕪在風俗畫、風景畫的描寫中滲透著飽滿的情感；與沈從文試圖在「田園詩風」描寫中表現原始生命力的張揚不同，艾蕪在風俗畫、風景畫中注入的是對下層勞動者深深的同情。這種人道主義精神與五四知識分子「自上而下」的人道主義情感不同的地方，就在於作者本身就經歷了最下層的生活苦難，他的情感是眞切而不矯飾的「原始情感」，或者說是「原點情感」，是「自下而上」的人道主義呼號。在他的《南行記》等小說集裏，短篇小說大都表現「邊地」鄉間的苦難，點綴著冷酷、野蠻的習俗，隱現著悲苦的鄉愁，同時也「在悲壯的背景上加了美麗」。這些特點，在某種意義上是早期「鄉土寫實派」藝術特徵的重現。周立波敏銳地發現了艾蕪鄉土小說獨有的藝術特徵，他說：「遭受外人多年蹂躪的南中國，沒有一處不是充滿憂愁；然而流浪詩人的筆，畢竟不能單單寫憂愁，他要追求生活，尋找生活裏的美麗的東西。」「這裡有一個有趣的對照：灰色陰鬱的人生和怡悅的自然詩意。在他的整個《南行記》的篇章裏，這對照不絕的展露，而且是老不

和諧的一種矛盾。這矛盾表現了在苦難時代苦難地帶中，漂泊流浪的作者心情：他熱情的懷著希望，希望著光明，卻不能不經歷著，目擊到『灰色和暗淡』的人生的淒苦。他愛自然，他更愛人生，也許是因爲更愛人生，他才愛自然，想借自然的花朵來裝飾灰色和陰暗的人生吧？」〔註25〕周立波的這段評價是敏銳而恰切的。作者就是要在這反覆的自然美和人生醜的矛盾渲染中，用「描畫山光水色的調色板」〔註26〕來編織人生的希望。這成爲艾蕪鄉土小說審美特徵的總走向。

艾蕪早期的作品（如《南行記》）注重於旖旎多彩的邊陲風光的描繪。山峰突兀，驚濤裂岸，鐵索橋寒，寥落晨星，轟鳴濤聲（《山峽中》），構成了一幅險峻陰鬱的圖畫；山谷裏白濛濛的光霧，光景象湖面的小島，菌子、艾蒿的氣味，參差映地的慘白月光，小溪的流水聲響，黑郁郁的林子，遠處的犬吠……（《月夜》），構成了空朦的月景圖；從視覺到味覺、再到幻覺、聽覺，作者構織的是一幅詩意盎然的藝術畫面。艾蕪作品中的景物描寫，「異國情調」很濃鬱，如《我的旅伴》中就有這樣美妙的文字：「對面遠遠的江岸上，一排排地立著椰子樹和露在林子中的金塔，以及環繞在曠野盡頭淺淺的藍色山影，都抹上了一層輕紗似的光霧，那種滿帶著異國情調的畫面，真叫人看了有些心醉。」中緬邊境的芭蕉寨、茅草房、大盈江水、山嵐瘴氣、椰林、金塔、山影、光霧、樹林、田野、農舍等，這些充滿著他鄉異彩的風景畫面使人陶醉。作者將這些充滿著詩情美意的風景畫看成是小說不可缺少的構成要素，即使是描寫人物的悲劇命運，也照樣有這種明朗清麗的畫面描繪，正如周立波所說，作者是「想借自然的花朵來裝飾灰色和陰暗的人生吧？」〔註27〕與沈從文鄉土小說相似的地方是艾蕪將自然的美留在永恒的記憶中，織成詩的錦緞，以此來抗禦人生的醜惡。「這山裏的峰巒，溪澗，林裏漏出的藍色天光，葉上顫動著的金色朝陽，自然就在我的心上組織成怡悅的詩意了。」（《在茅草地》）

艾蕪鄉土小說的思想內涵，基本上是五四人道主義的，其小說並不以思

〔註25〕周立波：《讀〈南行記〉》，《中國現代作家選集・艾蕪》，人民文學出版社1986年版，第255頁。

〔註26〕周立波：《讀〈南行記〉》，《中國現代作家選集・艾蕪》，人民文學出版社1986年版，第255頁。

〔註27〕周立波：《讀〈南行記〉》，《中國現代作家選集・艾蕪》，人民文學出版社1986年版，第255頁。

想的深刻性見長。這是他與沙汀的相異之處。如果從人物、情節描寫的角度來看，艾蕪的鄉土小說基調是現實主義的；倘若從大量的風景畫和風俗畫的描寫來看，它又具有浪漫主義的特徵。勃蘭兌斯在描述法國浪漫主義特徵時提出，法國的浪漫主義表現了三個主要傾向，其一，「努力忠實地再現過去歷史的某一片斷，或現代生活的某一側面——『眞』的傾向。」其二，「努力探索形式的完美，把它領悟爲表現方面的儀態萬千和歷歷如畫，或者音律方面的嚴格及和諧，或者一種由於簡潔單純而不朽的散文風格——『美』的傾向。」其三，「熱衷於偉大的宗教革新觀念，或社會革新觀念，即藝術中的倫理目的——『善』的觀念。」〔註28〕以此來概括艾蕪的鄉土小說應當說是很合適的。第一，作爲「努力忠實地再現過去歷史的某一片斷，或現代生活的某一側面」來說，艾蕪的鄉土小說遵循了浪漫主義和現實主義的共同守則一用「眞實」的原則去創作人物和情節，儘管在其前期小說中並不注重人物性格和情節曲折的營造；第二，注重形式美，尤其是用畫面和音樂來構築散文風格之美，這是艾蕪鄉土小說的浪漫主義特質。和沈從文、廢名小說一樣，這種浪漫主義的氣質造就了中國鄉土小說作家對於這種形式美的刻意追求，它影響著幾代中國鄉土小說作家；第三，宗教情緒和社會意識同樣滲透於像廢名和沈從文這樣的鄉土小說作家作品中，而艾蕪小說中形成的「善」的審美特徵，主要方面是來自社會意識的衝擊，這一點確實是承繼了五四的人道主義觀念，艾蕪在自然美與人生醜的極大反差中，所要得出的終極結論就是倫理道德中「善」的人性體現。因此，同樣是繼承五四現實主義的傳統，同是反映西部文學的「鄉土社會小說」作家，又同樣表現出濃鬱的「地方色彩」和「異域情調」，然而由於審美方式和角度的不同，沙汀和艾蕪的藝術風格的差異卻是驚人的。

　　如嚴家炎所說：「社會剖析派是中國現代小說史上最重要的流派之一。」〔註29〕其鄉土小說創作以科學的理性精神，追尋歷史的眞實與藝術的眞實，在剖析紛雜的歷史事態、激越的時代風雲中，眞實地反映了當時中國農村的現實狀況，從而使得以茅盾爲代表的「鄉土社會小說」在半個多世紀以後仍具有重大的歷史價值和認識價值。在意識形態話語的籠罩中，對具有濃鬱的「地方色彩」及「異域情調」的風景畫、風俗畫的多種藝術方法的描寫，既

〔註28〕〔丹麥〕勃蘭兌斯：《法國的浪漫派》，《19世紀文學主流》（第5卷），李宗傑譯，人民文學出版社1982年版，第19頁。

〔註29〕嚴家炎：《中國現代小說流派史》，人民文學出版社1995年版，第179、204頁。

是對早期「鄉土寫實派」的歷史回應，又開創了新的鄉土小說範式，為 20 世紀 40 年代乃至新中國建立後的鄉土小說創作提供了有益的資源和發展路徑的啓示。

第三節　從「革命的浪漫諦克」到「革命的現實主義」

文學史家們往往把 1927 年至 1937 年說成是中國現代文學史上躍進繁榮的「第二個十年」，中國現代小說創作是從「革命的浪漫諦克」走向了「革命的現實主義」大道，成為現代小說的主潮。倘使我們不從創作的實際情況出發，不從豐富複雜的文學現象入手進行縱向和橫向的思考，只把某種定論看成是文學運動的眞實過程，這就難免會引發對一些作品的誤讀和對一些文學現象的偏執見解。只有在不脫離具體的歷史條件，更加深入到作家的思想和創作實踐來進行仔細的解剖鏊定，或許才能達到文學史本質的眞實。

我以為，解剖茅盾在大革命失敗後的思想狀態以及他的早期創作，是打開中國現代小說在這一時期運行方式的最好鑰匙。毫無疑問，茅盾在五四前後扮演的是一個革命家和文藝理論家的角色，尤其是他最早提出的「為人生」的藝術主張，成為以文學研究會為核心的一大批現實主義作家的創作準繩。大革命的失敗，從政治思想來說，給一批激進的充滿著浪漫諦克的小資產階級作家們帶來了具有毀滅性的思想重創，茅盾亦不例外，這在他的許多論文中可見一斑，因而這就使得他們在文學觀念上完全與廉價的理想主義和樂觀主義分道揚鑣來切切實實地面對現典人生中的精神煉獄和肉體苦痛，照理說，對待這種「靈與肉」的雙重苦痛，是完全可以用現實主義的小說的再現方式來進行客觀描述的。然而，當茅盾這個一貫倡導寫實主義風格的理論家一旦拿起筆來進行充滿感情性的小說創作時，卻不由自主地運用了大量的主觀的表現方式來進行「苦悶的象徵」式的靈魂曝光。由此可見，理論上的抽象思維和實際創作中的形象思維的距離和反差往往是使人難以想像的。茅盾之所以把他的第一部長篇小說《蝕》三部曲稱之為「狂亂的混合物」，就在於整個作品呈現出的思想上和藝術上的「二律背反」現象。一方面是思想上的悲觀主義情緒與一種所謂「向上的理想主義」衝突下所形成的呈膠著狀態的矛盾心理，它促發作品的主題內涵呈現出「混亂」模糊的測不准狀態；另一方面，藝術上的現實主義創作方法不能更圓滿深刻地表現心靈世界那種難以

名狀的痛苦，亦只有借助於現代小說的一些「技術」來達到對心靈世界的深度層次。然而，作為「為人生」的寫實主義情結又時時籠罩著作家的創作主導意識。因而，茅盾的早期作品（包括《蝕》三部曲和《創造》、《自殺》、《一個女性》、《詩與散文》、《曇》這些收入《野薔薇》集子中的一些短篇小說）在藝術上便形成了鮮明的表現和再現二元並存的交融現象，這種交融現象給茅盾的早期作品帶來了極大的多義性，同時也使人們對於茅盾這一時期的思想和藝術觀念發生了極大的歧義。在「戀愛的外衣」和「狂亂的混合物」的背後，倘使看不到茅盾對於象徵主義、意識流的表現技巧的巧妙運用，那麼我們還有什麼權力去解讀他的早期作品呢？這些小說都是在表現一種動態的心理時空，作者不得不求助於現代小說新的表現技巧。當然，這對於一些偏執的批評家以及後來的一些偏執的文學史家來說，是不能容忍的。他們甚至在文學史的描述中盡力消解它的意義和影響。如果我們不把它作為一種文學精神在當時文壇的特殊意義提出來進行重新釐定，也就不能看到現實主義和現代主義在對立統一演變過程中的特殊發展形態。從茅盾這個文學大家身上，我們看到的是作家在創作過程中超越理性控制的特殊心理狀態。倘使這種超越理性的心理狀態一旦消失，他的創作就會進入凝滯狹隘的固態系統，成為一種簡單的「傳聲筒」意義的「獨調」小說，從而失卻了作為表現人的豐富內心世界的「複調」小說的意義。

作為對中國現實主義小說創作起著巨大影響作用的兩位巨匠，無論魯迅還是茅盾，其理論和創作都明顯地存在著一種二元並存的傾向。一方面，他們的文化哲學觀念隨著中國革命的運動進程不斷地深化和修正，甚至發生著質的變化。這種演進是在一定程度上推動著作家自覺自在的憂患意識和「載道意識」的，另一方面，那種單一的線型的小說審美觀念又似乎成為一種心理表現的障礙。因此，對於小說文體的修正與改造又成為作家再現與表現主客觀世界的自覺。但須指出的是，魯迅和茅盾的小說都是在現實主義的總體框架上將現代主義的表現技巧融彙於其中的，使之成為一種現實主義小說的變體，諸如魯迅的《狂人日記》、《阿 Q 正傳》等傳世之作亦是如此。這種小說之所以與後來的現實主義小說相異，其最根本的區別就在於，除哲學文化觀念的層次有別以外，就是前者在藝術上的極大包容性。

非常有趣的是，幾乎在茅盾創作《蝕》三部曲和《野薔薇》的同時和之後，中國小說界在一九二八年的那場文學理論的紛爭中，發動了「革命的浪

漫諦克」（也即「革命＋戀愛」的創作熱潮，這股潮流在文學史的長河中一直毫無疑問的被視爲當時的主潮。然而，看不到那個一再被文學史家們所忽視的「新感覺派」的小說創作的意義，就看不到中國現代小說在整個運行過程中另一股力量的存在和抗爭，也就不可能將一個充滿著動態活力的文學運動過程進行「矛盾律」的分析。

　　作爲無產階級革命文學家的蔣光慈、洪靈菲、陽翰笙、胡也頻，他們以自身親歷的革命活動爲素材描摹出了具有一種充滿著神聖理想之光的革命的狂熱性小說，但這與茅盾的《蝕》則毫無「驚人的相似之處」，有人把它們與茅盾的「穿著戀愛的外衣的小說相比較，得出同樣「是帶有那種革命的浪漫諦克的氣質」〔註 30〕的結論，是一神善意和幽默的曲解與誤讀。首先，我們且不論茅盾在這一時期思想上的悲觀情緒和「矛盾」心理；只就「戀愛的外衣」的整體象徵就完全與「革命＋戀愛」式的主題思想直露法相異。茅盾是採用了象徵、隱喻的手法間接地表現內心（包括人物內心）世界的多重性的。其藝術技巧在很大程度上是採用了現代派小說的表現手法的。與這批革命的文學家相比，茅盾的主觀情緒是更多了一些悲觀主義的色彩。而就藝術的含量來說，茅盾的早期作品則有更高的美學價值。難怪郁達夫貶抑蔣光慈的小說是政治的演繹，而不是藝術的表現，其藝術水平幾在零點以下。〔註 31〕這種言辭當然有偏激之處。因爲「革命＋戀愛」的模式在某種意義上來說，它是爲革命的小資產階級指出一條「通向光明的路」，是在「子君」式的失敗以後，尋覓到了中國「娜拉」所應走的一條充滿著理想和光明的革命和戀愛之路。無疑，它在題材和內容上何前邁進了一步。但也可以看出，「革命＋戀愛」小說的公式化、概念化傾向大大削弱了小說的審美價值。甚至可以說，它在一定程度上也背離了現實主義的實質內容——對於典型環境中的典型人物性格的塑造，從而墜入了空泛抽象的「傳聲筒」泥淖。從某種意義上來說，它開了用小說替代政治宣傳的先河。正如茅盾所批評的那樣：「即使是有意地走入了『標語口號文學』的絕路，至少也是無意的撞上去了。」〔註 32〕

　　20 年代末所提倡的「新寫實主義」之概念，也就是指從蘇聯引進的普羅

〔註30〕趙遐秋、曾慶瑞：《中國現代小說史》（下冊），中國人民大學出版社 1985 年版。

〔註31〕郁達夫：《1928 年 1 月 25 日日記》，《郁達夫全集》第五卷，浙江大學出版社 2008 年版，第 230 頁。

〔註32〕茅盾：《從牯嶺到東京》，《小說月報》1928 年第 19 卷第 10 期。

文藝。當时，它的內涵與處延的標準似乎還不確定，但它隱含著的政治和社會的功利性是無疑的。作為革命現實主義思潮的確立，這種倡導是有積極意義的，在這一思潮的波及下，就連像張恨水這樣的「鴛鴦蝴蝶派」的大家也一步步向現實主義皈依，無疑是證實了現實主義的向心力。那麼，這一時期在小說領域內與現實主義相抗衡的流派仍然存在，它就是人數不多、為時不長的「新感覺派」小說的突起。毋庸置疑，「新感覺派」小說是典型的現代心理分析小說，它與幾乎同期的丁玲等人的心理描寫小說（如《莎菲女士日記》等）不屬一神類型，其區別就在於：首先它的哲學觀念主要表現人生虛無的世界觀；其次，它的技巧是採用現代派的手法，雖然他們是從日本的「新感覺派」那裏進行了對西方現代派技術的「二次倒手」，然而大量地採用意識流、象徵、隱喻、幻覺等表現手法，使整個作品雜亂無章、撲朔迷離，造成了一種「陌生化」的效果。以劉吶鷗、穆時英、施蟄存為代表的中國文壇上唯一的現代派的創作流派的興起和衰落，作為 20 年代末和 30 年代初的一股「向外力」的逆流，固然為革命現實主義概念的更加明確化作了反襯和反證，但它在中國現代小說史上的存在意義卻決不可低估。它一反傳統的寫實風格，打破了外部現實的再現性描寫，以強烈的主觀情緒來把握內心世界，重視主觀感覺的表現性描寫。它試圖以小說技巧的革新來開拓中國小說的另一途徑。劉吶鷗的《都市風景線》；穆時英的《白金女體的塑像》、《聖處女的感情》、《上海狐步舞》；施蟄存的《梅雨之夕》、《春陽》等都具有高純度的心理眞實情感。這些光怪陸離的作品以一種「黑色的感情」逼視著人的內心世界，包括對無意識領域，對夢幻、變態性心理的開掘，使中國現代小說進入一個未開篇的處女地。從這些小說的審美價值來看，它們幾乎都是色彩和旋律交織成的畫面和音樂，那種支離破碎的畫面處處在暗示著、隱喻著、象徵著人生和現實的痛苦；那時而亢奮時而纏綿時而悲切的旋律，奏響的是充滿著變幻莫測的人生悲涼和光怪陸離心理世界的雜亂樂章。讀者從中難以尋覓到一個非常確定的主題內涵，其主題呈無邊緣狀態，它們更多的是給人一種生命的體驗和人生的感覺。

　　這裡還要特別提到的是另一位現代派作家李健吾。他的長篇小說《心病》明顯是受到了英國女小說家吳爾芙（「意識流」小說代表作家）的影響。吳爾芙 1917 年發表的短篇小說《牆上的斑點》在當時的《新月》雜誌上翻譯發表，給了李健吾很大啓迪，他借用「意識流」的表現手法，將朦朧荒誕、回憶、

人稱交替等手法運用在自身的小說創作中，使整個作品讀起來別有一番風味，儘管《心病》表現的主題內容還是五四母題的延展——揭露封建禮教吃人的事實。但給人印象卻是新穎鮮活的。朱自清在《讀〈心病〉》中說道：「我們平常總不仔細地去分析人的心理，乍看這本書的描寫，覺得有些生疏，反常，靜靜去想，卻覺得入情入理。」這便道出了「意識流」小說追求心理真實給人帶來的新的審美感受和體驗。

「新感覺派」以及李健吾等人的「唯美主義」傾向，無疑是給中國現代小說帶來了綠色的生機。最起碼，它在小說美學觀念的蛻變和演進中，開闢了另一條「有意味形式」的通道。

作爲中國現代小說的發展脈絡，人們只注意小說思想內容演變中矛盾鬥爭的美學形態。馬克思主義告訴我們，只有把「社會的和美學的發展形態加以總體性的思考，才能較準確完美地去解析作家和作品。現實主義創作方法和現代主義創作方法在中國文壇上的交鋒之所以尚未形成正面的衝突，除了現代主義思潮以及它在中國的創作實績乃至消費市場均受到限制外，還有一個重要因素就是在左傾路線不斷升溫中，將它與其他「小說逆流」一鍋煮了。30 年代，中國文壇受到了蘇聯「拉普」文學及日本「福本和夫路線」的極大影響，逐漸把文藝拉入一個偏激的、狹溢的，充滿了功利主義的理論機制，這在小說創作中表現得尤爲明顯。

首先，在清算小說領城裏的「逆流」時，根本就不加分析地把「新感覺派」和有「唯美主義」傾向的小說創作統統納入「墮落文學」之列，把它們與作爲小說主潮的革命現實主義小說完全對立起來，而將其與舊派小說，鴛鴦蝴蝶派、黑幕小說、武俠小說、民族主義文學的小說、海派小說……等相提並論，統統視爲反動的逆流，這種非 A 即 B 的排拒力不利於小說的健康發展，把追求小說審美價值的傾向視爲現實主義的死敵的對立情緒，最終只能是扼殺小說形式的多元發展趨向。

其次，在提倡小資產階級作家走出象牙之塔的同時，片面地強調了題材鏡子式的反映論，這就使得大批小資產階級作家在向現實主義皈依時，忽視了小說的審美特徵。題材內容雖然是異常革命化了，而在形式技巧上卻愈來愈缺乏新意，使小說的負載愈來愈重。丁玲小說創作歷來是以《水》爲創作的分水嶺的。《水》以前的早期作品明顯地呈現出心理小說的特徵，莎菲女士的內心世界概括了那個時代小資產階級心理特徵，當然，這批早期作品在某

種程度上反映出了小資產階級頹敗、悲觀情緒，但它們的美學價值還是應肯定的；而《韋護》、《一九三〇年春上海》、《水》等作品雖然在思想內容上有著不可忽略的轉變，但愈來愈明顯的概念化、公式化的傾向制約了作家在小說形式領域內的美學追求。可以肯定，在一些轉變後的小資產階級作家中，他們的世界觀、人生觀上更貼近革命的現實主義創作方法，然而，由於錯誤地把追求小說的形式技巧的審美價值視爲革命現實主義和無產階級文學的異己，就使得部分革命現實主義小說在一踏上征途時便烙上了降低美學價值的烙印。

再者，在「革命＋戀愛」的小說模式受到一定程度遏制和批評時，革命現實主義已經似乎覺察到形式技巧笨拙所帶來的弊病。但是，甚至是一些文學的大家們都認爲這是由於小說未走向大眾化所致，這就導致了一批作家在寫工農題材時，不能用更高層次的哲學審美意識去統攝作品，使本來可能達到更高思想和審美層次的小說滯留在一個較淺顯的層次上，小說也失卻了彈性和張力。

毋庸置疑，在 30 年代被稱爲「扛鼎」之作的是茅盾、巴金、老舍的作品。如果說「左聯」時期那種「革命＋戀愛」的小說在某種程度上受到批評後，那麼現實主義的理論便又悄悄地回歸到老巴爾扎克的位置，因此，從另一角度來看 30 年代以後的中國現代小說創作，它又是一個黃金時代，也是現實主義小說在現代文學史上最輝煌的瞬間。

茅盾於 1932 年寫就了史詩性的作品《子夜》，它標誌著現實主義小說的勝利，同時亦標誌著中國現代小說的成熟和發達。《子夜》以恢弘的近距離的現實生活畫面展示了當時中國各社會階層的風貌：人生、社會、政治、經濟、軍事，城市、農村、鄉鎮，上層社會的紙醉金迷與掙扎在死亡線上勞苦大眾的呻吟……，小說用全景鏡頭全方位地掃描了中國社會的每個角落。這種「史詩效果」的長篇創作使茅盾更貼近托爾斯泰，儘管茅盾像巴爾扎克似的用大量時間出入交易所和交際場。爲什麼茅盾能突破一般作家的藩籬，大氣磅礴地用大手筆來描摹中國社會呢？首先應歸於作者對於中國社會的本質認識，因爲在 1929 年的那場中國社會究竟向何處去的大辯論中，茅盾爲了用形象思維來闡釋這一抽象的理論觀念，便千方百計地帶著問題去在生活中尋找答案，於是，民族資產階級所面臨著的矛盾漩渦便成爲整個小說的情節框架和描寫核心。如果說被某種理論曲解了的現實主義小說在一定程度上均帶有「主

題先行」的情感色彩，那麼茅盾的《子夜》就是一個較明顯的例證。當然，現實主義的創作方法本身就包含著或多或少、或明或暗、或確定或朦朧的「主題先行」的情感色彩，至於後來它演變成一個貶義的理論範疇，則是某種理論的專橫而導致了小說創作的滑坡所釀成的悲劇。由於世界觀的轉變，茅盾擺脫了前期悲觀失望的沮喪情緒，因而在一個確切的主題閾限下，他用鮮明的現實主義色彩來塗抹一幅幅充滿著政治內涵的現實社會生活畫面。其次，茅盾在長篇《蝕》的設作基礎上，認識到注重心理構架的長篇創作給藝術帶來的負面效果——不宜表現更廣闊背景下的社會人生，亦就不能產生「史詩效果」。因而作家從人物的內部描寫走向了對整個外部動作的客觀描寫，把內心衝突轉換為人物之間外部行為的衝突。這樣，整個小說的意味呈現在「故事」和「性格」的基本框架之中。其視覺效果顯得更為廓大，更有快感。然而，這也在某種程度上削弱了作品的知覺和情感效果。原來小說中的心理空間和心理時間的消失，成為從外向內滲透的具有外部特徵的「心理活動描寫」。當然，整個《子夜》在局部描寫中還採用了諸如象徵主義、意識流小說的技巧。然而就整體而言，它是一個外部動作的框架。人們往往喜歡將《子夜》與《蝕》相比較，試圖得出誰優誰劣的結論來。我以為它們缺乏可比性，因為把多套路數的創作放在一起比較似乎有點不倫不類。但我們可以看出，即便是同一個作家；由於理論觀念的變化，由於小說審美形式觀念的變化，其創作的作品給人的感覺亦就不同。作家當然有選擇的自由，讀者當然也有選擇的自由。《子夜》代表著茅盾思想和藝術的轉折，同時也代表著一種新的創作模式的確立。那種客觀地反映社會和人生，同時擯棄早期寫實主義的創作方法，融入作家鮮明的世界觀的創作傾向成為一種時尚。無疑，茅盾的《子夜》是先導也是信號，它既擺脫了「心理小說」的瑣細情感的表現；又掙脫了「革命＋戀愛」窠臼的羈絆，給現實主義小說加以定格、規範。這在魯迅和瞿秋白這樣有影響人物的評價中上升到一個理論的高度。其中的最大意義就在於「……從『文學是時代的反映』上看來，《子夜》的確是中國文壇上新的收穫，這可說是值得誇耀的一件事」〔註33〕。毫無疑問，茅盾小說的根本轉變就在於世界觀的改變，而非小說審美觀念的轉變，一種時代的使命感和責任感成為作家的自覺意識。

　　這種時代的強烈使命感和責任感成為許多作家的共同意識，巴金便是在

〔註33〕瞿秋白：《讀〈子夜〉》，《中華日報》副刊《小貢獻》1933 年 8 月 13 日。

「我控訴」的熾烈情感下，站在時代共同心聲的基點上，抱著為被損害被侮辱者申冤的使命，向著舊世界發出憤怒的詛咒吶喊，以達到鞭韃封建舊禮教之目的，反映出時代的強烈要求。他的《家》之所以能喚醒一代被縛著的青年，就在於作者用充滿著抒情的筆調來宣揚人道主義，來揭示舊社會的黑幕，激發起讀者感情的共鳴。小說中那種追求光明的主導意識不時地燭照著小說的情節和人物。「心底的烈火」成為巴金小說燃燒般的熾烈情感。巴金《寫作生活底回顧》一文中說：「我底每篇小說都是我底追求光明的呼號。光明，這就是我許多年來在暗夜裏所呼叫的目標，它帶來一幅美麗的圖畫在前面引誘我。同時慘痛的受苦的圖畫，像一根鞭子那樣在後面鞭打我，在任何時候我都只有向前走的一條路。」這就是說，巴金的小說亦是用鮮明的主導意識來觀照客體對象的，這種主導意識統攝整個小說的人物和情節，從而將強烈的使命感和責任感傳導給讀者，產生從作者到作品再到讀者的共振共識的循環。無疑，30 年代愈是有影響的作品就愈能為小說的導向起決定性作用。茅盾和巴金的小說在擺脫了教條主義的羈絆後，同時擺脫了小說的「歐化」傾向（這裡的「歐化」特指以現代表現來限制小說的觀念），更加接近於托爾斯泰式的「鏡子」式的小說觀念。然而，它們與托氏小說所不同的地方就在於使命感、責任感、道德感的宣泄更為顯露一些。

　　與茅盾和巴金的格調有所不同的是同期的小說大家老舍，這位小說大師試圖「要看真的社會與人生」，他把自己置於一個冷觀者的位置，用他自己的話來說就是：「我是個看戲的」，也就是說，老舍試圖把自己的世界觀隱匿起來，用冷峻客觀的筆調抹去他認為矯飾的情感，把小說寫得平實而不做作，因而老舍的小說往往是「視點下沉」，以強烈的平民意識來觀照小說。老舍曾說過一段如此幽默的話：「假若我在十六七歲的時候就接觸了浪漫派的小說，我也許能像十二三歲時讀《三俠劍》與《綠牡丹》那樣的起勁入神，可是它們來到我眼中的時候，我已快三十歲的人，我只覺得它們的俠戲裏的花臉兒，他們的行動也都配著鑼鼓。我要看真的社會與人生，而不願老看二簧戲。」〔註 34〕無疑，老舍在「熟讀社會人生」這本大書以後，用別一樣的手法——去雕飾、存平實的小說審美觀念來把握創作，同樣給具有「寫實」特徵的現實主義帶來了深遠的影響。老舍並非是那種與西方文化和文學疏離的小說作家，恰恰相反，老舍在寫第一部小說《老張的哲學》時，又讀《哈

〔註34〕老舍：《寫與讀》，《文哨》1945 年第 1 卷第 2 期。

姆萊特》，又譯《浮士德》。然而，他在西方文學中看到的是深邃的哲學內容和美學觀念：「看到了那最活潑而又最悲鬱的希臘人的理智與感情的衝突，和文藝的形式與內容的調諧」。〔註35〕我想，老舍早期作品中呈現出的幽默美感是人所共知，但是他在30年代創作是以人道主義精神為哲學主導意識，從而用平實的現實主義格調來揭示「人在金錢統治下的完全異化」。〔註36〕30年代後，老舍寫就的《大明湖》基本上是批判現實主義的作品，而我們後來的文學史家們指謫作者對於暗娼的糊塗觀念，則是沒有看到現實主義創作方法在揭示人的更深層次心理的力度。老舍並非是用費洛伊德的哲學觀來解釋這一社會現象的，而是用批判現實主義的人道精神來解剖這一「異化」現象的，也就是說，作者回到了老巴爾扎克的現實主義境界中去了。這與後來的《月牙兒》相比，是同屬一類的作品，同樣是在筆尖下滴出血淚來。至於同期的《貓城記》一直被視為失敗之作，就在於作者始終是用批判現實主義的眼光來解釋生活中的一切，甚至影射了革命政黨。因為作者將整個世界都看成「黑暗、黑暗、一百分的黑暗」！我以為，老舍捨去了前期作品的幽默，而以犀利的筆觸去撕開人生與社會的醜惡，將現實主義中的那種廉價的向上的理想成份加以擯棄，使小說呈現出老巴爾扎克式的批判精神，亦是現實主義「再現」的妙著。這種創作精神一直延續到他的許多名著產生《離婚》、《黑白李》、《駱駝祥子》……都是拋棄了幽默，而以嚴肅的面孔替下層平民伸冤訴苦。老舍創作的主導意識應該說是基本上回覆到了舊寫實主義的範疇，他所使用的「載體」基本上是巴爾扎克式的現實主義創作方法，就連其濃厚的地方風格描寫格調也極為相似。也就是說，老舍的小說美學觀念是有異於同期其他小說大家的。這一點人們似乎看得很清楚：「在這方面，他不同於創造社浪漫主義主觀抒情小說，不是用人物的飄泊感和零餘感去爆發自己內心的淤積和對於黑暗社會的抗議。他也不同於文學研究會現實主義的客觀寫實小說，不是用人物的人生道路和愛憎追求去抒發內心的苦悶和對於個性解放的嚮往。他還不同於無產階級革命文學作家的革命浪漫諦克小說，不是用人物在激變的時代風雲中的幻滅——動搖——追求的歷程去表現偉大的社會變革。他追求的是腳踏實地，他描繪的是務實精神」〔註37〕。然而，誰也不能否認老舍

〔註35〕老舍：《寫與讀》，《文哨》1945年第1卷第2期。
〔註36〕恩格斯：《英國狀況：十八世紀》，《馬克斯恩格斯選集》第1卷，人民出版社1995年版，第25頁。
〔註37〕趙遐秋、曾慶瑞：《中國現代小說史》（下冊），中國人民大學出版社1985年版。

作品更具有現實主義小說的品格和意味。當然，老舍的世界觀不可能一點不受到當時文壇統治思想的制約，他的小說的敗筆亦就是恰恰在本體的敘述之外硬性填塞進去的時髦筆墨，如《月牙兒》中女主角的繼父革命者的扮演，《駱駝祥子》中曹先生的描寫。

　　綜上所述，我們可以看到，30 年代的小說創作是以普羅文藝理論為核心的思想指導下進行的，然而普羅小說的實績卻並不盡如人意。相反，隨著幾位大家的名著問世，不加冠詞的現實主義得到弘揚，甚至批判現實主義，也顯露出其輝煌的光彩。然而作為普羅文學的「革命的浪漫諦克小說」在一度受到批評後而逐漸改道為「革命的現實主義小說」之後，它與現實主義的本意也存在著一定距離。整個 20 年代後期到 30 年代後期，應該說是中國現代小說創作的黃金時代。由於行文局限，我們不可能把許多優秀作品拿來加以比照和分析。然而這一時期的絕大部分作品基本上是沿著人生和社會的方向發展的，是向著現實主義靠攏的。但所不同的是，它們的皈依和轉換分明形成了「本色現實主義」（恕我生造）與「革命現實主義」的多股創作傾向，這種小說現實主義的二元傾向，既是「歷史的必然」，也是革命的使然。如果我沒有看錯的話，它將是後來人們對於現實主義小說進行百般解釋甚至為此付出血的代價的焦點論題。當中國的現代主義思潮在 30 年代總退卻時，小說觀念日趨進入大統一的現實主義境界，小說剩下的唯一問題就是對其進行現實主義的理論闡釋和創作實踐。皈依現實主義以後，小說不再有目迷五色的眩惑之感，它在形式和技巧上不再有更大範圍的追求和突破，而更多的是在內容上尋找世界觀的新意。從某種意義上來說，即便是茅盾、巴金、老舍的作品，也是在一定程度上為中國的現實主義小說製造著一種新的結構規範，這亦是以後許多小說傚仿於此的淵源。

第七章　鄉土文學的「隔岸景觀」

　　中國新文學在大陸文學這一板塊之外，還有臺港文學，以及採用漢語寫作（或翻譯爲漢語）在漢語文化圈內產生重要影響的海外華文文學。從歷史上看，幾大板塊的文學之間互動頻繁，人員流動，風氣薰染，在文學風貌上擁有共性。

　　臺灣鄉土文學深受大陸新文學影響，但在另一方面，它們又因爲處於異族統治之下，與大陸的政治、社會、經濟、文化狀況有較爲顯著的差別，又形成了一些自己的特殊性。

第一節　中國大陸與臺灣鄉土小說之比較

　　就 20 世紀中國鄉土小說的總體格局來看，大陸和臺灣在分期上幾乎沒有大的分歧，1949 年既是一個政治概念的劃分，同時又是一個文學在兩岸發生突變的時期，文學作爲一種工具抑或政治的簡單傳聲筒，同時作用於兩岸的文學創作。直到七八十年代，兩岸的文學才逐漸開始面臨著根本的轉型。因此，我們在總體把握上，將它分爲三個時期，即五四至 1949 年；1949 年至七八十年代；七八十年代至本世紀末。但爲了行文的方便，我們還是將它們切割成五個階段。

　　無論是胡適的「八不主義」文學主張，還是陳獨秀高揚的「文學革命」的大旗，抑或是周作人倡導的「人的文學」，無疑都打上了西方資產階級人文主義的烙印和色彩。換言之，五四文化先驅們的思想移植是針對中國幾千年強大的封建統治無可更易的文化現狀，反封建是當時新興知識階級不可迴避

的迫切文化命題。因此，作爲新文學最初的實踐者，也是中國鄉土小說的開拓者的魯迅，在其一開始進行白話小說創作時，就將小說主題定位在批判國民劣根性和弘揚人道主義的閾限中。生活在王權意識中的國人魂靈的麻木，異化病態的扭曲性格，以及水深火熱的生存苦難，都使得魯迅在一提起那支犀利的筆時就充滿了「哀其不幸，怒其不爭」的複雜情感。於是，強烈的啓蒙和拯救意識便成爲五四及五四以後中國大陸鄉土小說的一貫性主題，它不僅締造和滋養了五四以降的大陸「爲人生」的鄉土小說流派，使之一直延續至今，而且「魯迅風」作爲一個「被仿模式」，它也深深地影響著五四以後臺灣鄉土小說發端的走向。可以斷言，作爲五四文學，尤其是中國鄉土小說創作的主流話語，批判現實主義一直是站在創作潮頭上的。

作爲大陸文化的一個支脈，五四時期前的臺灣本土文化尚浸潤於農耕文明之中。一方面是一成不變的中國古典文學對臺灣上層貴族文化的主流性質；另一方面是來自本土文化的民間文學的世俗性影響，這兩種文學的流向沉浸在亙古不變的農業文化氛圍之中相安無事，互斥而又互補地緩緩前行。當五四新文化的春雷驚醒了臺灣的知識分子之時，張我軍們所能進行的文學工作也就是傳播、介紹中國大陸文化思潮和文學的走向，至多也只能對大陸的文學進行一些摹仿和移植。從這個意義上來說，與大陸文化血脈相連的臺灣文學就是中國文學的一支，亦如臺灣作家葉石濤所言：從遙遠的年代開始，臺灣由於地緣的關係，在文學和社會形態上，承續的主要是來自中原漢民族的傳統。明末，沈光文來到臺灣開始播種舊文學，歷經兩百多年的培育，到了清末，臺灣的舊文學才真正開花結果，作品的水準達到跟大陸舊文學並駕齊驅的程度〔註1〕也就是說，到了五四時期，作爲和中原文化，乃至大陸占統治地位的主流文學剛剛磨合得比較和諧的臺灣文學，就被五四新文化的強勁「西風」以摧枯拉朽之勢掃蕩得七零八落。當然，我們也不可否認這樣一個鐵的事實，這就是日本文化對臺灣本土文化的隱形的影響：「長達半個世紀的日本文化的強制推行和潛移默化的影響，也使臺灣本土文化帶有某種程度的日本色彩，從而也在一定程度上影響了臺灣文學的本土形態。這也是歷史發展無庸迴避的客觀事實。」〔註2〕這就是臺灣文學因著歷史和地域的緣由，所形成的與大陸文學不同的文學題材、風格，乃至於文體的根本內在原因。然

〔註1〕葉石濤：《臺灣文學史綱》，文學界雜誌社1987年2月出版。
〔註2〕劉登翰等主編：《臺灣文學史》（上卷），海峽文藝出版社1991年版，第19頁。

而，根深蒂固的漢文化的遺傳基因是使臺灣文學有著不可改變其中華色彩的更深的血統原因。因此，五四文化新基因的植入也就是順理成章的事了。可以說臺灣的新文學是以臺灣的現代小說爲主體內容而成爲發端的，而臺灣的現代小說又是以鄉土小說爲主體內容進入先鋒狀態的。同樣，臺灣的鄉土小說亦是沿著五四新文化火炬照亮的文化批判道路，跟在先驅者魯迅的身後，一步一個腳印踩過來的。臺灣的現代小說之父賴和之所以被稱爲「臺灣的魯迅」，其道理就在於此。

作爲五四風雲席捲下的大陸和臺灣鄉土小說，它們所呈現出的反封建主體是一致的，所不同的是臺灣的鄉土小說多了一層本能的反日本殖民統治的色彩。這種主題內容的臺灣鄉土小說一直延伸到臺灣光復以後，這不能不說是臺灣鄉土小說的一種潛在延綿的主要內涵。但是，從兩岸的創作群體和創作實際來看，民族精神所構成的共同創作母題—苦難的現實和現實的苦難—促成了兩岸現實主義創作精神的不斷高漲。

而從鄉土文學的藝術角度來看，臺灣鄉土小說一開始就呈現出了它鮮明的地方色彩和風俗畫特徵，無論是從鄉土文體本身來說，還是從文學語言的特質來說，地域文化的限制反而強化了鄉土小說的藝術張力，然而，我們也不能不清醒地看到審美張力之下所形成的地域文化的局限性。值得注意的是，由鄉土文體與語言所引發的臺灣鄉土文學的第一次論爭，雖然不會得出圓滿的結論來，但是，論爭本身就標誌著臺灣鄉土小說的日趨成熟。

從 30 年代後期到 40 年代是中華民族陷入多災多難歲月的年代，兩岸鄉土小說的共同母題是以抗日爲先導的。抗日的母題不僅成爲共通話語，而且也使人們從中看到了眾多作品中崛起的一個個民族的脊梁。抗日，這在臺灣民眾來說是一個永遠的民族情結，所以，也同時是臺灣鄉土小說的永遠主題。因此，在這一時期的特殊文化背景之下所產生的兩岸鄉土小說，無疑是在悲壯絢麗的風俗、風景、風情畫面上塗抹的血色歷史。就此而言，大陸和臺灣兩地所產生的不同地域的抗日作家群的鄉土創作就有了更有現實意義更有民族情感的文化內涵。當然，這一時期大陸和臺灣的一些獨具鄉土風情的戀歌亦得到了長足的發展，如沈從文與「京派小說」，以及鍾理和的悲情小說等。在救亡、啓蒙和唯美的文學選擇上，因著作家不同的經歷與審美經驗的差異，而顯出迥異的個人風格。

整個 50 年代的兩岸鄉土小說是進入了一個主流話語與民間話語既互斥又

互融的年代。從表層結構來看，大陸鄉土小說已開始從充滿著現代性的五四文化話語告別和剝離，鄉土小說創作幾近成爲簡單的政治傳聲筒，而臺灣鄉土小說創作卻在與主流話語的不斷疏離中突現出民間意識。然而，從深層的文化心理來看，大陸鄉土小說的異端話語和臺灣鄉土小說的皈依主流的情結也都或多或少、或隱或現地反映在作家作品當中。這種有意識的剝離是非常艱難的，而同樣受制於主流話語，臺灣的鄉土小說在以林海音、鍾理和、鍾肇政等爲代表的創作實際中，較好地完成了文學回歸民間的審美之路，取得了令人矚目的成就。

60 年代的兩岸鄉土小說是在現實主義和現代主義的怪圈中盤桓的年代。大陸的鄉土小說由於在極左政治意識形態的籠罩下，導致了僞現實主義的空前泛濫，嚴重的概念化、臉譜化傾向致使鄉土小說創作迅速頹敗，其間雖有「中間人物論」的抗爭，但絲毫經不起主流話語的打壓，瞬間即灰飛湮滅。而臺灣鄉土小說卻與大陸截然相反，在各種複雜的社會和政治原因下，導致了臺灣現代主義小說創作的崛起拉開了傳統與現代之爭的序幕。雖然此時臺灣的鄉土文學的概念與大陸的鄉土文學的概念已然發生了質的歧義，但其實像白先勇這樣用現代主義手法來表現「鄉土」的作家，從本質上來說卻是個道道地地的鄉土意識作家。從另一方面來看，以李喬等爲代表的現實主義鄉土小說創作的日盛，又有力地證明了臺灣鄉土小說進入多元化「黃金通道」的事實。兩者表面上的互相排斥卻掩蓋不了殊路同歸的鄉土小說的繁盛。這一時期臺灣鄉土小說在藝術手法、語言技巧、文體形式等方面的探索，無疑是和大陸的鄉土小說創作形成了鮮明的對照。

七八十年代是兩岸鄉土小說群雄崛起的時代。70 年代的大陸鄉土小說雖然還沉溺於「三突出」和「高大全」的沉屙積弊之中，但隨著政治文化背景的改變，80 年代初，大陸的鄉土小說創作進入了一個鼎盛時期，從政治的包圍圈中突圍出來後，各個地域文化鄉土小說的崛起，「魯迅風」的回歸，風俗畫、風景畫、風情畫的突現，現代主義技術的全方位引進和吸納，凡此種種，足以證明大陸的鄉土小說進入了一個空前的繁榮期。從「傷痕」到「改革」再到「反思」；從「尋根」到「新潮」再到「新寫實」，80 年代中國大陸鄉土小說創作的成就是世界矚目的。70 年代是臺灣社會由傳統的農業社會向現代工商社會轉型的時期，一方面是社會矛盾的激化和民族主義的高漲，使得鄉土現實派作家更具備了社會批判的眼光；另一方面是現代文化的寄植所帶來

的創作觀念、內容、語言、技巧等方面的革新，顯然亦打開了臺灣鄉土小說多元共生的創作格局。

從這五個時間段來看，大陸與臺灣的鄉土小說的發展雖然不是同步的，但是，就其文化內蘊、民族情感、審美經驗、生存觀念等諸種因素來看，其相同之處卻是不言而喻的。

作爲20世紀新文學的兩大主題之一，鄉土文學從一開始就奠定了它具有鮮明特色的內涵。

首先，作爲與城市相對立而存在的中國廣袤的鄉村原野，成爲它描寫的對象，因此，新文學運動以來的中國鄉土小說一開始就從題材上闢定了它必然是以地域鄉土爲臨界線的。顯然，人們也是以此來確定和識別鄉土小說的，這已經成爲一種約定俗成的區分概念，沿用此概念是從事鄉土文學研究者的一貫視角，尤其是大陸學者更是以此來嚴格區分鄉土文學的。問題就在70年代臺灣所發生的第二次「鄉土文學論戰」中，由於與現代主義文學的混戰，鄉土小說已無暇再顧及地域題材的範疇閾限了，何況臺灣島本來就有限的地域鄉土社區亦在逐漸被資本主義工業經濟的擴張所蠶食。於是，鄉土文學派的作家和理論家們就只能在不斷擴大其內涵和外延的基礎上，將其上升到文化精神的高度來進行區分。因而，在此時空之下的鄉土小說的概念已然不分鄉土與城市的地域題材了，它只是一種精神鄉土或鄉土精神而已，是儼然與「現代」相對立的「傳統」文化內涵而已。這種鄉土文學概念的演變顯然帶來了鄉土小說的分化，一種是沿襲固有概念的狹義地域題材範疇的鄉土小說，另一種卻是擯棄題材而只強調小說內容觀念傳統與否的廣義鄉土小說，亦即「本土小說」。

隨著中國大陸80年代經濟體制的改革以及90年代逐漸走向全球經濟一體化的社會轉型，大陸的學者也將這個工商經濟時代無可迴避的命題，即「傳統」與「現代」之間抗衡的精神對立灌輸到文學創作中去了。1990年木弓先生首先提出了「鄉土意識」〔註3〕這一概念，這與上述臺灣的那種鄉土精神乃是一致的。

無可非議的是，中國在進入20世紀的最後20年時，本土文化明顯地受到了全球化文化的影響和猛烈衝擊，傳統文化與現代文化的嚴重對峙，使鄉土小說創作的觀念主體發生了質的變化。然而，無論作者是站在何種立場上

〔註 3〕木弓：《「鄉土意識」與小說創作》，《文論月刊》1990年第10期。

來書寫鄉土小說，都應該遵循地域題材這一鄉土小說的特定內涵的閾定，否則鄉土小說將與一切小說創作失去臨界線。由此來看臺灣 70 年代的那場「鄉土文學論戰」，我們只能說它是發生在那個島嶼上的帶有特定時空意義的鄉土小說發展史上的一個「文學事件」。而在整個 20 世紀鄉土小說發展歷史的環鏈上，如果我們打破這一臨界線，那我們就無法面對這一文學門類的歷史。尤其是在大陸，在漫長的歷史時段中，在廣袤的地域鄉土空間中，鄉土小說以它鮮明的地域文化特徵卓然獨立於文學史，而且還將不斷地延展下去。因此，我們還不能取消鄉土小說的地域題材的概念內涵。

鄉土小說的地域文化色彩應是它構成的重要內涵，而它除了語言運用的因素外，更重要的是「風土人情」的描摹。「風土人情」的構成無非是「風俗畫」、「風情畫」、「風景畫」的合成而已。且不說作為世界性母題的鄉土小說在國外是如何注重風土人情的描寫，單就中國而言，無論是早期周作人對「風土」與「個性的土之力」〔註 4〕的倡導，還是魯迅對鄉土小說「異域情調」〔註 5〕的強調，都毫不猶豫地將風土人情放在重要位置。即便是茅盾在反覆強調世界觀對鄉土小說的至關重要的作用時，也不能否認「風土人情」的「異域圖畫」給人以美學上的「好奇心的滿足」〔註 6〕。因此，我們可以說，鄉土小說的「風土人情」描寫已不再是外部的形式技巧，而是深入其骨髓的不可或缺的具有本質意義的內容。倘使鄉土小說缺少了具有地域文化色彩的「風土人情」的描寫，也就從本質上取消了鄉土小說作為地域文化的審美差異性。

那麼，就「風土人情」的三個重要組成因素而言，20 世紀中優秀的鄉土小說都將風俗畫、風情畫、風景畫置於創作的首要位置。從魯迅先生開創的白話文小說開始，鄉土小說對於這「三畫」的描寫就奠定了堅實的基礎，作為鄉土小說的一種傳統和風格樣式，它不僅過去是鄉土寫作的要旨，而且也是現在和將來鄉土小說不可或缺的書寫標記。然而，須指出的是，大陸和臺灣的鄉土小說都有過「三畫」失落的時期。40 年代大陸的「解放區文學」在過份強調作品的思想內容時，忽略了「三畫」中的風情畫和風景畫的描摹，尤其是取消了風景畫的描寫，導致了以趙樹理為代表的「山藥蛋派」鄉土小說陷入了「故事」的敘寫，成為藝術上的缺失。而彼時以孫犁為代表的「荷

〔註 4〕周作人：《地方與文藝》，《談龍集》，河北教育出版社 2002 年版，第 12 頁。
〔註 5〕魯迅：《且介亭雜文二集·〈中國新文學大系〉小說二集序》，人民文學出版社 1952 年版。
〔註 6〕茅盾：《關於鄉土文學》，《文學》1936 年 2 月 12 日。

花澱派」卻突出了「三畫」描寫的力度，因而他們的作品在文學史的長河中就保有較強的生命力。而大陸的五十至七十年代鄉土小說卻沒有按照「三畫」的要旨向前推進，而是過多地注重其所謂作家的世界觀的植入，導致了鄉土小說的藝術質量的嚴重滑坡。就臺灣的鄉土小說而言，從五四以後，一直到60年代，其「三畫」的特徵是異常鮮明的。然而，通過第二次「鄉土文學論戰」後的鄉土小說的分化，隨著現代都市與心靈題材的介入，臺灣的鄉土小說在很大程度上偏離了「三畫」的要旨，蛻變為具有「現代」或「後現代」意味的小說，從而也就取消了鄉土小說的本質特徵。無疑，這種創作傾向也傳染和蔓延於90年代的大陸鄉土小說。這與其說是鄉土小說的藝術創新，倒不如說是從根本上扼殺了鄉土小說。

首先，「地域」（Region）在這裡不完全是一個地理學意義上的人類文化空間意義的組合，它帶有鮮明的歷史的時間意義，也就是說，它不僅僅是一個地理疆域裏特定文化時期的文學表現，同時，它在表現每個時間段中的文學時，都包容和涵蓋著這一人文空間中更有歷時性特徵的文化沿革內容。所以說，地域文化小說不僅是小說中「現實文化地理」的表現者，同時亦是「歷史文化地理」的內在描摹者。據說美國「新文化地理學派」認為文學家都是天然的文化地理學家，其熱門的「解讀景觀」（the reading of lands cape）就是從歷史和地理兩個維度來解析文學的模式。

其實，注重小說的地域色彩，這在每一個鄉土小說家、每一個批評家、每一個文學史家來說，都是在有意識和無意識之間形成了一種穩態的審美價值判斷標準。從西班牙的塞萬提斯的（堂・詰珂德）到法蘭西的巴爾扎克的《人間喜劇》，從英國的哈代到美國的福克納和海明威，再到拉美的博爾赫斯、馬爾克斯，幾乎世界上每一位成功的大作家都是地域小說的創作者，更無須說20世紀的中國小說了，從魯迅、沈從文、茅盾、巴金、老舍到賴和、鍾理和、白先勇、陳映真⋯⋯幾乎是地域特徵決定了小說的美學特徵。就此而言，越是地域的就越能走向世界，似乎已是小說家和批評家共認的小說美學準則。美國小說家兼理論家赫姆林・加蘭曾精闢地指出：「藝術的地方色彩是文學的生命力的源泉。是文學一向獨具的特點。地方色彩可以比作一個人無窮地、不斷地湧現出來的魅力。我們首先對差別發生興趣；雷同從來不能吸引我們，不能像差別那樣有刺激性，那樣令人鼓舞。如果文學只是或主要是雷同，文學就是毀滅了。今天在每種重大的、正在發展著的文學中，地方

色彩都是很濃鬱的。應當爲地方色彩而地方色彩，地方色彩一定要出現在作品中，而且必然出現，因爲作家通常是不自覺地把它捎帶出來；他只知道一點：這種色彩對他是非常重要和有趣的。」〔註7〕勃蘭兌斯曾經給浪漫主義文學下過一個非常精彩的定義：「最初，浪漫主義本質上只不過是文學中地方色彩的勇猛的辯護士。他們所謂的地方色彩」就是他鄉異國、遠古時代、生疏風土的一切特徵。」〔註8〕在中國，五四時期由周作人所提出的一系列文學的「風土」和「土之力」、「忠於地」的主張，也正是強調小說的地域特徵，他認爲：「風土與住民的密切關係，大家都是知道的：所以各國文學各有特色，就是一國之中也可以因了地域顯出一種不同的風格，譬如法國的南方有洛凡斯的文人作品，與北法蘭西便有不同。在中國這樣廣大的國土當然更是如此。」〔註9〕茅盾可謂是中國地域文化小說的理論建設者和實踐者，1921年在他主政《小說月報》時，就在《民國日報》副刊「文學小辭典」欄目中加上了「地方色」詞條：「地方色就是地方的特色。一處的習慣風俗不相同，就一處有一處底特色，一處有一處底性格，即個性。」1928年茅盾爲此作了詳盡的詮釋：「我們決不可誤會『地方色彩』即是某地的風景之謂。風景只可算是造成地方色彩的表面而不重要的一部分。地方色彩是一地方的自然背景與社會背景之『錯綜相』，不但有特殊的色，並且有特殊的味。」〔註10〕由此可見，早期的中國作家們很是在乎小說地域審美特徵的。至於後來茅盾在1936年給中國鄉土小說定性時，不僅僅是強調了小說「異城情調」的審美醫足，而且更強調了小說作家主體的「世界觀與人生觀」對小說審美的介入。

綜上所述，我們不難看出，地域特徵對於鄉土小說審美特徵的奠定是如此地至關重要。但是，就小說的創作實踐來說，由於各個作家對地域特徵的重視程度不一，也就是說有的作家在創作小說時進入的是「有意後注意」的心理層次，有的作家進入的卻是「無意後注意」的心理層面，這就造成了小說地域特徵的顯在和隱在、鮮明與黯淡的審美區分和落差。地域文化鄉土小說之所以強調其地域性，起碼有以下幾點構成了它的審美因素。

首先，地域人種（Local race）是決定地域文化小說構成的重要因素。「從

〔註 7〕〔美〕赫姆林·加蘭：《破碎的偶像》，《美國作家論文學》，三聯書店1992年版，第84～85頁。

〔註 8〕勃蘭兌斯：《19世紀文學主流》第五分冊，人民文學出版社1984年版。

〔註 9〕周作人：《地方與文藝》，《談龍集》，河北教育出版社2002年版。

〔註10〕茅盾：《小説研究ABC》，上海書店1990年版。

地域學角度研究文藝的情況和變化，既可分析其靜態，也可考察其動態。這樣，文藝活動的社會現象就彷彿是名副其實的一個場……作品後面的人不是一個而是一群，地域概括了這個群的活動場。那麼兼論時空的地域學研究才更有意義。」〔註11〕所謂「地域人種」，就是一個居群的居民集團。相對而言，他們因爲地理障礙或是社會禁令而與其他居群集團所形成的民族心理、民族文化人種的內在特徵的反差，以及構成這一居群集團特有的遺傳基因和相貌體徵（人種的外在特徵）制約著這一居群集團人種的生物學和社會文化學意義上的存在。作爲小說，不僅是要完成其外在特徵的描摹就如早期現實主義作家注重地域性的人種相貌、服飾、風俗習慣描寫那樣，直觀的外在描寫與地域文化鄉土小說的審美特徵有著一種初始性的血緣關係；而且，地域文化鄉土小說還須更注重內在特徵的底蘊發掘，尤其是在風俗人情的描摹中透露出這一居群人種別於他族它地的文化特徵。

其次，地域自然（Local Nature）也是制約文化小說的重要審美因素。所謂「地域自然」，就是自然環境爲地域人種的性格特徵、文化心事、風俗心理、風俗習慣……的形成所起著的重要決定作用。這種「後天性」的影響，亦成爲地域文化小說所關注的最重要的內容之一。《漢書·地理志》中對自然環境影響人種作出了精闢分析：「凡民函五常之性，而其剛柔緩急，音聲不同，係水土之風氣，……好惡取捨，動靜之常，隨君上之情慾。」而按地域的自然環境條件來區別人種性格還是有一定的道理的。由此可見，自然環境在很大程度上制約著地域人種的文化心理和行爲準則，所謂「一方水土養一方人」就是這個道理。而地域文化小說對自然景觀、氣候、風物、建築、環境的描寫情有獨鍾，它在很大程度上豐富了地域文化鄉土小說的美學表現力。

再者，地域文化（Local Culture）則是地域文化鄉土小說的根本如果前兩者只是地域文化鄉土小說形成的外部條件，而「地域文化」則是地域文化鄉土小說不可或缺的內在因素。我們這裡所說的「文化」不是指那種狹義的文化，而是泛指包括政治、經濟、社會、歷史、民族、心理、風俗……等各個層面的一切制約人的行爲活動的、內在的人文現象和景觀。無須列舉西方自中世紀以來的現實主義與浪漫主義的地域文化鄉土小說創作所自然而然流淌出來的人性和人道主義的人文哲學汁液，就本世紀以降的中國地域文化鄉土小說折射出的人文光芒，已然是一道絢麗多彩的文化風景線。魯迅的地域鄉

〔註11〕金克木：《文藝的地域學研究設想》，《讀書》1986 年第 4 期。

土文化小說以其璀璨的人性內涵與憤懑的人文情緒，鑄造了五四小說的民族文化之魂，那種對民族根性振聾發聵的靈魂叩問，可說是喚醒了幾代中國知識分子的良知；同時，亦以其強大的哲學文化批判的思想穿透力，奠定了 20 世紀小說以文化為本以文化為主體的構架的文本模式，尤其是地域文化的鄉土文本模式。當然，在整個 20 世紀的中國地域文化鄉土小說創作的歷史長河中，作為地域鄉土小說中的文化消長，是以時代的創作風尚而隨之變化的。但是，無論怎麼變化，作為鄉土小說的母題，其文化內涵是無論如何也抹煞不掉的，它已經成為一種鄉土小說創作的固態心理。包括五四以後臺灣鄉土小說的發展亦未能脫離這一創作軌跡。

從地域人種（由大到小的地理意義上的居群集團分類）、地域自然（由域區劃分的自然環境景觀）到地域文化（由表層的政治、經濟、歷史、風俗等社會結構而形成的特有的民族、地域的文化心理）由此而形成的中國地域文化鄉土小說的美學特徵，在整個 20 世紀波瀾壯闊的文學史長河中，呈現出了最為壯觀的小說創作景象，它無疑成為本世紀異彩紛呈的藝術景觀中最為燦爛奪目的一束奇葩。

縱觀中國 20 世紀地域文化小說，我們似乎可以得出這樣的結論：就小說而言，任何失卻了地域文化色彩的鄉土小說，在一定程度上都相應地減弱了其自身的審美力量。地域文化色彩，不僅僅是一種形式技巧和主題內涵意義上的運用，它作為一種文體，一種文本內容，幾乎就是鄉土小說內在特徵的外顯形式，是每一個民族文化和文學表現力與張力的有效度量。就此而言，地域、文化、小說所構成的鏈式內在邏輯聯繫是甚為重要的。

地域，從廣義上來說，它是中華民族（種族）與幅員遼闊的中國（地理）——人與自然所構成的疆域居群關係。而從狹義上來說，它是在這遼闊的疆域居群內更小的種族群落單位與地理疆域單位的人與自然的親和關係，也就是中國各民族及其棲居地之間的風土人性、風俗習慣等審美反差所形成的地域性特點。作為文學，尤其是鄉土小說描寫的聚焦，它是否能夠成為作家主體的一種自覺，可能是衡量地域文化鄉土小說的首要條件。倘使它不能進入作家的自覺意識層面，而只是在作家主體的無意識層面展開，也還是能夠進入地域文化鄉土小說的風景線之中的。我以為，最好的地域文化鄉土小說可能是那種從無意識走向有意識，再進入信馬由韁的無意識層面的小說家的超越境界。正如從「見山是山，見水是水」到「見山不是山，見水不是水」，再

到「見山還是山，見水還是水」的審美超越過程一樣，進入最高境界的地域文化鄉土小說的審美表現應成爲一種高度和諧的自然流露。

文化，它應是地域文化鄉土小說豐富內涵的礦藏。它應充分顯示出人與文化的親和關係。從某種意義上來說，一部地域文化鄉土小說，如果在地方色彩的表現過程中不能提示豐富的文化內涵，它便失去了作品的文學意義，至多不過是一種「風物志」、「地方志」似的介紹，因此，作爲地域文化鄉土小說，它所不可或缺的正是對斑瀾色彩的多種文化內涵的揭示，無論你是主觀還是客觀，這種包括政治、經濟、社會、民族、心理……等各個層面的廣義文化內涵的描寫，一定要成爲地域文化鄉土小說形中之「神」、詩中之「韻」、物中之「魂」。否則，地域鄉土失去文化即失去了文學之根本。

鄉土小說，它應是包容多種藝術形式的地域文化特徵的小說。就 20 世紀地域文化鄉土小說來說，首先，它是現實主義創作方法和技巧爲主體內容的，這不僅是現實主義的創作方法和技巧從形式上來說更適合於跨時空、地域、民族、居群的閱讀和審美接受；同時，它亦更適合於接納現實主義那種博大精深的文化批判內涵。這一點在臺灣的鄉土小說創作中表現得十分明顯。其次，作爲現代主義創作方法和技巧的實驗基地，有些地域鄉土文化小說對現代主義創作方法和技巧的借鑒，大大豐富了地域文化鄉土小說的表現力。諸如大陸新時期作家殘雪的《黃泥街》以及馬原、洪蜂、扎西達娃的一些作品，對推進地域文化鄉土小說的藝術發展有著歷史性的進步意義。正是因爲前兩種藝術形式的衝撞，在八、九十年代，才可能產生出第三種小說藝術形式和方法技巧。那麼，現實主義和現代主義創作方法和技巧的融合，促使地域文化鄉土小說胎生了另一種「雜交」作品：80 年代受拉美小說巨匠馬爾克斯「魔幻現實主義」的影響，韓少功以《爸爸爸》完成了地域文化鄉土小說從「現實」和「現代」兩個軀殼中蛻變的過程，以另一種新的形式技巧來完成一個文化批判的母題。而《馬橋詞典》亦以獨特的地域文化特色，也可以說是將地域特徵進行藝術的顯微和放大，完成了藝術形式上的另一次蛻變，即使它的蛻變過程有著明顯的模仿痕跡，但也無論如何有著形式拓展的歷史進步意義。同樣，臺灣鄉土小說創作，從七十年代到 90 年代的藝術形式的轉變，也是有其歷史和審美意義的。

仍然是那位著名的美國小說家和批評家加蘭，在上個世紀之交就預言了美國文學的 20 世紀未來：日益尖銳起來的城市生活和鄉村生活的對比，不久

就要在鄉土（地域）小說反映出來了——這部小說將在地方色彩的基礎上，反映出那些悲劇和喜劇，我們的整個國家是它的背景，在國內這些不健全的、但是引起文學極大興趣的城市，如雨後春筍般地成長起來。」〔註12〕加蘭所描述的一百年前美國社會景象在很大程度上與中國現今的社會文化景觀相似。他所預言的地域文化小說要從以鄉土小說為中心的基點轉向城市這個物質的怪物身上的預言，不僅成為20世紀美國文學的現實，同時也成為西方20世紀文學的歷史；更重要的是，它還將成為中國21世紀文學的未來。那種凝固的文化形態已被騷動的反文化因子所破壞，由此在地域文化中所形成的亙古不變的穩態文化結構——人種、居群、風俗、宗教等人文因素——將面臨著崩潰、裂變的過程；都市的風景線所構成的新的地域文化風景線，則都是地域文化鄉土小說所面臨的新課題。怎樣去描摹和抒寫新世紀的地域文化鄉土小說的新景觀，這是每一個鄉土作家和批評家為下一個世紀所承擔的歷史重負。

　　縱觀20世紀大陸與臺灣鄉土小說，我們從中可以緣著地域文化的審美特徵，找到中國民族化特徵的共同「結穴」，這種尋覓，對於兩岸文化之根的整合，是有著十分重要的歷史意義和現實意義的。

第二節　文化背景的共性與具體話語的異質

　　中國的近代化過程是以一個節奏非常緩慢的漸進過程向前推進的，在漫長的靜態農業社會運行中，任何外部力量的介入和衝擊都不能改變和逆轉中國鄉土社會的歷史軌跡。和歐洲的近代文明相比，中國的近代文明可能要比西方晚近兩個世紀。17世紀中葉的英國資產階級革命標誌著資產階級登上了歷史舞臺，揭開了歐洲和北美資產階級革命運動的序幕從此開始了世界近代史的進程。而用堅船利炮轟開了19世紀中國大門的大英帝國，雖然用鴉片征服了中國的口岸和城市，但是它始終不能以它的人權意識取代中國的封建王權意識。近代以來，中國汲取西方的「鴉片」多於思維方法和意識形態，和與自己毗鄰的彈丸小國日本相比，「中體西用」的歷史腳步究竟落在了「明治維新」的歷史變革之後。進入20世紀以來，實以為五四新文化的狂飆能夠帶

〔註12〕〔美〕赫姆林・加蘭：《破碎的偶像》，《美國作家論文學》，三聯書店1992年版，第85頁。

來西方文明的聖火，徹底扭轉中國封建農業文明的狀況，卻未料到軍閥混戰把中國社會送進了一個畸變的絞索中。

1911 年武昌起義的槍聲並沒有完全將中國的資產階級推上歷史舞臺，「如果根據更嚴格的定義，將城市資產階級限定為和現代工商業相聯繫的階級，那麼它顯然在 1911 年的事件中只起了次要的作用。這第一次革命精英們所領導的武裝起義和暴動，越出了資產階級並脫離了它的控制。」〔註13〕「在這次革命成功之後，資產階級曾企圖利用這一局勢為自己謀取好處，但只獲得了一半的成功。它成功地取得了對它的基本利益的尊重，但除了在局部地區以外，卻未能奪取到權力。」從這個意義上說，「1911 年的革命不是一次資產階級革命。」〔註14〕由此可見，中國的資產階級在試圖登上中國歷史舞臺時就帶著它的天生的軟弱性，因而 20 年代末到 30 年代初的那一場中國究竟走沒走上資本主義道路的大辯論，終於在一片慶幸聲中喪失了知識分子促進社會進步的價值和立場。在漫漫的半個世紀裏，中國廣袤的國土均沉靜在穩態寧靜的農業文明的古典陽光籠罩之下，隔窗窺視著東漸的歐風美雨，等待著文化的「漸變」。而 80 年代（臺灣稍早十多年）開始的中國社會的轉型，絕不是以「漸進」的歷史方式緩行的，而是以經濟結構的「突變」帶來了社會文化結構的『突轉』，於是，農業文明和現代文明的大碰撞所帶來的文化裂變給中國人的文化心理以及思想觀念都造成了根本性的篡改和顛覆。從「漸變」到『突變』，無疑給 20 世紀的中國鄉土小說創作平添了一道迷人的風景線。

從整個世界的格局來看，歐美的資本主義全面工業化過程幾乎要比中國早一個世紀，「摩登時代」不僅改變了人的生活節奏和生活觀念，而且也破壞了靜態的田園牧歌式的人與自然的和諧關係。就以美國為例，亨利·納什·史密斯在其《作為象徵與神話的美國西部》一書中，就明晰地闡釋了資本主義在其原始積累過程中殘酷演進的事實，並對當時美國著名的鄉土文學理論家和小說家哈姆林．加蘭的人道主義價值觀和立場進行了褒揚：「19 世紀初農業理論家總是煞費苦心地將美國農民與被殘酷蹂躪的歐洲農民區分開，而『荷鋤人』的遭遇卻和歐洲農民沒有什麼不同。一度曾是自豪的自耕農在加蘭的

〔註13〕M·克萊爾·貝熱爾：《資產階級的作用》，載芮瑪麗編：《革命中的中國：第一階段，1900～1913 年》，第 229～295 頁。轉引自《劍橋中華民國史》（上卷），中國社會科學出版社 1993 年版，第 819 頁。

〔註14〕費正清編：《劍橋中華民國史》（上卷），中國社會科學出版社 1993 年版，第 819 頁。

小說和馬卡姆的詩歌中卻只不過是個田間勞動者，他象徵著：『被出賣、被掠奪、被侮辱、被剝奪了權利的人……』。」〔註15〕由此可見，在全球性的資本主義工業化的過程中，歷史的進化必然帶來了污穢和血，打破靜態的農業文明秩序，對農民的剝削和對大自然的破壞一樣的殘酷無情。於是，作為一個有著人道主義和理想主義目光的作家，無疑是要將批判資本主義的非人道性和回到烏托邦的精神家園作為自己的寫作立場和視角。因此，從這個意義上說，自19世紀到20世紀的鄉土文學中的人道主義批判精神和理想主義的烏托邦精神幾乎成為一個世界性的母題。或許，我們在解析任何空間意義上的鄉土文學時，這可能是最重要的文化解碼符號。

綜觀20世紀中國大陸與臺灣鄉土小說，我們可以清晰地看到：隨著工業文明、商業文明和後工業文明的日益逼近，中國穩態的農業社會結構在70、80年代已經開始面臨著解體一個傳統文化與現代文化幻化出的鄉土文明與城市文明嚴重對立與猛烈衝撞的社會景觀和人文景觀呈現在人們面前。亦如上一世紀西方社會所面臨的那一場工業革命後的人文思想裂變一樣，中國海峽兩岸社會的意識形態在不斷漸進的現代物質文明侵襲之中面臨著一個跨世紀的文化兩難選擇。

然而，在20世紀的中國資本主義文化的接受過程中，幾次錯過了與資本主義的大的對撞，因此，在整個世紀的一多半的時間內，中國大陸和臺灣都處在一個相對穩定的封建宗法式的農業社會之中。五四新文化的先驅者們從西方取來了精神的聖火，然而，與西方社會所面臨的大工業災難不同，20世紀初的中國仍舊處在黑暗的封建統治之下，五四新文化雖然有資產階級作為革命的中堅力量，但是，由於脆弱的中國民族資產階級在那個特定時期根本就不可能把握自己的命運，而導致了中國資產階級的悲壯沉淪。正如茅盾在長篇小說《子夜》中所塑造的那個失敗了的資產階級英雄吳蓀甫一樣，作者要告訴我們的是中國並沒有走上資本主義的事實，然而，由於時代的局限，那種慶幸歡呼的價值立場無疑是社會進化論的誤判。因此，從五四新文學運動一直到80年代（其中臺灣略有不同）中國的鄉土小說仍處於一個描寫靜態鄉土社會的狀態，無論是悲涼的鄉愁，抑或浪漫的田園牧歌，都絕無那種現代工業物質文明衝擊的巨大壓迫感作為作家創作哲學感悟的邏輯起點。而近

〔註15〕HENRY NASH SMLTH：《處女地》《美國文學史論譯叢》薛蕃、康費翰章譯，上海外語教育出版社1991年1版。

20 年來的世界經濟一體化的風潮以及大陸和臺灣風起雲湧的經濟空前的重創。在大量的土地流失下，農業人口的巨大流動和遷徙；在鱗次櫛比的摩天大樓陰影的籠罩下，遮蔽著的城鄉兩種文化心態的激烈碰撞；傳統的鄉土文化以它優美而悲憫的孱弱身影落寞沉淪於雄強的現行物化世界之中；現代的都市文明以它醜陋而誘人的猙獰面目蓬勃雄起於轉型的異化而實用的社會意識形態之中……凡此種種，我們終於看到了本世紀兩種文化在中國這塊最古老的農耕土地上殊死交戰的悲壯一幕。

毋庸置疑，五四新文化運動作爲一次對西方資本主義文化的模擬，帶有濃鬱烏托邦色彩的一代知識分子採擷的是以人性和人道爲本位的西方人文主義之花，因此，這種普泛的人文主義精神仍能給處於封建黑暗一隅的中國大地帶來一簇光明的聖火。就中國 20 世紀的文學而言，我以爲一代五四的先驅者們之所以把目光滯留於災難深重的中國鄉土，正是緣於他們對於中國幾千年封建文化的本質認識和對西方資本主義文明中的人性和人道主義的強烈渴求。然而，亦有一批知識分子從封建鄉土走向資本主義文化色彩較爲濃鬱的都市後，深感著資本主義文化的負面效應帶來了具有美的形態和特質的原始文化和人性的潰滅。因而，在整個 20 世紀的中國文學中始終存在著這樣一個悖反的兩難命題：鄉土與都市，傳統與現代，已經成爲中國作家難以廓清的兩難主題內涵。當然這也是世界文化的兩難命題，一方面社會的進化需要物質的極大豐富；另一方面人的精神更需要原始和自然的庇護，因此，在不同國度和不同時期，人們的價值取向是完全不同的，往往是一個矛盾掩蓋著另一個矛盾。

以魯迅爲旗幟的鄉土小說流派高擎著從西方借來的人文主義的聖火，企圖用它來燒毀封建的「鐵屋子」，在憂憤甚廣的悲憫中，他們的筆觸刺破了中國封建統治美如乳酪的膿瘡，以強大的人性和人道主義的力量去拯救那些處在水深火熱之中的鄉土國民的靈魂。因此，作爲一個 20 世紀恒久的鄉土小說命題，它的悲劇性的魅力就在於西方資產階級所確定的人性和人道主義的文化目標是文學永恒的命題和必須遵循的目標。如今用它來對付資本主義文化弊端也同樣適用。因此，這個發韌於五四新文學大潮之中的創作思想和流派成爲 20 世紀中國鄉土小說創作的主潮和主流也就不足爲奇了。無疑，20 世紀的臺灣文學亦發端於鄉土小說，而其鄉土小說又是亦步亦趨地踏著魯迅先生的創作路徑向前邁進的。

也許，那種長期生活在原始的農業文明氛圍中的知識分子對資本主義文化的非人性非自然的物欲本位思想有著最敏感和最深切的體察，像沈從文這樣的鄉土小說作家則對資本主義文化薰染下的都市文明抱以最刻毒的仇恨，他們那種試圖回到原始的農耕文明，回到原始的人性，回到原始的和諧人際關係之中的「戀美」情結，足以使他們對其筆下靜態的農業社會報以田園牧歌式的詩意描繪。正如沈從文所說：「我是個鄉下人，走到任何一處照例都帶了一把尺，一把秤，和普通社會總是不合。一切來到我命運中的事事物物，我有我自己的尺寸和分量，來證實生命的價值和意義。我用不著你們名叫『社會』代為制定的那個東西。我討厭一般標準。尤其是什麼思想家為扭曲蠹蝕人性而定下的鄉愿蠢事。」〔註 16〕無疑，以廢名和沈從文為代表的「田園詩風」的創作風格儼然形成了與以魯迅為代表的「為人生」、為人性的鄉土小說流派相抗衡的另一支潛流。沈從文們就是要「把這點近乎於歷史陳跡的社會人事風景，用文字好好的保留下來，與『當前』嶄新局面對照，似乎也很可以幫助我們對社會多有一點新的認識。」〔註 17〕從反現代文明和反現代文化這個角度出發，沈從文們在找不到人性的最後歸屬時，難免會走入對原始農業文明深刻眷戀的文化魔圈。這種精神皈依的鄉土美學情結深深地植入了大陸鄉土小說作家的心靈深處，一直到 80 年代才面臨著資本主義文化的深刻挑戰。

這種本能的反抗同時也灌注在臺灣鄉土文學的發展之中，深刻的鄉土眷戀作為一種凝固了的審美心態籠罩著臺灣鄉土小說作家的描寫視野。從臺灣小說之父賴和到日據時期、光復時期、50 年代的許多鄉土小說作家作品，無一不浸潤著這種希望遁入世外桃源的色彩。

這種文化上的二律悖反現象一直纏繞在 20 世紀的文學創作之中，正是這種對立而膠著的創作形態，才充分展示了中國鄉土小說在 20 世紀的無限燦爛色彩，才使得鄉土小說有其更加豐厚的歷史的、美學的、文化的、心理的、社會的……人文底蘊。正是在這個意義上，中國大陸與臺灣的鄉土小說才顯現出其強大的生命力，同時，也為文學史的研究提供了豐富的原始素材。

大陸自 80 年代進入一個與世界經濟接軌的轉型期後，尤其是進入 90 年

〔註16〕 沈從文：《沈從文文集》，第 10 卷，花城出版社、讀書・新知・三聯香港分店1982 年版。

〔註17〕 沈從文：《〈長河〉題記》，《長河集》，岳麓書社 2002 年版，第 23～24 頁。

代以來，鄉土小說作家已深深地感到了社會的物質化過程不僅破壞了自然生態的平衡，而且摧毀著農耕時代和諧的人際關係，無形地解構著原始道德種種美的形態。這種世界末日心態使得一大批鄉土小說作家終於在困獸猶鬥中抒寫出一幕幕悲壯沉淪的鄉土小說圖景。

臺灣的進入全球化過程要比大陸早 20 年，60 年代以後，臺灣進入了一個資本主義快速發展的階段，一個全面起飛的時代把臺灣帶入了一個經濟內涵上的資本主義時代，雖然，有人認爲臺灣當時的情形「和中心國資本主義在發展水平、構造和性質上仍有巨大落差，內包著諸多複雜的問題所造成的後進性」，只能「規定爲『半資本主義』」〔註18〕。但是，洪水般資本主義經濟的侵襲使得臺灣社會迅速轉型，無可置疑的事實是，資本主義經濟發展必然帶來資本主義文化的空前高漲，經濟騰飛帶來的物化副產品是精神的頹廢。西方資本主義世界的經濟風暴連同它的文化思潮一起席捲著這個島嶼，一場文化的撕殺當然是不可避免的。從 60 年代的新詩批判運動到終於爆發的 70 年代的「鄉土文學論戰」，就是以文學爲戰場的一次中西農業文明與工業文明，乃至後工業文明的搏戰。我以爲「鄉土」和「現代」的激戰，其意義並不在於誰勝誰負，因爲任何一種體制和文化都像一枚鎳幣那樣有其正負兩面，問題就在於這個社會怎樣去克服它的弊端，資本主義作爲人類社會發展的一個必然階段，同樣存在著許多甚至更多須待解決的文化垢病。我以爲許多論著在評價「鄉土文學論戰」時，往往陷入了這種文化悖論的怪圈之中。作爲一個作家，時代爲他提供的是一個摹寫這種文化風景線的最好契機，當然，因著各個作家世界觀的差異，我們不能苛求作家不在他的作品中抒寫自身的文化價值判斷。然而，重要的是，作家對現實世界的摹寫是大於理念的流露與闡釋的，唯此，他的作品才有生命的活力。

作爲一部作品，作家首先尋求的是其藝術的含金量，然後才是其文化的內涵。然而，大陸和臺灣的許多作家過份追求小說創作的「啓蒙話語」乃至政治化傾向，便使得 20 世紀的中國鄉土小說在 20、30 年代到 70、80 年代間呈現出了更加複雜的景觀。且不論前期，就後期而言，作爲兩岸時代和政治的分水嶺，1949 年後的兩岸文學都陷入了爲政治服務的泥淖。尤其是大陸 1949 到 1979 年的文學創作，幾近成爲政治的附庸與奴僕，文學的藝術性降低到了歷史的最低點，這已是不爭的事實。而臺灣的文學創作也同樣是走過了一段

〔註18〕陳映眞：《臺灣現當代文藝思潮之演變》，《文藝理論與批評》1993 年第 3 期。

與政治搏戰的曲折道路，在政治的高壓下，臺灣反而出現了一大批與之抗爭的文學猛士。但是，一旦進入了一個相對自由的文化話語時空，一些以前相對趨向自由的作家和理論家卻又回到了皈依政治的怪圈之中去了。鄉土文學作爲中國文學的一條支派，它無疑須表現地域文化色彩，但是，它與「臺灣文學國家化」和臺灣獨立的政治概念無涉，而過分強調臺灣文學的本土化，以鄉土文學的地域性特徵爲幌子來演繹其政治目的，這顯然是不可取的。葉石濤是臺灣著名的作家和理論家，他在總結「鄉土文學論戰」時的許多論點都是很中肯的，但是，他在 1977 年 5 月發表的《臺灣鄉土文學史導論》，就明顯地有其偏頗的地方。他所提出的「臺灣意識」和「臺灣爲中心」如果僅僅是從文學創作的角度出發，那是無可厚非的。然而，他所倡導的「它應該是站在臺灣的立場上來透視整個世界的作品」卻暗含著一種政治傾向。這一點到了 80 年代就愈加明晰了，葉石濤在強調了臺灣與大陸的社會制度、生活方式、思考形態差異後，提出了「應整合傳統的、本土的外來的各種文化價值系統，發展富於自主性的小說」〔註 19〕。這種論調遭到了陳映眞、尉天驄等人的反駁，從而導致了臺灣鄉土文學陣營內部的分裂，即以葉石濤爲代表的「臺灣意識」的「南派」和以陳映眞爲代表的「中國意識」的「北派」之間的對壘。直到 1992 年葉石濤還打出了「臺灣文學國家化」的旗號，提出「建立一個獨立於日本、獨立於中國之外的臺灣文學」〔註 20〕。這種言論帶動了一批作家和理論家傾向於「臺獨」，彭瑞金的「臺灣民族文學是等同臺灣國家文學」的論調，林雙又的「誓願做滋養臺灣新國家的肥料」〔註 21〕的誓言，可謂甚囂塵上。我以爲，如果單從鄉土文學這一藝術的角度來考量，臺灣鄉土小說的創作愈有地方色彩和異域情調就愈有生命的活力，文學的生命就在於它的個性與獨立性，因此，從文學角度來倡導臺灣地域文化的獨立特徵是無可非議的。但是，硬將文學的獨特性與政治問題混淆在一起恐怕首先是作家和文學理論家的角色定位的根本錯誤。從這個意義出發，我以爲發生於臺灣鄉土文學內部的這一長達近 20 年的論爭是沒有文學意義的，因爲它越出了文學本身的範疇與視界。

〔註 19〕葉石濤：「臺灣小說的遠景」，《文學界》季刊 1982 年創刊號。
〔註 20〕此話是葉石濤在 1992 年 4 月 27 日接受臺灣《自立晚報》記者採訪時所說。
〔註 21〕林雙又：「混亂的小說，需要混亂的秩序」，《自立晚報》1992 年 3 月 31 日。